ИНТЕЛЛЕКТУАЛЬНЫЙ
БЕСТСЕЛЛЕР

КОГДА МЫ БЫЛИ СИРОТАМИ

КАДЗУО ИСИГУРО

Санкт–Петербург
ДОМИНО

Москва
ЭКСМО

2007

УДК 82(1-87)
ББК 84(5Япо)
И 85

Kazuo Ishiguro

WHEN WE WERE ORPHANS

Copyright © 2000 by Kazuo Ishiguro

Перевод с английского *Ирины Дорониной*

Составители серии
Александр Гузман, Александр Жикаренцев

Оформление серии *Сергея Шикина*

Исигуро К.

И 85   Когда мы были сиротами: Роман / Кадзуо Исигуро; [пер. с англ. И. Дорониной]. — М.: Эксмо; СПб.: Домино, 2007. — 400 с. — (Интеллектуальный бестселлер).

ISBN 978-5-699-19314-1

От урожденного японца, выпускника литературного семинара Малькольма Брэдбери, лаурета Букеровской премии за «Остаток дня» — изысканный роман, в котором парадоксально сочетаются традиции «черного детектива» 1930-х годов и «культурологической прозы» конца XX — начала XXI века.

Известнейший детектив, интеллектуал Кристофер Бэнкс с детства мечтает раскрыть тайну исчезновения своих родителей — и наконец ему представляется возможность сделать это, в очень неспокойное время отправившись по маршруту Лондон — Шанхай. Однако расследование Кристофера и его экзотическое путешествие постепенно превращаются в странствие из Настоящего в Прошлое, из мира иллюзий — в мир жестокой реальности.

УДК 82(1-87)
ББК 84(5Япо)

ISBN 978-5-699-19314-1

Посвящается Лорне и Наоми

Часть первая

Лондон,
24 июля 1930 года

Глава 1

Стояло лето 1923 года, в то лето я вопреки желанию тетушки, мечтавшей, чтобы я вернулся в Шропшир, приехал из Кембриджа в столицу и снял маленькую квартирку в Кенсингтоне, в доме номер 14-б по Бедфорд-Гарденз. Сейчас я вспоминаю эти три месяца как самое чудесное время моей жизни. После нескольких лет, проведенных в окружении сверстников — сначала в школе, потом в Кембридже,— я получал огромное удовольствие от уединения. Наслаждался прогулками по лондонским паркам, тишиной читального зала библиотеки Британского музея, часами бродил по улицам Кенсингтона, строя планы на будущее, останавливался ненадолго, чтобы полюбоваться фасадами домов, увитых, даже в самом центре города, плющом и другими ползучими растениями.

Именно во время одной из таких бесцельных прогулок я совершенно случайно встретил старого школьного приятеля Джеймса Осборна и, выяснив, что мы соседи, пригласил его зайти ко мне, когда он в следующий раз окажется рядом с моим домом. Хотя к тому времени я еще ни разу не принимал гостей в новой квартире, приглашение высказал без всяких сомнений, поскольку к выбору жилья отнесся с полной ответственностью. Арендная плата была невысока, но квартира оказалась обставлена хозяйкой со вкусом и пробуждала воспоминания о размеренной викторианской эпохе. В гостиной, первую половину дня залитой солнцем, стояли старинная софа, два уютных кресла, антикварный буфет и дубовый книжный шкаф, набитый ветхими энциклопедиями, причем каждая, вне всяких сомнений, заслужила бы одобрительное внимание любого образованного человека. Более того, вселившись в квартиру, я почти сразу же отправился в Найтсбридж и приобрел там чайный сервиз эпохи королевы Анны, несколько пачек превосходного чая и большую жестяную коробку печенья. Вот почему, когда через несколько дней Осборн действительно зашел ко мне утром, я смог угостить его и держаться при этом так, что Джеймс ни в коем случае не мог догадаться, что он мой первый гость в этом доме.

С четверть часа Осборн, не присев ни на миг, бродил по гостиной, расточая комплименты по поводу обстановки, пристально все рассматривая, то и дело выглядывая из окон и живо комментируя происходящее внизу. Потом он плюхнулся на софу, и мы смогли наконец поведать друг другу новости из собственной жизни и жизни наших школьных товарищей. Помнится, какое-то время мы посвятили обсуждению деятельности рабочих профсоюзов, после чего перешли к долгой и приятной беседе о немецкой философии, позволившей обоим продемонстрировать мастерство ведения интеллектуальной дискуссии, коим каждый из нас овладел за время учебы в университете. Затем Осборн снова вскочил и стал мерить шагами гостиную, излагая перспективы своего будущего:

— Знаешь, я подумываю заняться издательской деятельностью: газеты, журналы и прочее. А более всего я хотел бы вести постоянную колонку — о политике и социальных проблемах. Но это в том случае, если не решу сам заняться политикой. Слушай, Бэнкс, а ты что, в самом деле не знаешь, чем бы хотел заняться? Ты только взгляни: здесь все к нашим услугам.— Он сделал жест в сторону окна.— Наверняка какие-то планы у тебя есть.

— Не буду отрицать,— ответил я с улыбкой.— Две-три мыслишки бродят у меня в голове. Когда-нибудь я тебе о них поведаю.

— Зачем откладывать? Ну давай, давай признавайся! Я все равно от тебя не отстану!

Но я не стал с ним откровенничать, и мы снова заговорили то ли о философии, то ли о поэзии, то ли еще о чем-то подобном. Около полудня Осборн вдруг вспомнил, что договорился пообедать с кем-то на Пиккадилли, и начал собираться. Уже на пороге, обернувшись, он сказал:

— Послушай, старина. Сегодня намечается веселая вечеринка в честь Леонарда Эвершотта — ну, того самого воротилы, знаешь? Устраивает ее мой дядя. Понимаю, что делаю приглашение слишком поздно, но, может, захочешь зайти? Я вполне серьезно. Знаешь, давно собирался заглянуть к тебе, да все как-то не оказывался рядом. Вечеринка состоится в «Чарингуорте».

Поскольку я ничего не ответил, он добавил:

— Я подумал о тебе, потому что помню, как ты, бывало, безжалостно пытал меня по поводу моих «связей». Ой, только не надо! Не притворяйся, будто забыл! Я отлично помню, как ты мучил меня расспросами, что значит иметь «хорошие связи». Так вот: полагаю, теперь старине Бэнксу как раз представляется случай воочию увидеть, что такое «хорошие связи».— Он тряхнул головой и пожал плечами.— Господи, в школе ты был такой чудной!

Думаю, именно в тот момент я решил принять приглашение Осборна на вечеринку, оказавшуюся, как выяснилось впоследствии, гораздо более интересной, чем я мог предположить, и проводил его к выходу, ничем нс выдав обиды, которую почувствовал при его последних словах.

Вернувшись в гостиную и снова усевшись на софу, я испытал еще большее раздражение, поняв, что именно имел в виду Джеймс. Дело в том, что в школьные годы об Осборне ходили слухи как о человеке «со связями». Когда бы речь ни заходила о нем, эту тему затрагивали неизбежно, и наверняка я сам не раз повторял это выражение. Меня действительно интриговало то, что он был неким загадочным образом связан с какими-то высшими сферами, хотя ни внешним видом, ни поведением ничуть не отличался от остальных. Тем не менее мне трудно было представить, чтобы я, как он выразился, «безжалостно пытал» его по этому поводу. Да, я немало размышлял над этим предметом в возрасте четырнадцати-пятнадцати лет, но в школе мы с Осборном никогда не были особенно близки, и, насколько мне помнилось, я лишь раз заговорил с ним на подобную тему.

Это случилось туманным осенним утром. Мы сидели вдвоем на низкой каменной стене, окружавшей сельскую гостиницу. Кажется, мы учились тогда в пятом классе и ожидали, когда из тумана на противоположной стороне поля появятся бегуны. Мы должны были указать им дальнейшее направление кросса — вдоль раскисшей грунтовой дороги. До предполагаемого появления участников забега еще оставалось время, и мы непринужденно болтали. Уверен, именно тогда я и спросил Осборна о его «связях». Осборн, бывший, несмотря на бурный темперамент, человеком по натуре скромным, попытался уклониться от вопроса, но я не отставал от него, пока он в конце концов не сказал:

— Да выкинь ты это из головы, Бэнкс! Все это ерунда, не о чем тут думать. Просто я кое с кем знаком. У меня есть родители, дядюшки, друзья семьи. Не понимаю, что в этом необычного.— Но, сообразив вдруг, что сказал что-то не то, он осекся и, повернувшись, тронул меня за руку.— Прости, старина, мне чертовски неловко, это было ужасно бестактно с моей стороны.

Похоже, наш разговор смутил Осборна гораздо больше, чем меня. Не исключено, что, приглашая меня на вечеринку в клуб «Чарингуорт», он хотел в некотором роде загладить вину. Впрочем, как я уже сказал, в то туманное утро я был уязвлен не его, надо признать, и впрямь необдуманным высказыванием, а тем фактом, что мои школьные приятели, всегда готовые подшучивать над чем угодно, впадали в торжественную серьезность при любом упоминании о том, что у меня нет родителей. Однако, как бы странно это ни казалось, отсутствие родителей — а в сущности, и вообще какой бы то ни было родни, если не считать тетушки из Шропшира,— к тому времени давно перестало меня огорчать. Как я неоднократно указывал своим приятелям, в учебном заведении, подобном нашему, мы все научились обходиться без родителей и мое положение не было особенным. Тем не менее теперь, оглядываясь назад, я нахожу вполне вероятным, что отчасти мой интерес к «связям» Осборна объяснялся именно полным отсутствием у меня самого каких бы то ни было связей в мире за пределами школы Святого Дунстана. Я полностью отдавал себе отчет, что когда-нибудь мне придется самому налаживать такие связи и самостоятельно прокладывать жизненный путь. И мне казалось, что от Осборна я смогу узнать нечто чрезвычайно важное о том, **как** это делается.

Однако, упомянув о том, что меня немного покоробили последние слова Джеймса, я имел в виду вовсе не то, что он вспомнил, как я «допрашивал» его много лет назад. Скорее, дело было в его небрежно оброненном замечании, будто я был в школе «таким чудным».

Признаться, я так и не смог понять, почему Осборн это сказал. Как подсказывала мне память, я прекрасно вписывался в рутинную школьную жизнь. Даже в первые недели пребывания в школе Святого Дунстана я, кажется, не допустил ни единой оплошности, которая могла бы поставить меня в неловкое положение. С самого первого дня я внимательно изучал манеры учеников: как они стоят, как разговаривают, как засовывают правую руку в жилетный карман, как подергивают левым плечом, словно желая подчеркнуть отдельные высказывания. Отчетливо помню, как начал подражать им, стараясь, чтобы никто из мальчиков не увидел ничего странного в моем поведении и не начал подшучивать надо мной.

С такой же охотой я быстро усвоил и другие жесты, обороты речи и словечки, популярные среди моих одноклассников, а равно и более существенные правила этикета, установившиеся в моем окружении. Разумеется, я весьма быстро сообразил, что не стоит — как я обычно делал в Шанхае — открыто излагать свои взгляды на способы расследования мелких преступлений. Более того, когда на третий год моего пребывания в школе там произошла серия краж и все поголовно играли в сыщиков, я тщательно следил за тем, чтобы мое участие не выходило за рамки игры. И несомненно, эхом тех моих привычек следовало объяснить нежелание раскрывать свои планы Осборну в то утро, когда он навестил меня.

Однако могу припомнить минимум два случая из школьной жизни, свидетельствующие о том, что, несмотря на всю осторожность, я, должно быть, как-то ослабил бдительность и невольно выдал свои честолюбивые мечты. Даже в то давнее время я был не в состоянии объяснить эти эпизоды.

Первый из них произошел во время празднования моего четырнадцатилетия. Тогдашние мои лучшие друзья Роберт Торнтон-Браун и Рассел Стэнтон пригласили меня в сельскую чайную, где мы обычно лакомились пшеничными булочками и пирожными с кремом. День был дождливый, субботний, и все остальные столики оказались занятыми. Каждые несколько минут в чайную входили новые промокшие до нитки посетители, которые недовольно смотрели в нашу сторону, словно давая понять, что нам следует немедленно освободить для них место. Однако хозяйка чайной, миссис Джордан, всегда, а не только в тот мой день рождения гостеприимно привечала нас, так что мы чувствовали себя в полном праве занимать лучший столик в нише у окна с видом на площадь. Я не слишком хорошо помню, о чем мы говорили, но, когда наелись до отвала, мои приятели обменялись взглядами и Торнтон-Браун, достав из ранца, протянул мне подарок в яркой упаковке.

Начав разворачивать бумагу, я быстро понял, что подарок был обернут множеством слоев, и приятели мои взрывались радостным смехом каждый раз, когда я снимал очередной лист бумаги, чтобы обнаружить под ним следующий. Все шло к тому, что в конце концов я найду внутри что-нибудь смешное. На самом деле под многочисленными обертками оказался твердый кожаный футляр. Расстегнув крохотный замочек и подняв крышку, я увидел увеличительное стекло.

Вот оно передо мной. За прошедшие годы его вид претерпел некоторые изменения, хотя лупа уже тогда производила впечатление довольно старой. Помню, я сразу отметил это, так же как и то, что она обладала большой разрешающей способностью, была на удивление тяжелой и ее рукоятка из слоновой кости треснула с одной стороны. Что я заметил не сразу — для этого понадобилось другое увеличительное стекло,— так это выгравированную на рукоятке надпись, свидетельствующую о том, что лупа изготовлена в Цюрихе в 1887 году.

Первой реакцией на подобный подарок стало неудержимое возбуждение. Я схватил лупу, сдвинув в сторону устилавшую весь стол яркую бумагу — подозреваю, часть листов в порыве энтузиазма я даже сбросил на пол,— и немедленно приступил к разглядыванию крохотных масляных пятнышек на скатерти. Занятие это настолько увлекло меня, что я почти не слышал, как мои друзья громко смеялись. Они были довольны, что их шутка удалась. К тому времени, когда я, придя наконец в себя, поднял голову, они оба неловко молчали. И именно тогда Торнтон-Браун, издав робкий смешок, сказал:

— Мы подумали: раз ты собираешься стать сыщиком, тебе это пригодится.

В тот момент я быстро овладел собой и сделал вид, будто все это лишь забавный розыгрыш. Но полагаю, мои друзья и сами уже были смущены своей шуткой, так что в оставшееся время, проведенное в чайной, нам так и не удалось возобновить непринужденное веселье.

Как я уже сказал, лупа сейчас лежит передо мной. Она пригодилась мне при расследовании дела Мэннеринга, я пользовался ею и совсем недавно, работая над делом Тревора Ричардсона. Возможно, увеличительное стекло и не самый важный атрибут снаряжения сыщика, как принято считать, но оно остается весьма полезным инструментом для сбора определенного рода улик, и надеюсь, что подарок Роберта Торнтон-Брауна и Рассела Стэнтона не раз еще послужит мне. Глядя на него сейчас, я думаю: если одноклассники намеревались тогда подразнить меня, то теперь шутка в значительной мере обернулась против них самих. Печально, но у меня нет возможности выяснить, что они имели в виду и как, несмотря на все мои предосторожности, им удалось разгадать мой тайный честолюбивый замысел. Стэнтон, приписавший себе в документах несколько лет, чтобы его приняли в армию добровольцем, был убит в третьем сражении при Ипре. Торнтон-Браун, по слухам, умер от туберкулеза два года назад. Так или иначе, но оба мальчика покинули школу Святого Дунстана в пятом классе, и к тому времени, когда я узнал об их смерти, между нами давно уже не было никакой связи. И все же я хорошо помню, как расстроился, узнав, что Торнтон-Браун уходит из школы,— он был единственным настоящим другом, которого я приобрел после приезда в Англию, и я скучал по нему до самого окончания школы.

Второй из двух эпизодов, которые приходят на ум, произошел через несколько лет после того дня. Я был тогда в шестом классе, но многие детали стерлись из памяти. В сущности, я совсем забыл, что было до и после него. Помню лишь, как вошел в класс — в кабинет номер пятнадцать старого монастырского здания,— куда сквозь окна крытой аркады солнечный свет проникал полосками, в которых кружились пылинки. Учителя еще не было, но я, должно быть, чуть-чуть опоздал, потому что все мои одноклассники, собравшись группами, уже сидели — кто на партах, кто на скамьях, кто на подоконниках. Я собрался было присоединиться к одной из таких групп из пяти или шести мальчишек, когда вдруг все они, обернувшись словно по команде, уставились на меня, и я понял, что говорили обо мне. Не успел я произнести ни слова, как один из мальчиков, Роджер Брентхерст, указав на меня пальцем, сказал:

— Только он, конечно, ростом не вышел для Шерлока.

Кто-то засмеялся — не скажу, чтобы недоброжелательно,— вот и все. Я никогда больше не слышал разговоров, касающихся моего стремления стать «Шерлоком», но догадывался, что тайна моя выплыла наружу и стала предметом обсуждения у меня за спиной.

Необходимость хранить в секрете намерения, касающиеся будущей профессии, я осознал задолго до приезда в школу Святого Дунстана. Попав в Англию, несколько недель я в основном занимался тем, что бродил в мокрых зарослях папоротника на выгоне вблизи дома тети в Шропшире и по ролям разыгрывал пьески, которые мы с Акирой придумывали вместе в Шанхае. Разумеется, теперь, оставшись один, я был вынужден исполнять и все его роли; более того, отдавая себе отчет в том, что меня могут увидеть из дома, я благоразумно ограничивал свою жестикуляцию и текст бормотал тихо, себе под нос,— прямо противоположно той раскованной манере, в которой привык прежде играть с Акирой.

Подобная предосторожность с моей стороны, однако, была истолкована неверно. Однажды утром, сидя в маленькой мансарде, где меня поселили, я услышал, как тетка разговаривает в гостиной с кем-то из друзей. Мое любопытство возбудило то, что взрослые внезапно понизили голоса, и уже в следующий миг я оказался на лестничной площадке, где, скрючившись и свесившись через перила, услышал, как тетя рассказывала:

— Он бродит один часами. Едва ли мальчику его возраста полезно для здоровья вот так погружаться в свой внутренний мир. Ему нужно привыкать думать о будущем.

— Но его поведение естественно,— отвечал ей кто-то.— После всего, что с ним произошло...

— Однако самокопание ничего ему не даст,— возражала тетя.— Он хорошо обеспечен, в этом смысле ему, можно сказать, повезло. Пора браться за ум. Я хочу сказать, что настало время кончать со всем этим самоанализом.

С того самого дня я прекратил ходить на выгон и принял меры, чтобы больше никто не заподозрил меня в занятиях «самоанализом». Но я был еще довольно мал и по ночам, лежа в своей мансарде, прислушиваясь к скрипу половиц под ногами тетушки, которая, бродя по дому, заводила часы и навещала своих кошек, часто снова начинал мысленно проигрывать наши старые детективные пьесы так, как, бывало, делали мы с Акирой.

Однако вернусь к тому летнему дню, когда Осборн забрел в мою кенсингтонскую квартиру. Не хочу сказать, что его замечание о том, будто в школе я был «таким чудным», занимало меня долго. На самом деле я в прекрасном расположении духа вышел из дома вскоре после ухода Осборна и спустя некоторое время оказался в Сент-Джеймсском парке, где, бродя меж цветочных клумб, со все возрастающим волнением предвкушал предстоящую вечеринку.

Мысленно возвращаясь к тому дню, я поражаюсь, что не испытывал никакой нервозности, хотя имел на то все основания, но глупая самонадеянность вообще была свойственна мне в те первые недели лондонской жизни. Безусловно, я отдавал себе отчет в том, что предстоящая вечеринка по своему уровню будет отличаться от всех тех, на которых мне довелось побывать в университетские годы. Более того, я понимал, что там могу столкнуться с неведомыми мне условностями и правилами. Но я не сомневался: привычная осмотрительность позволит мне избежать неприятностей и я не попаду в неловкое положение. Пока я бродил по парку, заботило меня совсем иное. Когда Осборн намекнул, что там будут «люди со связями», я мгновенно подумал о том, что среди них наверняка может оказаться кто-нибудь из известных сыщиков. И большую часть времени потратил на то, что бы такое придумать и сказать, чтобы меня представили Мэтлоку Стивенсону или самому профессору Чарлевиллу. Я снова и снова прокручивал в уме, как скромно, но с безупречным достоинством раскрываю перед ними свои устремления и как один из них проявляет ко мне отеческий интерес, дает всевозможные советы и настойчиво предлагает свое покровительство.

Разумеется, вечер обернулся сплошным разочарованием, несмотря на то что в другом отношении, как вскоре стало ясно, он оказался весьма знаменательным. О чем я совершенно не догадывался вначале, так это о том, что английские сыщики не склонны участвовать в вечеринках. И дело не в недостатке приглашений, мой собственный опыт свидетельствует, что в высших кругах всегда проявляют интерес к знаменитым детективам. Дело в том, что люди эти почти всегда бывают личностями чрезвычайно серьезными, порой склонными к затворничеству, они полностью посвящают себя работе и не расположены встречаться даже друг с другом, не говоря уж об «обществе» в более широком смысле слова.

Как уже сказал, это было мне неизвестно, когда в тот вечер я прибыл в клуб «Чарингуорт» и, следуя примеру Осборна, бодро поприветствовал стоявшего у входа величественного швейцара. Но стоило оказаться в переполненном гостями зале на втором этаже, как я утратил всякие иллюзии. Не берусь объяснить, каким образом это случилось,— поскольку не успел еще узнать, кто есть кто в этом собрании,— но интуиция сразу же подсказала: приподнятое настроение, владевшее мной в предвкушении вечера, было глупым. Я вдруг осознал, насколько наивным было ожидание увидеть Мэтлока Стивенсона или профессора Чарлевилла, болтающими с окружавшими меня, как я понял, финансистами и правительственными чиновниками. Я был настолько ошеломлен несоответствием между действом, на которое попал, и тем, которое представлял себе весь день, что утратил, во всяком случае на какое-то время, самообладание и примерно полчаса, к собственному раздражению, не мог решиться отойти от Осборна.

Вспоминая тот вечер теперь, я уверен, что именно из-за возникшего смятения чувств многое представлялось мне тогда неестественным. Например, когда я пытаюсь восстановить в памяти общий вид зала, мне кажется, что там было необычно темно, несмотря на обилие настенных светильников, свечей на столах и люстр над головами — все эти огни, как мне представлялось, не рассеивали мрака. Ковер был настолько толстым, что для того, чтобы двигаться по залу, приходилось буквально выдирать из него ноги. Седеющие мужчины в черных смокингах именно этим и занимались, порой они даже вынуждены были наклоняться вперед и слегка сутулиться, словно шли против ветра. Официантам с серебряными подносами в руках тоже приходилось сгибаться под самыми причудливыми углами. Женщин среди гостей почти не было, а те, что все же попадали в поле зрения, казалось, нарочито держались в тени и почти моментально исчезали из виду, растворяясь за стеной черных смокингов.

Как я уже сказал, впечатление это было, скорее всего, ошибочно, но именно таким этот вечер остался в моей памяти. Помню, как я стоял, скованный неловкостью, постоянно потягивая из стакана, который держал в руке, пока Осборн по-дружески болтал с тем или иным приглашенным, причем каждому из них было по крайней мере лет на тридцать больше, чем мне. Раз-другой я попытался вступить в беседу, но голос мой звучал предательски высоко, почти по-детски, да и большинство разговоров касалось людей и предметов, о которых я не имел ни малейшего представления.

Спустя какое-то время я рассердился — на себя, на Осборна, на все происходившее вокруг. Я почувствовал себя вправе презирать этих людей, потому что по большей части они были алчными и корыстными, лишенными какого бы то ни было идеализма и чувства общественного долга. Охваченный гневом, я нашел наконец в себе силы отойти от Осборна и, пробившись сквозь мрак, переместиться в другой конец зала.

Я очутился в углу, тускло освещенном настенным бра. Здесь толпа была не такой густой, и я заметил седовласого мужчину лет, наверное, семидесяти, который курил, стоя спиной к залу. Я не сразу сообразил, что он смотрит в зеркало, и мужчина успел заметить, как я наблюдаю за ним. Я был готов ретироваться, когда он, не оборачиваясь, спросил:

— Веселитесь?

— О да,— ответил я, усмехнувшись.— Благодарю вас. Да, это великолепная возможность повеселиться.

— Но чувствуете себя чуть-чуть потерянным, ведь так?

Поколебавшись, я снова усмехнулся:

— Ну, пожалуй, немного. Да, сэр.

Седовласый джентльмен повернулся и, внимательно осмотрев меня, сказал:

— Хотите, я расскажу вам, кто здесь кто? А потом, если окажется, что с кем-то из этих людей вам захочется поговорить, я вас представлю. Ну, что вы думаете?

— Это было бы очень любезно с вашей стороны.

— Отлично.

Он подошел поближе и окинул взглядом часть зала, просматривавшуюся оттуда, где мы находились. Потом наклонился ко мне и стал указывать на попадавших в поле зрения гостей. Даже если имя было известным, он не забывал добавить несколько пояснительных слов — «финансист», «композитор» и так далее. О карьере менее популярных лиц говорил подробнее и сообщал, чем они знамениты. Кажется, он как раз рассказывал мне о священнике, стоявшем неподалеку, когда, внезапно прервав фразу, заметил:

— Ага! Вы, кажется, отвлеклись.

— Мне очень неловко...

— Ничего неловкого здесь нет. Это совершенно естественно для такого молодого человека, как вы.

— Уверяю вас, сэр...

— Не надо извиняться.— Он хохотнул и подтолкнул меня в бок.— Находите ее привлекательной, а?

Я не знал, как ответить, бессмысленно было отрицать, что мое внимание действительно привлекла стоявшая в отдалении молодая женщина, беседовавшая с двумя мужчинами средних лет. Но когда я заметил ее, она вовсе не показалась мне хорошенькой. Вероятно даже, что по каким-то неуловимым признакам я при первом взгляде на нее угадал качества, которые, как оказалось впоследствии, действительно были ей присущи. Я увидел маленькую, эльфоподобную молодую женщину с темными волосами до плеч. Даже при том, что она явно старалась очаровать мужчин, с которыми разговаривала, было в ее улыбке нечто, способное мгновенно обернуться насмешкой. Слегка сведенные, как у хищной птицы, плечи придавали ей вид человека, склонного к интригам. Но более всего привлекало внимание выражение глаз: в них сквозила какая-то решительная ожесточенность,— именно это, как я теперь понимаю, и заворожило меня в тот вечер.

Мы оба продолжали еще смотреть на нее, когда она обратила взгляд в нашу сторону и, узнав моего собеседника, одарила его мимолетной холодной улыбкой. Седовласый мужчина приветственно помахал рукой и почтительно кивнул.

— Очаровательная молодая дама,— пробормотал он, отводя меня в сторону.— Но такому парню, как вы, не стоит терять времени, пытаясь завоевать ее благосклонность. Я вовсе не хочу вас обидеть, вы кажетесь очень порядочным юношей, но, видите ли, это мисс Хеммингз. Мисс Сара Хеммингз.

Имя ничего не говорило мне. Но если прежде мой покровитель с готовностью сообщал детали биографий тех, на кого указывал, то теперь лишь произнес имя женщины, поскольку, видимо, был уверен, что оно мне знакомо. Мне ничего не оставалось, кроме как, кивнув, сказать:

— Да, конечно. Значит, это и есть мисс Хеммингз?

Джентльмен остановился и обозрел зал с новой позиции.

— Так, дайте подумать. Полагаю, вы ищете кого-нибудь, кто мог бы подставить вам плечо в этой жизни. Правильно? Не беспокойтесь. В молодости я сам играл в эту игру. Итак, давайте посмотрим. Кого мы здесь имеем? — Повернувшись ко мне, он вдруг попросил: — Напомните-ка, кем, вы говорили, собираетесь стать?

Разумеется, к тому моменту я еще не сказал ему ничего подобного. Но после недолгих колебаний просто ответил:

— Сыщиком, сэр.

— Сыщиком? Гм-м...— Он продолжал обводить взглядом зал.— Вы имеете в виду... полицейским?

— Скорее, частным консультантом.

Он кивнул.

— Естественно, естественно.— Он задумчиво затянулся сигарой, потом спросил: — А музеями, случайно, не интересуетесь? Вон там стоит парень, я с ним знаком много лет. Кости, черепа, реликты и так далее. Не интересует? Нет, вижу, что нет.— Мой собеседник некоторое время продолжал осматривать зал, иногда вытягивая шею, чтобы никого не пропустить, и наконец произнес: — Конечно, множество молодых людей мечтают работать детективами. Должен признаться, я и сам когда-то об этом грезил. В ваши годы юноши бывают такими идеалистами! Мечтают стать самыми прославленными детективами своего времени, разом искоренить все зло мира. Похвально. Но в реальности, мой мальчик, позвольте заметить, неплохо иметь несколько запасных стрел для вашего лука. Потому что через год-другой — я вовсе не хотел бы вас обидеть,— но очень скоро вы начнете воспринимать окружающее по-иному. Вас не интересует мебель? Спрашиваю потому, что вон там стоит не кто иной, как Хэмиш Робертсон.

— При всем моем уважении, сэр, мечта, в которой я только что вам признался, едва ли является для меня юношеским капризом. Это призвание, которому я готов посвятить всю жизнь.

— Всю жизнь? Но сколько вам лет: двадцать один, двадцать два? Впрочем, не стану вас обескураживать. В конце концов, если молодые люди не будут стремиться к благородной цели, то кто же тогда? И вы, мой мальчик, несомненно, уверены, что нынешний мир куда более порочен, чем был тридцать лет назад, не правда ли? Цивилизация на грани гибели?

— Должен признаться, сэр,— не без вызова ответил я,— что действительно так думаю.

— Помню, и я так думал.— Его сарказм внезапно сменился искренней добротой, и мне даже показалось, что в глазах у него заблестели слезы.— В чем же дело, как вы считаете? Неужели мир действительно все глубже погрязает в пороках? Неужели «человек разумный» и впрямь вырождается как вид?

— Этого я не знаю, сэр,— на сей раз более мирно ответил я.— Единственное, что могу сказать: на непредвзятый взгляд современный преступник становится все более умным, уверенным, дерзким, а наука предоставляет в его распоряжение все более изощренный арсенал средств.

— Понимаю. И, не имея на своей стороне способных парней вроде вас, вы полагаете, что будущее выглядит сомнительно? — Он печально покачал головой.— В этом, наверное, есть резон. Легко насмехаться такому старику, как я. Возможно, вы и правы, мой мальчик. Возможно, мы позволили всему этому слишком далеко зайти. Ох!

Мой седовласый собеседник снова кивнул проходившей мимо Саре Хеммингз. Она пробиралась сквозь толпу с надменной грацией, поводя глазами слева направо в поисках — так мне показалось — кого-нибудь, кто, по ее представлениям, был достоин ее общества. Заметив джентльмена рядом со мной, она послала ему такую же, как прежде, холодную улыбку, но не остановилась. На какую-то долю секунды ее взгляд задержался на мне, но тут же — не успел я улыбнуться в ответ — она отвела глаза, выкинув меня из головы, и продолжила путь, направляясь к кому-то в другом конце зала.

Тем же вечером, позднее, когда мы с Осборном сидели в такси, уносившем нас назад, в Кенсингтон, я попытался разузнать что-либо о Саре Хеммингз. Осборн, хоть и притворялся, что на вечере нестерпимо скучал, был чрезвычайно доволен собой и охотно, в подробностях, пересказывал мне беседы, которые вел с разными влиятельными особами. Нелегко было переключить его на Сару Хеммингз, не показавшись при этом неуместно любопытным. Однако в конце концов я заставил его заговорить о ней.

— Мисс Хеммингз? Ах да. Она была помолвлена с Хэрриот-Льюисом. Ну знаешь, он дирижер. Потом он поехал дирижировать оркестром, исполнявшим концерт Шуберта в Альберт-Холле прошлой осенью. Помнишь тот провал?

Я вынужден был признаться в своем невежестве, и Осборн объяснил:

— Публика, правда, не бросалась тогда стульями, но только потому, что они были привинчены к полу. Парень из «Таймс» назвал тот концерт «какой-то пародией». Или он даже предпочел слово «надругательство»? Так или иначе, сам дирижер не слишком огорчился.

— А мисс Хеммингз?

— Разорвала помолвку. Судя по всему, она бросила ему в лицо обручальное кольцо и с тех пор на пушечный выстрел к нему не подходит.

— Неужели все из-за этого концерта?

— Ну, вообще то все это действительно было весьма неприятно. И породило всякие разговоры. Я имею в виду расторжение помолвки. Ох, Бэнкс, что за унылое сборище стариков было сегодня! Как ты думаешь, когда достигнем их возраста, мы станем такими же?

В течение первого года по окончании Кембриджа, главным образом благодаря дружбе с Осборном, я стал едва ли не завсегдатаем подобных приемов. Обращаясь мыслями к тому периоду своей жизни, я нахожу его на удивление легкомысленным. В домах в районе Блумсбери и Холборна постоянно устраивались званые ужины, обеды и коктейли. Я был решительно настроен избавиться от неловкости, которую позорно продемонстрировал на вечере в клубе «Чарингуорт», и манеры мои раз от разу становились все более уверенными. Можно сказать, что со временем в фешенебельных лондонских кругах я занял определенное место.

Мисс Хеммингз не входила в мое окружение, но я заметил: стоило лишь упомянуть ее имя, как оказывалось, что все мои друзья с ней знакомы. Более того, время от времени я видел ее на разного рода торжествах, а чаще в чайных залах роскошных отелей. Кончилось же все тем, что я начал собирать любые крохи информации о положении этой женщины в лондонском свете.

Как забавно вспоминать, что было время, когда все, что я о ней знал, сводилось к недостоверным сведениям, полученным из вторых рук! Много времени не понадобилось, чтобы выяснить: большинство моих приятелей относились к ней с неодобрением. Еще до расторжения помолвки с Энтони Хэрриот-Льюисом она, судя по всему, нажила себе немало врагов по причине своей, как это называли, прямолинейности. Друзья Хэрриот-Льюиса — а их объективность, сказать по правде, едва ли заслуживала безоговорочного доверия — описывали, как немилосердно она преследовала дирижера. Другие обвиняли ее в том, что она манипулировала его друзьями, желая приблизиться к нему. Последующий разрыв с дирижером, учитывая неимоверные усилия, затраченные на то, чтобы завоевать его, одних озадачивал, другим казался явным свидетельством ее неприкрытого цинизма.

С другой стороны, я встречал людей, которые отзывались о мисс Хеммингз неплохо, говорили, что она умна, обворожительна, что у нее сложная натура. В частности, некоторые женщины защищали ее право расторгнуть помолвку, каковы бы ни были причины сделать это. Однако даже ее защитники сходились на том, что она страдала «чудовищным снобизмом» и напрочь отказывала человеку в уважении, если тот не обладал громким именем.

Я же, наблюдая за ней в тот год издали, почти не находил подтверждения подобным обвинениям. Иногда у меня складывалось ощущение, будто мисс Хеммингз просто не в состоянии дышать иным воздухом, нежели тот, что окружает выдающихся личностей. Какое-то время она была связана с Генри Куинном, адвокатом, но отдалилась от него после провала дела Чарльза Браунинга. Потом пошли слухи о ее крепнущей дружбе с министром Джеймсом Биконом, считавшимся в то время весьма многообещающим правительственным чиновником. К тому времени мне стал абсолютно ясен смысл слов седовласого джентльмена, говорившего, что «такому парню, как я», бессмысленно терять время, пытаясь завоевать внимание мисс Хеммингз. Поначалу я, разумеется, не понял его слов, а позднее, когда понял, обнаружил, что с особым интересом слежу за мисс Хеммингз. Однако, несмотря на это, мы впервые заговорили с ней только через два года после первой встречи в клубе «Чарингуорт».

Приятеля, с которым я пил чай в отеле «Уолдорф», внезапно вызвали по какому-то неотложному делу, и я, оставшись один на один с булочками с джемом, заметил мисс Хеммингз, сидевшую также в одиночестве за одним из столиков на балконе. Как я уже сказал, то был отнюдь не первый раз, когда я встречал ее в подобных местах, но к тому дню ситуация изменилась, поскольку не прошло и месяца после окончания дела Мэннеринга и я все еще парил в облаках. В дни, последовавшие за моим первым триумфом, я был опьянен успехом: передо мной вдруг открылось множество дверей, совершенно неожиданные приглашения сыпались на меня, как из рога изобилия, люди, которые прежде выказывали лишь вежливую любезность, теперь при моем появлении не могли удержаться от восторженных восклицаний. Неудивительно, что у меня слегка закружилась голова.

В тот день в «Уолдорфе» я неожиданно для самого себя вдруг оказался на лестнице, ведущей на балкон. Сам не знаю, чего я ожидал. Просто для моего тогдашнего состояния подобная самонадеянность была в порядке вещей — я даже не задумался, обрадуется ли мисс Хеммингз знакомству со мной. Быть может, слабая тень сомнения промелькнула у меня в голове, лишь когда я, миновав пианиста, приблизился к столику, где она сидела, читая книгу. Однако, помнится, я остался весьма доволен тем, как светски прозвучал мой голос, когда я обратился к ней:

— Простите, но я подумал, что пора мне представиться вам. У нас столько общих друзей. Я Кристофер Бэнкс.

Имя свое я произнес весьма эффектно, но моя уверенность начала исчезать, поскольку мисс Хеммингз смотрела на меня с холодным удивлением. Выдерживая паузу, она с немым упреком и раздражением бросила быстрый взгляд на книгу, которую читала, и произнесла наконец в полном недоумении:

— Вот как? Что ж, здравствуйте.

— Дело Мэннеринга,— как полный глупец пояснил я.— Вероятно, вы о нем читали.

— Да. Вы были следователем?

Сухой тон, которым это было произнесено, напрочь выбил меня из колеи. В нем не было и намека на восхищение — лишь констатация факта, что она с самого начала знала, кто я, и по-прежнему не понимала, почему я оказался возле ее столика. Я внезапно почувствовал, как исчезает эйфория, владевшая мной последние недели, и именно в тот момент, нервно рассмеявшись, осознал, что дело Мэннеринга, при всем его блеске и несмотря на все похвалы, расточавшиеся мне за отлично проведенное расследование друзьями, многим отнюдь не кажется таким важным событием, каким представлял его я.

Не помню уж, но вполне вероятно, что мы обменялись общепринятыми светскими любезностями, прежде чем я начал позорный отход к своему столику внизу. С позиции сегодняшнего дня я вижу, что у мисс Хеммингз были все основания прореагировать на мою выходку подобным образом — глупо было воображать, будто дело Мэннеринга может стать достаточным основанием для того, чтобы произвести на нее впечатление! Но в тот момент я вернулся на место рассерженным и подавленным. Мне пришло в голову, что я не только перед мисс Хеммингз и не только теперь выставил себя ослом, но точно так же я выглядел весь предыдущий месяц и в глазах других людей и мои друзья, невзирая на весь их энтузиазм, тайно посмеивались надо мной.

К следующему дню я был уже совершенно уверен, что полностью заслужил щелчок по носу, который получил. Но эпизод в отеле «Уолдорф», вероятно, все же вызвал у меня по отношению к мисс Хеммингз определенную неприязнь, от которой я так никогда и не смог избавиться и которая, безусловно, оказала влияние на достойное сожаления событие вчерашнего вечера. Однако в тот момент я был склонен воспринять случившееся как предостережение. Оно помогло мне понять, сколь просто сбиться с пути, ведущего к заветной цели. Моей задачей было бороться со злом — особенно с вероломным, скрытым злом,— а это не имело ничего общего с шумной популярностью в светских кругах.

С тех пор я стал меньше участвовать в светской жизни и еще глубже погрузился в работу. Я изучал получившие известность дела, осваивал новые области знаний, которые могли когда-нибудь пригодиться. Приблизительно в то же время я начал тщательно исследовать биографии знаменитых сыщиков, прославивших свои имена, и обнаружил, что можно провести строгий водораздел между теми, репутации которых покоились на весомых реальных достижениях, и теми, кто изначально получил импульс к продвижению благодаря высокому положению в обществе. Я понял, что для сыщика существует один истинный и другой — ложный путь сделать себе имя. Короче говоря, как бы ни тешили мое самолюбие бесконечные предложения дружбы, которые я получал после раскрытия дела Мэннеринга, случай в отеле «Уолдорф» заставил меня снова вспомнить о своих родителях, и я твердо решил: никакие легкомысленные занятия не отвлекут меня от дела.

Глава 2

Раз уж я рассказываю сейчас о том периоде своей жизни, последовавшем за раскрытием дела Мэннеринга, нелишним будет вспомнить и о довольно неожиданном возобновлении знакомства с полковником Чемберленом. Возможно, кому-то покажется удивительным, принимая во внимание роль, которую он сыграл в решающий момент моего детства, что долгие годы мы не поддерживали с ним близких отношений. Но по неведомым причинам связь наша прервалась, и встретились мы с ним снова месяца два спустя после происшествия с мисс Хеммингз в отеле «Уолдорф» и совершенно случайно.

Как-то пасмурным днем в книжном магазине на Чаринг-Кросс-роуд я рассматривал иллюстрированное издание «Айвенго», чувствуя: кто-то неотступно стоит у меня за спиной. Решив, что закрываю кому-то доступ к полкам, я отошел в сторону. Но поскольку человек продолжал топтаться позади, мне пришлось в конце концов обернуться.

В тот же миг я узнал полковника: он почти не изменился, хотя на теперешний, взрослый, взгляд и показался мне менее суровым и величественным, чем человек, запомнившийся с детства. Человек в макинтоше робко смотрел на меня, пока я не воскликнул:

— О, полковник!

Только тогда он улыбнулся и протянул мне руку:

— Как поживаешь, мой мальчик? Я так и знал, что это ты. Боже праведный! Как ты поживаешь?

Глаза его застилали слезы, и чувствовал он себя явно неуверенно, словно боялся, что напоминание о прошлом может расстроить меня. Я постарался всем видом показать, как рад видеть его, и, поскольку на улице разразился ливень, мы продолжили беседу в переполненном магазине. Выяснилось, что полковник по-прежнему живет в Вустере, приехал в Лондон на похороны и решил остаться на несколько дней. На вопрос о том, где он остановился, ответил неопределенно, из чего я заключил, что поселился он в какой-нибудь очень скромной гостинице. Перед расставанием я пригласил его поужинать со мной на следующий день; приглашение он принял с восторгом, хотя показался несколько обескураженным, когда я предложил «Дорчестер». Но я настаивал — «это самое малое, чем я могу отплатить вам за вашу доброту»,— и он в конце концов сдался.

Вспоминая об этом теперь, я понимаю, что выбор «Дорчестера» был верхом бестактности с моей стороны, ведь к тому времени я уже сообразил: полковник стеснен в средствах. Мне следовало подумать о том, как унизительно для него будет сознавать, что он не может оплатить свою половину счета. Но в те времена такие мысли не приходили мне в голову, я, скорее всего, был слишком озабочен тем, чтобы произвести впечатление на старика, продемонстрировав ему в полной мере, чего я достиг с тех пор, как он видел меня в последний раз.

Эту последнюю задачу я, судя по всему, успешно выполнил, ибо, хоть прежде мне только дважды довелось побывать в «Дорчестере», метрдотель встретил меня любезным «рады видеть вас снова, сэр». Услышав, как, приступив к супу, я обменялся с метрдотелем несколькими шутками, полковник внезапно разразился смехом.

— Подумать только! — воскликнул он.— И это тот самый постреленок, которому я когда-то утирал сопли на пароходе!

Он посмеялся еще немного, потом внезапно оборвал смех, вероятно испугавшись, что затронул нежелательную тему. Но я ободряюще улыбнулся в ответ и сказал:

— Наверное, я был для вас в том путешествии страшной обузой, полковник.

Лицо старика на миг затуманилось грустью, и он торжественно произнес:

— Учитывая обстоятельства, полагаю, ты вел себя удивительно мужественно, мой мальчик. Удивительно мужественно.

Повисла неловкая пауза, прерванная восторгами, которые мы оба стали расточать по поводу превосходного супа. Дородная дама, увешанная драгоценностями, громко смеялась за соседним столиком, и полковник весьма нескромно смотрел на нее. Потом, словно приняв решение, сказал:

— Знаешь, забавно. Я думал об этом, перед тем как идти сюда. Та наша первая встреча. Интересно, ты ее помнишь, мой мальчик? Наверное, нет. В конце концов, тогда происходило много гораздо более важных событий.

— Напротив,— ответил я,— прекрасно помню.

Я вовсе не лгал. Даже теперь, закрыв глаза, я с легкостью могу перенестись в то солнечное шанхайское утро, в кабинет мистера Гарольда Андерсона, начальника моего отца в крупной торговой компании «Баттер-филд и Суайр». Я сидел в кресле, пахнувшем кожей и полированным дубом. Как правило, такие кресла ставят возле грандиозного письменного стола, но в тот раз оно было выдвинуто на середину комнаты. Я понимал, что обычно они предназначались для самых важных персон, однако в тот день, как дань уважения к моему печальному положению или, возможно, в качестве некоего утешения, оно было отдано мне. Помню, как ни старался, сидя в нем, я не мог найти достойной позы; в частности, мне никак не удавалось держать обе руки на изысканных резных подлокотниках. Более того, в тот день на мне была новая фирменная курточка из какой-то колючей серой ткани — откуда она взялась, понятия не имею,— и я прекрасно отдавал себе отчет в том, насколько уродливо выгляжу с застегнутыми до подбородка пуговицами.

В кабинете с величественным высоким потолком висела на стене огромная карта, а позади стола мистера Андерсона находились огромные окна, сквозь которые прямо в глаза било солнце и дул ветерок. Кажется, под потолком вращался вентилятор, но точно я не помню. Зато я отчетливо припоминаю, как сидел в этом кресле в центре комнаты и был объектом торжественного сочувствия и обсуждения. Вокруг меня собрались принимавшие участие в совещании взрослые — большинство из них стояли. Время от времени два-три человека отходили к окну и о чем-то спорили приглушенными голосами. Помню, меня удивило, что сам мистер Андерсон — высокий седеющий господин с большими усами — обращался со мной так, словно мы были старыми друзьями. В какой-то момент я даже поверил, что мы были знакомы прежде, просто потом я забыл этого джентльмена. И только позднее я сообразил, что мы никак не могли встречаться с ним до того утра. Тем не менее он взял на себя роль доброго дядюшки, не переставал улыбаться мне, похлопывать по плечу, подталкивать и подмигивать. Он даже предложил мне чашку чаю, сказав при этом: «Выпей, Кристофер, это тебя взбодрит». И, склонившись, наблюдал, как я пью. Все присутствующие еще долго шушукались, и наконец мистер Андерсон, снова встав прямо передо мной, сказал:

— Итак, Кристофер, решено. Вот полковник Чемберлен. Он любезно согласился доставить тебя целым и невредимым в Англию.

Помню, при этих словах в комнате повисла тишина. Мне даже кажется, что взрослые отступили назад и выстроились вдоль стен, словно зрители на каком-то представлении. Мистер Андерсон, одарив меня ободряющей улыбкой, тоже отступил. И тогда я впервые увидел полковника Чемберлена. Он медленно подошел ко мне, наклонившись, заглянул в лицо и протянул руку. Я знал, что должен встать, отвечая на рукопожатие, но он протянул руку так быстро, а я чувствовал себя почти приклеенным к креслу, потому схватил его ладонь, не успев подняться. Помню, он сказал:

— Бедный малыш. Сначала отец. А теперь и мать. Должно быть, ты чувствуешь себя так, словно мир рухнул. Но завтра мы с тобой вдвоем отправимся в Англию. Там тебя ждет твоя тетушка. Так что мужайся. Скоро осколки снова станут единым целым.

Несколько секунд я был не в состоянии что-либо ответить. Когда же дар речи наконец вернулся ко мне, я выдавил:

— Это страшно любезно с вашей стороны, сэр. Я бесконечно благодарен вам за предложение, и, надеюсь, вы не сочтете меня невоспитанным, но, если не возражаете, сэр, думаю, мне не следует прямо сейчас уезжать в Англию.— Поскольку полковник не сразу нашелся с ответом, я продолжил: — Видите ли, сэр, сыщики изо всех сил стараются отыскать моих родителей. Это самые лучшие сыщики в Шанхае. Полагаю, они непременно найдут их, и очень скоро.

Пока я говорил, полковник кивал, потом сказал:

— Не сомневаюсь, что власти делают все возможное.

— Вот видите, сэр, поэтому, хоть я и очень благодарен вам за любезность, думаю, в конце концов мой отъезд в Англию окажется ненужным.

Помню, в этот момент по комнате прокатилась волна шепота. Полковник некоторое время продолжал кивать, словно тщательно взвешивая мои слова.

— Возможно, ты прав, мой мальчик,— ответил он наконец.— Искренне надеюсь, так и будет. Но если это случится, что помешает тебе вернуться сюда вместе со мной? Когда твоих родителей найдут, они пошлют за тобой. Или — кто знает — возможно, они решат сами вернуться в Англию. Ну, что скажешь? Давай завтра все же поедем в Англию. А там посмотрим, что будет.

— Простите, сэр... Видите ли, детективы ищут моих родителей. И это самые лучшие детективы.

Не помню, что именно отвечал мне полковник. Вероятно, просто продолжал кивать. Но в конце концов он низко склонился надо мной и положил руку мне на плечо:

— Послушай, я понимаю, что ты сейчас чувствуешь. Для тебя весь мир словно обрушился. Но ты должен быть храбрым. Кроме того, твоя тетушка в Англии ждет тебя, неужели ты забыл? Разве можно в теперешней ситуации так огорчать старую даму?

Спустя годы, в тот вечер, за ужином, поделившись с полковником своими воспоминаниями об этих его последних словах, я думал, он рассмеется. Однако он признался с грустью:

— Мне было так жалко тебя, мой мальчик. Так жалко...— Потом, почувствовав, вероятно, что неверно угадал мое настроение, он усмехнулся и уже веселее добавил: — Помню, как мы с тобой ждали в порту посадки на пароход. Я все повторял: «Послушай, нас ждет веселое путешествие! Мы прекрасно проведем время»,— а ты лишь твердил: «Да, сэр. Да, сэр. Да, сэр».

Я позволил ему предаться воспоминаниям о старых знакомых, присутствовавших тогда в кабинете мистера Андерсона. Ни одно из упомянутых имен ничего мне не говорило. Полковник замолчал, и тень набежала на его лицо.

— Что касается самого Андерсона,— сказал он наконец,— я всегда чувствовал себя в его присутствии как-то неловко. Было в нем что-то скользкое. Вообще, если хочешь знать, во всем этом деле было нечто неясное.

Закончив фразу, он взглянул на меня с тревогой и, прежде чем я успел что-либо ответить, снова быстро заговорил, перейдя к теме, несомненно казавшейся ему более безопасной,— о нашем путешествии в Англию. Вскоре он уже снова посмеивался, вспоминая кое-кого из наших спутников, членов команды, забавные эпизоды, которые давно вылетели у меня из головы. Он говорил об этом с нескрываемым удовольствием, и я охотно поддакивал ему, зачастую притворяясь, будто вспоминаю то, о чем он рассказывает, только для того, чтобы порадовать старика. Однако в конце концов этот поток воспоминаний начал немного раздражать меня, потому что постепенно за веселыми анекдотами вырисовывалась картина моего поведения на пароходе, которая мне решительно не нравилась. Он описывал, как я бродил по кораблю, постоянно погруженный в себя, печальный, готовый расплакаться по малейшему поводу. Несомненно, это давало ему возможность представить себя в роли героического попечителя, но возражать ему было бессмысленно, да к тому же и невежливо. Тем не менее, как я уже заметил, раздражение постепенно нарастало во мне, потому что, насколько помнил я сам — а это путешествие помнилось совершенно отчетливо,— я весьма ловко приспособился к изменившимся условиям.

Отлично припоминаю, что отнюдь не выглядел несчастным и корабельная жизнь, равно как и перспектива разворачивавшегося впереди будущего, приятно бодрила меня. Конечно, порой я скучал по родителям, но убеждал себя, что всегда найдутся другие взрослые, которых я полюблю и которым буду доверять. Среди пассажиров было несколько дам, которые, услышав о том, что со мной стряслось, суетились вокруг меня с сочувственным видом, и, помню, раздражали они меня так же, как полковник своими воспоминаниями в тот вечер в «Дорчестере». Надо сказать, я вовсе не был столь опечален, как думали окружавшие меня взрослые. За все долгое время путешествия был только один случай, когда меня действительно можно было назвать «распустившим нюни постреленком», да и он произошел лишь в первый день пути.

Небо в то утро было затянуто тучами, вода казалась грязной. Я стоял на палубе парохода, глядя на удаляющуюся гавань, на берег реки, усеянный лодками, сходнями, маленькими домиками, темными деревянными пирсами, а за всем этим возвышались величественные здания шанхайской набережной, очертания которых были расплывчатыми и нечеткими.

— Ну как, малыш? — услышал я рядом голос полковника.— Думаешь, когда-нибудь ты сюда вернешься?

— Да, сэр. Надеюсь вернуться.

— Посмотрим. Вероятнее всего, как только ты обоснуешься в Англии, все это скоро забудется. Шанхай — неплохое место, но восьми лет, проведенных здесь, мне вполне хватило. Полагаю, и тебе достаточно того времени, что ты здесь прожил. Еще немного — и ты превратился бы в китайца.

— Да, сэр.

— Послушай, старина, тебе действительно нужно взбодриться. В конце концов, ты ведь едешь в Англию, домой.

Именно его последние слова о том, что я «еду домой», вызвали во мне всплеск эмоций в первый и, уверен, последний раз. Но даже тогда мои слезы означали скорее гнев, чем печаль. Слова полковника были мне крайне неприятны. Я осознал, что отныне буду привязан к чужой земле, где не знал ни души, между тем как в городе, таявшем теперь в дымке, осталось все, что было мне дорого. И прежде всего — мои родители, они были где-то там, за гаванью, за грандиозным контуром набережной. Я вытер глаза, в последний раз посмотрел на берег — не увижу ли там хоть мельком маму, а может, и отца, бегущих вдоль берега, машущих руками и зовущих меня вернуться. Но даже тогда я отдавал себе отчет в том, что это лишь детские фантазии. Понаблюдав, как город, бывший для меня родным, все более удалялся, я повернулся к полковнику, бодро взглянул на него и спросил:

— Скоро мы уже будем в открытом море, не так ли, сэр?

————

Надеюсь, мне удалось в тот вечер скрыть от полковника свое раздражение. Садясь в такси на Саут-Одли-стрит и прощаясь со мной, он, несомненно, пребывал в прекрасном расположении духа. И лишь через год после той встречи, узнав о его смерти, я почувствовал себя немного виноватым в том, что не был с ним более сердечен тогда, в «Дорчестере». В конце концов, некогда он оказал мне добрую услугу и, судя по всему, что я о нем знал, был вполне порядочным человеком. Но полагаю, из-за той роли, которую он сыграл в моей судьбе, из-за того, что был так тесно связан с роковыми событиями моей жизни, в памяти у меня он навсегда останется фигурой двойственной и противоречивой.

Года три, а то и четыре после происшествия в отеле «Уолдорф» мы с Сарой Хеммингз почти не сталкивались. Помню, что лишь однажды заметил ее на коктейле в Мейфере. Народу там было полно, но я мало кого знал и решил уйти пораньше. Пробираясь к выходу, я увидел Сару Хеммингз — она разговаривала с человеком, стоявшим прямо у меня на пути. Первым моим побуждением было обойти их, но тогда я был весьма известен в связи с успешным раскрытием убийства Роджера Паркера, и мне пришло в голову проверить, посмеет ли теперь мисс Хеммингз вести себя со мной так же надменно, как тогда, в отеле «Уолдорф». Поэтому я продолжил свой путь так, чтобы оказаться непосредственно перед ней. Проходя мимо, я заметил, как ее взгляд остановился на моем лице и в нем появилось напряжение: она мучительно старалась вспомнить, кто я такой. Потом я увидел, что она меня узнала, но, не улыбнувшись и не кивнув, снова перевела взгляд на своего собеседника.

Я не придал этому эпизоду особого значения, поскольку был очень занят сразу несколькими сложными делами. И хотя это произошло не менее чем за год до того, как мое имя приобрело ту известность, какую оно имеет теперь, я уже тогда начал осознавать меру ответственности, падающую на любого сколько-нибудь успешного детектива. Разумеется, я всегда понимал, что искоренение зла в его самых изощренных проявлениях, зла, зачастую почти ускользающего от возмездия,— дело чрезвычайно важное и очень серьезное. Но только после расследования убийства Роджера Паркера мне стало по-настоящему ясно, как много значит для людей — причем не только для тех, кто имеет к делу непосредственное отношение, а для большинства людей вообще — возможность избавить общество от наступающего на него порока. И тогда мной еще больше овладела решимость не тратить времени и сил на суетные предубеждения лондонской светской жизни.

Вероятно, именно тогда я стал понимать, почему мои родители смогли занять то положение, которое они занимали. В любом случае люди, подобные Саре Хеммингз, в то время мало меня занимали, и, вполне вероятно, я забыл бы о ее существовании, если бы однажды не встретился в Кенсингтонском парке с Джозефом Тернером.

В то время я расследовал одно дело в Норфолке и вернулся на несколько дней в Лондон, чтобы спокойно подумать над своими многочисленными записями. Однажды серым пасмурным утром, бродя по аллеям парка и обдумывая кое-какие странные подробности исчезновения жертвы, я заметил, как некий человек издали машет мне рукой, и сразу же узнал Тернера — с ним я был шапочно знаком по светским раутам. Он поспешил мне навстречу и, поинтересовавшись, почему меня в последнее время совсем не видно, пригласил на ужин, который они с другом давали в тот вечер в ресторане. На мой вежливый отказ под предлогом, что новое дело поглощает все мое время, он ответил:

— Жаль. Там должна быть Сара Хеммингз, а она мечтает с вами поболтать.

— Мисс Хеммингз?

— Да, вы ведь помните ее? Она-то вас точно помнит, говорила, будто вы познакомились несколько лет назад, и сокрушалась по поводу того, что вас так трудно теперь встретить.

Подавив желание сделать саркастическое замечание в этой связи, я ответил:

— Ну что ж, передайте ей мои самые добрые пожелания.

После этого я поспешно распрощался с Тернером, но, признаюсь, вернувшись к письменному столу, был несколько рассеян: рассказ о том, что мисс Хеммингз ищет встречи со мной, меня удивил. В конце концов я решил, что Тернер что-то напутал или, во всяком случае, сильно преувеличил, желая завлечь меня на свой ужин. Но в течение нескольких месяцев мне не раз передавали, будто Сара Хеммингз выражала сожаление по поводу того, что, несмотря на нашу с ней давнюю дружбу, я стал для нее почти недосягаем. Более того, из разных источников до меня доходили слухи, будто она грозит «выкурить меня из норы». И наконец на прошлой неделе, когда я расследовал дело Стадли-Грейндж в местечке Шектон, в Оксфордшире, мисс Хеммингз объявилась собственной персоной с явным намерением привести угрозу в исполнение.

———

Тело Чарльза Эмери было найдено у пруда в низине за усадьбой, в огороженном каменной стеной саду. Я спустился по четырем каменным ступенькам на лужайку, настолько надежно защищенную от солнца, что даже в ясное утро тут все тонуло в густой тени. Стены были сплошь увиты плющом, и создавалось странное впечатление, будто находишься в тюремной камере без потолка.

Пруд был довольно большим. Хотя от многих я слышал, что в нем есть золотые рыбки, я не видел здесь никаких признаков жизни, да и вообще трудно было представить, что в заросшей ряской воде кто-то способен выжить,— это было и впрямь вполне подходящее место для находки трупа. Пруд обрамляла кладка из утопленных в жидкой глинистой почве каменных глыб, покрытых мхом. Минут двадцать, припав грудью к камню, выступавшему над водой, я рассматривал его через лупу, когда почувствовал: за мной наблюдают. Поначалу я подумал, что снова кто-то из членов семьи пришел докучать вопросами. Поскольку я и раньше настойчиво просил не отвлекать меня во время работы, то теперь решил, даже рискуя показаться грубым, притвориться, что ничего не замечаю.

Через некоторое время я услышал чьи-то шаги на дорожке неподалеку от входа в сад. К тому времени стороннему наблюдателю могло показаться противоестественным, что я так долго лежу на животе. Более того, я не забыл, что лежу примерно на том самом месте, где было совершено убийство, и что убийца все еще на свободе. Холодок пробежал по моей спине. Я встал, отряхнул одежду и повернулся к нарушителю моего спокойствия.

Я был, разумеется, весьма удивлен, увидев Сару Хеммингз, но, уверен, ничем не выдал этого, напротив, изобразил досаду, которую она наверняка уловила, потому что первыми ее словами стали:

— О! У меня и в мыслях не было шпионить за вами! Но слишком уж соблазнительно понаблюдать за великим человеком в процессе работы.

Я пристально всматривался в ее лицо, но не заметил никаких признаков сарказма. Тем не менее, придав голосу холодность, ответил:

— Мисс Хеммингз, в высшей степени неожиданно видеть вас здесь.

— Мне сказали, вы тут. Я приехала на несколько дней погостить у подруги в Пемли — это неподалеку.

Она помолчала, без сомнения, ожидая ответа. Я молчал, однако она, не выказав никаких признаков смущения, направилась ко мне.

— Мы с Эмери добрые друзья, вы не знали? — продолжила она.— Как ужасно — это убийство.

— Да, ужасно.

— Ах, значит, вы верите, что это было убийство? Я так и знала. У вас уже есть какие-то версии, мистер Бэнкс?

Я пожал плечами:

— Кое-какие идеи имеются.

— Жаль, Эмери не догадались обратиться к вам за помощью еще в апреле, сразу же, когда это случилось, а позвали Кельвина Хендерсона расследовать такое дело! Чего они могли ожидать? Его давно пора выбросить на свалку. Да, в такой глуши люди безнадежно отстают от жизни. В Лондоне, разумеется, любой рассказал бы им о вас.

Ее последнее замечание, признаюсь, меня немного заинтриговало, поэтому после некоторого колебания я не удержался от вопроса:

— Простите, что именно им могли рассказать обо мне?

— Ну как же, что вы самый блестящий детектив в Англии, разумеется. Да мы все говорили им это еще прошлой весной, но им понадобилось столько времени, чтобы решиться! Конечно, лучше поздно, чем никогда, но, наверное, теперь многие улики утрачены безвозвратно.

— Порой в том, что занимаешься делом по прошествии некоторого времени, есть преимущества.

— Неужели? Как интересно! А я-то всегда считала, что важно прибыть на место преступления как можно скорее, чтобы не остыл след.

— Напротив, никогда не поздно пойти по следу.

— Не находите ли вы, что после этого преступления все здесь такие подавленные, причем не только домашние? Весь Шектон словно стал загнивать. А ведь когда-то это был оживленный торговый городок и такое веселое место! Вы только взгляните на них теперь — они же почти не смотрят друг другу в глаза. Из-за этого дела все тут погрузились в пучину подозрительности. Уверяю вас, мистер Бэнкс, если вы сможете раскрыть это преступление, они будут помнить вас всю жизнь.

— Вы действительно так думаете? Это было бы забавно.

— Не сомневайтесь. Они будут вам так благодарны! Да они из поколения в поколение будут передавать рассказы о вас.

Я усмехнулся:

— Похоже, вы хорошо знаете жизнь в глубинке, мисс Хеммингз. А я думал, вы всю жизнь провели в Лондоне.

— О, в Лондоне я могу оставаться лишь некоторое время, потом мне обязательно нужно его покинуть. В душе я вовсе не горожанка, знаете ли.

— Вы меня удивляете. Мне всегда казалось, что вы очень привязаны к городу.

— Вы совершенно правы, мистер Бэнкс.— Нотка недовольства тем, что я загнал ее в угол, прозвучала в голосе.— Что-то действительно привлекает меня в городе. Он имеет свою... свою притягательность для меня.— В первый раз за время разговора она отвела взгляд и посмотрела на огороженный стеной сад.— Это напоминает мне... Впрочем, если честно признаться, ничего это мне не напоминает. Зачем притворяться? Пока мы разговаривали, я все время думала о другом. Я хотела попросить вас об одолжении.

— О каком именно, мисс Хеммингз?

— Из достоверных источников мне известно, что вы приглашены на ужин фонда Мередита. Это так?

После небольшой паузы я ответил:

— Да, так.

— Немалая честь — быть приглашенным на такое торжество в вашем возрасте. Я слышала, на этот раз ужин дается в честь сэра Сесила Медхэрста.

— Кажется, да.

— Говорят, на нем будет присутствовать Чарльз Вулф.

— Скрипач?

Она весело рассмеялась:

— А разве он занимается чем-нибудь еще? И Томас Байрон, кажется, тоже.

Она заметно возбудилась, но вдруг снова отвернулась от меня и, чуть дрожа, окинула взглядом пруд.

— Вы сказали,— заметил я,— что просите меня об одолжении?

— Ах да, да. Я бы хотела... хотела бы вас попросить взять меня с собой в качестве спутницы. На ужин фонда Мередита.

Теперь она в упор смотрела на меня. Я немного подумал, что ответить, и спокойно произнес:

— Я бы с радостью оказал вам эту услугу, мисс Хеммингз, но, к сожалению, несколько дней назад я уже послал ответ организаторам. Боюсь, теперь поздно сообщать им, что я буду не один...

— Глупости! — сердито воскликнула она.— Ваше имя сейчас у всех на устах. Если вы желаете привести с собой кого-нибудь, все будут только рады. Мистер Бэнкс, вы ведь не откажете мне? Это будет недостойно вас. В конце концов, мы с вами давние друзья.

Именно ее последнее замечание напомнило мне истинную историю нашей «дружбы» и привело в чувство.

— Мисс Хеммингз,— произнес я тоном, не допускающим дальнейших возражений,— оказать вам эту услугу я едва ли в состоянии.

Взгляд Сары Хеммингз стал еще более решительным.

— Мистер Бэнкс, я знаю все: ужин состоится в отеле «Кларидж» в следующую среду. Я буду там. С нетерпением жду этого вечера и встречу вас в вестибюле.

— Вестибюль отеля «Кларидж», насколько мне известно, открыт для всех уважаемых членов общества. Если вы желаете быть там вечером в следующую среду, я не могу вам этого запретить, мисс Хеммингз.

Она посмотрела на меня очень внимательно — видно, теперь она сомневалась в том, как я поступлю,— и наконец сказала:

— Тогда будьте уверены, что вы меня непременно увидите там в среду, мистер Бэнкс.

— Я уже сказал, это — ваше дело, мисс Хеммингз. А теперь прошу меня извинить.

Глава 3

Мне понадобилось лишь несколько дней, чтобы раскрыть тайну смерти Чарльза Эмери. Это дело не привлекло такого общественного внимания, как некоторые из моих предыдущих расследований, но глубокая благодарность семейства Эмери — да и всех жителей Шектона — принесла мне не меньшее удовлетворение, чем любое из тех дел, что мне довелось раскрыть к тому времени. Я вернулся в Лондон в отличном настроении и постепенно забыл о встрече с Сарой Хеммингз в саду за каменной оградой в первый день расследования. Впрочем, не скажу, что совершенно забыл о ее намерении явиться на ужин фонда Мередита, но, как уже было сказано, пребывая в приподнятом расположении духа после одержанной победы, я, видимо, просто не хотел думать о подобных предметах. Возможно, в глубине души я надеялся, что она не придет.

Так или иначе, когда вчера вечером я вышел из такси у отеля «Кларидж», мысли мои были заняты совсем другим. Я старался помнить: этим приглашением я прежде всего обязан своим успехам — и готовился к тому, что другие гости, нисколько, разумеется, не ставя под сомнение мое право находиться на подобном торжестве, пожелают узнать неафишируемые подробности раскрытых мною дел и наверняка будут одолевать меня вопросами. Я также решительно настраивал себя не покидать торжества до его окончания, даже если придется, испытывая неловкость, некоторое время простоять в одиночестве. Поэтому, войдя в просторный вестибюль, оказался совершенно неподготовленным к тому, чтобы увидеть поджидавшую меня там с улыбкой Сару Хеммингз.

Наряд ее был весьма впечатляющим — темное шелковое платье и неброские элегантные драгоценности. Она подошла ко мне с уверенным видом, успев при этом приветливо улыбнуться проходившей мимо супружеской паре.

— А, мисс Хеммингз,— кивнул я, лихорадочно вспоминая все, что произошло между нами в тот день в Шектоне. Признаюсь, в тот момент мне показалось, будто она имеет полное право ожидать, что я предложу ей руку и поведу наверх.

Она, безусловно, уловила мою нерешительность и приняла еще более самоуверенный вид.

— Дорогой Кристофер,— сказала она,— вы выглядите сногсшибательно. Я потрясена! Да, я ведь еще не имела возможности поздравить вас. То, что вы сделали для Эмери, чудесно. Вы, как всегда, оказались на высоте.

— Благодарю вас. Дело было не таким уж сложным.

Мисс Хеммингз успела взять меня под руку, и, уверен, если бы она сразу двинулась к ливрейному лакею, направлявшему гостей к лестнице, мне не осталось бы ничего иного, кроме как сыграть роль ее спутника. Но здесь, как теперь очевидно, она допустила ошибку. Возможно, ей хотелось покрасоваться, насладиться моментом; возможно, смелость на какой-то миг покинула ее. Так или иначе, она не сделала движения по направлению к лестнице, а вместо этого, обозревая гостей, собиравшихся в вестибюле, сказала мне:

— Сэр Сесил еще не прибыл. Надеюсь, мне удастся поговорить с ним. Весьма справедливо, что в нынешнем году чествуют именно его, вы так не думаете?

— Действительно.

— Знаете, Кристофер, полагаю, не за горами тот день, когда все мы соберемся здесь, чтобы чествовать вас.

Я рассмеялся:

— Не думаю...

— Нет-нет. Я в этом не сомневаюсь. Ну ладно, еще несколько лет можно подождать. Но этот день настанет, вот увидите.

— Вы очень любезны, мисс Хеммингз.

Так мы беседовали, стоя в вестибюле, при этом она продолжала держать меня под руку. Время от времени кто-нибудь из проходивших мимо гостей улыбался и бросал ей или мне несколько приветственных слов. Не скрою, мне было приятно стоять под руку с Сарой Хеммингз на виду у всех этих людей, среди которых были известные лица. Мне казалось, что, когда они здоровались с нами, я мог прочесть в их глазах: «Ах, так значит, теперь она подцепила его? Что ж, вполне естественно». Это ощущение наполняло меня гордостью, отнюдь не заставляя чувствовать себя глупо или униженно. Но затем — не знаю даже, что послужило тому причиной,— я вдруг ужасно рассердился на нее. Уверен, что в тот момент в моем поведении не произошло заметной перемены, и мы еще несколько минут продолжали мило болтать, отвечая на случайные приветствия гостей. Но когда я снял ее руку со своего локтя и повернулся к ней, я сделал это с железной решимостью.

— Итак, мисс Хеммингз, мне было очень приятно снова увидеться с вами. Но теперь я вынужден вас покинуть и подняться наверх.

Я поклонился и двинулся прочь. Сара Хеммингз явно не ожидала такого поворота событий, и, если даже у нее был некий стратегический план, заготовка, она не сумела им быстро воспользоваться. Только когда я удалился от нее на несколько шагов и поравнялся с пожилой парой, поздоровавшейся со мной, она, опомнившись, подбежала ко мне.

— Кристофер! — в бешенстве зашептала Сара.— Вы не посмеете! Вы мне обещали!

— Вы отлично помните: я ничего вам не обещал.

— Вы не посмеете! Кристофер, вы не посмеете!

— Желаю приятного вечера, мисс Хеммингз.

Отвернувшись от нее и — так уж вышло — от пожилых супругов, которые изо всех сил делали вид, что ничего не слышат, я стал быстро подниматься по величественной лестнице.

Достигнув верхней площадки, я был препровожден в ярко освещенную приемную, где, как положено, присоединился к очереди, выстроившейся к столу, за которым сидел человек в униформе. С непроницаемым лицом он сверял по книге имена гостей. Когда подошел мой черед, я не без удовольствия отметил проблеск интереса на невозмутимом лице мужчины и, расписавшись в книге гостей, направился к двери, ведущей в огромный зал, где уже собралось, как я заметил, довольно много народу. На пороге, к которому увлек меня поток гостей, со мной поздоровался и пожал руку высокий мужчина с густой темной бородой. Я догадался, что он — один из распорядителей вечера, но почти не слышал его слов, потому что, сказать по чести, в тот момент продолжал думать о случившемся внизу. Я испытывал удивительную опустошенность и вынужден был напомнить себе: не моя вина в том, что мисс Хеммингз оказалась в столь неловком положении. Она сама спровоцировала всю эту унизительную ситуацию.

Однако, расставшись с бородатым распорядителем и углубившись в зал, я продолжал размышлять о Саре Хеммингз. Смутно помню, что ко мне подошел официант с подносом, уставленным бокалами, какие-то люди оборачивались, чтобы приветствовать меня. В какой-то момент я вступил в беседу с группой мужчин, все они — три или четыре человека — оказались учеными и, судя по всему, знали, кто я. Потом — к тому времени прошло уже минут пятнадцать — я вдруг уловил легкую перемену в атмосфере и, осмотревшись вокруг, по взглядам и взволнованным перешептываниям понял, что при входе происходит нечто необычное.

Как только я это заметил, мной овладело дурное предчувствие, и первым побуждением было улизнуть подальше, в глубину зала. Но какая-то таинственная сила подталкивала меня ко входу, и вскоре я снова очутился рядом с бородатым распорядителем, который как раз в тот момент, стоя спиной к залу, с паническим выражением наблюдал за драмой, разворачивавшейся перед ним.

Заглянув через его плечо, я получил подтверждение своей догадке: в центре событий действительно находилась мисс Хеммингз. Процессия гостей, ставивших подписи в гостевой книге, безнадежно застопорилась на ней. В данный момент она в буквальном смысле кричала, не обращая ни малейшего внимания на то, что все это слышат. Я видел, как она стряхнула руку одного из служащих отеля, пытавшегося ее урезонить; потом, наклонившись над столом и глядя прямо в глаза мужчине с суровым лицом, по-прежнему сидевшему там, сказала голосом, готовым сорваться на рыдания:

— Вы даже понятия не имеете! Я просто должна попасть туда, разве вы не понимаете? У меня там столько друзей! О пожалуйста, будьте благоразумны!

— Мне действительно очень жаль, мисс...— начал было человек с суровым, застывшим лицом, но Сара Хеммингз, с растрепавшимися с одной стороны волосами, не дала ему договорить.

— Это какое-то недоразумение, понимаете? Всего лишь обычное глупое недоразумение и ничего больше! А вы из-за него ведете себя так жестоко, просто поверить не могу! Не могу поверить, что...

Все, кто следил за этой сценой, на какое-то мгновение, казалось, замерли в потрясении. Потом бородатый распорядитель взял себя в руки и с важным видом подошел к столу.

— Что здесь происходит? — почти ласково спросил он.— Дорогая юная леди, произошла какая-нибудь ошибка? Ну-ну, уверен, мы все уладим. Я в вашем распоряжении.— Тут он встрепенулся и воскликнул: — Да это же мисс Хеммингз, не так ли?

— Разумеется, это я! Я! Разве вы не видите? А этот человек был так груб со мной...

— Но, мисс Хеммингз, дорогая, не стоит так расстраиваться. Давайте отойдем в сторонку...

— Нет! Нет! Вам не удастся меня вывести! Я не позволю! Говорю вам, я должна, просто обязана быть там! Я так давно об этом мечтала...

— Нужно непременно что-то сделать для этой дамы,— послышался сзади мужской голос.— Нельзя пренебрегать такой красотой. Если даме так хочется войти, почему бы ей это не позволить?

В толпе гостей поднялся одобрительный гул, хотя на некоторых лицах я заметил явное неодобрение. Бородач поколебался, потом, видимо, решил, что его обязанность — любой ценой положить конец неприятной сцене.

— Ну что ж, в виде исключения...— И, повернувшись к мужчине с непробиваемым выражением лица, все так же сидевшему за столом, добавил: — Думаю, мы можем найти способ удовлетворить желание мисс Хеммингз, не правда, ли, мистер Эдвардс?

Я хотел было протиснуться поближе, но вдруг ощутил страх, что мисс Хеммингз может заметить меня и втянуть в недостойный спектакль, предъявив обвинения. И когда я начал отступать, она действительно на миг остановила глаза на мне, но ничего не предприняла, и уже в следующий момент ее исполненный муки взгляд был снова прикован к распорядителю. Воспользовавшись случаем, я поспешно ретировался.

В течение следующих минут двадцати я старался держаться подальше от входа. На удивление много гостей оказались излишне взволнованы происшествием, хотя и продолжали расточать друг другу похвалы и комплименты. Когда же со взаимными любезностями было покончено, гости перешли к восхвалению виновника торжества. У одного пожилого господина, который весьма подробно перечислил все достижения сэра Сесила Медхэрста, я спросил:

— Интересно, а сэр Сесил уже прибыл?

Мой собеседник, не выпуская из руки стакан, указал на группу гостей, среди которых я увидел высокую сутулую фигуру выдающегося государственного деятеля, беседовавшего с двумя дамами средних лет. И тут же, чуть поодаль, я заметил Сару Хеммингз, решительно пробиравшуюся к нему сквозь толпу.

Сейчас она ничем не напоминала жалкое создание, каким казалась в приемной. Она вся сияла. Как я уже сказал, мисс Хеммингз без тени сомнения приблизилась к сэру Сесилу и коснулась его руки.

В этот момент мой пожилой собеседник стал кому-то меня представлять, поэтому я был вынужден отвлечься. Когда я снова посмотрел в сторону сэра Сесила, то увидел, что обе дамы стоят по одну сторону от него, неловко улыбаясь, а вниманием сэра Сесила полностью завладела мисс Хеммингз. Она что-то ему говорила, а он время от времени громко смеялся, чуть откидывая голову назад.

В положенное время нас пригласили в банкетный зал, где мы расселись за необозримо длинным столом, освещенным множеством свечей. Я с облегчением обнаружил, что место мисс Хеммингз находится довольно далеко, и некоторое время наслаждался происходящим, болтая с сидевшими рядом дамами,— каждая была по-своему очаровательна. Еда тоже оказалась изысканной и вкусной. Но по мере того как продолжался ужин, я стал все чаще наклоняться вперед, чтобы увидеть мисс Хеммингз, и прокручивать в голове причины, побудившие меня повести себя так, как я себя повел.

Вероятно, из-за той озабоченности сейчас я не могу вспомнить ужин в деталях. Где-то во главе стола произносили речи; гости вставали, чтобы воздать хвалу сэру Сесилу за вклад, который он внес в международные отношения, в частности за роль, которую он сыграл в создании Лиги Наций. Потом наконец поднялся сам сэр Сесил.

Насколько я помню, собственные достоинства он всячески старался умалить, хотя, в общем, его выступление было довольно оптимистичным. С точки зрения сэра Сесила, человечество извлекло урок из собственных ошибок и создало структуры, стоящие на страже мира. Человечество больше никогда не увидит потрясений такого масштаба, каким явилась Великая война. В то же время, какой бы ужасной ни была та война, она представляла собой «своеобразное звено в эволюции человека», когда за несколько лет прогресс намного опередил наши недавние представления о возможностях техники. Всех поразило быстрое развитие технических средств, позволившее вести боевые действия с помощью современнейших видов вооружения, но, к счастью, теперь многое изменилось. Мы наглядно увидели ужас, к которому может привести прогресс, силы защитников цивилизации возобладали и остановили безумие. Приблизительно к этому сводилась речь виновника торжества, и мы от души аплодировали ему.

После ужина дамы нас не покинули, напротив, всем предложили проследовать в бальный зал. Там играл струнный квартет, и официанты разносили ликеры, сигары и кофе. Гости переходили с места на место, образуя группы, и вскоре установилась гораздо более непринужденная атмосфера, чем до ужина. В какой-то момент я поймал взгляд мисс Хеммингз, брошенный из другого конца зала, и был немало удивлен тем, что она улыбнулась мне. Моей первой мыслью было, что это улыбка врага, замышляющего страшную месть; но, продолжив наблюдать за ней по ходу вечера, я убедился в своей ошибке. Сара Хеммингз была искренне счастлива. Месяцами, быть может, годами строя планы на этот вечер, она смогла преуспеть в их осуществлении. Она была здесь и, словно женщина, разрешившаяся от бремени, испытывала огромное облегчение, забыв о боли, которую пришлось претерпеть на пути к желанной цели. Я наблюдал, как она переходит от одного кружка беседующих к другому, как мило щебечет. Мне пришло в голову, что стоило бы подойти и помириться с ней, пока она пребывает в добром расположении духа, но мысль о возможной резкой перемене ее настроения заставила держаться подальше.

Прошло, наверное, с полчаса после того, как мы перешли в бальный зал, когда меня наконец представили сэру Сесилу Медхэрсту. Я не предпринимал никаких попыток познакомиться с ним, но, вероятно, был бы слегка раздосадован, если бы упустил возможность обменяться парой фраз с выдающимся государственным деятелем. Случилось так, что это его подвели ко мне — это сделала леди Адамс, с которой я познакомился сравнительно недавно, во время одного из расследований. Сэр Сесил тепло пожал мне руку и сказал:

— О, мой юный друг! Вот вы, значит, какой!

На несколько минут нас оставили наедине посреди зала. К тому времени вокруг уже царила веселая толчея, так что, обменявшись обычными любезностями, мы были вынуждены разговаривать, наклонившись друг к другу и напрягая голос. В какой-то момент, слегка подтолкнув меня локтем, он сказал:

— Во время ужина я уже говорил, что мир становится все более безопасным и цивилизованным. Я, знаете ли, верю в это. По крайней мере,— тут он схватил мою руку и лукаво заглянул мне в глаза,— по крайней мере, мне нравится верить в это. О да, мне ужасно нравится в это верить! Но я не знаю, мой юный друг, не знаю, сумеем ли мы до конца выдержать этот курс. Будем делать все, что сможем. Организации, конференции... Будем собирать лучшие умы ведущих стран, чтобы люди, обмениваясь мнениями, объединяли усилия. Но зло всегда будет таиться за углом. О да! Оно постоянно начеку, даже теперь, когда мы с вами разговариваем, оно замышляет козни, чтобы привести цивилизацию на край пропасти. Силы зла хитроумны, дьявольски хитроумны. Добропорядочные мужчины и женщины могут делать все возможное, посвящать все силы тому, чтобы держать их в узде, но, боюсь, этого может оказаться недостаточно. Для добропорядочного гражданина зло слишком хитроумно и изобретательно. Оно будет ходить кругами, искушать, провоцировать. Я вижу это, вижу даже сейчас, но дальше станет еще хуже. Вот почему нам будут особенно нужны такие люди, как вы, люди, на которых можно положиться, мой юный друг, которые быстро разгадают дурные умыслы и вырвут ядовитые сорняки прежде, чем они заполонят все пространство.

Возможно, сэр Сесил чуть подвыпил, возможно, шумное торжество ошеломило его. Во всяком случае, он продолжал в том же духе еще какое-то время, то и дело взволнованно хватая меня за руку. А может, просто этот выдающийся человек был экзальтированным по натуре. Мне же весь вечер хотелось задать ему один вопрос, и, когда он замолчал, я решился:

— Сэр Сесил, вы, кажется, недавно побывали в Шанхае?

— В Шанхае? Ну конечно, мой друг. Несколько раз ездил туда и обратно. То, что происходит в Шанхае, очень серьезно. Нельзя больше, знаете ли, ограничиваться Европой. Если мы хотим преодолеть хаос в Европе, нам пора расширить наше влияние.

— Я спрашиваю, сэр, потому что родился в Шанхае.

— Неужели? Так-так.

— Мне просто хотелось узнать, сэр, не встречали ли вы там моего старого друга. Вряд ли у вас могли быть точки пересечения, и все же... Его фамилия Ямасита. Акира Ямасита.

— Ямасита? Гм-м... Японец? В Шанхае, конечно же, полно японцев. Они сейчас приобрели там большое влияние. Вы сказали Ямасита?

— Акира Ямасита.

— Нет, кажется, я с ним не встречался. Он дипломат?

— Дело в том, сэр, что я этого не знаю. Мы дружили с ним в детстве.

— Ах, вон оно что! В таком случае уверены ли вы, что он еще в Шанхае? Возможно, ваш приятель вернулся в Японию?

— О нет, я уверен, он по-прежнему в Шанхае. Акира обожал этот город. Кроме того, он решительно был настроен никогда не возвращаться в Японию. Нет, я не сомневаюсь, что он там.

— Понятно. К сожалению, я с ним не встречался. Часто виделся с другим парнем, Сайто, и с несколькими военными. Но среди них не было никого с именем Ямасита.

— Ну что ж...— Я засмеялся, чтобы скрыть разочарование.— Это было маловероятно. Я просто так спросил.

Как раз в тот момент я с тревогой обнаружил, что Сара Хеммингз стоит рядом.

— Значит, вам наконец удалось отловить великого сыщика, сэр Сесил! — воскликнула она.

— Да, моя дорогая,— ответил пожилой джентльмен, глядя на нее сияющими глазами.— И я сказал ему, что очень многое будет зависеть от него в предстоящие годы.

Сара Хеммингз улыбнулась, глядя на меня:

— Должна вам заметить, сэр Сесил, что, по моим наблюдениям, на мистера Бэнкса отнюдь не всегда можно положиться. Но, вероятно, он лучший из всех, кто у нас есть.

При этих словах я счел за благо как можно скорее удалиться и, притворившись, будто заметил кого-то в другом конце зала, извинился и откланялся.

В течение некоторого времени мисс Хеммингз больше не попадалась мне на глаза. Потом гости начали разъезжаться, толпа в зале поредела, и официанты открыли балконные двери, чтобы впустить в помещение освежающий ветерок. Вечер был теплым, и, желая проветриться, я вышел на балкон. Сделав первый же шаг, я обнаружил, что Сара Хеммингз со вставленной в мундштук сигаретой стоит на балконе и озирает ночное небо. Я хотел было мгновенно дать задний ход, но что-то подсказало мне: хоть она и не шелохнулась при моем появлении, оно не ускользнуло от ее внимания. Поэтому мне пришлось сделать еще один шаг вперед и сказать:

— Итак, мисс Хеммингз, вечер у вас в конце концов удался.

— Это действительно был самый восхитительный вечер,— ответила она, не оборачиваясь, и, вздохнув, затянулась сигаретой, потом одарила меня через плечо мимолетной улыбкой и снова уставилась в ночное небо.— Все было именно так, как я представляла. Куда ни взгляни — повсюду замечательные люди. Потрясающие люди. А сэр Сесил, он такой милый, вы не находите? У меня была интереснейшая беседа с Эриком Митчеллом о его выставке. В следующем месяце он собирается пригласить меня на персональную экскурсию.

Я ничего на это не ответил, и некоторое время мы просто стояли рядом, опершись на балконные перила. Удивительно, но, вероятно, благодаря струнному квартету, исполнявшему вальс, нежная мелодия которого доносилась до нас из зала, молчание не казалось неловким, как можно было ожидать. Наконец мисс Хеммингз проронила:

— Наверное, я вас удивила.

— Удивили?

— Ну, своей решимостью проникнуть сюда сегодня во что бы то ни стало.

— Да, признаюсь, удивили.— Я немного помолчал.— А почему, мисс Хеммингз, вам было столь необходимо приобщиться к тому обществу, которое здесь сегодня собралось?

— Столь необходимо? Вы думаете, что для меня это было необходимо?

— Судя по всему, да. И сцена, которую я наблюдал у входа в начале вечера, подтверждает мою догадку.

К моему удивлению, она ответила веселым смехом. Потом, улыбнувшись, спросила:

— А почему бы и нет, Кристофер? Почему бы мне не стремиться в подобное общество? Разве это... разве это не рай?

Поскольку я ничего не ответил, улыбка на ее лице погасла.

— Вижу, вы меня не одобряете,— сказала она уже совсем другим голосом.

— Я просто заметил...

— Да ничего, все в порядке. Вы абсолютно правы. Вы ведь имели возможность заметить это еще раньше, а теперь вас это смутило. Но что еще мне остается? Я не желаю, состарившись и оглядываясь на свою жизнь, сожалеть об упущенных возможностях. Хочу, чтобы у меня в прошлом было нечто, чем можно гордиться. Видите ли, Кристофер, я честолюбива.

3 - 4554 К. Исигуро

— Я вас не совсем понимаю. Вам кажется, ваша жизнь будет более осмысленной, если вы станете общаться со знаменитостями?

— Значит, вот как вы обо мне думаете?

Она отвернулась, вероятно, искренне обидевшись, и снова затянулась сигаретой. Я наблюдал, как она смотрит вниз, на опустевшую улицу и белые дома напротив с лепниной на фасадах. Потом она грустно произнесла:

— Боюсь, именно так это и выглядит. Особенно если человек смотрит на меня циничным взглядом.

— Надеюсь, вам не кажется, что я смотрю на вас таким взглядом? Я бы очень огорчился, узнав, что это так.

— Тогда вам следовало бы попытаться проявить чуть больше понимания.— Она обернулась и напряженно всмотрелась в мое лицо, прежде чем отвернуться снова.— Будь живы мои родители, они наверняка твердили бы мне, что давно пора выйти замуж. И наверное, были бы правы. Но я не хочу жить так, как, по моим наблюдениям, живут очень многие девушки. Я не собираюсь растрачивать свою любовь, всю энергию, ум — сколь скромны бы они ни были — на какого-нибудь бесполезного человека, посвящающего жизнь гольфу или торговле в Сити. Я выйду замуж за кого-то, кто действительно сможет внести свой вклад в развитие человечества, в то, чтобы сделать мир лучше. Неужели это такое уж постыдное стремление? Я хожу на подобные вечера не затем, чтобы подцепить какую-нибудь знаменитость, Кристофер. Я ищу выдающихся людей. Ради этого можно иногда вытерпеть и некоторую неловкость! — Она махнула рукой в сторону зала.— Но я никогда не соглашусь с тем, что моя судьба — посвятить свою жизнь какому-нибудь милому, воспитанному, но бесполезному мужчине.

— Когда вы так говорите,— ответил я,— становится ясно, что вы считаете себя избранной.

— В некотором роде, Кристофер, так и есть. Ах, что это играют? Что-то знакомое. Это Моцарт?

— Думаю, Гайдн.

— Конечно, вы правы. Да, это Гайдн.— Несколько минут она смотрела на небо и, казалось, слушала.

— Мисс Хеммингз,— сказал я наконец,— я вовсе не горжусь своим сегодняшним поведением. Можно сказать, теперь я даже сожалею о том, что произошло. Надеюсь, вы меня простите.

Она продолжала смотреть в темноту, водя по щеке мундштуком.

— Очень любезно с вашей стороны, Кристофер,— тихо ответила Сара.— Но это мне следует принести извинения. В конце концов, я ведь хотела вас использовать. Конечно, хотела. Не сомневаюсь, я выглядела отвратительно, но это мне безразлично. Что мне небезразлично, так это то, что я плохо обошлась с вами. Возможно, вы не поверите, но это так.

Я рассмеялся:

— Ну, в таком случае давайте постараемся простить друг друга.

— Да, давайте.— Она повернулась ко мне, и лицо ее озарилось почти детской радостной улыбкой. Потом на него снова наползла тень усталости, и она опять устремила взгляд в ночную тьму.— Думаю, все из-за того, что я слишком тщеславна. И из-за того, что у меня осталось не так уж много времени.

— Давно ли вы потеряли родителей? — спросил я.

— Мне кажется, это случилось в незапамятные времена. Но в каком-то отношении они всегда со мной. Взгляните, все расходятся. Какая жалость! А я хотела еще о многом с вами поговорить. Например, о вашем друге.

— О моем друге?

— Ну да, о человеке, о котором вы спрашивали сэра Сесила. Ну, о том, из Шанхая.

— Об Акире? Мы с ним не виделись с детства.

— Но он, судя по всему, очень много значит для вас.

Я оглянулся.

— Вы правы. Все действительно расходятся.

— Тогда, полагаю, и мне пора, а то мой уход будет замечен так же, как и прибытие,— сказала она, но не двинулась с места, и в конце концов я сам, извинившись, вернулся в зал.

Лишь один раз я подумал, что мисс Хеммингз выглядит так одиноко. В ночи, с сигаретой на балконе, а в зале гости уже начинают расходиться... У меня даже мелькнула мысль: не вернуться ли и не предложить ли проводить ее. Но ее вопрос об Акире немного насторожил меня, и я решил, что для одного вечера сделал достаточно, чтобы исправить отношения, сложившиеся между мной и Сарой Хеммингз.

Часть вторая

Лондон,
15 мая 1931 года

Глава 4

В глубине нашего сада в Шанхае был покрытый травой холм, на вершине которого рос одинокий клен. Когда нам с Акирой исполнилось по шесть лет, мы обожали играть на этом холме и вблизи него, и, когда бы я ни вспоминал теперь о друге своего детства, в моем воображении возникали два мальчика, бегающие по склонам того холма, а порой спрыгивающие с него там, где склон особенно крут.

Время от времени, запыхавшись, мы садились отдохнуть на вершине, прислонясь спинами к стволу клена. С высоты нам был хорошо виден сад и большой белый дом в дальнем его конце. Закрыв глаза, я живо вижу перед собой тщательно подстриженный «английский» газон, полуденные тени, отбрасываемые вязами, что отделяли наш сад от сада Акиры, и сам дом — огромное белое сооружение со множеством флигелей и забранных решетками балконов. Подозреваю, что лелеемая в памяти картина дома в значительной мере плод детского воображения и что на самом деле дом вовсе не был велик. Разумеется, даже тогда, в детстве, я сознавал, что он никак не может соперничать в великолепии с резиденциями, расположенными за углом, на дороге Кипящего Колодца. Тем не менее дом более чем удовлетворял потребностям его обитателей, то есть моих родителей, меня, Мэй Ли и слуг.

Он являлся собственностью компании «Баттерфилд и Суайр», вследствие чего многие украшения и картины, висевшие на стенах, мне было строго запрещено трогать. Это также означало, что время от времени в доме останавливался какой-нибудь «гость» — например, сотрудник компании, только что прибывший в Шанхай и не успевший еще обзавестись хозяйством. Не знаю, возражали ли мои родители против такого установления. Я же нисколько не был против, потому что «гостем» обычно оказывался молодой человек, вместе с которым в дом входила атмосфера английских лугов, какими они представлялись мне по «Ветру в ивах», или тонущих в тумане улиц из детективных рассказов Конан Дойла. Эти молодые англичане, желая произвести хорошее впечатление, позволяли мне задавать им бесчисленное количество вопросов, а иногда даже выполняли мои неблагоразумные просьбы. Многие из них, как мне представляется, были моложе, чем я теперь, и, впервые оказавшись вдали от дома, пребывали в растерянности. Но для меня в те времена все они были объектами пристального изучения.

Однако вернемся к Акире. Была в нем некая особенность, которая вспоминается мне теперь в связи с тем днем, когда мы, разыгрывая одну из своих пьес, набегались, как сумасшедшие, вверх и вниз по холму и присели отдышаться под кленом. Я, стараясь успокоить дыхание, смотрел через лужайку на дом, и тут Акира, сидевший у меня за спиной, сказал:

— Осторожно, стурик. Многоножка. Прямо возле твоей ноги.

Я отчетливо слышал, как он произнес «стурик», но тогда не обратил на это внимания. Словечко, однако, Акире, судя по всему, очень понравилось, и в течение

последующих нескольких минут, когда мы снова приступили к игре, он несколько раз повторил его: «Сюда,
стурик», «Быстрее, стурик».

— Во всяком случае, не «стурик», а «старик»,— не
выдержал я наконец, когда мы заспорили о том, как
должно развиваться действие дальше.

Акира, как я и ожидал, яростно запротестовал:

— А вот и нет! Ничего подобного. Миссис Браун.
Она заставлять повторять меня: стурик, стурик. Правильное произношение, всегда. Она говорить «стурик».
Она учитель!

Переубеждать его было бессмысленно: начав учить
иностранный язык, он страшно гордился своим новым
статусом знатока английской речи в семье. Но я не желал уступать, и в конце концов спор наш достиг такого
накала, что Акира, не дожидаясь окончания игры, гордо
удалился, кипя гневом, через «потайную дверь» — дыру
в живой изгороди, разделявшей наши участки.

В течение нескольких последующих дней, когда мы
играли вместе, он не называл меня «стуриком» и не
возвращался к предмету нашей ссоры. Я почти забыл
о ней, когда через несколько недель, как-то утром, тема всплыла снова. Мы возвращались домой по дороге
Кипящего Колодца мимо шикарных домов на прекрасных лужайках. Не помню, что именно я ему сказал, но
он ответил мне:

— Очень мило с твоей стороны, старик.

Помню, как я боролся с искушением указать ему
на свою правоту, потому что к тому времени достаточно хорошо знал Акиру, чтобы понимать: он говорит
теперь «старик» не просто потому, что понял свою ошибку; неким странным образом мы оба понимали: он пытается мне внушить, будто именно он всегда настаивал

на таком произношении — «старик», а теперь он лишь подтверждает свой аргумент, и отсутствие возражений с моей стороны свидетельствует о его окончательной победе. И действительно, до конца дня он продолжал называть меня «стариком», а лицо у него было такое, словно он хотел сказать: «Ну что, не будешь больше выставлять себя на посмешище? Рад, что ты образумился».

Такое поведение нельзя было назвать совершенно нетипичным для Акиры, но, хотя меня это всегда бесило, я редко удосуживался возражать ему. В сущности — мне и сегодня это трудно объяснить,— я испытывал некоторую потребность подыгрывать фантазиям Акиры, и, если бы кто-то из взрослых взялся быть арбитром в нашем споре по поводу «стурика», я бы сам, пожалуй, принял сторону Акиры.

Вовсе не хочу этим сказать, будто Акира верховодил мной или наша дружба была хоть в какой-то мере неравноправной. В играх я проявлял не меньше инициативы, и большинство окончательных решений оставалось за мной. Дело в том, что в умственном развитии я считал себя выше, и Акира, вероятно, признавал это. С другой стороны, существовали вещи, которые придавали моему японскому другу большой авторитет в моих глазах. Например, приемы борьбы, которые он часто применял, если был недоволен моими высказываниями или если в ходе разыгрывания одной из наших драм я противился повороту сюжета, на котором настаивал он. В целом, несмотря на то что он был всего на месяц старше меня, я считал его более опытным, что ли. Похоже, он знал много такого, что мне было неизвестно. А самое главное, он говорил, будто несколько раз предпринимал дерзкие вылазки за пределы колонии иностранцев, именовавшейся в Шанхае «поселком».

С дистанции прошедших лет мне кажется немного удивительным, что нам, мальчишкам, разрешали без сопровождения уходить так далеко. Впрочем, мы, разумеется, никогда не преступали пределов относительно безопасного района для иностранцев. Между тем если мне, например, категорически запрещалось посещать китайские кварталы города, то, насколько я могу судить, родители Акиры были в этом отношении гораздо менее строги. Нам говорили, что там, вне колонии, царство отвратительных болезней, грязи и дурных людей. В самой опасной близости от границы «поселка» я оказался лишь однажды, когда экипаж, в котором ехали мы с мамой, неожиданно свернул на непривычную дорогу — вдоль речки, огибающей район Чапей. Глядя на наползающие друг на друга крыши по ту сторону реки, я задерживал дыхание, чтобы не дай бог не подхватить какую-нибудь заразу, которая, конечно же, могла перелететь по воздуху через узкую полоску воды. Неудивительно, что рассказы друга о нескольких его тайных вылазках в подобные места производили на меня сильное впечатление.

Помню, я не раз пытал Акиру насчет этих его походов. Что касается китайских кварталов, утверждал он, то реальность намного превосходит все слухи. Там нет домов в обычном смысле слова — лишь лачуги, построенные впритык одна к другой. Это, по его словам, скорее напоминало базар на Бунской дороге, если представить, что в каждой лавке живет целая семья. Более того, повсюду валяются трупы, облепленные жужжащими мухами, и никому до этого нет никакого дела.

Однажды Акира шел по многолюдной улице и увидел, как человека — важного военного, по его предположению,— несли в паланкине, который сопровождал великан с мечом. Военный указывал на кого хотел, и великан отрубал тому голову, будь то мужчина или женщина. Естественно, все в панике пытались спрятаться, а Акира стоял и дерзко смотрел на военного. Последний задержался на мгновение, раздумывая, не обезглавить ли и Акиру, но затем, видимо пораженный храбростью моего друга, рассмеялся и, протянув руку, погладил его по голове. После чего кортеж военного двинулся дальше, оставляя за собой множество новых жертв.

Не помню, чтобы мне когда-либо пришло в голову усомниться в правдивости рассказов Акиры. Однажды я мимоходом упомянул в разговоре с мамой о приключениях друга за пределами «поселка», она улыбнулась и сказала нечто, посеявшее сомнения в моей душе. Я рассердился на нее и впоследствии в разговорах с ней старался избегать тем, связанных с Акирой.

Кстати, моя мать была единственным человеком, к которому Акира относился с каким-то особым, благоговейным трепетом. Если, скажем, я не уступал ему в споре даже после того, как он применял ко мне один из своих знаменитых приемов, я всегда мог прибегнуть к последнему средству — предложить, чтобы нас рассудила моя мама. Разумеется, делал я это неохотно: в подобном возрасте унизительно использовать авторитет матери в качестве аргумента. Но в тех случаях, когда все же приходилось к этому прибегать, меня всегда поражало, какой это производило эффект: безжалостный демон с мертвой хваткой вмиг превращался в охваченного паникой ребенка. Я никогда не мог понять, почему моя мать оказывала такое воздействие на Акиру, ведь хотя он всегда был даже излишне вежлив, в целом робость перед взрослыми была ему несвойственна. Более того, я не помню, чтобы моя мать когда-либо говорила с ним иначе, кроме как в самом ласковом и дружелюбном тоне. Я немало размышлял тогда над этим, и мне в голову приходили разные объяснения.

Некоторое время я думал, что Акира так относится к моей маме потому, что она красивая. То, что моя мама красивая, я воспринимал в детстве как само собой разумеющееся. Так все о ней говорили, и я, видимо, привык к слову «красивая», как к ярлыку, означающему не более того, что означают слова «высокая», «низенькая» или «молодая». В то же время я не мог не замечать того впечатления, которое ее красота производила на окружающих. Разумеется, в тогдашнем моем возрасте у меня не было определенного представления о женской привлекательности. Но, повсюду сопровождая маму, я не удивлялся тому, например, что прохожие бросали на нее восхищенные взгляды, когда мы прогуливались в городском саду, или тому, что официанты оказывали ей особое внимание, когда утром по субботам мы заходили в итальянское кафе на Нанкинской дороге полакомиться пирожными.

Сейчас, когда я смотрю на ее фотографии — у меня в альбоме, привезенном из Шанхая, их семь, — она представляется мне красавицей скорее в прежнем, викторианском, стиле. Сегодня ее, пожалуй, назвали бы интересной, и уж во всяком случае никто не сказал бы «хорошенькая». Я не могу себе представить ее кокетливо жестикулирующей или откидывающей голову, как это принято у нынешних молодых дам. На снимках — все они сделаны до моего рождения: четыре в Шанхае, два в Гонконге, один в Швейцарии — она выглядит, несомненно, элегантной, статной, быть может, даже несколько надменной, но в ее взгляде сквозит потаенная нежность, это я хорошо помню. Словом, я хочу сказать, что для меня было вполне естественным предположить, по крайней мере вначале, что странное отношение Акиры к моей матери продиктовано ее красотой. Но, поразмыслив тщательнее, я остановился на более вероятном объяснении, а именно: на Акиру произвел неизгладимое впечатление эпизод, свидетелем которого он оказался однажды утром, когда к нам в дом явился инспектор по санитарному надзору.

Это было рутинным событием нашей жизни: время от времени нас посещало какое-нибудь официальное лицо из «Баттерфилд и Суайр». Тот или иной чиновник приблизительно час бродил по дому, отмечая что-то в блокноте и иногда задавая вопросы. Помню, мама как-то рассказывала мне, что когда я был совсем маленьким, то любил играть в «инспектора по санитарному надзору» и ей приходилось уговаривать меня не тратить столько времени на осмотр туалетной комнаты с карандашом в руке. Скорее всего, так и было, но, насколько помню, подобные визиты обычно были скучными, и в течение многих лет я совершенно не думал о них. Теперь, однако, понимаю: проверки, которые устраивались не только для того, чтобы проинспектировать гигиенические условия, но и для того, чтобы выявить признаки заболеваний у хозяев и домашней челяди, порождали большую неловкость. Безусловно, лица, избираемые компанией для подобной миссии, должны были обладать особой тактичностью и деликатностью. Конечно, я помню этих робких, хитроватых людей — обычно это были англичане, реже французы,— которые всегда вели себя почтительно не только с моей матерью, но и с Мэй Ли, что меня очень радовало. Но инспектор, явившийся в то утро,— мне, кажется, было тогда лет восемь,— оказался совсем другим.

Сегодня, когда я пытаюсь мысленно представить его, в памяти всплывают две отличительные черты: у него были обвислые усы и коричневое пятно — вероятно, от чая — на тулье шляпы сзади, уходящее под ленту. Я играл перед домом на лужайке. Помню, в тот пасмурный день я был полностью поглощен игрой, когда у ворот появился какой-то мужчина и направился к дому. Поравнявшись со мной, он бросил: «Привет, молодой человек. Мама дома?» — и, не дожидаясь ответа, проследовал дальше. Я посмотрел ему в спину и заметил пятно на шляпе.

Примерно через час произошло следующее. Пришел Акира, и мы с ним играли у меня в комнате. Отвлечься от игры нас заставили голоса — не то чтобы очень громкие, но какие-то напряженные. Мы тихонько пробрались на лестничную площадку и спрятались за тяжелым дубовым шкафом, что стоял за дверью комнаты для игр.

В нашем доме была довольно широкая лестница, и из своего укрытия мы могли видеть блестящие перила площадки у входа в холл. Там лицом друг к другу почти в центре стояли инспектор и моя мать, оба напряженные, напоминавшие две шахматные фигуры, случайно оставленные на доске. Инспектор, как я заметил, прижимал к груди шляпу с пятном. Мама стояла, сложив руки чуть ниже груди, как делала это по вечерам, готовясь петь, когда миссис Льюис, жена американского викария, приходила аккомпанировать ей на фортепьяно.

Их спор, малозначительный сам по себе, наверняка имел для моей матери особый смысл, победа в нем была чем-то вроде нравственного триумфа. Помню, по мере моего взросления она не раз возвращалась к нему, словно хотела, чтобы я прочувствовал его всем сердцем. Помню также, она часто рассказывала эту историю гостям, а в конце обычно смеялась и замечала, что инспектора вскоре после того случая сняли с должности. Вследствие этого я теперь не могу сказать, что именно видел сам из нашего укрытия, а что помню по рассказам матери. Во всяком случае, мне кажется, мы с Акирой, выглянув из-за дубового шкафа, услышали, как инспектор говорил что-то вроде:

— Я отношусь с полным уважением к вашим чувствам, миссис Бэнкс, тем не менее в подобных местах предосторожность не бывает излишней. Ведь компания несет ответственность за благополучие всех служащих, даже таких закаленных, как вы с мистером Бэнксом.

— Простите, мистер Райт,— отвечала моя мать,— но ваши возражения мне по-прежнему непонятны. Слуги, о которых вы толкуете, за долгие годы зарекомендовали себя с самой лучшей стороны. Я могу поручиться: они соблюдают все правила. И вы сами признали, что не обнаружили у них никаких признаков заразных заболеваний.

— И все же, мадам, они из Шаньдуна. А компания обязана предостеречь всех своих служащих от того, чтобы нанимать на работу выходцев из этой провинции. Такое ограничение, если позволите заметить, продиктовано горьким опытом.

— Вы серьезно? Хотите, чтобы я уволила наших друзей — да, мы давно считаем их друзьями — только потому, что они родом из Шаньдуна?

Здесь манера инспектора изъясняться стала патетической. Он снова начал объяснять моей матери, что возражения компании против слуг из Шаньдуна основываются на сомнениях, касающихся не только их здоровья и соблюдения правил гигиены, но также и честности. А поскольку в доме находится множество ценных вещей, принадлежащих компании — инспектор обвел рукой холл,— он обязан повторить свои рекомендации. Когда моя мать прервала его, чтобы поинтересоваться, на чем конкретно основываются столь удивительные обобщения, инспектор тяжело вздохнул и сказал:

— Если коротко, мадам,— опиум. Употребление опиума в Шаньдуне достигло в настоящее время такого размера, что существуют целые деревни, все жители которых стали рабами трубки. Отсюда, миссис Бэнкс, и частые случаи заражения. А тем, кто приезжает из Шаньдуна на работу в Шанхай, пусть даже с самыми честными намерениями, неизбежно рано или поздно приходится воровать ради своих родителей, братьев и кузенов, чьи пороки они так или иначе должны оплачивать... Господи помилуй, мадам! Я ведь только пытаюсь объяснить...

В этот момент съежился не только инспектор; я видел, как Акира, глубоко вдохнув, затаил дыхание и с открытым ртом неотрывно смотрел на мою мать. Именно воспоминание об этом моменте и привело меня позднее к убеждению, что его благоговейный трепет перед ней ведет свое начало от того спора.

Однако если инспектора и Акиру потряс вид моей матери в тот миг, то я не видел в происходящем ничего необычного. По мне, так она просто немного напряглась, готовясь сказать что-то важное. Но я-то хорошо знал ее привычки и манеру говорить, а тех, кто был знаком с ней меньше, обычные в таких случаях взгляд и поза моей матери, безусловно, могли напугать.

Тем не менее не могу сказать, что и меня совсем не испугал последовавший·за этим взрыв. В тот самый момент, когда инспектор произнес слово «опиум», я уже знал: бедолаге несдобровать.

Он замолк на полуслове, без сомнения, уверенный в том, что сейчас его прервут. Но помню, мама, не сводя глаз с инспектора, выдержала паузу — в холле повисла звенящая тишина — и лишь потом тихим голосом, в котором не было и намека на то, что вот-вот разразится буря, спросила:

— Это вы мне, сэр, от имени компании говорите об опиуме?

После этого она со сдержанной яростью выдала тираду, в которой напомнила инспектору о том, что к тому времени мне было уже известно и о чем я неоднократно слышал: британцы в целом и компания «Баттерфилд и Суайр» в частности, в несметных количествах ввозя в Китай индийский опиум, способствовали деградации и обнищанию целого народа. Иногда мамин голос начинал звенеть, но ни разу речь не утратила размеренности. Наконец, все так же не отрывая взгляда от своего противника, она спросила его:

— Вам не совестно, сэр? Как христианину, как англичанину, как человеку, считающему себя порядочным? Вам не стыдно служить такой компании? Скажите, как вы можете спать спокойно, зная, что своим благополучием обязаны столь неправедным способом нажитому богатству?

Если бы инспектору достало смелости, он мог бы возразить, что моей матери едва ли пристало делать ему подобный выговор, что подобные слова вряд ли уместны в устах жены лояльного служащего компании, живущего в принадлежащем компании доме. Но к тому времени инспектор понял: это ему не по силам. Пробормотав, чтобы сохранить лицо, несколько избитых фраз, он ретировался из дома.

В те времена меня еще удивляло, когда взрослые, как, например, этот инспектор, делали вид, будто не знают о борьбе, которую моя мать вела против опиума. В детстве я верил, что маму знают и восхищаются ею как принципиальным врагом Великого Китайского Опиумного Дракона. Употребление опиума, должен сказать, не было чем-то, что взрослые жители Шанхая так уж пытались утаить от детей, но, разумеется, в нежном возрасте я знал об этом мало. Каждый день из окошка экипажа, отвозившего меня в школу, я видел китайцев, растянувшихся на утреннем солнышке на порогах своих домов вдоль Нанкинской дороги, и в течение довольно долгого времени, когда речь заходила о деятельности моей матери, считал, что она помогает только этой группе знакомых людей. Однако, повзрослев, я стал чаще замечать, что вокруг всего этого существует какая-то тайна. Например, мне надлежало присутствовать на завтраках, которые давала мама.

Они происходили у нас в доме, как правило, в будние дни, когда отец был на работе. Обычно приходили четыре-пять дам, их препровождали в оранжерею, где среди ползучих растений и пальм уже был накрыт стол. Я помогал, передавая чашки, блюдца и тарелки, и ждал момента, который непременно должен был наступить: мама спрашивала своих гостей, как они, «если прислушаться к собственным сердцу и совести», относятся к компаниям, в которых служат их мужья. В этом месте милая беседа обычно прерывалась, и дамы молча слушали маму. Она говорила, как глубоко ее огорчает «роль нашей компании», которую она считала «антихристианской и антибританской». Насколько я помню, трапезы продолжались в неловкой тишине, пока вскоре после этого дамы, холодно попрощавшись, не выходили и не садились в ожидавшие их экипажи или автомобили. Но по рассказам самой мамы знаю, что ей удавалось-таки «завоевать» некоторое число сторонниц среди жен английских чиновников, и этих новообращенных она впоследствии приглашала на свои собрания.

Встречи эти представляли собой гораздо более серьезные мероприятия, и я на них не допускался. Собрания проходили в столовой за закрытыми дверями, и если по случайности я все еще оставался в доме, меня просили ходить на цыпочках. Порой меня представляли какому-нибудь приглашенному, которого мать ценила особо,— священнику или дипломату, но обычно Мэй Ли наказывали увести меня подальше до того, как прибудет первый гость. Разумеется, дядюшка Филипп был одним из постоянных участников, и я часто решался показаться в поле зрения разъезжающихся гостей, чтобы привлечь его внимание. Если он меня замечал, то непременно с улыбкой подходил ко мне немного поболтать. Иногда, если у него не было неотложных дел, я отводил его в сторону и показывал рисунки, сделанные за неделю, или мы шли на террасу, чтобы немного посидеть там вдвоем.

Как только уезжал последний визитер, атмосфера в доме решительно менялась. Мама неизменно становилась после таких встреч веселее, с ее плеч падал какой-то груз. Я наблюдал, как она ходит по дому, напевая и расставляя вещи по местам, и отправлялся в сад ждать ее, потому что знал: закончив уборку, она выйдет ко мне, и сколько бы времени ни оставалось до обеда, все это время будет принадлежать мне.

Когда я стал старше, именно в такие моменты, сразу после собраний, мы с мамой отправлялись на прогулку в Джессфилд-парк. Но когда мне было еще лет шесть-семь, мы оставались дома и играли в настольные игры или даже в мои игрушечные солдатики. Как сейчас помню, именно в тот период у нас вошла в привычку еще одна игра. На лужайке неподалеку от террасы висели качели. Продолжая напевать, мама появлялась на пороге, шла по траве и садилась на эти качели. Я ждал этого момента на вершине холма в дальней части сада и бегом бросался к ней, притворяясь ужасно сердитым.

— Слезай, мама! Ты сломаешь качели! — Я начинал прыгать вокруг качелей, размахивая руками.— Ты слишком большая! Ты их сломаешь!

А мама, делая вид, что ничего не слышит и не видит, продолжала раскачиваться, взлетая все выше и выше, и пела высоким голосом что-нибудь вроде: «Ты скажи-скажи мне, Дейзи». Поскольку мои ужимки и прыжки никакого эффекта не имели, я (почему — убейте, и сейчас не понимаю) становился перед ней на голову прямо на траве. Пение начинало прерываться взрывами смеха, и мама наконец спрыгивала с качелей, затем мы отправлялись играть во что-нибудь на мой выбор.

И по сей день каждый раз, когда я думаю о маминых собраниях, мне тут же вспоминаются и те страстно ожидавшиеся моменты, которые неизбежно следовали за ними.

Несколько лет назад в течение долгого времени я проводил день за днем в читальном зале библиотеки Британского музея, изучая материалы ожесточенных споров, которые велись в те времена вокруг опиумной торговли в Китае. По мере того как я знакомился с газетными публикациями, письмами и документами тех лет, прояснялось многое, что в детстве казалось таким таинственным. Однако — не могу не признать — основная причина, по которой я предпринял подобное расследование, заключалась в том, что я надеялся набрести хоть на какие-то упоминания о моей матери. В конце концов, говорил я себе, в детстве у меня создалось совершенно отчетливое ощущение, что мама была одной из ключевых фигур антиопиумной кампании. К некоторому своему разочарованию, я нигде не нашел ее имени. Постоянно цитировались и восхвалялись другие противники торговли опиумом, но ни в одном из проштудированных мной материалов не упоминалась моя мать. А вот на имя дяди Филиппа я несколько раз наткнулся. Один раз в письме некоего шведского миссионера в газету «Норт Чайна дейли ньюс», в котором, предавая анафеме целый ряд европейских компаний, автор назвал дядю Филиппа «достойным восхищения маяком нравственных устоев». Отсутствие упоминаний о моей матери было весьма огорчительным, и в дальнейшем я оставил свои изыскания.

Однако сейчас мне совсем не хочется вспоминать о дяде Филиппе. Чуть раньше нынешним вечером я почему-то решил, что упомянул его имя в разговоре с Сарой Хеммингз во время нашей дневной прогулки, даже сообщил ей кое-какие сведения из его жизни. Но, прокрутив в голове наш разговор несколько раз, все же пришел к заключению, что его имя не всплывало, и это, признаться, принесло мне облегчение. Возможно, это глупость, но мне всегда казалось, что дядя Филипп останется существом менее реальным, если будет жить только в моей памяти.

А вот об Акире мне захотелось ей немного рассказать, и теперь, поразмыслив, я не жалею, что сделал это. В любом случае сообщил я ей не так уж много, а она, судя по всему, отнеслась к моим рассказам с неподдельным интересом. Ума не приложу, что побудило меня начать говорить о подобных вещах; садясь с ней в омнибус на Хеймаркет-стрит, я и не помышлял об этом.

Дэвид Корбетт, человек, с которым я был знаком лишь шапочно, пригласил меня пообедать с ним и несколькими друзьями в ресторане на Риджент-стрит. Это весьма модное место, где Корбетт заказал длинный стол в глубине зала на двенадцать персон. Мне было приятно увидеть среди гостей Сару, хотя я был немного удивлен тем, что она — приятельница Корбетта. Однако, явившись со значительным опозданием, я упустил шанс занять место поближе к ней, чтобы иметь возможность поболтать.

К тому времени начали сгущаться сумерки, и официант зажег свечи на нашем столе. Один из присутствовавших, парень по имени Хегли, придумал шутку: задувать свечи и постоянно вызывать официанта, чтобы тот снова и снова их зажигал. Он проделал это по меньшей мере три раза на протяжении двадцати минут — то есть каждый раз, когда ему казалось, что веселье начинало затухать. Остальные, судя по всему, тоже находили это весьма забавным. Насколько я мог заметить, Сара веселилась от души и громко смеялась вместе со всеми. Прошел приблизительно час с начала обеда — несколько гостей к тому времени, извинившись, покинули нас,— когда в центре внимания оказалась Эмма Камерон, весьма эксцентричная девушка, сидевшая неподалеку от Сары. Насколько я мог слышать, она уже давно обсуждала с соседями свои проблемы, но в какой-то момент за столом воцарилась тишина, и она внезапно оказалась в фокусе всеобщего внимания. Последовала полусерьезная-полуироническая дискуссия о сложных отношениях мисс Камерон с матерью, в которых недавно наступил новый кризис из-за помолвки Эммы с неким французом.

Все наперебой давали Эмме советы. Человек по имени Хегли, например, заявил, что для всех матерей — «и теток, естественно, тоже» — следовало бы построить в зоопарке рядом с серпентарием один огромный вольер. Другие, основываясь на собственном опыте, давали более полезные рекомендации, и Эмма Камерон, наслаждаясь всеобщим вниманием, продолжала развивать тему, театрально расцвечивая анекдотами рассказ о совершенно невозможном характере своей родительницы.

Так продолжалось минут пятнадцать, и тут я увидел, как Сара встала, прошептала что-то на ухо хозяину и вышла из зала. Дамская комната находилась в нижнем вестибюле ресторана, и остальные — те, кто вообще заметил ее уход,— не сомневались, что она отправилась туда. Но когда она выходила, мне бросилось в глаза нечто необычное в выражении ее лица. Именно поэтому я и последовал за ней через несколько минут.

Я увидел ее у выхода. Она стояла и смотрела в окно на Риджент-стрит. Сара не обращала внимания на меня до тех пор, пока я не подошел, тронул ее за руку и спросил:

— Все в порядке?

Она вздрогнула, и я увидел на ее глазах слезы, которые она постаралась скрыть, улыбнувшись.

— Да, все в порядке. Просто мне стало немного душно. Теперь все хорошо.— Она засмеялась и снова стала разглядывать улицу.— Мне очень неловко, должно быть, мой уход показался невежливым. Наверное, следует вернуться.

— Не вижу в этом никакой необходимости, если вам этого не хочется.

Она внимательно посмотрела на меня и спросила:

— Они продолжают обсуждать ту же тему?

— Когда я уходил, продолжали,— ответил я и добавил: — Думаю, мы с вами в дискуссию о неприятностях, которые доставляют матери, не можем внести своей лепты.

Внезапно расхохотавшись, она смахнула слезы, больше не пытаясь скрыть их от меня, и подтвердила:

— Да уж, полагаю, здесь мы некомпетентны.— Потом снова улыбнулась и сказала: — Какая я глупая. В конце концов, они ведь всего лишь веселятся.

— Вы ждете машину? — спросил я, поскольку Сара продолжала внимательно всматриваться в поток автомобилей.

— Что? Нет-нет, просто жду, не появится ли омнибус. Видите, вон там, на другой стороне улицы, остановка. Мы с мамой, бывало, много ездили на омнибусах. Просто ради удовольствия. Я говорю о том времени, когда была девочкой. Если не удавалось занять передние места вверху, мы выходили и ждали следующего. Иногда мы часами катались по Лондону, глядя по сторонам, разговаривая, показывая друг другу одно, другое, третье... Мне это так нравилось! Кристофер, вы когда-нибудь катались на омнибусе? Вы непременно должны это сделать. Оттуда, сверху, можно столько увидеть.

— Должен признаться, я предпочитаю ходить пешком или ездить в такси. Лондонских омнибусов я побаиваюсь. Мне кажется, очутись я в одном из них, он завезет меня куда-нибудь, куда мне совсем не нужно, и остаток дня придется искать обратную дорогу.

— Можно, я кое-что вам скажу, Кристофер? — Ее голос стал совсем тихим.— Глупо, но я лишь недавно это поняла. Прежде мне это никогда не приходило в голову. Наверняка мама тогда уже испытывала сильные боли. Ей не хватало сил заниматься со мной чем-нибудь другим, поэтому мы так много катались на омнибусах. Это было единственное, что мы могли делать вместе.

— Хотите покататься сейчас? — спросил я.

Она снова окинула улицу долгим взглядом.

— А вы не слишком заняты?

— Для меня это будет удовольствием. Как уже сказал, один я ездить опасаюсь. Но поскольку вы в этом деле в некотором роде эксперт, мне следует воспользоваться шансом.

— Очень хорошо,— просияла она.— Я научу вас кататься на лондонских омнибусах.

В конце концов, не желая, чтобы гости, выходя из ресторана, увидели нас на остановке, мы сели в омнибус не на Риджент-стрит, а на Хеймаркете. Когда мы взобрались наверх и Сара обнаружила, что переднее место свободно, ее глаза засветились детской радостью. Мы уселись на него вдвоем, и омнибус с грохотом двинулся в сторону Трафальгарской площади.

Лондон выглядел серым и пасмурным, в соответствии с погодой люди на тротуарах были одеты в плащи и экипированы зонтами. Думаю, мы провели в омнибусе не менее получаса. Проехали по Стрэнду, по Ченсери-лейн, по Кларкенуэлл-Грин. Иногда мы просто молча смотрели на открывавшиеся внизу виды, иногда разговаривали — преимущественно о чем-нибудь малозначительном. Настроение у Сары заметно улучшилось, о матери она больше не вспоминала. Не помню, как возникла эта тема, но после того, как большинство пассажиров вышли на Хай-Холборн и мы двинулись дальше, к Грейс-Инн-роуд, разговор зашел об Акире. Вначале я просто вскользь упомянул о нем, назвав другом детства. Но Сара, вероятно, начала расспрашивать, потому что вскоре я со смехом сказал:

— Часто вспоминаю, как мы с ним вдвоем кое-что украли.

— О! — воскликнула она.— Вот даже как! Выходит, у знаменитого детектива есть тайное криминальное прошлое! Я так и знала, что этот японский мальчик — фигура особая. Ну, расскажите же мне о той краже.

— Едва ли это можно назвать кражей. Нам было по десять лет.

— Но это терзает вашу совесть и ныне?

— Вовсе нет. То был сущий пустяк. Просто мы кое-что стащили из комнаты слуги.

— Как увлекательно! Это случилось в Шанхае?

Наверное, попутно я рассказал ей еще что-то из своего прошлого. Ничего существенного я не открыл, но, расставшись с Сарой сегодня днем — мы в конце концов сошли на Нью-Оксфорд-стрит,— я испытал удивление и даже некоторую тревогу из-за того, что вообще заговорил о своем детстве. После приезда в Англию я ни с кем не говорил о своем прошлом и, как уже отмечал, отнюдь не собирался начинать делать это сегодня.

Но нечто подобное, видимо, уже давно назревало. Потому что, надо признаться, в течение последнего года я все чаще предавался воспоминаниям, и связано это было с тем, что образы прошлого — моего детства, моих родителей — начали расплываться и меркнуть в памяти. Несколько раз я ловил себя на том, что с трудом мысленно восстанавливаю картины, которые еще два-три года назад казались отпечатавшимися в памяти навечно. Иными словами, я вынужден был признать: с каждым годом шанхайская жизнь представляется мне менее отчетливо. И я испугался, что в один прекрасный день у меня в голове останется лишь несколько смутных образов. Даже сейчас, сидя здесь и пытаясь привести в относительный порядок то, что пока еще помню, я испытываю потрясение: это немногое и то стало расплывчатым и неопределенным.

Взять хотя бы эпизод с инспектором: хотя мне казалось, что суть произошедшего я помню абсолютно отчетливо, снова прокручивая его в голове, я обнаружил, что в некоторых деталях уже вовсе не так уверен. К примеру, я больше не могу с определенностью сказать, действительно ли мама произнесла тогда такие слова: «Как вы можете спать спокойно, зная, что своим благополучием обязаны столь неправедным способом нажитому богатству?» Теперь мне кажется, даже в том возбужденном состоянии она должна была бы отдавать себе отчет в их неуместности, а также в том, что, произнеся их, могла легко стать мишенью для насмешек. Трудно поверить, что мама была способна настолько потерять контроль над собой. С другой стороны, вероятно, я вкладываю эти слова в ее уста потому, что именно такой вопрос она постоянно задавала себе, когда мы жили в Шанхае. Тот факт, что «своим благополучием мы были обязаны» компании, чью деятельность мама считала злом, требующим решительного искоренения, безусловно, был для нее источником искренних мучений.

Возможно даже, что я неверно помню контекст, в котором эти слова были произнесены. Вероятно, этот вопрос она задала не инспектору, а моему отцу тогда, после одного из своих утренних собраний, когда они спорили в столовой.

Глава 5

Не помню уж теперь, имел ли место эпизод в столовой до или после визита инспектора по санитарному контролю. Знаю только, что в тот день шел проливной дождь, в доме было сумрачно, и я под присмотром Мэй Ли корпел в библиотеке над учебником по арифметике.

Мы называли эту комнату библиотекой, хотя на самом деле она представляла собой просто небольшой холл, вдоль стен которого возвышались книжные стеллажи. Посредине оставалось немного свободного пространства — ровно столько, чтобы тут уместился стол красного дерева, и именно за ним я обычно делал уроки, сидя спиной к двойным дверям, ведущим в столовую. Мэй Ли, моя няня, относилась к моему образованию как к делу первостепенной важности, и даже если я занимался целый час, ей не приходило в голову, что можно прислониться к книжным полкам, а тем более сесть на стул. Она как часовой стояла у меня за спиной. Слуги давно усвоили, что, пока я занимаюсь, нельзя слоняться поблизости, и даже родители никогда не отвлекали меня, если только в этом не было особой необходимости.

Поэтому меня удивило, что в тот день отец решительно прошагал через библиотеку, не обращая внимания на наше присутствие, вошел в столовую и плотно прикрыл за собой дверь. Это произошло сразу же после того, как мама, пройдя мимо нас, скрылась в столовой. В течение последующих нескольких минут я даже сквозь тяжелую дверь мог уловить отдельные слова и фразы, свидетельствовавшие о том, что мои родители возбужденно спорят. Но, к моему великому сожалению, стоило мне начать прислушиваться и хоть чуть-чуть замедлить бег карандаша по тетрадному листу, как неотвратимо следовало укоризненное замечание Мэй Ли.

Но потом — не помню уж, в чем там было дело,— Мэй Ли позвали, и я неожиданно остался в библиотеке один. Поначалу я продолжал решать примеры, опасаясь того, что будет, если Мэй Ли, вернувшись, не застанет меня за столом. Но чем дольше ее не было, тем настоятельнее становилось мое желание разобрать приглушенный разговор в соседней комнате. Наконец я встал и подошел к дверям, но постоянно отбегал назад, к столу, потому что мне казалось, будто я слышу приближающиеся шаги своей няни. В конечном итоге я нашел способ задержаться у дверей, держа в руке линейку, чтобы в случае неожиданного появления Мэй Ли иметь возможность сказать, будто измеряю длину стен.

Но даже теперь мне удавалось расслышать отдельные фразы лишь тогда, когда родители, забывшись, повышали голос. В мамином звучал тот же праведный гнев, какой звенел в нем во время визита инспектора. Я слышал, как она несколько раз повторила: «Позор!» — и все время называла что-то «греховной торговлей». В какой-то момент она сказала: «И из-за тебя мы все оказались причастными! Все! Какой стыд!» Отец тоже сердился, хотя в его голосе были слышны нотки отчаяния и желание оправдаться. Он все твердил что-то вроде: «Это не так просто. Далеко не так просто»,— а в какой-то миг почти закричал: «Это ужасно! Я ведь не Филипп. Я не могу так поступить. Это ужасно, просто ужасно!»

Была в его голосе, когда он выкрикивал это, какая-то пугающая, отчаянная обреченность, и я вдруг страшно разозлился на Мэй Ли за то, что она бросила меня одного. Вероятно, именно тогда, стоя возле двери с линейкой в руке, раздираемый желанием продолжать подслушивать и охотой улизнуть в тишину своей комнаты для игр, к своим оловянным солдатикам, я услышал последние слова мамы: «Неужели тебе не стыдно служить в такой компании? Как ты можешь спать спокойно, зная, что своим благополучием обязан столь неправедным способом нажитому богатству?»

Не могу сказать, что было дальше: вернулась ли Мэй Ли? Находился ли я по-прежнему в библиотеке, когда родители вышли из столовой? Однако помню, что тот эпизод знаменовал наступление одного из самых продолжительных периодов, в течение которых мои родители не разговаривали друг с другом. Он длился не несколько дней, как обычно, а несколько недель. Это не значит, конечно, что они совсем не общались — им приходилось обмениваться репликами в случае крайней необходимости.

Я уже привык к подобным ссорам и никогда особенно не расстраивался. Пожалуй, на мою жизнь подобные эпизоды оказывали незначительное влияние. Например, папа мог выйти к завтраку с бодрым: «Всем доброе утро!» — и в ответ получить лишь ледяной взгляд мамы. В таких случаях он старался загладить неловкость, повернувшись ко мне и тем же бодрым голосом спросив: «Ну, как поживаешь, Вьюрок? Что интересного видел во сне?»

На что, как мне было известно по опыту, следовало отвечать лишь невнятным бормотанием и продолжать есть. Во всем остальном жизнь моя текла более или менее спокойно. Но должно быть, иногда я все же задумывался обо всем этом, потому что помню, как однажды, когда мы играли дома у Акиры, у нас с ним произошел весьма знаменательный разговор.

С архитектурной точки зрения дом Акиры был похож на наш. Я даже помню, папа рассказывал мне, будто оба дома были построены одной и той же британской фирмой лет двадцать тому назад. Но внутреннее устройство дома моего друга решительно отличалось от интерьера нашего дома и служило для меня источником восхищения. Дело не в преобладании восточных картин и украшений — в шанхайский период моей жизни в этом не было для меня ничего удивительного,— а, скорее, в странных понятиях домашних Акиры о назначении многих предметов западной обстановки. Ковры, которые я привык видеть на полу, здесь висели на стенах; лампы качались под странными огромными абажурами. Но самыми удивительными были японские комнаты, которые родители Акиры устроили наверху. Это были маленькие, ничем не заставленные помещения, полы которых покрывали татами, а к стенам крепились бумажные панели. Оказавшись в такой комнате — во всяком случае, по словам Акиры,— человек мог сказать, что находится в самом настоящем японском доме, построенном из дерева и бумаги. Особенно забавными представлялись мне двери: с внешней стороны это были обычные дубовые двери с начищенными до блеска медными ручками. С внутренней, «японской»,— тонкие бумажные листы в лакированных деревянных рамах с инкрустациями.

Так вот, однажды изнуряющим жарким днем мы с Акирой проводили время в этих японских комнатах. Он пытался научить меня какой-то игре с картами, на которых были изображены фигурки японцев. Я кое-как усвоил суть, и мы играли уже несколько минут, как вдруг мне пришло в голову спросить:

— Твоя мать иногда перестает разговаривать с твоим отцом?

Друг озадаченно взглянул на меня — вероятно, не совсем понял. Его английский порой давал сбои. Так что я повторил вопрос. Тогда он, пожав плечами, ответил:

— Мама не говорить с отец, когда он на работе. Мама не говорить с отец, когда он в туалет! — После чего разразился деланным смехом, упал на спину и начал дрыгать ногами в воздухе.

Мне пришлось на время оставить тему. Но, однажды затронув ее, я был решительно настроен довести дело до конца и через несколько минут повторил вопрос.

На этот раз Акира, кажется, понял, что я не шучу, и, отложив карты, стал расспрашивать меня, пока я наконец кое-как не объяснил ему, почему встревожен. Тогда он снова улегся на спину, но на сей раз лишь задумчиво смотрел на вращавшийся под потолком вентилятор. Через несколько минут он произнес:

— Я понимать, почему они не разговаривать. Я знать почему.— И, повернувшись ко мне, добавил: — Кристофер, ты недостаточно англичанин.

Когда я попросил его объяснить, что это значит, он снова замолчал и уставился в потолок. Я тоже улегся на спину и последовал его примеру. Он лежал наискосок от меня, и, когда заговорил, его голос показался мне, помнится, странно бесплотным.

— Это тоже со мной,— сказал он.— Мама и папа прекращать говорить, потому что я недостаточно японец.

Как я уже упоминал, я во многих отношениях был склонен считать Акиру авторитетом, поэтому слушал его в тот день очень внимательно. Твои родители, говорил он, перестают разговаривать друг с другом, когда глубоко огорчены твоим поведением. Это происходит оттого, что я веду себя не так, как подобает истинному англичанину. Если бы я об этом задумался, продолжал он, то я наверняка бы установил связь между теми периодами, когда мои родители не разговаривают друг с другом, и своими промахами. Что касается его, он в таких случаях всегда знает, что опозорил свою японскую кровь, и не удивляется, когда родители перестают общаться. Я поинтересовался, почему они не наказывают нас за это обычными способами, и Акира объяснил, что это совсем другое дело, он говорит о проступках, не имеющих ничего общего с обычным дурным поведением, за которое можно наказать обычным способом. Он имеет в виду то, что огорчает наших родителей чрезмерно глубоко, из-за чего они даже не способны ругать нас.

— Мама и папа так сильно, так сильно расстраиваться,— тихо повторил он,— поэтому они прекращать говорить.

Потом он сел и указал на состоявшее из узких полосок жалюзи, опущенное в тот момент до половины окна. «Мы, дети,— сказал он,— похожи на шнурки, которые держат пластинки вместе. Так сказал однажды какой-то японский монах. Мы часто не осознаем этого, но именно мы, дети, скрепляем не только семью, но и весь мир. И если мы не соответствуем своему назначению, пластинки могут рассыпаться по всему полу».

Больше ничего о том нашем разговоре я не помню. Как уже говорил, я не придавал тогда особого значения подобным вещам. Тем не менее меня не раз одолевало искушение поговорить с мамой о том, что сказал мой друг. В конце концов я так и не решился сделать это, зато однажды коснулся той же темы в разговоре с дядей Филиппом.

Дядя Филипп на самом деле не доводился мне дядей. Еще до моего рождения, сразу после приезда в Шанхай, будучи тогда служащим компании «Баттерфилд и Суайр», он в качестве гостя некоторое время жил в доме моих родителей. Потом, когда я был еще совсем маленьким, он ушел из компании из-за того, что мама называла «глубоким несогласием со своими нанимателями по поводу путей развития Китая». К тому времени, когда я повзрослел настолько, чтобы у нас сложились какие-то отношения, дядя Филипп руководил благотворительной организацией под названием «Священное дерево», деятельность которой была направлена на улучшение условий жизни в китайских районах города. Он всегда оставался другом семьи и в течение многих лет был участником маминых антиопиумных собраний.

Помню, мама нередко брала меня с собой в контору Филиппа. Она находилась на территории одной из церквей в центре города — теперь я думаю, что это была Объединенная церковь на Сычуаньской дороге. Наш экипаж въезжал прямо в церковный сад и останавливался возле широкой лужайки, затененной фруктовыми деревьями. Здесь, несмотря на доносившийся городской шум, атмосфера оставалась идиллической, и мама, выйдя из экипажа, всегда поднимала голову и говорила: «Воздух. Насколько же он здесь чище!» Настроение у нее заметно улучшалось, и иногда — если у нас находилось свободное время — мы с ней играли на траве. Мы играли в пятнашки, гоняясь друг за другом под деревьями, мама весело смеялась и визжала так же, как я. Помню, однажды в разгар игры она внезапно застыла, заметив вышедшего из церкви священника. Тихо стоя на краю лужайки, мы обменялись с ним приветствиями, когда он проходил мимо. Но как только он скрылся из виду, мама повернулась ко мне, присев на корточки, заговорщически подмигнула и рассмеялась. Возможно, такое случалось не раз. Во всяком случае, помню, как мне нравилось, что моя мама участвует в чем-то, за что ее, как и меня, могут отчитать. Вероятно, именно это делало для меня моменты беззаботных игр в церковной усадьбе совершенно особенными.

По моим воспоминаниям, кабинет дяди Филиппа выглядел очень неряшливо. Повсюду валялись коробки всевозможных размеров, бумаги, переполненные ящики были вынуты из стола и стояли на полу, кое-как поставленные один на другой. Я ожидал, что подобный беспорядок вызовет осуждение со стороны моей мамы, но, говоря о кабинете дяди Филиппа, она — удивительно! — всегда употребляла лишь такие слова, как «уютный» или «деловой».

Во время подобных визитов дядя Филипп всегда суетился вокруг меня, тряс мне руку, усаживал в кресло и беседовал несколько минут под умиленным взглядом мамы. Часто он дарил мне что-нибудь, притворяясь, будто приготовил подарок заранее, хотя вскоре мне стало ясно: он просто брал первое, что попадалось на глаза.

— Угадай, что у меня есть для тебя, Вьюрок! — восклицал он, бывало, оглядывая комнату в поисках подходящего предмета.

В результате у меня скопилась солидная коллекция конторских принадлежностей, которую я хранил в шкафу в комнате для игр: пепельница, подставка для карандашей из слоновой кости, свинцовый груз для бумаг. Однажды, объявив, что у него есть для меня подарок, дядя Филипп не смог найти ничего подходящего. Последовала неловкая пауза, потом он вскочил и стал бегать по комнате, бормоча:

— Куда же я его сунул? Где я его пристроил?

Наконец, вероятно от отчаяния, он подошел к стене, содрал с нее карту бассейна Янцзы, оторвав при этом уголок, скатал ее в рулон и вручил мне.

Именно в тот день, оставшись вдвоем с дядей Филиппом в его кабинете в ожидании отлучившейся куда-то мамы, я и сделал ему свое признание. Он уговорил меня сесть в кресло за его столом, а сам стал бесцельно расхаживать по комнате, как всегда, развлекая меня забавными историями. Обычно в таких случаях ему требовалось несколько минут, чтобы заставить меня смеяться, но в тот раз — это случилось всего через несколько дней после разговора с Акирой — я был в настроении, не располагавшем к веселью. Дядя Филипп заметил это и спросил:

— Итак, Вьюрок, что это мы сегодня в таком унынии?

Понимая, что это мой шанс, я произнес:

— Дядя Филипп, я хотел спросить. Как по-вашему, человек может стать настоящим, истинным англичанином?

— Настоящим англичанином? — Он остановился и посмотрел на меня. Потом с задумчивым видом подошел поближе, придвинул стул и сел напротив.— А почему ты хочешь стать настоящим англичанином? Ты и так англичанин, Вьюрок.

— Просто я думал... ну, просто мне показалось, что я должен стать более настоящим англичанином.

— Кто тебе сказал, что ты менее настоящий англичанин?

— Никто, правда,— ответил я и через секунду добавил: — Но мне кажется, что, может быть, мои родители так считают.

— А что ты сам об этом думаешь, Вьюрок? Тебе тоже кажется, что следует стать в большей степени англичанином, чем ты есть?

— Я не знаю, сэр.

— Да, наверное, не знаешь. Ну, что тебе сказать? Разумеется, здесь ты растешь в несколько ином окружении: китайцы, французы, немцы, американцы... Неудивительно, что ты становишься немного полукровкой.— Он издал короткий смешок и продолжил: — Но в этом нет ничего дурного. Знаешь, что я думаю, Вьюрок? Я полагаю, было бы неплохо, если бы все мальчики с детства впитывали в себя всего понемногу. Тогда мы относились бы друг к другу намного лучше. Во всяком случае, было бы меньше войн. О да. Может быть, когда-нибудь все эти конфликты закончатся, и вовсе не благодаря правителям государств, церквам или организациям, подобным моей. А благодаря тому, что изменятся сами люди. Они станут такими, как ты, Вьюрок. Более открытыми. Так почему бы тебе не быть полукровкой? Это вещь здоровая.

— Но если я стану таким, то все может...— Я замолчал.

— Все может — что, Вьюрок?

— Ну, как эти жалюзи.— Я указал на окно.— Если разорвется шнурок, все может рассыпаться.

Дядя Филипп посмотрел туда, куда я указывал, потом встал, подошел к окну и осторожно прикоснулся к жалюзи.

— Все может рассыпаться. Вероятно, ты прав. Думаю, от этого просто так не отмахнешься. Людям нужно чувствовать свою принадлежность к чему-либо. К нации, к расе. Иначе кто знает, что может случиться. Вся наша цивилизация... возможно, она действительно рухнет. И все рассыплется, как ты выразился.— Он вздохнул, словно я только что одолел его в споре.— Значит, ты хочешь стать истинным англичанином. Ну-ну, Вьюрок. И что же нам с этим делать?

— Я хотел спросить, если можно, сэр, если вы не рассердитесь... Я хотел спросить, могу ли я иногда подражать вам?

— Подражать мне?

— Да, сэр. Иногда. Чтобы учиться вести себя так, как подобает настоящему англичанину.

— Это очень лестно для меня, старина. Но не думаешь ли ты, что тебе следует прежде всего подражать своему отцу? Ведь он воплощает собой, я бы сказал, истинно английские доблести.

Я отвернулся, и дядя Филипп мгновенно понял, что сказал не то. Он снова сел напротив меня.

— Послушай,— тихо попросил он,— я скажу тебе, что мы сделаем. Если у тебя будут возникать какие бы то ни было сомнения — любые, если ты будешь сомневаться в том, как поступить, просто приходи ко мне, и мы обо всем поговорим. Мы будем говорить до тех пор, пока тебе все не станет абсолютно ясно. Ну как? Теперь тебе лучше?

— Да, сэр. Думаю, лучше.— Я выдавил улыбку.— Спасибо, сэр.

— Слушай, Вьюрок, ты — сущее маленькое наказание. Тебе это, разумеется, известно. Но в ряду подобных «наказаний» ты весьма симпатичен. Я уверен, мама и папа очень, очень гордятся тобой.

— Вы действительно так думаете, сэр?

— Да. Я действительно так думаю. Ну, полегчало?

После этого он снова вскочил и стал расхаживать по комнате. Вернувшись к легкомысленному настроению, он принялся рассказывать какую-то невероятную историю о даме, работающей в соседнем офисе, и вскоре я уже хохотал до колик.

Как же я любил дядю Филиппа! И разве были у меня хоть какие-то основания сомневаться в том, что он так же искренне любит меня? Совершенно очевидно, что в тот момент он желал мне только добра и, так же как я, даже приблизительно не мог представить, какой оборот вскоре примут события.

Глава 6

Тогда же, в то самое лето, в поведении Акиры появилось нечто, что начало серьезно раздражать меня. В частности, его бесконечные восхваления достижений Японии. Это всегда было ему свойственно, но тем летом приобрело оттенок одержимости. Мой друг постоянно прерывался в ходе игры, чтобы прочитать мне очередную лекцию о японском здании, недавно сооруженном в деловом квартале города, или о предстоящем визите очередного японского военного корабля в шанхайский порт. Он заставлял меня выслушивать бесчисленные пустяковые подробности и через каждые несколько минут провозглашал, что Япония стала «великой, очень великой страной, такой же, как Англия». Больше всего меня раздражало, когда он затевал спор на тему, кто храбрее — англичане или японцы. Если я начинал защищать англичан, мой друг немедленно набрасывался на меня, хватал мертвой хваткой и держал до тех пор, пока я не просил о пощаде.

В тот период я относил одержимость Акиры доблестями своей нации на счет того, что ему предстояло осенью начать учиться в Японии. Родители отсылали его к родственникам в Нагасаки, и, хотя он собирался приезжать в Шанхай на каникулы, мы понимали, что будем теперь видеться гораздо реже. Это приводило нас обоих в уныние. Но со временем Акира, похоже, уверовал в превосходство японского образа жизни во всех ее аспектах и со все большим нетерпением ожидал встречи с новой школой. Я, со своей стороны, так устал от его постоянной похвальбы всем японским, что к концу лета почти хотел поскорее от него избавиться. Во всяком случае, когда пришел день расставания и я, стоя возле его дома, махал рукой вслед машине, увозившей его в порт, мне казалось, что я не испытываю ни малейшего сожаления.

Однако очень скоро я начал скучать по нему. Не то чтобы у меня не было других друзей. Были, например, два брата-англичанина, жившие неподалеку. С ними я регулярно играл и после отъезда Акиры стал встречаться еще чаще. Мы прекрасно ладили, особенно если играли только втроем. Но иногда к нам присоединялись их товарищи из городской школы, и тогда они начинали вести себя иначе: порой я становился объектом их насмешек. Я, разумеется, не обижался, поскольку видел, что все они мальчики, в сущности, добрые и не хотят меня обидеть. Несмотря на свой малый возраст, я успел заметить, что, если в группе из пяти-шести учеников из одной школы появлялся чужак, он почти всегда становился мишенью безобидных шуток. Словом, я не думал плохо о своих английских приятелях, но в то же время их поведение удерживало меня от того, чтобы сойтись с ними так же близко, как с Акирой, и с каждым месяцем мне все больше недоставало его.

Впрочем, в целом осень после отъезда Акиры была не такой уж грустной. Скорее, я вспоминаю ее теперь как время, когда мне зачастую целыми днями было совершенно нечего делать, и поэтому в памяти не осталось ничего примечательного. Тем не менее кое-какие события происходили и тогда, причем со временем они стали представляться мне гораздо более серьезными.

Взять хотя бы случай, связанный с нашей поездкой на ипподром вместе с дядей Филиппом. Могу сказать почти наверняка, что это случилось после одного из маминых утренних собраний. Как я, возможно, упоминал, несмотря на то что мама всячески поощряла мое присутствие в гостиной, где приглашенные собирались по приезде, в столовую меня уже не допускали. Помню, однажды я спросил, нельзя ли мне посидеть на собрании, и, к моему удивлению, вопрос этот заставил маму надолго задуматься. Потом она ответила:

— Прости, Вьюрок. Ни леди Эндрюс, ни миссис Кэллоу не одобряют детского общества. Очень жаль. Ты мог бы научиться там кое-чему важному.

Отцу, разумеется, вход возбранен не был, но, вероятно, существовала негласная договоренность, что он будет воздерживаться от присутствия на собраниях. Мне трудно теперь сказать, по чьей инициативе — если кто-то вообще проявил инициативу — установился подобный порядок, но, безусловно, по субботам, когда ожидалось очередное собрание, атмосфера во время завтрака была у нас неуютной. Мама в разговорах с отцом старалась избегать упоминаний о встрече и во время всего завтрака смотрела на него разве что не с отвращением. Отец же демонстрировал показную веселость, и так продолжалось до тех пор, пока не начинали съезжаться мамины гости. Дядя Филипп всегда являлся одним из первых, и они с отцом несколько минут болтали, громко смеясь, в гостиной. Когда гостей собиралось побольше, мама уводила дядю Филиппа в уголок, где они с серьезным видом обсуждали предстоящее собрание. Обычно именно в этот момент папа удалялся — чаще всего к себе в кабинет.

В день, о котором идет речь, услышав, что гости начинают расходиться, я спустился в сад и принялся ждать маму, которая, как обычно — я в этом не сомневался,— должна была, напевая что-нибудь с восхитительным легкомыслием, оказаться на моих качелях. Но поскольку время шло, а ее все не было, я отправился в дом выяснить, что случилось, и, войдя в библиотеку, увидел: дверь в столовую приоткрыта. Собрание явно закончилось, но мама с дядей Филиппом все еще оставались там. Они сидели за столом, на котором были разложены бумаги, и о чем-то оживленно беседовали. В следующий момент у меня за спиной появился отец, тоже, разумеется, уверенный, что собрание кончилось. Услышав доносившиеся из столовой голоса, он остановился и спросил:

— Они что, все еще там?

— Дядя Филипп,— ответил я.

Улыбнувшись, отец проскользнул мимо меня в столовую. Через приоткрытую дверь я видел, как дядя Филипп встал, потом услышал, что мужчины громко смеются. Спустя минуту из столовой вышла несколько раздраженная мама с бумагами в руке.

Время уже перевалило за полдень. Дядя Филипп осталась обедать, и за столом царило добродушное веселье. Потом, к концу трапезы, наш гость предложил: почему бы не поехать всем вместе на бега? Подумав, мама сказала, что это замечательная идея. Отец согласился: мысль превосходная, но он вынужден извиниться — в кабинете его ждет работа.

— Но почему бы тебе, дорогая,— сказал он, повернувшись к маме,— не поехать с Филиппом? День обещает быть восхитительным.

— Ну что ж, думаю, можно поехать,— ответила мама.— Небольшое развлечение никому из нас не повредит. Кристоферу тоже.

И в этот момент все посмотрели на меня. Хотя мне было всего девять лет, я отлично понял ситуацию: мне предлагался выбор — ехать или оставаться дома с отцом. Но, похоже, уловил я и подспудные течения: если я решу остаться, маме тоже придется отказаться от поездки с дядей Филиппом. Иными словами, мероприятие зависело от моего согласия участвовать в нем. Более того, я был совершенно уверен: отец отчаянно надеется, что мы никуда не поедем, потому что, если поедем, это причинит ему боль. Я догадался об этом не по каким-то внешним проявлениям, а скорее по тому, что подмечал — быть может, неосознанно — в предыдущие недели и месяцы. Разумеется, я тогда не все понимал, но это видел отчетливо: спасти ситуацию для отца в тот момент мог только я.

Однако понимал я, судя по всему, все же недостаточно, потому что, когда мама сказала: «Ну, давай, Вьюрок, поскорее надевай туфли»,— поспешил сделать это с каким-то демонстративным энтузиазмом По сей день вижу, как отец провожает нас до выхода, пожимает руку Филиппу и, смеясь, машет рукой вслед экипажу, увозящему маму, дядю Филиппа и меня на ипподром.

И еще одно воспоминание о той осени тоже связано с отцом — с проявлениями его забавного хвастовства. Отец был исключительно скромен, и чужое бахвальство его всегда смущало. Вот почему так поразительно странно было слышать, как он несколько раз говорил о себе тогда. То были малозначительные эпизоды, вызвавшие у меня лишь мимолетное удивление, но тем не менее засевшие в памяти на долгие годы.

Например, однажды во время ужина отец совершенно неожиданно обратился к маме:

— Я не говорил тебе, дорогая? Тот человек снова приходил ко мне, ну, представитель портовых рабочих. Хотел поблагодарить за все, что я для них сделал. Он весьма недурно владеет английским. Конечно, китайцы всегда говорят излишне эмоционально, к их высказываниям следует относиться критически, но знаешь, дорогая, у меня создалось ощущение, что он был искренен. Сказал, что я их «герой». Как тебе это нравится? Герой!

Смеясь, отец, однако, не спускал напряженного взгляда с мамы. Какое-то время она продолжала есть, потом ответила:

— Да, дорогой. Ты мне это уже рассказывал.

Отец мгновенно сник, но через несколько секунд уже снова весело улыбался.

— Значит, рассказывал? Но Вьюрок,— тут он повернулся ко мне,— этого еще не слышал. Ведь правда, Вьюрок? Герой. Вот как назвали твоего отца.

Не могу сказать теперь, в чем там было дело, скорее всего, тогда это меня не интересовало. И запомнился тот эпизод лишь потому, что, как я уже сказал, отцу было совершенно несвойственно говорить о себе в подобном тоне.

Нечто похожее произошло, когда я с родителями отправился в городской парк послушать выступление духового оркестра. Выйдя из экипажа на набережной, мы с мамой готовились перейти через широкий бульвар на другую сторону, где находились ворота парка. Был воскресный день, по тротуарам шла разодетая толпа людей, наслаждавшихся прохладой дувшего с реки ветерка. По мостовой сновали экипажи, автомобили и рикши, когда папа, расплатившись с кучером, подошел к нам сзади и неожиданно довольно громко сказал:

— Видишь, дорогая, теперь в компании уже знают. Им известно, что я не из тех, кто отступает. Во всяком случае, Бентли-то уж точно в курсе. О да, теперь он это прекрасно знает!

Так же как и тогда, за ужином, мама в первый момент и бровью не повела, чтобы показать, что слышит его. Она взяла меня за руку, и мы стали пересекать проезжую часть. И только оказавшись на противоположной стороне, она пробормотала:

— Неужели?

Но это еще был не конец. Войдя в парк, мы, как и прочие семьи, приходившие сюда по воскресеньям, стали гулять по лужайкам вокруг цветочных клумб, раскланиваясь и иногда останавливаясь поболтать с друзьями и знакомыми. Время от времени я видел кого-нибудь из приятелей по школе или по кружку игры на фортепьяно — нам давала уроки миссис Льюис. Но они, как и я, были с родителями и демонстрировали примерное поведение, так что мы едва замечали друг друга, а то и вовсе делали вид, что незнакомы. Оркестр должен был начать выступление точно в половине шестого, все это знали и ждали, когда через парк продефилируют трубачи, чтобы двинуться вслед за ними к эстраде.

Мы всегда опаздывали, поэтому к моменту нашего прихода все места обычно были заняты. Меня это не огорчало, поскольку детям разрешалось во время выступления собираться вокруг эстрады, и я иногда играл там с ребятами. Была уже, судя по всему, глубокая осень, потому что солнце висело совсем низко над горизонтом. Мама отошла в сторонку поговорить с друзьями, и я, немного послушав музыку, попросил разрешения у отца подойти к знакомым американским мальчикам, игравшим за скамьями зрителей. Отец молчал, уставившись на оркестр. Я хотел было повторить вопрос, но он вдруг тихо сказал:

— Все эти люди, Вьюрок. Все эти люди... Спроси любого — все будут с пеной у рта утверждать, будто имеют принципы. Но, став старше, ты убедишься, что на самом деле очень немногие действительно их имеют. А вот твоя мать — другое дело. Она никогда не изменяет себе. И знаешь, Вьюрок, именно поэтому она в конце концов добилась своего. Она сделала твоего отца гораздо лучшим человеком, чем он был. Гораздо лучшим. Да, она бывает сурова, уж тебе ли этого не знать! Со мной она бывает так же строга и сурова, как с тобой. Но ей-богу, именно благодаря ей я стал лучше, чем был. Потребовалось немало времени, но она сумела это сделать. Я хочу, чтобы ты, Вьюрок, знал: твой отец сегодня совсем не тот, каким был. Ты ведь помнишь тот случай? Конечно помнишь. Я был тогда у себя в кабинете. Мне очень жаль, что тебе довелось увидеть своего отца в таком состоянии. Но теперь это в прошлом. Сегодня благодаря твоей маме я стал гораздо сильнее. Я стал человеком, которым, смею надеяться, Вьюрок, ты когда-нибудь сможешь гордиться.

Я мало что понял из его речи, а кроме того, меня не покидало ощущение, будто мама, стоявшая совсем рядом, очень рассердится, если что-нибудь услышит. Поэтому я, кажется, ничего не ответил отцу — просто, помолчав немного, снова спросил, можно ли мне пойти к моим американским приятелям. Тем дело и кончилось.

Но в следующие дни я несколько раз мысленно возвращался к папиным словам, особенно к его упоминанию о случае, когда он был у себя в кабинете. Довольно долго я не мог сообразить, к чему это могло относиться, и тщетно пытался связать свои отрывочные воспоминания с его словами. Наконец мне припомнился один эпизод из раннего детства — мне было тогда года четыре или пять, но к девяти годам он начал меркнуть в памяти.

Кабинет отца находился на верхнем этаже, в мезонине, и из его окон просматривалась вся усадьба. Обычно мне не только не разрешалось входить туда, но даже играть поблизости. От лестницы к двери кабинета вел узкий коридор, на стенах которого висели картины в тяжелых рамах. Художник тщательно изобразил вид на реку: на фоне зданий, окаймляющих набережную, были нарисованы многочисленные суда, пришвартованные к пирсам. Картины были, вероятнее всего, написаны не позднее 1880 года и, полагаю, как многие вещи в доме, принадлежали компании. Сам я этого не помню, но мама часто рассказывала, что, когда я был маленьким, мы с ней любили рассматривать эти картины и давать забавные названия изображенным на них кораблям. По маминым словам, я при этом безумно хохотал и ни за что не хотел уходить до тех пор, пока все суда не получали смешных имен. Если это было действительно так — если мы и правда громко смеялись во время игры, — то почти наверняка развлекались так только тогда, когда отца в кабинете не было. Но чем больше я размышлял о словах отца, сказанных в городском парке, тем отчетливее проступало воспоминание об одном случае, когда мы с мамой стояли в коридоре мезонина, наверное, играя в эту игру, и мама, вдруг замолчав, застыла в неподвижности.

Первой моей мыслью было: сейчас она меня за что-нибудь отругает, быть может, ей не понравились какие-то мои слова. Я знал, что настроение у мамы часто менялось внезапно, во время самого безобидного разговора, и я мог ненароком получить взбучку за проступок, совершенный раньше. Я застыл в ожидании подобной вспышки, но вскоре понял, что мама прислушивается. И в следующий момент она действительно, резко развернувшись, распахнула дверь в кабинет отца.

Комната была видна мне из-за ее спины. И сейчас отчетливо вижу отца, как он лежит грудью на столе, его лицо кажется влажным и искажено мукой. Вероятно, он даже плакал, и именно его всхлипы услышала мама. По столу были разбросаны бумаги, бухгалтерские книги и блокноты. Я заметил и другие бумаги, валявшиеся на полу, — наверное, отец сбросил их со стола в приступе ярости. Он поднял голову, посмотрел на нас и сказал тоном, поразившим меня:

— Мы не можем этого сделать! Мы никогда не вернемся! Мы не можем! Ты требуешь слишком многого, Диана. Слишком многого!

Мама что-то тихо ответила ему — наверняка велела взять себя в руки. Отец немного приободрился и в этот момент, вероятно, увидел меня за маминой спиной. Его лицо тут же снова исказилось гримасой отчаяния, и, обратившись к маме, он повторил:

— Мы не можем этого сделать, Диана. Для нас это будет конец. Я все просчитал. Мы никогда не вернемся в Англию. Нам не на что будет жить. Если я уйду из компании, мы станем нищими.

Похоже, он опять утратил контроль над собой и в ответ на мамины слова, которые она произнесла сдержанным сердитым голосом, начал кричать, глядя не на нее, а куда-то в сторону:

— Я этого не сделаю, Диана! Господи, за кого ты меня принимаешь? Это выше моих сил, слышишь? Выше моих сил! Я не могу этого сделать!

Вероятно, именно в тот момент мама закрыла дверь и увела меня. Больше ничего о том происшествии я не помню. И тем более не могу сказать, какие чувства тогда испытывал. Не ручаюсь и за то, что точно запомнил отцовские слова. Но все-таки думаю, что в целом помню тот эпизод верно.

В то время для меня оказалось ошеломляющим открытием, что отец может плакать и кричать, как я, но, хоть это очень меня занимало, вопросом о том, что послужило причиной его срыва, я не задавался. Кроме того, когда я в следующий раз увидел отца, он был в полном порядке, а мама, со своей стороны, больше никогда не упоминала о том событии. Если бы через несколько лет отец не произнес той странной речи перед эстрадой в парке, этот случай, вероятно, вообще никогда не всплыл бы со дна моей памяти.

Но, как я уже сказал, если не считать этих малозначительных происшествий, о той осени, а равно и о последовавшей за ней унылой зиме у меня осталось совсем мало воспоминаний. Большую часть года я проскучал и поэтому страшно обрадовался, когда однажды Мэй Ли между прочим сообщила, что Акира вернулся из Японии и как раз сейчас его багаж выгружают из автомобиля на подъездной аллее соседнего дома.

Глава 7

Акира, как я узнал, к великой своей радости, вернулся в Шанхай не на каникулы, а на все обозримое будущее с намерением возобновить со следующего семестра посещение своей старой школы на Сычуаньской дороге. Не помню, отметили ли мы каким-нибудь особым образом его возвращение. У меня осталось впечатление, что мы просто возобновили дружбу, правда с меньшей одержимостью. Мне было очень интересно узнать о жизни Акиры в Японии, но он убедил меня, что было бы ребячеством — чем-то недостойным нас — обсуждать подобные темы, поэтому мы сделали вид, что все идет, как прежде, словно никакого перерыва в наших отношениях и не было. Я, конечно, догадывался, что в Японии обстоятельства сложились для него не лучшим образом, но не подозревал насколько, до тех пор пока как-то теплым весенним днем он не порвал рукав кимоно.

Когда мы играли на улице, Акира обычно одевался так же, как я,— рубашка, шорты и в более жаркие дни — панамка от солнца. Но в то утро, когда мы играли на холме в центре нашей усадьбы, на нем было кимоно — самое обычное, одно из тех, что он часто носил дома. Мы гоняли вверх-вниз по склону, разыгрывая какой-то спектакль, когда Акира вдруг остановился почти на вершине, а потом сел на траву с опечаленным видом. Я подумал, что он поранился, но, подойдя ближе, увидел, как он рассматривает дыру на рукаве кимоно. Делал он это предельно серьезно, и, наверное, я сказал ему что-то вроде:

— Ну и что такого? Твоя няня зашьет это в два счета.

Он не ответил — казалось, в тот момент он забыл о моем существовании. И я понял, что он пребывает в глубоком унынии. Поглазев на дыру еще несколько секунд, он опустил руку и вперил невидящий взор в землю, словно произошла страшная трагедия.

— Третий раз,— тихо произнес он.— Третий раз за неделю я совершать плохой поступок.— И, поскольку я продолжал смотреть на него, ничего не понимая, пояснил: — Третий проступок. Теперь мама и папа... они отсылать меня обратно в Японию.

Я, разумеется, не мог понять, почему маленькая дырочка на старом кимоно может привести к такому наказанию, но был весьма встревожен подобной перспективой. Присев рядом на корточки, я потребовал немедленных объяснений. В то утро мне удалось вытянуть из своего друга очень немного — он становился все более угрюмым и замкнутым,— и я вспомнил, как мы расставались осенью весьма недовольные друг другом. Однако на протяжении последовавших недель я постепенно начал понимать, что крылось за его странным поведением.

Начиная с первого дня пребывания в Японии Акира чувствовал себя совершенно несчастным. Хотя он никогда открыто не признал этого, я догадался: там его безжалостно третировали как чужака. Манеры, представления, речь, сотни разных привычек выделяли его среди окружающих как «другого», непохожего, и над ним потешались не только соученики и учителя, но и, как он неоднократно намекал, родственники, в чьем доме он жил. В конце концов Акира стал чувствовать себя настолько несчастным, что родителям пришлось забрать его домой, не дожидаясь окончания семестра.

Вот почему мысль о возвращении в Японию терзала теперь моего друга. Его родители очень тосковали по родине и подумывали вернуться туда. Сестра Акиры, Эцуко, тоже не возражала против того, чтобы жить в Японии, и он понимал, что, кроме него, никто из членов семьи не хочет остаться в Шанхае, что только его упорное сопротивление удерживает родителей от того, чтобы немедленно собрать вещи и отплыть в Нагасаки. Но он вовсе не был уверен, что его страхи перевесят чаяния сестры и родителей. Равновесие было весьма шатким, и всякое недовольство, которое вызывал Акира, любой его проступок, любые школьные неудачи могли склонить чашу весов не в его сторону. Отсюда и его опасения, будто маленькая дырочка в кимоно легко способна привести к столь тяжким последствиям.

Вскоре выяснилось, что порванное кимоно не вызвало гнева его родителей, как он ожидал, и, разумеется, ничего страшного не произошло. Но на протяжении нескольких месяцев после его возвращения маленькие неприятности следовали одна за другой, снова и снова повергая моего друга в бездну тревог и уныния. Самая значительная из них, думаю, была связана с Лин Тиенем и нашим «воровством» — той самой «криминальной тайной моего прошлого», которая так возбудила любопытство Сары во время нашей поездки на омнибусе.

Лин Тиень служил у родителей Акиры с тех самых пор, как они приехали в Шанхай. Среди моих самых ранних воспоминаний о доме Акиры у меня хранится воспоминание о старом слуге, снующем по комнатам со шваброй. Он казался мне очень старым, всегда, даже летом, был одет в тяжелый темный халат и шапочку, из-под которой выглядывал хвостик волос. В отличие от других слуг-китайцев, живших в округе, он редко улыбался детям, зато никогда не сердился и не кричал на нас, и если бы не особое отношение к нему Акиры, мне бы и в голову не пришло воспринимать его как источник опасности. Помнится, поначалу я задавался вопросом, почему каждый раз, когда этот слуга оказывался поблизости, Акиру охватывала такая паника. Если, к примеру, Лин Тиень проходил по коридору, мой друг, что бы мы в тот момент ни делали, срывался, убегал в угол, который не был виден из коридора, и стоял там без движения до тех пор, пока не убеждался, что угроза миновала. В те первые дни нашей дружбы я легко заражался его страхом, полагая, что он происходит от чего-то, что произошло между ним и Лин Тиенем. Но сколько бы я ни просил Акиру объяснить мне свое поведение, он не обращал внимания на мои просьбы. Со временем я догадался, какое унижение он испытывает из-за того, что не способен побороть свой ужас перед китайцем, и научился не заострять на этом внимания.

Однако по мере того, как мы становились старше, Акира, видимо, почувствовал необходимость оправдать свой страх. Когда нам было по семь, а может, восемь лет, вид Лин Тиеня уже не заставлял моего друга замирать, вместо этого он приобрел привычку прерывать игру, во что бы мы ни играли, и смотреть на меня со странной зловещей усмешкой. Потом, приникнув губами к моему уху, он причудливо-монотонным распевом, напоминавшим манеру монахов, чьи песнопения нам доводилось слышать на рынке на Бунской дороге, начинал твердить об ужасных тайнах, связанных со старым слугой.

Так я узнал о жуткой страсти Лин Тиеня к человеческим рукам. Однажды в той части дома, где жили слуги, Акире удалось из коридора заглянуть в комнату китайца — то был редкий случай, когда слуга оставил свою дверь приоткрытой,— и там, на полу, он увидел горы отрезанных рук — мужских, женских, детских и обезьяньих. В другой раз, поздно вечером, Акира заметил слугу, который нес в дом корзину, набитую маленькими ручками обезьян. «Мы должны всегда быть начеку,— предупредил меня Акира.— Если предоставим Лин Тиеню хоть малейшую возможность, он не задумываясь отрежет нам руки».

Когда, выслушав множество подобных историй, я поинтересовался, почему старый китаец так одержим руками, Акира внимательно посмотрел на меня и спросил, можно ли мне доверить самую темную тайну его семьи. Я заверил его, что на меня можно положиться, и, немного подумав, он наконец сказал:

— Тогда я рассказать тебе, старик! Причина ужасна! Почему Лин отрезать руки. Я тебе рассказать!

По его словам, Лин Тиень открыл способ превращать отрезанные руки в пауков. В его комнате было много сосудов, наполненных разными жидкостями. В них он месяцами вымачивал те руки, которые ему удавалось добыть. Постепенно пальцы начинали двигаться сами собой — сначала лишь чуть подрагивали, затем скручивались колечками, а потом на них начинали расти черные волосы. Тогда Лин Тиень вынимал руки из жидкости и отпускал на свободу. Это из-за него во всей округе развелись пауки. Акира часто слышал, как старый слуга выбирался из дома в тишине ночи, чтобы выпускать своих пауков на волю. Однажды мой друг даже видел в саду странное существо, ползущее по траве. Лин вынул его из раствора раньше времени, поэтому оно еще не совсем было похоже на паука, но в то же время уже и не особенно напоминало отрезанную руку.

Хотя даже в том возрасте я не слишком верил в подобные истории, они, разумеется, будоражили мое воображение, и в течение какого-то времени одного взгляда на Лин Тиеня было достаточно, чтобы вселить в меня ужас. Надо признать, даже став старше, мы не совсем освободились от страха перед старым слугой. Это всегда уязвляло гордость Акиры, и к тому времени, когда нам исполнилось по восемь, у него, похоже, развилась потребность постоянно бросать вызов своим страхам. Помню, он вечно тащил меня в какое-нибудь место, откуда мы могли подглядывать за Лин Тиенем, когда он мел дорожку в саду или занимался другой работой. Я не возражал против такого «шпионажа», но вот чего я действительно боялся, так это моментов, когда Акира настойчиво заставлял меня пройти мимо комнаты китайца.

До тех пор мы старались держаться от нее на почтительном расстоянии, тем более что Акира утверждал, будто пары от содержавшихся там жидкостей могут на нас как-то повлиять и затянуть внутрь. Но с некоторых пор желание пройти мимо комнаты Лин Тиеня стало для Акиры чем-то вроде наваждения. Мы могли говорить о чем-то совсем другом, как вдруг на его лице появлялась та самая зловещая усмешка, и он начинал шептать:

— Ты боишься? Кристофер, тебе страшно?

После этого он заставлял меня следовать за ним через весь дом, через эти странно лишенные обстановки комнаты, к украшенной ветвистыми оленьими рогами арке, за которой находились помещения, предназначенные для слуг. Пройдя под аркой, мы оказывались в тускло освещенном коридоре со стенами, облицованными полированными панелями, в конце которого, прямо напротив нас, виднелась дверь в комнату Лин Тиеня.

Сначала от меня требовалось лишь стоять возле арки и наблюдать, как Акира шаг за шагом пробирается по коридору, проходя приблизительно полпути до ужасной двери. Как сейчас вижу его коренастую фигуру, застывшую в напряжении. Его лицо, когда он оборачивался ко мне, лоснилось от пота. Он принуждал себя сделать еще несколько шагов вперед, прежде чем повернуться и с победным видом броситься назад, ко мне. Потом он начал подзуживать и изводить меня. Это продолжалось до тех пор, пока я наконец не решился повторить его подвиг. Довольно долго, как я уже сказал, эти испытания на храбрость были для Акиры чем-то вроде наваждения, что сильно портило мне удовольствие от посещений его дома.

Тем не менее ни у одного из нас не хватало духу приблизиться к самой двери, не говоря уж о том, чтобы войти в комнату. Когда мы все-таки решились на это, нам было уже по десять лет, и шел — хотя я этого, разумеется, тогда не знал — последний год моей жизни в Шанхае. Именно тогда мы с Акирой и совершили свою маленькую кражу — поступок, всей серьезности последствий которого мы в своем возбужденном состоянии тогда совершенно не предвидели.

Мы знали, что Лин Тиень каждый год в августе уезжает на шесть дней в родную деревню возле Ханчжоу, и часто обсуждали, как воспользуемся этой возможностью, чтобы проникнуть в его комнату. И разумеется, в первый же день после отъезда старого слуги, придя в гости к Акире, я застал друга чрезвычайно озабоченным. Надо сказать, что к тому времени я стал гораздо более самоуверенным, чем был годом раньше, и если испытывал какой-то страх перед Лин Тиенем, то всячески старался это скрыть. К перспективе проникновения в таинственную комнату я относился теперь намного спокойнее. Акира, видимо, это заметил и решил подвергнуть меня испытанию.

Но оказалось, в тот день мать Акиры шила платье и почему-то в связи с этим ей было необходимо постоянно ходить из комнаты в комнату, так что Акира посчитал слишком опасным даже думать о нашем плане. Я нисколько не огорчился, но уверен: Акира радовался неожиданному препятствию гораздо больше меня.

Однако следующий день был субботой, и, когда я около полудня явился к Акире, его родители уже куда-то ушли. У моего друга уже не было няньки, как у меня, и мы часто спорили, кому из нас больше повезло. Он всегда утверждал, что японские дети не нуждаются в нянях, потому что они смелее детей с Запада. Во время одной такой дискуссии я спросил его, кто позаботится о нем, если его мама куда-нибудь уйдет, а он, скажем, захочет воды со льдом или порежется. Помню, Акира ответил, что японские матери никогда не уходят из дома без особого разрешения своего ребенка. Мне было трудно в это поверить, поскольку я точно знал: японские дамы, так же как и европейские, часто собираются в Астор-Хаусе или в чайной Марселла на Сычуаньской дороге. Он тут же заявил, будто в отсутствие мамы все его требования исполняет служанка, между тем как сам он волен делать все, что ему заблагорассудится, без каких бы то ни было ограничений. Я вынужден был признать: моя участь намного печальнее. Странно, но я придерживался этого мнения довольно долго, несмотря на то что, когда мы играли у них дома в отсутствие его матери, кому-нибудь из слуг вменялось в обязанность постоянно присматривать за каждым нашим шагом. Обычно это делала какая-нибудь неулыбчивая служанка, не спускавшая с нас глаз и, судя по всему, панически боявшаяся ужасной кары, которая непременно обрушилась бы на ее голову, случись с нами какая-нибудь неприятность. Под ее бдительным оком и приходилось играть.

Естественно, к лету, о котором я рассказываю, нам уже позволялось передвигаться более свободно, без присмотра. В то утро мы расположились наверху, в одной из комнат, где на полу лежали татами, в то время как единственная находившаяся в доме пожилая служанка что-то шила в комнате прямо под нами. Помню, в какой-то момент Акира отвлекся от игры, на цыпочках вышел на балкон и так сильно перегнулся через перила, что я испугался, как бы он не свалился. Затем, когда он поспешно вернулся в комнату, я заметил на его лице знакомую зловещую усмешку. Служанка, доложил он шепотом, как и ожидалось, заснула.

— Теперь мы должны туда войти! Тебе страшно, Кристофер? Ты бояться?

Акиру вдруг охватило такое возбуждение, что на миг все старые страхи, связанные с Лин Тиеном, вернулись и ко мне. Но к тому времени ни для одного из нас не могло быть и речи об отступлении, и мы, стараясь шагать бесшумно, отправились вниз, к тускло освещенному коридору.

Насколько я помню, продвигались мы по нему весьма уверенно, пока не оказались неподалеку от комнаты Лин Тиеня. Здесь что-то заставило нас остановиться, и с минуту ни он, ни я, кажется, не были в состоянии сделать следующего шага. Если бы в тот момент Акира повернулся и побежал, я, безусловно, сделал бы то же самое. Но тут мой друг, судя по всему, нашел в себе силы и, протянув мне руку, сказал:

— Пошли, старик! Мы идти вместе!

Так, рука об руку, мы проделали последние несколько шагов, потом Акира толкнул дверь, и мы прошмыгнули внутрь.

Комната была маленькая, скудно обставленная, аккуратно прибранная, деревянный пол чисто выметен. Окно прикрывали жалюзи, но в щели по краям лился яркий солнечный свет. Ощущался легкий запах благовоний — в углу находился алтарь. Кроме него в комнате имелись широкая низкая кровать и на удивление большой лакированный комод, покрытый прекрасными рисунками, каждый ящичек украшала витая ручка.

Войдя, мы несколько секунд стояли неподвижно, затаив дыхание. Потом, сделав долгий выдох, Акира повернулся ко мне с широкой улыбкой, явно довольный тем, что победил наконец свой давний страх. Но в следующий момент ощущение триумфа сменилось у него озабоченностью: ввиду отсутствия в комнате каких бы то ни было зловещих предметов он мог оказаться в смешном положении. Прежде чем я успел что-нибудь сказать, он быстро указал на комод и возбужденно зашептал:

— Там! Внутри! Осторожней, осторожней, старик! Пауки, они там, внутри!

Прозвучало это весьма неубедительно. Похоже, он и сам это понял. Все же на несколько секунд перед моим мысленным взором возникла картинка: маленькие ящички один за другим открываются, и существа, находящиеся на разных стадиях превращения в пауков, качаясь, неуверенно поднимаются на дрожащих ножках. Акира взволнованно указал на маленькую бутылочку, стоявшую на низком столике возле кровати Лин Тиеня.

— Жидкость! — прошептал он.— Волшебная жидкость, он пользует! Вот она!

Меня так и подмывало посмеяться над его отчаянной попыткой сохранить фантазию, из которой мы, по правде говоря, давно выросли, но в этот момент вдруг снова нахлынуло видение открывающихся ящичков комода, и страх лишил меня дара речи. Более того, меня стала пугать гораздо более реальная угроза: служанка или кто-либо другой из неожиданно вернувшихся взрослых могли застать нас в этой комнате. Мне было жутко даже представить себе позор, который падет на наши головы, наказания, которые последуют за этим, долгие разговоры между моими родителями и родителями Акиры. Я не мог придумать, как бы мы могли объяснить им свое поведение.

Именно в этот момент Акира сделал шаг вперед, схватил бутылочку и прижал ее к груди.

— Пошли! Пошли! — зашипел он, и нас вмиг охватила паника. Едва сдерживая нервный смех, мы вылетели из комнаты и бросились прочь по коридору.

Когда мы снова очутились в безопасном уединении наверху — служанка продолжала мирно дремать этажом ниже,— Акира повторил, что ящички комода наполнены отрезанными руками. Я видел, он серьезно обеспокоен моим отношением к давней детской фантазии, и постарался скрыть иронию. Поэтому не сказал ничего, чтобы опровергнуть его утверждение или чтобы дать ему понять, будто считаю затею провалившейся, а нашу храбрую вылазку не стоящей внимания чепухой. Мы поставили бутылочку на тарелку в центре комнаты, сели рядом и стали разглядывать ее.

Акира осторожно тянул пробку. Внутри находилась светлая жидкость со слабым запахом аниса. До сих пор понятия не имею, для чего старый слуга использовал этот настой. Думаю, это было какое-то снадобье, которое он купил, чтобы лечить застарелую болезнь. Тем не менее эта находка как нельзя лучше отвечала нашим ожиданиям. Мы аккуратно опустили в бутылочку прутики и перенесли по капле влаги на бумагу. Акира предупредил, что жидкость ни в коем случае не должна попасть нам на руки, иначе на следующий день мы проснемся с пауками вместо ладоней. Ни он, ни я на самом деле в это не верили, но опять же, поскольку мне казалось, что для Акиры очень важно, чтобы мы притворялись, будто верим, операцию мы проделывали с нарочитой осторожностью.

В конце Акира вернул пробку на место и спрятал бутылочку в ящик, где хранил свои самые ценные вещи, приговаривая, что собирается провести еще несколько опытов с настоем, прежде чем вернуть его в комнату Лин Тиеня. Расставаясь в тот день, мы оба были очень довольны собой.

Но когда Акира пришел ко мне на следующее утро, я сразу заметил: возникли какие-то сложности. Он был весьма озабочен и ни на чем не мог сосредоточиться. Страшась услышать, что его родители каким-то образом узнали о нашей вчерашней выходке, я некоторое время избегал спрашивать его, что случилось. Но в конце концов, будучи не в силах дольше сдерживаться, попросил признаться, что его тревожит. Акира ответил, что родители ничего не подозревают, и снова помрачнел. И только после того, как я надавил на него сильнее, он сдался и рассказал, что произошло.

Распираемый ощущением триумфа, Акира поведал своей сестре Эцуко о том, что мы сделали. К его удивлению, Эцуко пришла в ужас. Я говорю «к удивлению», потому что Эцуко, бывшая на четыре года старше нас, никогда не разделяла нашего отношения к Лин Тиеню как к фигуре зловещей. Выслушав Акиру, она посмотрела на него так, словно ожидала, что он прямо сейчас, у нее на глазах, начнет корчиться в муках и умрет. Потом она сказала Акире, что нам страшно повезло — мы едва избежали чудовищной опасности: она сама знала нескольких слуг, прежде работавших в доме, которые решились сделать то же, что совершили мы с Акирой, а потом загадочно исчезли. Несколько недель спустя их останки были найдены за стенами «поселка». Акира, конечно, заявил Эцуко, что она просто хочет напугать его и он ничуть ей не верит, но был явно потрясен. Признаться, и у меня по спине пробежал холодок, когда я выслушал его, ведь это говорила его старшая сестра.

И тогда я понял, что тревожит Акиру: кто-то должен поставить бутылочку на место, прежде чем старый слуга через три дня вернется из деревни. От нашей вчерашней бравады не осталось и следа, перспектива снова идти в ту комнату казалась ужасной.

Будучи не в состоянии играть в обычные игры, мы решили отправиться в заветное место на берегу реки. Всю дорогу мы обсуждали возникшую проблему. Что случится, если мы не вернем бутылочку на место? Возможно, настой очень ценный, тогда вызовут полицию, чтобы провести расследование. Или, может быть, Лин Тиень ничего никому не скажет, но решит лично обрушить на нас свою месть.

Помню, нам было неловко, оттого что мы держались за глупую детскую фантазию, и хотелось найти логический выход из положения, чтобы избежать серьезных неприятностей. Например, мы рассматривали даже такую возможность: жидкость — это лекарство, Лин Тиень долгие месяцы копил деньги, чтобы купить его, без него он будет тяжело болеть. Но уже в следующий момент мы размышляли над другим: жидкость нужна была старому слуге для тех самых колдовских целей.

Наше заветное место находилось минутах в пятнадцати ходьбы от дома позади каких-то складов, принадлежавших компании «Жарден Матисон». Мы не были уверены, что не преступаем границу ее владений. Чтобы добраться до места, нужно было пройти через ворота, всегда открытые, и пересечь забетонированный двор, минуя нескольких китайских рабочих, с подозрением наблюдавших за нами, но никогда не пытавшихся остановить. Потом следовало обогнуть хлипкий лодочный сарай и пройти до конца мола, прежде чем спуститься на пятачок темной земли прямо на берегу реки. Там хватало места только для того, чтобы мы могли сесть, плотно прижавшись друг к другу, лицом к воде. Зато даже в самые жаркие дни склады, находившиеся у нас за спиной, отбрасывали тень, спасая от зноя, и каждый раз, когда мимо проплывала лодка или джонка, легкая волна ласково омывала нам ноги. На другом берегу тоже стояли какие-то склады, но прямо напротив был просвет между двумя строениями, и сквозь него была видна дорога, обсаженная деревьями. Мы с Акирой часто приходили сюда, хотя держали это в тайне от родителей из опасения, что они запретят нам играть так близко к воде.

В тот день мы попытались ненадолго забыть о своих тревогах. Помню, Акира начал расспрашивать меня, как делал часто, когда мы сюда приходили, смогу ли я в случае необходимости доплыть до того или иного из стоявших вдоль берега судов, но вдруг он замолчал и, к моему удивлению, заплакал.

Я почти никогда не видел своего друга в слезах. В сущности, это единственное мое воспоминание о его слабости. Даже когда кусок затвердевшего строительного раствора упал ему на ногу — мы играли тогда на задворках американской миссии,— он побелел, как привидение, но не заплакал. Однако в тот день на берегу реки Акира утратил самообладание.

Помню, он держал в руке кусок мокрого расслоившегося дерева, от которого, рыдая, отрывал щепки и швырял в воду. Мне очень хотелось утешить его, но, не находя слов, я лишь протягивал ему новые куски дерева, словно это было какое-то чудодейственное лекарство. После того как рядом не осталось ни одной щепки, Акира наконец взял себя в руки.

— Когда родители узнают,— сказал он,— они так сердиться! Тогда они не позволять мне оставаться здесь. Тогда мы все ехать в Японию.

Я продолжал молчать, по-прежнему не находя слов. Глядя на проплывавшую мимо лодку, Акира тихо добавил:

— Я не хочу никогда жить в Японии.

Поскольку в ответ на это заявление я всегда отвечал ему одно и то же, то и теперь повторил:

— Я тоже не хочу никогда жить в Англии.

Потом мы оба долго молчали. Но чем дольше мы смотрели на воду, тем отчетливее становилась мысль: существует лишь один способ избежать ужасных последствий. И в конце концов я сказал Акире: единственное, что мы можем сделать, это успеть вернуть бутылочку на место. Тогда все будет хорошо.

Акира, казалось, не слышал меня, поэтому я повторил свое предложение. Он молчал, и именно тогда я по-настоящему прочувствовал, насколько силен его страх перед Лин Тиенем. Теперь этот страх был так же необорим, как в самом раннем детстве, с той разницей, что сейчас Акира ни за что бы в этом не признался. Его смущение было мне понятно, и я старался найти достойный выход из сложившейся ситуации. В конце концов я тихо сказал:

— Акира-сан, мы снова сделаем это вместе. Как в прошлый раз. Возьмемся за руки, войдем и поставим склянку туда, где ее взяли. Если будем вместе, с нами ничего плохого не случится. Ничего. И никто никогда не узнает о том, что мы сделали.

Акира подумал немного, потом повернулся ко мне, и я увидел в его глазах глубокую благодарность.

— Завтра днем, в три часа,— сказал он.— Мама пойдет в парк. Если служанка снова заснет, у нас есть шанс.

Я заверил его, что служанка непременно заснет, и повторил:

— Если мы будем вместе, бояться нечего.

— Да, мы делать это вместе, старик! — согласился Акира, неожиданно улыбнувшись, и встал.

На обратном пути мы детально обсудили план. Я пообещал прийти к Акире на следующий день до ухода его мамы. А как только она уйдет, мы поднимемся наверх и, заранее приготовив бутылочку Лин Тиеня, будем ждать, пока заснет служанка. Настроение Акиры заметно улучшилось, но, помню, когда мы прощались, друг посмотрел на меня с наигранной беззаботностью и попросил, чтобы я не опаздывал.

Следующий день снова выдался жарким и влажным. Сколько раз в течение последующих лет я вспоминал его, пытаясь сложить отрывочные фрагменты в единую картину! Об утренних часах я не помню почти ничего.

Вижу лишь, как прощаюсь с отцом, уезжающим на работу. Я уже вышел из дома и слонялся у аллеи, поджидая его. Наконец он появился — в белом костюме и шляпе, с портфелем и стеком в руках. Искоса посмотрел в сторону ворот. Я ожидал, что он подойдет ко мне, но в этот момент на крыльцо вышла мама, остановилась у него за спиной и что-то сказала. Отец снова поднялся на ступеньки, обменялся с ней несколькими словами, улыбнулся, поцеловал ее в щеку, потом решительно направился ко мне. Вот и все, что я помню о его отъезде. Не могу сказать, пожали мы друг другу руки, похлопал ли он меня по плечу, оглянулся ли у ворот, чтобы в последний раз помахать на прощание? В целом у меня осталось ощущение, что в том, как он уезжал в то утро, не было ничего необычного, ничего, отличавшего тот день от любого другого.

Единственное, что я помню дальше,— это то, как играл с солдатиками у себя в спальне на ковре, но мысли были заняты предстоящим опасным предприятием. Мама куда-то уехала, потом я обедал на кухне вместе с Мэй Ли. После обеда, чтобы убить время до трех часов, немного прошелся до того места, где два больших дуба росли чуть в стороне от дороги, перед каменным забором, окружавшим сад.

Быть может, потому, что я уже собрал к тому времени всю свою храбрость, мне удалось влезть на один из них выше, чем когда-либо прежде. С победным видом восседая на суку, я обнаружил, что с этой высоты мне видны кусты и лужайки всех усадеб по соседству. Помню, я сидел там довольно долго, обдуваемый ветерком, и волнение по поводу предстоящей операции все больше охватывало меня. Однако я понимал, что страх Акиры перед Лин Тиеном все равно намного сильнее и на сей раз руководить нашим походом придется мне.

Это накладывало большую ответственность, и я решил, что в доме Акиры постараюсь держаться как можно увереннее. Но пока я сидел на дереве и размышлял о множестве вероятных препятствий, которые способны помешать осуществлению нашего замысла: что, если служанка не заснет? Что, если она выберет именно сегодняшний день для уборки коридора, ведущего в комнату Лин Тиеня? Или мама Акиры передумает и не уйдет, как мы ожидали? А кроме того, существовал еще и мой старый детский страх, от которого я, как ни старался, не мог избавиться полностью.

Наконец я слез с дерева и направился обратно домой, чтобы выпить воды и узнать время. Войдя в ворота, я увидел на подъездной аллее два автомобиля. Автомобили меня весьма интересовали, но в тот момент я был слишком поглощен своими проблемами, чтобы обращать на них внимание. Проходя через холл, я заглянул в открытую дверь гостиной и увидел троих мужчин, которые стояли, держа шляпы в руках, и разговаривали с мамой. В этом не было ничего необычного — вполне вероятно, они пришли обсудить с моей матерью нечто, касающееся ее дел. Но что-то в атмосфере дома заставило меня остановиться и прислушаться. Как раз в этот момент они замолчали и повернулись ко мне. Я узнал одного из мужчин, это был мистер Симпсон, коллега моего отца по работе; двух других я не знал. Мама тоже увидела меня и сделала шаг вперед. Видимо, я почувствовал, что происходит нечто необычное, поскольку тут же поспешно повернул в кухню.

Едва войдя в нее, я услышал шаги. Это была мама. Я часто пытался вспомнить ее лицо — определить, что именно оно выражало в тот момент,— но мне это никогда не удавалось. Наверное, инстинктивно я старался на нее не смотреть. Помню лишь ощущение ее присутствия надо мной, словно я вдруг снова стал совсем маленьким, и еще то, что на ней было светлое летнее платье. Чуть охрипшим, но сдержанным голосом она сказала мне:

— Кристофер, джентльмены, которые пришли с мистером Симпсоном, из полиции. Мне нужно закончить разговор с ними, а потом я поговорю с тобой. Пожалуйста, подожди меня в библиотеке.

Я хотел было возразить, но мама пресекла попытку строгим взглядом.

— В библиотеке,— повторила она, уже направляясь к выходу.— Я приду, как только побеседую с этими джентльменами.

— Что-то случилось с папой? — не удержался я.

Мама снова повернулась ко мне:

— Твой отец сегодня не приехал на работу. Но я уверена, этому есть какое-то простое объяснение. Подожди меня в библиотеке. Я скоро приду.

Я вышел из кухни вслед за ней и отправился в библиотеку, где, усевшись за свой рабочий стол, стал ждать, думая не столько об отце, сколько об Акире и о том, что уже опаздываю к нему. Интересно, хватит ли у него смелости одному вернуть бутылочку на место? Даже если хватит, он наверняка будет сердиться на меня. В тот момент я был настолько озабочен ситуацией, связанной с Акирой, что даже подумывал нарушить мамино распоряжение и уйти. Между тем разговор в гостиной затягивался, казалось, до бесконечности. На стене в библиотеке висели часы, и я неотрывно следил за их стрелками. В какой-то момент я даже вышел в холл, надеясь привлечь внимание мамы и попросить у нее разрешения отлучиться, но на этот раз дверь в гостиную оказалась плотно прикрытой. Пока я слонялся по холлу, размышляя о том, как бы улизнуть, появилась Мэй Ли и строго велела мне возвращаться в библиотеку. Водворив меня на место, она вышла и закрыла дверь, но из коридора все время доносился звук ее шагов. Я снова уселся за стол и стал смотреть на часы. Когда стрелки перевалили за половину третьего, я помрачнел и стал страшно сердиться на маму и на Мэй Ли.

Потом наконец услышал, что мама провожает гостей и один из них говорит:

— Мы сделаем все, что в наших силах, миссис Бэнкс. Будем надеяться на лучшее и уповать на Бога.

Что ответила мама, я не разобрал.

Как только мужчины уехали, я выскочил из дома и спросил у мамы, можно ли мне пойти к Акире. Меня ужасно разозлило, что мама, не ответив на мой вопрос, сказала:

— Давай вернемся в библиотеку.

Я повиновался. В библиотеке мама усадила меня на стул, присела рядом на корточки и очень спокойно сообщила, что отец пропал — его никто не видел с момента отъезда из дома. Полиция, вызванная администрацией компании, ведет поиски, однако пока они не дали результата.

— Но он может сам вернуться к ужину,— добавила мама с улыбкой.

— Разумеется, он вернется,— произнес я тоном, который, как я надеялся, позволял понять, как вся эта неразбериха меня раздражает. После чего встал и снова спросил, можно ли мне уйти, но на сей раз с меньшей горячностью, поскольку, взглянув на часы, понял: идти к Акире уже не было смысла. Его мать, должно быть, успела вернуться, и вскоре у них будут ужинать. Я очень сердился, что мама задержала меня лишь для того, чтобы сообщить то, что я понял уже полтора часа назад из разговора в кухне. Так что, когда она наконец отпустила меня, я просто поднялся в свою комнату, выставил на ковер солдатиков и постарался не думать об Акире и о том, какие чувства он испытывал по отношению ко мне в тот момент. Но я помнил то, что он сказал на берегу реки, и его благодарный взгляд. Более того, мне, так же как Акире, очень не хотелось, чтобы его увезли в Японию.

До позднего вечера я пребывал в подавленном настроении, но это, разумеется, было истолковано как реакция на исчезновение отца. Весь вечер мама подбадривала меня, говоря что-то вроде: «Давай не будем унывать. Все скоро выяснится». И даже Мэй Ли была необычайно ласкова со мной, пока я принимал ванну. Но помню я также и то, что с каждым часом на маму все чаще накатывали те мгновения «отсутствия», которые станут столь характерными для нее впоследствии. По-моему, уже в тот вечер, лежа в постели и размышляя о том, что сказать Акире, когда мы увидимся в следующий раз, я услышал, как мама, вперив невидящий взор куда-то в стену, тихо произнесла:

— Что бы ни случилось, ты будешь гордиться им, Вьюрок. Ты всегда сможешь гордиться тем, что он сумел сделать.

Глава 8

Я плохо помню дни, последовавшие за исчезновением отца. Могу сказать одно: мысли мои были настолько заняты Акирой и тем, что я скажу ему при следующей встрече, что мне было трудно сосредоточиться на чемлибо еще. Тем не менее я почему-то не спешил к нему и даже допускал, что могу больше никогда не увидеть друга, потому что его родители, разгневанные поведением сына, уже наверняка пакуют вещи, чтобы отбыть в Японию. В те дни, услышав малейший шум, я вихрем мчался наверх, к окну над входом, откуда был отлично виден фасад соседнего дома. Я хотел убедиться, что там не грузят багаж.

Так прошло дня три или четыре. И вот однажды пасмурным утром, играя на лужайке перед домом, я уловил звуки, доносившиеся из-за забора, разделявшего наши усадьбы, и быстро сообразил, что это Акира катается на велосипеде сестры по своей аллее. Мне часто доводилось наблюдать, как он учится кататься на велосипеде, который был для него слишком велик, и я легко узнал шуршание колес, трущихся о гравий, когда Акира изо всех сил старался удержаться в седле. В какойто момент до меня донесся грохот и крик падающего Акиры. Мне пришло в голову, что он, возможно, заметил меня из окна верхнего этажа и выехал на велосипеде специально, чтобы привлечь мое внимание. Послушав немного, как он упал за забором, я вышел из ворот и заглянул в их сад.

Там Акира пытался заставить велосипед Эцуко исполнить цирковой номер, требовавший сохранения равновесия без помощи рук на крутом повороте. Казалось, он был слишком поглощен своими упражнениями, чтобы обратить внимание на меня, и, даже когда я подошел поближе, не выказал ни малейших признаков того, что замечает мое присутствие. Наконец я просто сказал:

— Прости, я не мог прийти в тот день.

Акира угрюмо взглянул на меня и продолжил маневры. Я хотел объяснить ему, почему получилось так, что я его подвел, но, к собственному удивлению, не находил слов. Понаблюдав за ним еще немного, я приблизился на несколько шагов и, понизив голос до шепота, спросил:

— Ну как? Ты вернул ее на место?

Мой друг взглядом дал понять, что считает мой вопрос неуместным, и резко развернул велосипед. Я почувствовал, как слезы подступили к моим глазам, но, вовремя вспомнив наш давний спор о том, кто чаще плачет — англичане или японцы, заставил себя сдержаться. Мне снова захотелось рассказать ему об исчезновении отца, которое вмиг показалось не только более чем достаточным оправданием того, что я подвел друга, но и поводом для того, чтобы пожалеть себя. Я представил себе изумление и стыд, которые отразятся на лице Акиры при словах: «Я не смог прийти в тот день потому... потому, что моего отца похитили!» — но почему-то так и не смог этого произнести. Вместо этого я, кажется, просто повернулся и убежал домой.

———————

В течение нескольких следующих дней я не видел Акиру. Но однажды он подошел к нашему черному ходу и как ни в чем не бывало попросил Мэй Ли позвать меня. Уж не помню, что я делал в тот момент, но мигом оторвался от своего занятия и выбежал к другу. Тот приветливо, с широкой улыбкой поздоровался со мной и повел в свой сад, по-приятельски похлопывая по спине. Мне, конечно, не терпелось узнать, чем закончилась история с Лин Тиеном, но еще больше я боялся разбередить старую рану, поэтому изо всех сил сдерживался, чтобы ни о чем не спросить.

Мы прошли в глубину их сада — туда, где рос густой кустарник, который мы считали нашими джунглями,— и вскоре, забыв обо всем, уже что-то разыгрывали вдвоем. Кажется, сценки из «Айвенго», романа, который я как раз тогда читал, или что-то из самурайских историй Акиры. Однако приблизительно через час мой друг странно взглянул на меня и сказал:

— Если хочешь, мы можем поиграть в новую игру.

— В новую игру?

— В новую игру. Про папу Кристофера. Если хочешь.

Я был ошарашен, не помню даже, что ответил. Тогда он сделал несколько шагов мне навстречу по высокой траве, и я увидел, что он смотрит на меня чуть ли не с нежностью.

— Да,— повторил он,— если хочешь, мы играть в сыщик. Мы искать папу. Мы спасать папу.

И тогда я понял, что снова привело Акиру в наш дом: он услышал новость о моем отце, которая, несомненно, уже начала распространяться по округе. Понял я также и то, что, предлагая новую игру, Акира хотел выразить мне сочувствие и желание помочь. На меня накатила волна признательности, и я ответил:

— Хорошо. Если хочешь, давай в это поиграем.

Так началось то, что теперь представляется мне целой эпохой в моей жизни, хотя на самом деле эта «эпоха» охватывала от силы два месяца. Изо дня в день мы придумывали бесконечные вариации на тему освобождения моего отца.

Между тем продолжалось и реальное расследование его исчезновения. Я понимал это по визитам тех людей, которые, держа в руках шляпы, с серьезным видом разговаривали с мамой, по тихим разговорам между мамой и Мэй Ли, когда мама возвращалась домой в конце дня, строгая, с поджатыми губами, и особенно по той памятной беседе, которая произошла между нами у подножия лестницы.

Не берусь сказать, чем каждый из нас занимался до того. Помню лишь, что побежал вверх по лестнице, желая принести что-то из своей комнаты, и вдруг увидел маму — она спускалась с верхней площадки. Должно быть, она собиралась уезжать, потому что на ней было то самое бежевое платье, от которого исходил особый аромат, немного напоминавший запах осенних листьев. Наверное, я уловил что-то необычное в ее манере держаться, потому что остановился как вкопанный на третьей ступеньке и стал ждать, когда она подойдет. Она тоже замерла на несколько ступенек выше меня и протянула руку. Мне даже показалось, что она ждет, чтобы я помог ей спуститься, как иногда делал отец, когда встречал ее у подножия лестницы. Но оказалось, она просто хотела обнять меня за плечи, и так, вместе, мы преодолели последние ступени. Потом она меня отпустила и, надевая шляпку в другом конце холла, сказала:

— Вьюрок, я знаю, какими трудными были для тебя последние дни. Должно быть, у тебя такое ощущение, что весь мир рухнул. Для меня они тоже были очень трудными. Но ты должен делать то же, что и я: молиться Богу и не терять надежды. Надеюсь, ты помнишь молитвы, Вьюрок?

— Да, помню,— ответил я рассеянно.

— Очень печально,— продолжила мама,— что в этом городе время от времени похищают людей. Надо признать, это случается часто, но во многих случаях — можно даже сказать, в большинстве — похищенные возвращаются целыми и невредимыми. Значит, нам нужно запастись терпением. Вьюрок, ты слушаешь?

— Конечно слушаю.— К тому времени я уже повернулся к ней спиной и лежал на перилах, свесив руки.

Помолчав, мама добавила:

— Что мы должны ценить особо, так это то, что заниматься этим делом поручили лучшим сыщикам. Я с ними разговаривала, они считают, что решение скоро будет найдено.

— Но сколько времени на это понадобится? — угрюмо поинтересовался я.

— Мы должны запастись терпением,— повторила мама.— Нужно доверять сыщикам. Да, поиски требуют времени, но мы должны быть терпеливы. Тогда все в конце концов образуется и станет как прежде. Мы должны не переставая молиться и сохранять надежду. Вьюрок, ты меня слышишь?

Я ответил не сразу, поскольку в тот момент как раз старался проверить, какую ступеньку смогу достать ногой, не сходя с места. Потом спросил:

— А что, если сыщики слишком заняты другими расследованиями? У них ведь столько дел: убийства, ограбления... Они же не могут успевать заниматься всем одновременно.

Я услышал, что мама сделала несколько шагов ко мне, и, когда она заговорила вновь, тон ее был не слишком уверенным:

— Вьюрок, о том, что сыщики «слишком заняты», не стоит даже и думать. Все в Шанхае, самые важные люди в нашей колонии, чрезвычайно озабочены папиным исчезновением и настроены все выяснить. Я имею в виду таких джентльменов, как мистер Форестер. И мистер Кармайкл. Даже сам генеральный консул. Я знаю, они лично занимаются тем, чтобы вернуть папу домой как можно скорее целым и невредимым. Поэтому, Вьюрок, и речи не может быть о том, чтобы сыщики не сделали все от них зависящее. И они делают это сейчас, в этот самый момент. Ты понимаешь, Вьюрок, что инспектор Кун лично занимается расследованием? Да, лично инспектор Кун. Так что у нас есть все основания надеяться.

Тот разговор, судя по всему, произвел на меня впечатление, потому что, помнится, в течение нескольких дней после него я волновался не так сильно. Даже по ночам, когда тревога имела обыкновение возвращаться, я представлял, как шанхайские сыщики снуют по городу, все теснее сжимая кольцо вокруг похитителей. Иногда, лежа в темноте, прежде чем провалиться в сон, я мысленно плел замысловатые сюжеты: многие из них потом ложились в основу наших с Акирой игр.

Я вовсе не хочу сказать, будто в тот период мы с другом не играли ни во что, что не было бы связано с моим отцом; нередко мы часами предавались обычным играм. Но стоило Акире почувствовать мою скованность или заметить, что в мыслях я далеко от него, как он говорил:

— Старик, играем в спасение папы.

Сюжеты, связанные с моим отцом, как я уже сказал, имели бесконечное множество вариаций, но вскоре выстроилась основная линия. Моего отца держали в плену в доме за пределами «поселка». Его похитила банда, намеревавшаяся получить огромный выкуп. Менее значительные детали временами менялись, пока не приобрели вполне определенный характер. Например, непреложным стал факт, что, несмотря на все ужасы китайского квартала, дом, в котором держали папу, был удобным и чистым. Я даже помню, как было достигнуто соглашение по этому пункту. К тому времени мы уже играли в новую игру раза два или три, причем роль легендарного инспектора Куна, чье красивое лицо и щеголеватая шляпа были нам хорошо известны по фотографиям в газетах, попеременно доставалась то Акире, то мне. В тот день мы снова самозабвенно погрузились в причуды воображения. Когда дело дошло до появления моего отца, Акира указал пальцем на меня, подразумевая, что папину роль должен исполнять я, и сказал:

— Ты привязан к стулу.

Но я запротестовал:

— Нет. Мой отец не привязан к стулу! Как он может все время оставаться привязанным?

Акира, который терпеть не мог, когда ему возражали, нетерпеливо повторил, что мой отец привязан к стулу и что я должен незамедлительно изобразить это, усевшись под деревом.

— Нет! — наотрез отказался я и попятился, однако не ушел из сада Акиры.

Помню, я просто стоял на краю лужайки, там, где кончались наши «джунгли», и смотрел на ящерицу, взбиравшуюся по стволу вяза. Через несколько минут я услышал за спиной шаги Акиры и приготовился к ожесточенному спору. Но, к своему великому удивлению, повернувшись, увидел, что друг смотрит на меня с симпатией. Подойдя ближе, он ласково сказал:

— Ты прав. Папа не привязан. Он хорошо. Дом похитителей удобный. Очень удобный.

После этого именно Акира всегда проявлял заботу о том, чтобы мой отец в наших пьесах сохранял достоинство и пребывал в комфортных условиях. Похитители обращались с ним так, словно были его слугами,— приносили еду, напитки и газеты по первому требованию. Соответственно характеры похитителей смягчились; в конце концов оказалось, что они вовсе не злодеи, а просто люди, чьи семьи голодают. Они объяснили моему отцу, что искренне сожалели, что пришлось прибегнуть к столь нечестным методам, но им было невыносимо смотреть, как их дети умирают с голоду. То, что они делали, было плохо, они это понимали, но разве у них был выбор? Мистера Бэнкса они выбрали именно потому, что его доброта к бедным китайцам была хорошо известна, И только он был способен с пониманием отнестись к их поступку. На это мой отец, роль которого неизменно исполнял я, сочувственно вздыхал, но говорил, что, как бы ни была тяжела жизнь, преступление не имеет оправданий. А кроме того, вскоре неизбежно появится инспектор Кун со своими людьми и похитителей арестуют, бросят в тюрьму, может, даже казнят. И какая же будет в этом польза для их родных?

Похитители — в исполнении Акиры — отвечали, что, как только полиция обнаружит их убежище, они сдадутся, пожелав мистеру Бэнксу всего самого доброго, после чего он благополучно вернется к своей семье. Но до тех пор они вынуждены делать все, чтобы их замысел осуществился. Потом они спрашивали моего отца, что он хотел бы съесть, и заказывали ужин из его любимых блюд, среди которых непременно присутствовали жареное мясо, отварная рыба с лимоном и зелень.

Как я уже сказал, именно Акира всегда настаивал на этих атрибутах роскошной жизни, и именно он придумал множество других мелких, но важных деталей: из окна комнаты, где держали моего отца, поверх крыш открывался прекрасный вид на реку; кровать, на которой он спал, похитители украли для него из отеля «Палас», и она представляла собой чудо комфорта.

В определенный момент мы с Акирой становились сыщиками — хотя иногда играли и самих себя,— и после множества погонь, рукопашных схваток и перестрелок в китайских кварталах при любых поворотах сюжета все неизменно кончалось радостной церемонией в Джессфилд-парке: последовательно изображая мою мать, моего отца, Акиру, инспектора Куна и меня самого, мы поднимались на специально возведенную по этому случаю трибуну, чтобы приветствовать восхищенную толпу, собравшуюся встретить нас. Такова была, как я уже сказал, основная канва нашей игры. Отчасти она была похожа на ту, что я снова и снова разыгрывал потом в одиночестве, под моросящим дождем, в первые дни своего пребывания в Англии, когда, не зная, чем заняться, бродил по лугу возле дома своей тети, тихо бормоча за Акиру его реплики.

Прошло не меньше месяца со дня исчезновения моего отца, когда я наконец набрался мужества и спросил Акиру, что случилось с бутылочкой Лин Тиеня. У нас был перерыв в игре, мы сидели в тени клена на вершине холма и пили воду со льдом, которую Мэй Ли вынесла нам в двух чашках. К моему облегчению, в ответе Акиры не было и тени укоризны.

— Эцуко поставить бутылочку на место,— ответил он.

Сестра таким образом оказала ему большую услугу, но с тех пор каждый раз, когда хотела заставить Акиру что-нибудь сделать, она угрожала открыть тайну родителям. Эта уловка, однако, ничуть не расстраивала моего друга.

— Она тоже входить в комнату. Такая же плохая, как я. Она ничего не сказать.

— Значит, ничего страшного не случилось,— обрадовался я.

— Ничего страшного, старик.

— Значит, ты не уедешь в Японию?

— Никакой Японии.— Он улыбнулся мне.— Я оставаться в Шанхае навсегда.— Потом он торжественно посмотрел на меня и спросил: — Если папа не найти, ты должен ехать в Англию?

Эта тревожная мысль почему-то до тех пор не приходила мне в голову. Задумавшись, я ответил:

— Нет. Даже если папу не найдут, мы будем жить здесь всегда. Мама ни за что не вернется в Англию. Кроме того, Мэй Ли не захочет ехать с нами. Она же китаянка.

Несколько секунд Акира обдумывал мои слова, глядя на кубики льда в воде, потом поднял голову и просиял:

— Старик! Мы жить здесь вместе, всегда!

— Точно! — обрадовался я.— Мы всегда будем жить в Шанхае.

— Старик! Всегда!

Еще одно событие тех дней кажется мне теперь чрезвычайно важным. Я не всегда так считал, более того, почти забыл о нем, но несколько лет назад произошло нечто, заставившее меня не только снова все вспомнить, но и осознать глубокий смысл того, чему я стал свидетелем в те дни.

Это было вскоре после завершения дела Мэннеринга. Тогда я предпринял изыскания в истории тех лет, что прожил в Шанхае. Кажется, я упоминал об этом: большую часть исследований я проводил в Британском музее. Вероятно, то было попыткой, по крайней мере отчасти, взрослого человека постичь природу сил, что были недоступны моему пониманию в детстве, а также намерением подготовиться к дню, когда я собирался начать серьезное расследование дела, связанного с моими родителями, ибо, несмотря на усилия шанхайской полиции, оно так и осталось нераскрытым. Я, между прочим, и теперь не оставил мысли в обозримом будущем приступить к этому расследованию. Без сомнения, я уже сделал бы это, если бы мое время не было расписано по дням и минутам.

Короче, как уже было сказано, несколько лет назад я провел немало часов в Британском музее, собирая материалы об истории опиумной торговли в Китае, о компании «Баттерфилд и Суайр» и о политической ситуации того времени в Шанхае. А также разослал некоторое количество писем в Китай с просьбой предоставить мне информацию, отсутствующую в Лондоне. И вот однажды я получил от одного из своих корреспондентов пожелтевшую вырезку из «Норт Чайна дейли ньюс». Это была статья об изменениях правил торговли, установленных для портов иностранной концессии, которую я просил мне прислать, но на обратной стороне газетной страницы оказалась фотография, моментально привлекшая мое внимание.

Я храню эту старую газетную фотографию в ящике письменного стола, в жестяной коробке из-под сигар, но порой достаю и изучаю ее. На снимке изображены трое мужчин перед огромным автомобилем на какой-то тенистой улице. Все трое — китайцы. Двое крайних — в европейских костюмах и рубашках с жесткими воротничками — держат в руках котелки и трости. Полный мужчина в центре одет в традиционный китайский наряд: халат и шапочку, из-под которой видна косичка волос. Как на большинстве газетных снимков тех лет, мужчины специально позируют фотографу, к тому же мой корреспондент отхватил ножницами слева добрую четверть фотографии. Тем не менее с первого взгляда на этот снимок, точнее, на его центральную фигуру в темном халате я ощутил чрезвычайный интерес.

Вместе с этой фотографией я храню в сигарной коробке письмо, полученное от того же корреспондента приблизительно месяц спустя в ответ на мой следующий запрос. Он разъясняет, что полный мужчина в халате и шапочке — это некто Ван Гун, обладавший в те времена огромным влиянием в провинции Хунань, под его командой служило разношерстное войско, насчитывавшее почти три сотни человек. Как и большинство подобных князьков, он в значительной степени утратил свое влияние после окончания правления Чан Кайши, но, по слухам, все еще наслаждался комфортом где-то в Нанкине. Отвечая на мой вопрос, автор письма сообщает, что ему не удалось найти достоверных свидетельств существования связи между Ван Гуном и компанией «Баттерфилд и Суайр». Однако, по его собственному мнению, «вполне вероятно, что в определенный период он вел дела с вышеупомянутой компанией». В те времена, указывает мой корреспондент, все перевозки опиума, а равно и любого иного выгодного товара, осуществлявшиеся по реке Янцзы через Хунань, были опасны; существовала угроза нападения речных бандитов, терроризировавших этот район. И только военачальники, по чьим территориям проходили маршруты торговцев, могли предложить защиту, так что компании вроде «Баттерфилд и Суайр» почти наверняка искали протекции таких людей. Во времена моего детства в Шанхае Ван Гун с его военным отрядом несомненно являлся особо желательным союзником. Заканчивает свое письмо мой корреспондент извинениями за то, что не сумел добыть более подробной информации.

Как уже было сказано, я запросил эти сведения месяца через два после того, как заметил снимок на обороте газетной вырезки. Причина моей неторопливости была проста: хоть я и был уверен, что видел когда-то полного человека с фотографии, к крайнему своему раздражению, я долго никак не мог вспомнить, при каких обстоятельствах это случилось. Мужчина ассоциировался у меня с какой-то сценой, в свое время вызвавшей то ли неловкость, то ли неприятное чувство, однако, помимо этого эмоционального ощущения, память не подсказывала ничего. Но однажды утром, когда я шел вдоль Кенсингтон-стрит, пытаясь поймать такси, меня неожиданно осенило, где и при каких обстоятельствах я его видел.

Когда толстяк впервые пришел к нам, я не обратил на него особого внимания. Это случилось всего через две или три недели после исчезновения моего отца, и в доме тогда бывало множество незнакомых людей: полицейских, сотрудников британского консульства, служащих компании, дам, которые, войдя в дом и увидев мою мать, картинно протягивали к ней руки с жалобными возгласами. Что касается последних, то мама, помню, отвечала на их восклицания улыбкой и демон-

стративно уклонялась от объятий, произнося самым что
ни на есть бодрым голосом нечто вроде: «Агнес, как я
рада». После чего жала гостье руку, все еще неловко
висевшую в воздухе, и вела приятельницу в гостиную.

Как я уже заметил, появление толстого китайца в
тот день не вызвало у меня особого интереса. Помню,
высунувшись в окно комнаты для игр, я увидел, как
он выбирается из машины. Выглядел он в тот раз, кажется, почти так же, как на фотографии: темный халат, шапочка, косичка. Я заметил, что автомобиль у него был
огромный и блестящий и что кроме шофера его сопро-
вождали два человека. Но и это не было так уж необычно: в дни, последовавшие за исчезновением отца, в нашем доме побывало много важных посетителей. Тем не
менее меня удивило, что дядя Филипп, который находился в доме уже около часа, вышел на крыльцо встретить толстяка. Они обменялись бурными приветствиями, словно были давними друзьями, и дядя Филипп
повел его в дом.

Не помню, чем я занимался после этого, но наверняка оставался в доме, хотя вовсе не из-за толстяка —
он мало интересовал меня. Более того, услышав какое-
то движение внизу, я даже удивился, что посетитель
еще не ушел. Метнувшись обратно к окну, я увидел,
что автомобиль по-прежнему стоит у подъезда, а трое
мужчин, ждавших в нем хозяина, тоже, вероятно, услышали шум в холле и поспешно выбираются из машины.
Потом я заметил спокойно направлявшегося к автомо-
билю толстяка, он подал своим людям знак не беспокоиться. Шофер держал для хозяина открытой дверцу,
пока тот садился в автомобиль. И тут появилась мама.
Вообще-то именно ее голос заставил меня броситься к
окну. Я старался убедить себя, что он звучал так же,
как в минуты, когда она сердилась на меня или на кого-

нибудь из слуг, но к тому времени, когда мама показалась внизу, я понял, что она потеряла контроль над собой. Я никогда прежде не видел ее в таком состоянии. И я сразу догадался, что это имеет отношение к исчезновению моего отца.

Мама кричала толстяку, несмотря на попытки дяди Филиппа успокоить ее, что он предатель собственного народа, пособник дьявола, что она не желает принимать от него никакой помощи и, если он когда-нибудь посмеет снова прийти в дом, она «плюнет ему в лицо, потому что он грязное животное».

Толстяк сохранял полное спокойствие. Он жестом приказал своим людям сесть в машину и, когда шофер ручкой завел мотор, почти приветливо улыбнулся моей матери из окошка, словно она произносила самые любезные слова прощания. Машина уехала, и дядя Филипп стал уговаривать маму вернуться в дом.

Когда они оказались в холле, мама молчала. Я слышал, как дядя Филипп сказал:

— Но мы ведь обязаны использовать любую возможность, не так ли?

Судя по звуку шагов, он проследовал за мамой в гостиную, дверь закрылась, и я больше ничего не смог услышать.

Разумеется, то, что я увидел свою мать в подобном состоянии, очень меня расстроило. Именно то, что я оказался свидетелем ее вспышки, позволило мне только теперь, спустя две или три недели, наконец осознать исключительную важность случившегося, и это доставило мне странное чувство облегчения.

Кстати, не поручусь с полной уверенностью, что толстый китаец, которого я видел в тот день, и мужчина с фотографии, имя которого Ван Гун, как мне теперь известно, одно и то же лицо. Но в первый же момент, когда я увидел фотографию, меня буквально пронзило подозрение, что это лицо — именно лицо, а не халат, шапочка и косичка, как у многих китайцев,— то самое, которое я видел у нас дома вскоре после исчезновения отца. И чем чаще я воспроизводил в памяти тот случай, тем больше утверждался в мысли, что человек с фотографии — это китаец, приезжавший к нам тогда. Свое открытие я считаю исключительно важным, ибо оно способно пролить свет на вопрос о нынешнем местопребывании моих родителей и стать отправной точкой расследования, которым, как было сказано, я собираюсь вскоре заняться.

Глава 9

В происшествии, которое я только что описал, была еще одна особенность, однако сомневаюсь, стоит ли упоминать о ней, поскольку не уверен, что она важна. Я имею в виду поведение дяди Филиппа в тот день, когда он старался успокоить маму на пороге нашего дома. Помню, как уже потом, в доме, он сказал: «Но ведь мы должны использовать любую возможность?» В этом не было ничего конкретного, на что можно было бы указать пальцем, однако иногда дети бывают весьма чувствительны к подобного рода неуловимым нюансам. Так или иначе, у меня сложилось впечатление, что в поведении дяди Филиппа определенно было что-то странное. Не знаю почему, но стало казаться, будто в той ситуации он оказался «не на нашей стороне». Что он был связан с толстым китайцем теснее, чем с нами; и даже — хотя, вполне вероятно, то была лишь моя фантазия — что они с толстяком обменялись особыми многозначительными взглядами, когда машина отъезжала от дома. Мне нечем подтвердить эти догадки, и вероятно, что я просто проецирую на прошлое восприятие событий, случившихся позднее.

Даже сегодня мне больно вспоминать, чем закончились наши отношения с дядей Филиппом. Надеюсь, я достаточно ясно дал понять, что в течение многих лет почти боготворил его. Более того, в первые дни после исчезновения отца я даже думал, что не стоит так уж расстраиваться, поскольку у меня остался дядя Филипп. Надо отдать мне должное, в конце концов я счел эту идею совершенно неуместной. Упоминаю о ней для того, чтобы показать, насколько близким другом был для меня дядя Филипп и насколько естественным было то, что я, утратив бдительность, последовал за ним в тот день.

Говорю «утратив бдительность», потому что задолго до того последнего дня я начал следить за мамой со все возрастающим беспокойством. Даже когда она просила оставить ее одну, я не спускал глаз с комнаты, где она находилась, а тем более с окон и дверей, через которые могли проникнуть похитители. По вечерам я лежал в постели, прислушиваясь к ее шагам, и всегда держал под рукой свое оружие — палку с заостренным концом, которую дал мне Акира.

Однако чем больше об этом думаю, тем яснее становится: в то время я еще по-настоящему не верил в мои страхи. Уже одно то, что я считал заостренную палку оружием, пригодным для обороны от похитителей, и нередко засыпал, представляя, как сражаюсь с крадущимися по лестнице разбойниками, сбрасывая их одного за другим ударами своей палки,— подтверждает: в то время мои страхи носили несерьезный характер.

И сейчас нет никаких сомнений, что безопасность мамы сильно волновала меня; удивляло, что взрослые совсем ничего не предпринимали, чтобы защитить ее. Именно поэтому я не выпускал маму из поля зрения и никогда бы не оставил ее одну, если бы речь шла о ком-нибудь другом, а не о дяде Филиппе.

Было солнечное ветреное утро. Помню, я смотрел из окна своей комнаты, как кружатся на лужайке перед домом листья, засыпая подъездную аллею. Вскоре после завтрака мама уединилась внизу с дядей Филиппом, так что я мог ненадолго расслабиться, поскольку был уверен: пока она с ним, ничего плохого случиться не может.

Через некоторое время до меня донесся голос дяди Филиппа — он звал меня. Я вышел на лестничную площадку, свесился через перила и увидел внизу маму и дядю Филиппа. Впервые за последние несколько недель я почувствовал в их настроении нечто ободряющее, словно они только что получили хорошую весть. Парадная дверь была приоткрыта, на пол падала длинная полоска солнечного света. Дядя Филипп сказал:

— Послушай, Вьюрок, ты всегда говорил, что хочешь иметь аккордеон. Что ж, я готов купить тебе его. Вчера видел превосходный французский экземпляр в витрине магазина на Уханьской дороге. Хозяин магазина, похоже, понятия не имеет о его истинной ценности. Давай съездим посмотрим. Если инструмент тебе понравится — он твой. Ну, как тебе такой план?

Я кубарем скатился с лестницы, перепрыгнув разом через четыре последние ступеньки, и завертелся волчком вокруг взрослых, взмахивая руками, словно хищная птица крыльями. Глядя на меня, мама, к моей великой радости, расхохоталась — она смеялась так, как не смеялась уже давно. Не исключено, что именно возникшая в холле атмосфера, ощущение, будто жизнь начинает возвращаться в прежнее русло, и сыграли роковую роль в том, что я согласился уйти с дядей Филиппом. Я спросил его, когда мы отправимся в магазин, и он, пожав плечами, ответил:

— Да хоть сейчас. Если не поторопимся, кто-нибудь уведет аккордеон у нас из-под носа. Может, даже сейчас, пока мы тут разговариваем, кто-то уже покупает его!

Я опрометью бросился к дверям, и мама, снова рассмеявшись, напомнила мне, что следует надеть более подходящие туфли и куртку. Помню, я собрался было поспорить насчет куртки, но решил не рисковать, не только чтобы взрослые не передумали покупать мне аккордеон, но и чтобы не испортить общего веселого настроения.

Когда мы с дядей Филиппом направлялись к выходу, я небрежно помахал маме рукой и устремился к ожидавшему нас экипажу. Но на нижней ступеньке крыльца дядя Филипп тронул меня за плечо и сказал:

— Эй, дружок, попрощайся-ка с мамой! — Словно не заметил, что я уже это сделал.

Впрочем, тогда я ни о чем не задумался, лишь оглянулся, как он велел, и еще раз помахал рукой маме — ее фигура четко вырисовывалась в дверном проеме.

Большую часть пути экипаж следовал по той самой дороге, по которой мы с мамой обычно ездили в центр города. Дядя Филипп был молчалив, что немного удивило меня, но прежде мне никогда не приходилось одному кататься с ним в экипаже, и я решил, что, возможно, такова его привычка. Тем более что стоило мне спросить его о чем-нибудь, мимо чего мы в данный момент проезжали, как он тут же бодро отвечал, но уже в следующий момент снова погружался в молчаливую задумчивость. Широкие тенистые бульвары сменились тесными, запруженными людьми улочками, и наш возница стал кричать на пешеходов и рикш, преграждавших дорогу. Когда мы ехали мимо лавок на Нанкинской дороге, я, помнится, пытался заглянуть в витрину магазина игрушек на углу Кванджунской дороги и приготовился к тому, что вот-вот почувствую аромат фруктов, поскольку мы приближались к овощному базару, как вдруг дядя Филипп ткнул палкой в спину вознице, чтобы тот остановился.

— Отсюда мы пойдем пешком,— сказал он мне.— Я знаю короткий путь, так будет гораздо быстрее.

Это показалось мне весьма благоразумным, посколь-ку я по опыту знал: улочки в этом районе часто на-столько забиты людьми, что экипажи или автомобили порой минут по пять, даже десять вообще не могут сдви-нуться с места. Вот почему я без возражений позволил ему помочь мне выбраться из экипажа. Но помнится, именно в тот момент у меня возникло едва уловимое ощущение: что-то не так. Быть может, было нечто не-обычное в самом прикосновении дяди Филиппа, когда он помогал мне выйти. Но он тут же улыбнулся мне и сказал что-то, чего я толком не расслышал из-за стояв-шего вокруг гвалта. Он указал на ближайший проход, и я последовал за ним, стараясь держаться как можно ближе, пока он протискивался через пеструю толпу. С ярко освещенной солнцем улицы мы попали в густую тень. Здесь, в самой гуще людского потока, дядя Фи-липп остановился и повернулся ко мне. Сжав мое пле-чо, он спросил:

— Кристофер, ты знаешь, где мы находимся? Мо-жешь угадать?

Я огляделся кругом и, указав на каменную арку, под которой люди теснились у овощных прилавков, отве-тил:

— Да. Вон там — Цзюцзянская дорога.

— Ага. Значит, ты знаешь, где мы.— У него вырвал-ся странный смешок.— Ты неплохо ориентируешься.

Утвердительно кивнув, я ждал, что же будет дальше, но постепенно меня стало охватывать тревожное пред-чувствие чего-то ужасного. Вероятно, дядя Филипп хо-тел еще что-то сказать, но, думаю, в тот момент, когда мы стояли друг против друга, со всех сторон стиснутые людьми, он прочел в моих глазах, что игра окончена. Мучительное смущение отразилось на его лице, и в окружающем шуме я едва расслышал, как он произнес:

— Хороший мальчик.

Он опять сжал мое плечо, глядя куда-то поверх моей головы, потом, судя по всему, принял окончательное решение, о котором я уже догадывался.

— Хороший мальчик! — повторил он, на сей раз громче — его голос дрожал — и добавил: — Я не хотел причинить тебе зло. Ты это понимаешь? Я не хотел причинить тебе зло.

С этими словами он резко повернулся и растворился в толпе. Я сделал нерешительную попытку догнать его, через несколько мгновений даже заметил мелькнувший впереди светлый пиджак, но, пройдя под аркой, дядя Филипп исчез из поля моего зрения. Теперь уже навсегда.

Несколько минут я неподвижно стоял в толпе, стараясь не думать о том, что случилось. Потом бессознательно начал продвигаться назад, в том направлении, откуда мы пришли, к улице, на которой остался наш экипаж. Пренебрегая всеми правилами приличий, я отчаянно толкался, порой протискиваясь между стоявшими вплотную друг к другу людьми, чем вызывал то смех, то сердитые оклики. Наконец добрался до нужной улицы, чтобы убедиться — экипаж давно уехал. Несколько секунд я в страшном замешательстве стоял посреди улицы, стараясь мысленно представить дорогу домой. Потом изо всех сил побежал.

Миновав Цзюцзянскую дорогу, я пересек вымощенную неровными булыжниками Юньнаньскую дорогу и на Нанкинской дороге снова оказался в тесной толпе. Очутившись наконец на дороге Кипящего Колодца, я уже задыхался и, словно выброшенная на берег рыба, хватал воздух ртом. Но теперь меня ободряло сознание, что от дома меня отделяла только эта длинная, прямая, относительно безлюдная улица.

Быть может, потому, что я отдавал себе отчет в природе своего страха, мне даже в голову не пришло обратиться за помощью к прохожим или попытаться остановить один из проезжавших мимо экипажей или автомобилей. Я бросился бежать по этой длинной улице. Вскоре я стал отчаянно задыхаться, но точно помню, что не остановился ни разу. Наконец я миновал резиденцию американского консула, дом Робертсонов, свернул с дороги Кипящего Колодца на нашу улицу, и мне теперь осталось повернуть за угол, чтобы оказаться у своих ворот.

Вбежав в них, я сразу понял, что опоздал. Все давно кончилось. Парадная дверь была заперта. Я рванулся к черному ходу, оставленному открытым для меня, и стал метаться по дому, почему-то окликая не маму, а Мэй Ли. Вероятно, уже тогда я все понимал и, подсознательно желая обмануть дурное предчувствие, не хотел звать маму.

Дом казался совершенно пустым. Потом, стоя посреди холла, я услышал странный звук, напоминавший хихиканье. Он доносился из библиотеки. Подойдя к ней, через приоткрытую дверь я увидел Мэй Ли за моим рабочим столом. Она сидела очень прямо и, когда я вошел, снова издала хихикающий звук, словно, не в силах сдержаться, смеялась над какой-то ей одной известной шуткой. Только тут я догадался, что Мэй Ли плачет, и понял, как понимал, в сущности, в течение всей своей изматывающей пробежки до дома: мамы больше нет. Меня охватила ярость к Мэй Ли, которая, как я теперь понял, все эти годы, несмотря на уважение, которое она во мне вызывала, была не той, за кого я ее принимал. Она не могла влиять на ход событий. Жалкая маленькая женщина оказалась ни на что не годной, когда столкнулись между собой по-настоящему могущественные силы. Стоя в дверях, я смотрел на нее с презрением.

6 - 4554 К. Исигуро

Уже поздно — прошел добрый час с тех пор, как была написана последняя фраза,— а я все еще неподвижно сижу за столом. Эти воспоминания, порой не всплывавшие в памяти многие годы, все во мне перевернули. Но одновременно они заставили меня подумать о будущем, о том дне, когда я наконец вернусь в Шанхай, о том, что мы с Акирой будем делать там вместе. Разумеется, город сильно изменился. Но я знал: не будет для Акиры большей радости, чем показать мне Шанхай, продемонстрировать знание самых примечательных его уголков. Ему наверняка известно, где лучше всего можно поесть, выпить, прогуляться, где приятнее всего провести время после тяжелого дня, допоздна посидеть и поболтать, наперебой забрасывая друг друга рассказами обо всем, что случилось с нами за все эти годы.

Однако сейчас надо немного поспать. Утром я должен буду наверстать время, потерянное сегодня, пока мы катались с Сарой на омнибусе.

Часть третья

Лондон, 12 апреля 1937 года

Глава 10

Вчера, к тому времени, когда малышка Дженнифер вернулась вместе с мисс Гайвенс из похода по магазинам, в моем кабинете уже царили сумерки. Окна узкого высокого дома, купленного на деньги из наследства, полученного после тетиной смерти, выходят на площадь, которой достается не так уж много солнечного света. Я наблюдал из окна, как девочка снует от такси к дому и обратно, оставляя у входной двери пакеты с покупками, пока мисс Гайвенс расплачивается с водителем. Когда они наконец вошли в дом, я услышал, что они спорят, поэтому, поприветствовав их сверху, спускаться не стал. Их пререкания касались покупок, и в тот момент я все еще был взволнован полученным утром письмом и теми выводами, на которые оно меня натолкнуло, поэтому не хотел нарушать своего настроения.

Когда я спустился вниз, они давно уже перестали спорить, и Дженнифер осторожно передвигалась по гостиной с повязкой на глазах, вытянув руки вперед.

— Привет, Дженни,— сказал я, делая вид, будто не замечаю ничего необычного.— Ты купила все, что нужно к школе?

Она приближалась к горке с посудой, но я подавил в себе порыв предупредить ее об опасности. Девочка сама вовремя остановилась, нащупав горку руками, и засмеялась:

— А, дядя Кристофер! Почему ты меня не предупредил?

— Не предупредил? О чем?

— Я же ничего не вижу! Ты разве не заметил? У меня повязка на глазах! Посмотри!

— Неужели? Действительно.

Оставив ее бродить на ощупь по комнате, я пересек гостиную и направился в кухню, где мисс Гайвенс доставала из сумки и раскладывала на столе покупки. Она вежливо поздоровалась со мной, но взглядом дала понять, что не оставила без внимания тарелку, оставленную мной после завтрака на дальнем конце стола. С тех пор как на предыдущей неделе наша служанка Полли нас покинула, мисс Гайвенс решительно отвергала любые попытки даже намекнуть на то, что она хотя бы временно могла исполнять ее обязанности.

— Мисс Гайвенс,— обратился я к ней,— мне нужно кое-что с вами обсудить.— И, оглянувшись, приглушенным голосом добавил: — Кое-что весьма важное для Дженнифер.

— Разумеется, мистер Бэнкс.

— Думаю, нам лучше пройти в оранжерею, мисс Гайвенс. Как я уже сказал, дело весьма серьезное.

Но как раз в тот момент в гостиной послышался грохот. Мисс Гайвенс бросилась туда мимо меня и с порога закричала:

— Дженнифер, прекрати! Я ведь предупреждала, что этим кончится!

— Но я же ничего не вижу,— донеслось в ответ.— Ничего не могу поделать.

Вспомнив о моей просьбе, мисс Гайвенс в конце концов вернулась на кухню и тихо произнесла:

— Простите, мистер Бэнкс. Вы говорили...

— Ладно, мисс Гайвенс, думаю, нам будет удобнее поговорить вечером, когда Дженнифер ляжет спать.

— Прекрасно. Я зайду к вам.

Если у мисс Гайвенс и возникли какие-нибудь предположения относительно того, о чем я собирался с ней поговорить, то она не подала виду. Одарив меня невозмутимой улыбкой, она направилась в гостиную исполнять свои обязанности.

Минуло уже почти три года с тех пор, как я впервые услышал о Дженнифер. Меня пригласил на званый вечер мой школьный приятель Осборн, с которым мы перед тем долго не виделись. Тогда он еще жил на Глостер-роуд, и там я впервые повстречался с той девушкой, которая впоследствии стала его женой. Среди прочих гостей была и леди Битон, вдова известного филантропа. Быть может, потому что с остальными гостями я не был знаком, я провел много времени, беседуя с леди Битон, хотя и опасался наскучить ей. Она рассказала мне печальную историю, связанную с ее деятельностью в качестве казначея благотворительного фонда для сирот. За два года до того при кораблекрушении у берегов Корнуолла погибла супружеская пара, и их единственный ребенок, девочка, которой исполнилось теперь десять лет, жила с тех пор у бабушки в Канаде. Старая дама была весьма слаба здоровьем, почти не выходила из дома и не принимала посетителей.

— В прошлом месяце, оказавшись в Торонто,— продолжала леди Битон,— я решила навестить их. Бедная девочка произвела на меня удручающее впечатление — она так тоскует по Англии! Что же касается старой дамы, та и за собой-то едва способна ухаживать, что уж говорить о ребенке.

— А ваш фонд не может ей помочь?

— Я сделаю для девочки все, что смогу. Но у нас, знаете ли, так много подопечных! И строго говоря, она не в таком уж бедственном положении. В конце концов, у нее есть крыша над головой, и родители оставили ей вполне приличное состояние. В той работе, которой я занимаюсь, самое главное — ничего не принимать слишком близко к сердцу. И тем не менее, увидев бедняжку, я почувствовала искреннее сострадание. Знаете, это такой необычный ребенок — даже при том, что девочка несчастна.

Вероятно, по ходу ужина леди Битон рассказала мне о Дженнифер что-то еще. Помню, я вежливо слушал ее, но почти ничего не говорил сам. И только гораздо позже, уже в холле, когда гости разъезжались, я отвел леди Битон в сторону.

— Надеюсь, вы не сочтете это неуместным,— сказал я,— но девочка, о которой вы мне рассказывали... Ну, эта Дженнифер. Я бы хотел чем-нибудь помочь ей. Я даже готов взять ее к себе, леди Битон.

Быть может, мне показалось, но в первый момент она чуть не отшатнулась от меня — во всяком случае, у меня возникло такое ощущение,— однако потом сказала:

— Это очень похвально с вашей стороны, мистер Бэнкс. Если позволите, я свяжусь с вами по этому поводу.

— У меня вполне серьезные намерения, леди Битон. Недавно я получил наследство, поэтому вполне могу обеспечить девочку.

— Не сомневаюсь, мистер Бэнкс. Что ж, давайте поговорим об этом позже.— Сказав это, она отвернулась и стала бурно прощаться с другими гостями.

Но леди Битон действительно связалась со мной менее чем через неделю. Возможно, навела кое-какие справки относительно моего характера; возможно, просто хорошенько все обдумала,— во всяком случае, ее отношение к этому делу заметно переменилось. Во время обеда в кафе «Ройял» и при последующих наших встречах она была исключительно добра со мной, и всего через четыре месяца после ужина у Осборна Дженнифер появилась в моем новом доме.

Ее сопровождала канадская няня, мисс Хантер, которая отбыла обратно через неделю, поцеловав девочку и взяв с нее обещание писать бабушке. Дженнифер с большой серьезностью отнеслась к выбору спальни и из трех предложенных мной вариантов остановилась на самой маленькой комнате. Она сказала, что небольшая деревянная полочка, тянувшаяся вдоль одной из стен, идеально подойдет для ее коллекции. Как вскоре выяснилось, коллекция эта состояла из морских раковин, орехов, высушенных листьев, камешков и других подобных предметов, которые девочка собирала в течение нескольких лет. Аккуратно разместив их на полке, она позвала меня посмотреть на свои сокровища.

— У меня каждая вещичка имеет свое имя,— объяснила Дженнифер.— Понимаю, это глупо, но я их так люблю! Когда-нибудь, дядя Кристофер, когда будет время, я расскажу тебе о каждой из них. Пожалуйста, попроси Полли, чтобы она была очень осторожна, если станет здесь убирать.

Леди Битон помогала мне проводить собеседования с претендентками на должность няни, но решающее влияние на наш выбор оказывала сама Дженнифер. После ухода очередной кандидатки она появлялась на пороге комнаты и выносила приговор.

— Дикий ужас,— сказала она об одной женщине.— Неудивительно, что ее последняя подопечная умерла от пневмонии. Она сама ее отравила.— О другой она заключила: — Мы никак не можем ее нанять. Она слишком нервная.

Мисс Гайвенс на меня произвела впечатление унылой и весьма холодной особы, но по непонятной причине именно она моментально заслужила одобрение Дженнифер и, надо признать, за два с половиной года вполне его оправдала.

Почти все, с кем я знакомил Дженнифер, отмечали сдержанность и благоразумие, удивительные для ребенка, пережившего такую трагедию. Она и впрямь обладала на редкость уверенными манерами. Особенно поразительной была ее способность легко относиться к неприятностям, которые любую другую девочку повергли бы в слезы. Прекрасный тому пример — ее реакция на происшествие с дорожным сундуком.

На протяжении нескольких недель после приезда она беспрестанно говорила о своем сундуке, который должен был вот-вот прибыть морем из Канады. Помню, как однажды она подробно описывала мне деревянную карусель, которую кто-то смастерил для нее и которая находилась в том самом сундуке. В другой раз, когда я сделал комплимент по поводу какого-то костюма, который они с мисс Гайвенс купили в «Селфриджез», она торжественно взглянула на меня и сказала:

— А у меня есть лента для волос, которая идеально подходит к нему. Она — в сундуке.

Между тем в один прекрасный день я получил письмо из компании по грузовым перевозкам с извинениями за утерю багажа. Компания предлагала компенсацию. Когда я сообщил об этом Дженнифер, она внимано посмотрела на меня, потом беззаботно рассмеялась и сказала:

— Что ж, в таком случае нам с мисс Гайвенс придется отправиться в чрезвычайно разорительный поход по магазинам.

Поскольку два или три дня она по-прежнему не выказывала никаких признаков расстройства из-за потери, я решил, что должен с ней поговорить, и однажды после завтрака, заметив ее в саду, вышел к ней.

Утро выдалось солнечным и морозным. Сад мой невелик даже по городским меркам, но красиво распланирован и дает приятное ощущение уединения. Когда я вышел из дома, Дженнифер бродила по лужайке с игрушечной лошадкой в руке, изображая, будто та скачет по верхушкам кустов. Помню, я подумал, что роса может испортить лошадку, и хотел было предостеречь Дженнифер, но потом подошел и просто сказал:

— Не повезло нам с твоими вещами. Ты отнеслась к неприятности потрясающе спокойно, но, наверное, для тебя это было большим ударом.

— О!..— воскликнула она, продолжая играть с лошадкой.— Это действительно было немного неприятно. Но на страховку можно купить много других вещей. Мисс Гайвенс сказала, мы пойдем по магазинам во вторник.

— И все же я считаю тебя исключительно мужественной девочкой. Нет нужды делать вид, будто тебе все равно. Ты понимаешь, о чем я говорю? Если тебе хочется немного погоревать, не стесняйся. Ни я, ни, уверен, мисс Гайвенс тебя не выдадим.

— Да все в порядке. Я вовсе не расстроена. В конце концов, это ведь всего лишь вещи. Если теряешь маму и папу, разве стоит огорчаться из-за вещей? — Она коротко рассмеялась.

Насколько я помню, то был один из немногих случаев, когда Дженнифер говорила о родителях.

— Наверное, и впрямь не стоит,— согласился я и пошел обратно в дом, но на полпути обернулся и добавил: — Знаешь, Дженни, я все же не уверен, что это правильно. Ты могла сказать это кому угодно, и тебе поверили бы. Но я, видишь ли, знаю, что это не так. Когда я приехал из Шанхая, вещи, которые прибыли вместе со мной в моем сундуке, были мне дороги по-особому. Они такими и остаются.

— Ты мне их покажешь?

— Показать? Но ведь для тебя они ничего не значат.

— Я люблю китайские вещички и хотела бы на них посмотреть!

— По большей части это, собственно, даже и не китайские вещички,— ответил я.— Понимаешь, я всего лишь хочу сказать, что для меня мой сундук был чем-то особенным. Если бы он пропал, я бы очень расстроился.

Она пожала плечиками и прижала лошадку к щеке.

— Мне тоже было жаль. А теперь все прошло. В жизни нужно смотреть только в будущее.

— Да. Кто бы это тебе ни сказал, он был в определенном смысле прав. Ладно, как хочешь. Забудь про свой сундук, но помни...— Я внезапно замолчал, не зная, что именно сказать.

— Что — помни?

— Да нет, ничего. Просто помни: если тебе захочется поделиться со мной чем-нибудь, что тебя тревожит, я всегда рядом.

— Хорошо,— весело ответила она.

По дороге к дому я оглянулся и увидел, что она снова бродит по саду, заставляя лошадку совершать прыжки в воздухе.

Дать Дженнифер это обещание отнюдь не было проявлением легкомыслия с моей стороны. В тот момент я был искренне готов исполнить его, к тому же со временем моя привязанность к Дженнифер только возросла. Но настал день, когда я собрался ее покинуть и даже не знал, насколько долгой окажется наша разлука. Вполне вероятно, я преувеличивал зависимость Дженнифер от меня. Более того, если все пойдет хорошо, я могу вернуться в Лондон еще до начала ее школьных каникул, так что она не успеет толком заметить моего отсутствия. И тем не менее я вынужден был сообщить мисс Гайвенс, когда она вчера вечером стала расспрашивать меня об этом, что моя поездка может продлиться гораздо дольше. В конце концов, мне необходимо было уехать, и, уверен, Дженнифер не замедлит сделать по этому поводу свои выводы. Как бы она ни попыталась скрыть свои чувства, я-то знаю, что она воспримет мое решение как предательство.

Нелегко объяснить, как я пришел к таким выводам. Могу лишь сказать, что это началось несколько лет назад — задолго до появления в моем доме Дженнифер. Меня стало посещать смутное ощущение, будто некоторые люди смотрят на меня с осуждением. Забавно: эта мысль возникала у меня чаще всего в обществе тех, кто наверняка больше других ценил мои успехи. Скажем, беседуя за ужином с каким-нибудь государственным деятелем, полицейским чином или даже с клиентом, я бывал неприятно поражен холодностью рукопожатия, оброненной невзначай репликой, вежливым молчанием собеседника именно в тот момент, когда я ожидал бурных изъявлений благодарности. Доходило до смешного: в подобных случаях я принимался лихорадочно вспоминать, не обидел ли когда-либо ненароком этого человека, но в конце концов пришел к выводу, что такая реакция связана просто-напросто с восприятием моей персоны.

То, о чем я толкую, довольно неопределенно, и мне трудно привести конкретные примеры. Но думаю, все же можно сослаться на странный разговор, который состоялся у меня прошлой осенью в темной аллее неподалеку от деревушки Коринг, в Сомерсете, с инспектором полиции из Эксетера.

Я расследовал тогда одно из самых жестоких в моей практике преступлений. В деревню я прибыл лишь через четыре дня после того, как в этой самой аллее были обнаружены тела детей, и непрекращающиеся дожди успели превратить канаву, в которой их нашли, в сплошной грязевой поток. Поиск каких бы то ни было достоверных улик был чрезвычайно затруднен. Тем не менее к тому моменту, когда я услышал за спиной шаги инспектора, у меня уже сложилось совершенно ясное представление о том, что здесь произошло.

— В высшей степени гнусное дело,— констатировал я, когда он приблизился.

— Мне дурно становится, когда я об этом думаю, мистер Бэнкс,— признался инспектор.— Просто дурно.

До этого я сидел на корточках, изучая кусты, но теперь поднялся, и мы стояли лицом друг к другу под нескончаемым моросящим дождем.

— Знаете, сэр,— сказал инспектор,— сейчас я сожалею, что не стал плотником, как хотел мой отец. Искренне сожалею.

— Согласен, это ужасно. Но нельзя отчаиваться. Мы обязаны позаботиться о том, чтобы справедливость восторжествовала.

Он сокрушенно вздохнул:

— Я пришел, чтобы спросить вас, сэр, составили ли вы уже представление об этом деле. Потому что, видите ли...— Подняв голову, он взглянул на сочащиеся дождевыми каплями кроны деревьев, потом продолжил с надрывом: — Видите ли, мое собственное расследование привело меня к определенному выводу. Выводу, который вызывает у меня отвращение.

Я угрюмо кивнул и сказал с горечью:

— Боюсь, вывод ваш правилен. Если четыре дня назад все это казалось самым чудовищным преступлением, какое только можно вообразить, то сейчас можно утверждать: правда еще более ужасна.

— Как такое вообще возможно, сэр? — Инспектор страшно побледнел.— Как могут случаться подобные вещи? Даже после стольких лет службы я никак не могу этого понять...— Он замолчал и отвернулся.

— Это и впрямь пугает: словно мы с вами заглянули в черную бездну,— тихо сказал я,— но, увы, у нас нет выбора.

— Ну, если бы речь шла о каком-нибудь сумасшедшем, я бы мог еще как-то понять. Но это!.. Я просто отказываюсь верить.

— Боюсь, придется,— сказал я.— Мы должны признать: случилось именно то, что случилось.

— Вы в этом уверены, сэр?

— Полностью.

Он смотрел на ряд домов, видневшихся вдалеке, за простиравшимся перед нами полем.

— Я хорошо понимаю, что в подобные минуты человек чувствует себя совершенно сбитым с толку,— добавил я.— Но если позволите заметить, хорошо, что вы не последовали совету отца. Ведь такие люди, как вы, инспектор,— редкость. И мы, кому выпало на долю бороться со злом, мы... как бы это лучше выразиться? Мы — шнур, который скрепляет планки оконных жалюзи. Если мы окажемся недостаточно прочными, все рассыплется. Очень важно, чтобы вы продолжили работу, инспектор.

Он помолчал еще, а когда снова заговорил, я был ошеломлен жесткостью его интонации:

— Я маленький человек, сэр. Поэтому останусь здесь и сделаю все, что смогу. Я приложу все силы к борьбе со змием. Но эта тварь многоголова. Вы отрубаете одну голову — на ее месте вырастают три новые. Вот как это мне представляется, сэр. Становится все хуже и хуже. С каждым днем. То, что случилось здесь... Эти бедные дети...— Он повернулся ко мне, и я увидел его перекошенное гневом лицо.— Я маленький человек,— повторил он.— Если бы я обладал большим влиянием...— тут он осуждающе, в этом не было никаких сомнений, посмотрел мне прямо в глаза,— если бы я обладал большим влиянием, уверяю вас, сэр, я бы не колебался. Я вырвал бы его сердце.

— Вырвали бы его сердце?

— Да, сердце змия. Вот что я сделал бы. К чему тратить драгоценное время, отрубая его многочисленные головы? Я бы немедленно отправился туда, где спрятано его сердце, и растоптал раз и навсегда, пока... пока...— Ему не хватало слов, и он замолчал.

Не помню точно, что я ему ответил. Вероятно, пробормотал нечто вроде:

— Что ж, это весьма похвально.— И отвернулся.

Был еще один случай, прошлым летом, когда я посетил Королевское географическое общество, чтобы послушать лекцию Х. Л. Мортимера. Выдался очень теплый вечер. Аудитория, насчитывавшая около сотни человек, состояла из приглашенных лиц, представлявших разные слои общества. Среди прочих я узнал некоего лорда — члена либеральной партии и знаменитого оксфордского историка. На протяжении более чем часовой лекции профессора Мортимера публика продолжала прибывать. Лекция на тему «Представляет ли нацизм угрозу для христианства?» была полемической попыткой доказать, что всеобщее избирательное право опасно ослабило роль Британии в международных делах. Когда в конце предложили задавать вопросы, в аудитории вспыхнул ожесточенный спор — не по поводу высказанных профессором Мортимером идей, а по поводу переброски немецких войск за Рейн. Нашлись как страстные хулители, так и страстные защитники Германии, но я был настолько измотан неделями напряженной работы, что даже не пытался следить за ходом дискуссии.

Наконец нас пригласили перейти из лекционного зала в соседнее помещение, чтобы освежиться. Эта комната оказалась явно мала для такого количества приглашенных, и когда я появился в ней — а я, разумеется, вошел в числе последних,— люди стояли в ужасной тесноте. Как сейчас вижу картинку: полные женщины в передниках, яростно расталкивая гостей, пробиваются через толпу с подносами, уставленными бокалами с хересом, а серые, похожие на птиц профессора, разбившись на пары, о чем-то беседуют, слегка откинув головы, чтобы держаться на некотором расстоянии друг от друга. Я счел невозможным долее оставаться в такой тесноте и стал пробираться к выходу, когда кто-то вдруг тронул меня за плечо. Обернувшись, я увидел улыбающегося преподобного Морли, священника, оказавшего мне неоценимую услугу в расследовании недавнего дела, так что мне не оставалось ничего иного, как остановиться и вступить с ним в беседу.

— Какой восхитительный вечер! — сказал он.— Поистине я получил пищу для размышлений.

— Да, очень интересно.

— Но должен сказать, мистер Бэнкс, заметив вас в зале, я надеялся, что и вы что-нибудь скажете.

— К сожалению, я сегодня очень устал. А кроме того, тут многие, похоже, знают о предмете гораздо больше, чем я.

— Ах, ерунда, ерунда! — рассмеялся он и похлопал меня по груди. Потом наклонился поближе — возможно, кто-то, проходивший сзади, просто подтолкнул его,— так что наши лица оказались всего в нескольких дюймах одно от другого, и сказал: — Если говорить откровенно, меня немного удивило, что вы не испытали потребности вмешаться. Все эти разговоры о кризисе в Европе... Вы ссылаетесь на усталость, вероятно, просто из вежливости. И тем не менее я удивлен, что вы оставили все это без ответа.

— Оставил без ответа?

— Я хочу сказать, простите великодушно, что кое для кого из собравшихся здесь сегодня господ вполне естественно рассматривать Европу как эпицентр событий. Но вы-то, мистер Бэнкс! Вы-то, разумеется, знаете правду. Вам известно, что на самом деле нынешний кризис берет начало совсем в другом месте.

Я неуверенно посмотрел на него и сказал:

— Простите, сэр, я не совсем понимаю, что вы имеете в виду.

— Да будет вам, будет.— Он заговорщически улыбнулся.— Вам это известно лучше, чем кому бы то ни было из здесь присутствующих.

— Но, сэр, я действительно представления не имею, почему вы считаете, что я лучше осведомлен, чем другие. Да, за минувшие годы я расследовал немало преступлений, и, возможно, у меня есть общее представление о механизмах проявления зла. Но насчет того, как сохранить баланс сил, как разрядить жестокий конфликт амбиций в Европе, на этот счет, боюсь, у меня нет сколько-нибудь стройной теории.

— Нет теории? Возможно.— Преподобный Морли не переставал улыбаться.— Но зато у вас есть, если можно так выразиться, особые отношения с тем, что, по сути дела, является источником всех наших нынешних тревог. Бросьте, дорогой мой! Вы прекрасно знаете, о чем я! Вам отлично известно, что этот тайфун зародился вовсе не в Европе, а на Востоке. В Шанхае, если быть точным.

— В Шанхае,— запинаясь, повторил я.— Да, вероятно... Полагаю, в этом городе действительно существуют определенные проблемы.

— Вот именно: проблемы. И тому, что некогда было проблемой локальной, позволили разрастись. С годами этот яд распространился по всему миру, пропитал всю нашу цивилизацию. Но вам-то об этом незачем напоминать.

— Полагаю, вы согласитесь, сэр,— сказал я, не стараясь более скрывать своего раздражения,— что многие годы я усердно трудился, желая сдерживать расползание преступности и зла везде, где эти явления себя обнаруживали. Но, разумеется, возможности мои ограничены. Относительно того, что происходит в столь отдаленных местах... Вы, сэр, безусловно, не можете ожидать от меня...

— Ах, оставьте! Будет вам!

Я почувствовал, что теряю терпение, но как раз в этот момент, протиснувшись сквозь толпу, к моему собеседнику подошел поздороваться священник. Преподобный Морли представил нас друг другу, однако очень скоро я воспользовался каким-то предлогом и удалился.

Было и еще несколько подобных эпизодов, возможно, не столь ярких, тем не менее повторявшихся на протяжении довольно долгого времени и подталкивавших меня в определенном направлении. И разумеется, была встреча с Сарой Хеммингз на свадьбе у Дрейкоутсов.

Глава 11

С тех пор минуло больше года. Я сидел в церкви на задней скамье — до появления жениха оставалось еще несколько минут, — когда увидел, как со стороны противоположного нефа вошли Сара с сэром Сесилом Медхэрстом. Разумеется, нельзя было сказать, что сэр Сесил заметно постарел с тех пор, как я видел его на приеме фонда Мередита; но и слухи о том, что он неправдоподобно помолодел, женившись на Саре, оказались преувеличением. Тем не менее, бодро приветствуя своих знакомых, он выглядел весьма довольным.

Поговорить с Сарой мне довелось только после окончания церемонии. Прохаживаясь по церковному двору среди весело болтавших гостей, я остановился полюбоваться клумбой. Сара внезапно оказалась рядом.

— Ну, Кристофер, — сказала она, — вы, пожалуй, единственный, кто еще не сделал мне комплимента по поводу моей шляпки. Мне ее соорудила Селия Матесон.

— Шляпка великолепна. В самом деле, весьма впечатляет. А как вы поживаете?

Мы давно не встречались и теперь с удовольствием прогуливались, вежливо беседуя. Когда мы остановились, я спросил:

— Как сэр Сесил? Выглядит он, надо признать, очень бодрым.

— О, он в великолепной форме! Кристофер, вы можете мне ответить: то, что я вышла за него замуж, сильно всех шокировало?

— Шокировало? Нет, что вы. С какой стати?

— Ну, он ведь настолько старше меня. Нам, разумеется, этого никто не скажет. Но вы можете мне признаться. Люди были в шоке, правда?

— Насколько я помню, все были в восторге. Ну конечно, немного удивлены. Все случилось так неожиданно. Однако, поверьте, все были в восторге.

— Что ж, это лишь подтверждает то, чего я боялась. Все считали меня старой девой. Вот почему наш брак никого не шокировал. Случись это несколькими годами раньше, все пришли бы в ужас.

— Ну, знаете ли...

Заметив мое замешательство, Сара рассмеялась и коснулась моей руки.

— Кристофер, вы такой милый! Не волнуйтесь. Выкиньте это из головы. Знаете, вы должны нас навестить. Сесил вспоминает о встрече с вами тогда, на банкете. Он был бы рад снова повидать вас.

— Буду счастлив.

— Ах, только, похоже, теперь на это уже не осталось времени. Мы, знаете ли, уезжаем. Через восемь дней отправляемся морем на Восток.

— Вот как? Надолго?

— На несколько месяцев. Может, на год. Тем не менее вы должны обязательно навестить нас, когда мы вернемся.

Вероятно, при этом известии я несколько опешил и не нашел, что ответить. Но, заметив как раз в тот момент на другом конце лужайки жениха и невесту, Сара сама переменила тему:

— Ну не прелестная ли они пара? Так подходят друг другу! — Она мечтательно посмотрела на молодых, потом добавила: — Я только что спросила их, каким они видят свое будущее. И Элисон ответила, что они хотят купить маленький домик в Дорсете, чтобы безвыездно жить в нем долгие годы. Во всяком случае, до тех пор, пока не вырастут дети, а у них самих не начнут седеть волосы и не появятся морщины. Вы не находите, что это восхитительно? Как я хочу, чтобы их мечта сбылась! И какое это чудо, что они встретились вот так, случайно.

Она долго, словно загипнотизированная, смотрела на новобрачных, а когда наконец снова переключила внимание на меня, мы поболтали еще несколько минут, обменявшись новостями об общих друзьях. Потом к нам кто-то присоединился, и через некоторое время я отошел.

Мне предстояло еще раз встретиться с Сарой, в тот же день, позже, в деревенской гостинице с видом на Саут-Даунс, где устраивали прием. День клонился к вечеру, солнце опускалось к горизонту. К тому времени выпито было уже немало. Помню, я шел по холлу гостиницы мимо разбившихся на группки слегка растрепанных с виду гостей, тут и там рассевшихся на диванах или стоявших у стен, и, выйдя на продуваемую ветром террасу, заметил Сару, которая, положив руки на перила, смотрела на живописный труд. Я направился было к ней, но услышал позади голос и, обернувшись, увидел догонявшего меня плотного краснолицего мужчину. Запыхавшись, он схватил меня за руку и, очень серьезно глядя мне в глаза, сказал:

— Послушайте, я все время наблюдал. Я видел, что произошло, я все видел еще раньше. Это позор, и, как брат жениха, я хочу принести вам свои извинения. Эти пьяные олухи... я не знаю, кто они. Простите, приятель, вы, должно быть, очень расстроились.

— Ах, не волнуйтесь вы так, пожалуйста.— Я весело рассмеялся.— Я ничуть не расстроен. Они выпили немного лишнего и просто веселились.

— Они вели себя как дикари. Вы такой же гость, как они, и если они не умеют вести себя прилично, им придется уйти.

— Послушайте, вы что-то неправильно поняли. Они ничего дурного не имели в виду. Во всяком случае, я не считаю себя оскорбленным. Надо же дать людям иногда повеселиться.

— Но они приставали к вам весь день. Это началось еще в церкви. На свадьбе моего брата я не потерплю такого поведения. Я намерен разобраться во всем прямо сейчас. Пойдемте со мной, старина, и выясним, по-прежнему ли они находят вас таким забавным.

— Нет, вы не понимаете. В сущности, меня их шутка развеселила так же, как их самих.

— А вот я не желаю этого терпеть! В наши дни подобное происходит слишком часто. И сходит с рук всяким наглецам. Но только не на свадьбе моего брата! Ну же, давайте идите за мной.

Он тянул меня за руку, и я видел, как на лбу у него выступают капельки пота. Не знаю, что бы я сделал в следующий момент, но тут к нам подошла Сара и сказала:

— Ах, Родерик, ты все неправильно понял! Те люди — друзья Кристофера, а он вполне в состоянии сам за себя постоять.

Краснолицый перевел взгляд на Сару.

— Ты уверена? Просто я весь день вижу, стоит ему только пройти мимо них...

— Ты не прав, Родерик. Если бы что-то было не так, ты бы первый узнал об этом. Если хочешь знать, он в мгновение ока может заставить их плясать под свою дудку. Поэтому, Родерик, иди и продолжай веселиться.

Краснолицый субъект посмотрел на меня с подчеркнутым уважением и смущенно протянул руку.

— Я брат Джейми,— представился он.— Рад с вами познакомиться. Если могу быть чем-нибудь вам полезен, прошу, не стесняйтесь. Извините, если вышло какое-то недоразумение. Ну ладно, не буду вам мешать.

Он скрылся в доме, мы проводили его взглядами, потом Сара сказала:

— Ну, Кристофер, почему бы нам немного не поболтать?

Отпив из бокала, который держала в руке, она направилась к балюстраде. Я последовал за ней.

— Спасибо вам,— сказал я наконец.

— Не за что. Все включено. Кристофер, что с вами происходит?

— Да так, ничего особенного. Просто я вспоминал тот вечер и прием в честь сэра Сесила. Интересно, познакомившись с ним тогда, вы предполагали, что когда-нибудь...

— Ах, Кристофер,— прервала меня Сара, и я заметил, что она немного пьяна,— вам я скажу. Вам я могу сказать. Когда я в тот вечер познакомилась с Сесилом, он меня очаровал. Но честное слово, я ни о чем таком не думала. Это случилось гораздо позже, через год, а может быть, даже больше. Да, вам я расскажу все, вы такой чудесный друг. Меня пригласили тогда на вечеринку, и там все говорили о Муссолини. Кое-кто из мужчин утверждал, что это уже не шутки, что наверняка снова будет война, еще более ужасная, чем предыдущая. И вот тогда всплыло имя Сесила. Кто-то сказал, что в наши времена нужны такие люди, как он, такой человек не должен отходить от дел, ведь у него есть еще порох в пороховницах. Потом кто-то добавил, что Сесил — самый подходящий человек для великой миссии, но ему возразили: нет, это, мол, несправедливо по отношению к нему, он слишком стар, все его сверстники уже на заслуженном отдыхе, и к тому же он вдовец. И тогда меня осенило. Я подумала: что ж, даже такой великий человек, при всех его выдающихся достижениях, в ком-то нуждается. В ком-то, кто поможет ему на излете карьеры мобилизовать все силы для последнего великого подвига.

Сара замолчала, поэтому я спросил:

— И сэр Сесил, надо полагать, согласился с вами?

— Я умею убеждать, когда захочу, Кристофер. А кроме того, он говорит, что влюбился в меня с первого взгляда, еще там, на банкете.

— Как мило!

Внизу, на траве, чуть поодаль, несколько гостей резвились вокруг пруда. Я заметил, что один мужчина с выбившимся из-под пиджака накрахмаленным воротничком рубашки пытается охотиться за утками. Помолчав, я сказал:

— Что касается этого «последнего подвига» сэра Сесила, призванного увенчать его карьеру... Что конкретно вы для него придумали? Не для этого ли вы уезжаете на несколько месяцев?

Сара глубоко вздохнула и устремила на меня очень серьезный взгляд.

— Кристофер, уж вам-то ответ должен быть хорошо известен.

— Если бы я знал...

— О, ради бога, не надо! Разумеется, мы едем в Шанхай.

Трудно описать, что я почувствовал, услышав это. Возможно, все же удивился немного. Но более всего, помнится, испытал облегчение. У меня возникло странное ощущение, будто все эти годы, начиная с нашей первой встречи в клубе «Чарингуорт», какая-то часть моей души жила в ожидании этого момента, что в определенном смысле наша дружба с Сарой была движением к этой точке, и вот наконец мы ее достигли. Несколько слов, которыми мы обменялись сразу после этого, прозвучали на удивление знакомо, словно мы много раз репетировали реплики.

— Сесил хорошо знает этот регион,— сказала Сара,— и считает, что способен помочь политикам кое в чем разобраться. Он полагает, что обязан туда поехать. Вот мы и едем. На следующей неделе. У нас уже упакован почти весь багаж.

— Ну что ж, в таком случае желаю сэру Сесилу... вам обоим успешного выполнения миссии в Шанхае. Вы в это верите? Мне кажется, да.

— Разумеется. Разумеется, я в это верю. Я ждала чего-то подобного много лет. Я так устала от Лондона и всего этого! — Она махнула рукой в сторону дома.— Я ведь не молодею, и порой мне казалось, что мой час никогда не пробьет. Но вот: мы едем в Шанхай... Эй, Кристофер, в чем дело?

— Полагаю, это для вас ничего не значит,— ответил я,— но все же скажу. Видите ли, я сам всегда хотел вернуться в Шанхай, чтобы выяснить там кое-какие вопросы. Да, я думал об этом всегда.

Сара помолчала немного, глядя на закат, потом повернулась ко мне с очень печальной улыбкой, в которой сквозил легкий упрек. Протянув руку, она ласково коснулась моей щеки, после чего снова обратилась к закату.

— Может быть, Сесил решит все вопросы в Шанхае быстро,— сказала она.— А может, нет. Думаю, мы, скорее всего, пробудем там долго. Если то, что вы сказали, правда, мы, вполне вероятно, увидимся там, Кристофер. Да?

— Да,— ответил я.— Конечно.

Больше до отъезда Сары мы не встречались. Если она имела право упрекнуть меня за то, что я тянул столько лет, то насколько же еще более справедливым было бы ее разочарование, не начни я действовать и теперь! Ведь совершенно очевидно: каких бы успехов ни добился сэр Сесил в Шанхае, до решения проблемы еще далеко. Напряжение во всем мире продолжает возрастать. Наша цивилизация напоминает стог сена, к которому со всех сторон поднесены зажженные спички. А я все еще прозябаю здесь, в Лондоне. Но теперь, после получения вчерашнего письма, можно сказать, последние фрагменты головоломки легли на свои места. Безусловно, пришло время мне самому отправиться в Шанхай и — после всех этих лет — «убить змия», как призывал добропорядочный инспектор из Эксетера.

За это придется кое-чем заплатить. Сегодня утром, как и вчера, Дженнифер ездила по магазинам, чтобы сделать покупки, которые, по ее словам, были совершенно необходимы для нового школьного семестра. Уезжая, девочка выглядела взволнованной и счастливой — она еще ничего не знала о моих планах и о том, что мы с мисс Гайвенс обсуждали накануне вечером.

Я позвал гувернантку в гостиную, и мне трижды пришлось попросить ее сесть, прежде чем она наконец опустилась в кресло. Вероятно, она догадывалась, о чем пойдет речь, и боялась, что, если она при этом будет сидеть, это будет смахивать на заговор. Я постарался как можно подробнее объяснить ей суть дела, чтобы она прониклась его важностью и, более того, поняла, что я занимаюсь им уже много-много лет. Мисс Гайвенс слушала абсолютно невозмутимо и, когда я замолчал, задала всего один вопрос: как долго я буду отсутствовать? Кажется, я довольно продолжительное время пытался донести до нее, почему в таких делах невозможно установить точные временные рамки. Насколько помню, она сама прервала меня, чтобы кое о чем спросить, и мы в течение нескольких минут обсуждали разные практические детали, связанные с моим предстоящим отъездом. И только после того, как мы исчерпали все проблемы и она встала, чтобы уйти, я сказал:

— Мисс Гайвенс, я прекрасно отдаю себе отчет в том, что, несмотря на все ваши усилия, мое отсутствие вскоре создаст для Дженнифер немалые трудности. Но понимаете ли вы, что в более отдаленной перспективе, несомненно, в наших общих интересах — моих и Дженни,— чтобы я исполнил мой план. В конце концов, сможет ли Дженнифер любить и уважать опекуна, который, как ей станет известно, в решающий момент не исполнил своего долга? Как бы девочка в настоящий момент ни хотела, чтобы я остался, повзрослев, она станет презирать меня. Что хорошего будет в этом для нас обоих?

Мисс Гайвенс, неотрывно глядя на меня, ответила:

— В том, что вы говорите, есть резон, мистер Бэнкс.— И добавила: — Но она будет скучать.

— Да. Да, я знаю. Но, мисс Гайвенс, разве вы не понимаете? — Здесь я, должно быть, слегка повысил голос.— Разве вы не понимаете, как накалилась обстановка? Мир погружается в пучину. Я должен ехать.

— Разумеется, мистер Бэнкс.

— Мне очень жаль. Простите меня. Что-то я слишком разнервничался. У меня сегодня вообще был трудный день.

— Вы хотите, чтобы я ей все рассказала? — спросила мисс Гайвенс.

Я задумался, потом покачал головой:

— Нет, я сам с ней поговорю. Выберу подходящий момент для беседы. Был бы вам признателен, если бы вы не говорили с ней о моем отъезде до тех пор, пока я не сообщу ей об этом.

Я собирался все рассказать Дженнифер утром. Но, поразмыслив, решил, что это преждевременно — незачем портить приподнятое настроение, в котором она пребывает перед началом занятий. Лучше отложить разговор и навестить ее как-нибудь в школе, когда я закончу все приготовления. Дженнифер — исключительно сильная девочка, и нет никаких оснований предполагать, что известие о моем отъезде повергнет ее в уныние.

Тем не менее не могу без грусти вспоминать теперь тот двухлетней давности зимний день, когда я впервые приехал в школу Святой Маргариты. Я проводил расследование неподалеку, а Дженнифер тогда только начала учиться там, и я решил заехать посмотреть, все ли у нее в порядке.

Школа располагалась в большом доме, окруженном несколькими акрами земли. Позади дома лужайка уступами спускалась к озеру. Быть может, именно из-за озера все четыре раза, когда я приезжал сюда, по усадьбе стелился туман. По всей территории свободно разгуливали гуси, и яркими пятнами выделялись клумбы, разбитые в самых неподходящих, болотистых местах. В целом атмосфера здесь была весьма строгая, хотя учительницы, по крайней мере те, которых я видел, казались весьма приветливыми.

Помню, в тот день некая мисс Наттинг, добрая женщина лет пятидесяти с небольшим, вела меня по промозглым школьным коридорам и, вдруг остановившись, увлекла в боковую нишу. Там, понизив голос, она сказала:

— Учитывая все обстоятельства, мистер Бэнкс, девочка, как и ожидалось, начинает привыкать. Поначалу каждый, разумеется, испытывает трудности, поскольку остальные девочки все еще воспринимают ее как новенькую, и среди них есть две-три, способные порой даже проявлять жестокость. Но я уверена, к следующему семестру все это будет позади.

Дженнифер ждала меня в большой комнате со стенами, обшитыми дубовыми панелями. В камине потрескивало тлеющее полено. Учительница оставила нас одних. Стоя перед камином, Дженнифер как-то робко улыбалась.

— Не очень-то хорошо здесь топят,— сказал я, растирая холодные ладони и подходя ближе к камину.

— Это еще что! Ты бы знал, как холодно у нас в спальнях. На простынях сосульки висят! — Она нервно рассмеялась.

Я сел в кресло возле огня, но Дженнифер продолжала стоять. Я боялся, что девочка будет чувствовать себя неловко, встречаясь со мной в непривычной обстановке, но вскоре она уже беззаботно щебетала о своих занятиях бадминтоном, о девочках, которые ей нравятся, о еде, по ее словам, состоявшей из «тушенки, тушенки и снова тушенки».

— Когда попадаешь в новое место,— вставил я,— порой бывает трудновато привыкнуть. Они тут не... нападают на тебя всем скопом, не обижают?

— Нет, что ты! — ответила она.— Ну, дразнят, конечно, иногда немного, но они не хотят меня обидеть. Они все очень славные девочки.

Мы проговорили минут двадцать, потом я встал, достал из чемоданчика и вручил ей привезенную с собой картонную коробку.

— Ой, что это?! — с любопытством воскликнула Дженнифер.

— Дженни, это не... это нельзя назвать подарком.

Она уловила предупреждение в моем голосе и посмотрела на коробку с внезапной тревогой.

— Тогда что же это? — спросила она.

— Открой и посмотри сама.

Я наблюдал, как она снимает с коробки крышку и заглядывает внутрь. Выражение ее лица при этом ничуть не изменилось. Засунув руку в коробку, она дотронулась до того, что лежало внутри.

— К сожалению, это все, что я смог добыть. Как мне удалось выяснить, твой сундук не утонул в море, а был украден с лондонского склада вместе с другими. Я сделал все, что мог, но, судя по всему, воры просто выкинули то, что не смогли продать. Из одежды я не нашел ничего. Только вот эти безделушки.

Достав из коробки браслет, она внимательно изучала его, словно искала следы повреждений, потом, положив его обратно, взяла пару крохотных колокольчиков и так же внимательно стала рассматривать их. Потом закрыла коробку и взглянула на меня.

— Дядя Кристофер, какой ты добрый! — тихо произнесла она.— У тебя ведь так мало свободного времени.

— Это нисколько меня не затруднило. Жаль только, что не удалось найти больше.

— Ты очень добрый.

— Ну что ж, наверное, тебе нужно возвращаться на урок географии. Я приехал в неподходящий момент.

Еще некоторое время она продолжала стоять неподвижно, глядя на коробку, которую держала в руках, потом сказала:

— Здесь, в школе, иногда все забываешь и начинаешь вместе с остальными девочками считать дни, оставшиеся до каникул, до того времени, когда снова увидишься с мамой и папой.

Даже в той обстановке мне было все еще удивительно слышать, как она говорит о родителях. Я ожидал, что Дженнифер добавит что-нибудь еще, но она молчала, просто смотрела так, словно только что задала мне вопрос. В конце концов я сказал:

— Знаю, порой бывает очень трудно. Кажется, весь окружавший тебя мир внезапно обрушился. Но я должен кое-что сказать тебе, Дженни. Ты отлично умеешь складывать осколки в единое целое. Тебе это прекрасно удается. Понимаю, новая картинка никогда не бывает точно такой, какой была старая, но знаю также, что тебе свойственно идти вперед и строить для себя счастливое будущее. А я всегда буду рядом, чтобы помочь тебе. Я хочу, чтобы ты это знала.

— Спасибо,— сказала она.— И за это,— взглядом она указала на коробку,— тоже спасибо.

Насколько помню, так закончилась в тот день наша встреча. Удаляясь от неровного тепла камина, мы пересекли продуваемую сквозняком комнату и вышли в коридор. Я смотрел ей вслед, пока она шла к классу.

Два года назад, в тот зимний день, мне и в голову не могло прийти, что мои слова окажутся правдой. Когда я в следующий раз приеду в школу Святой Маргариты, чтобы попрощаться, наше свидание вполне может состояться в той же холодной комнате, у того же камина. Если так, то тем хуже для меня, ибо маловероятно, чтобы Дженнифер не запомнила нашу последнюю встречу. Но она умная девочка, и она сумеет понять все, что я ей скажу. Вероятно, она даже быстрее, чем ее няня вчера, осознает важность моей поездки и будет искренне радоваться моему решению,— ведь я принял вызов, а не уклонился от него.

Часть четвертая

*Отель «Катай», Шанхай,
20 сентября 1937 года*

Глава 12

Те, кто путешествует по Востоку, часто отмечают, что местные жители во время разговора слишком близко придвигаются к собеседнику, чем приводят иностранцев в замешательство. Разумеется, это всего лишь местный обычай, отличающийся от нашего. Всякий непредубежденный человек очень быстро перестает замечать неудобство. Я постоянно напоминал себе, что должен так же относиться к тому, что за три недели пребывания в Шанхае стало для меня источником постоянного раздражения, а именно: здесь все, похоже, считали своим долгом при первой возможности заслонить от меня окружающий пейзаж. Стоило войти в комнату или выйти из машины, как кто-нибудь, широко улыбаясь, непременно вырастал прямо передо мной, загораживая все поле зрения и лишая возможности видеть что-либо вокруг. Нередко виновником оказывался сам хозяин дома или тот, кто меня в данный момент сопровождал; а уж если кто-то из них и не успевал сделать этого, недостатка в зеваках, готовых немедленно исправить их оплошность, никогда не бывало. Насколько я успел заметить, представители всех национальностей, составляющих местную общину,— англичане, китайцы, французы, американцы, японцы, русские — вполне усвоили и с одинаковым рвением исполняли вышеозначенный ритуал, откуда следует неотвратимый вывод: этот обычай — уникальное достояние международной шанхайской колонии, единственное, что способно сокрушить все возможные расовые и классовые барьеры.

Мне понадобилось довольно много времени, чтобы понять эту местную особенность: именно она лежала в основе той полной дезориентации, которая грозила сбить меня с толку в первые дни после приезда. Теперь, хоть меня это порой по-прежнему жутко раздражает, я уже не воспринимаю попытки заслонить мне обзор как нечто, заслуживающее серьезного внимания. Кроме того, я обнаружил другую, полезную шанхайскую привычку: здесь считается вполне позволительным на удивление грубо расталкивать людей, чтобы проложить себе дорогу. Сам я пока не сумел заставить себя приучиться к подобной практике, однако неоднократно имел возможность наблюдать, как изысканные дамы на светских раутах весьма решительно толкаются, ни у кого не вызывая при этом осуждения.

На второй день своего пребывания в Шанхае, войдя вечером в холл отеля и не успев еще приспособиться ни к одной из забавных местных привычек, я несколько раз оказывался на грани нервного срыва из-за того, что мне тогда еще представлялось следствием чрезмерной перенаселенности «поселка». Едва я вышел из лифта и увидел ковер, устилавший пол коридора, вдоль которого выстроились швейцары-китайцы, как прямо передо мной выросла мощная фигура одного из «распорядителей вечера» — мистера Макдональда, сотрудника британского консульства.

Пока мы двигались к залу, я заметил, что каждый швейцар, мимо которого мы проходили, очень мило кланялся. Но не успели мы миновать и троих — всего швейцаров стояло по шесть или семь с каждой стороны,— как другой распорядитель вечера, некто мистер

Грейсон, представлявший Шанхайский муниципальный совет, заслонил от меня и этот вид, подойдя сбоку и продолжив разговор, начатый еще в лифте. А едва вступив в зал, где, по словам хозяев, нам предстояло насладиться выступлением «лучшего городского кабаре» и «обществом шанхайской элиты», я тут же очутился в самой гуще дефилирующей толпы. Высоченный потолок со свисающими с него роскошными люстрами позволял предположить весьма внушительные размеры зала, хотя убедиться в этом долгое время у меня возможности не было. Продвигаясь вслед за хозяевами, я увидел вдоль одной из стен огромные французские окна, сквозь которые в зал лился свет закатного солнца. Заметил я и подиум в дальнем конце, по которому бродили, переговариваясь, музыканты в белых смокингах. Как и все остальные, они, казалось, чего-то ждали — быть может, просто наступления вечера. Вообще в помещении царила суета — люди, толкаясь, кружили по залу без всякой видимой цели.

Я чуть не потерял из виду своих сопровождающих, но тут мистер Макдональд издали кивнул мне, и в конце концов я очутился за маленьким столиком, покрытым накрахмаленной белой скатертью, к которому моим хозяевам не без труда удалось проложить путь в толпе. С этой точки обзора я увидел, что довольно большая площадка в центре зала оставалась свободной — наверное, для выступления кабаре — и что почти все присутствующие столпились на сравнительно узком пространстве вдоль стены, сплошь прорезанной французскими окнами. Столик, за которым мы сидели, оказался встроенным в длинный ряд других, но, когда я попытался рассмотреть, как далеко простирается этот ряд, мне снова закрыли обзор. За столиками, непосредственно примыкавшими к нашему, никто не сидел: вероятно, толпа находила их неудобными. Наш стол и впрямь вскоре стал напоминать утлый челнок, захлестываемый со всех сторон волнами шанхайского высшего света. Мое присутствие не осталось незамеченным; я слышал, как новость передавалась из уст в уста, и все больше взоров устремлялось в нашу сторону.

Однако, пока обстановка не стала нестерпимой, я, несмотря ни на что, старался поддерживать беседу со своими спутниками, начатую еще в машине по дороге в отель, и, помнится, в какой-то момент сказал Макдональду:

— Чрезвычайно благодарен вам за предложение, сэр, но предпочитаю вести дело в одиночку, следуя собственному плану. Просто я привык так работать.

— Как хотите, старина,— ответил он.— Я лишь считал своим долгом предложить помощь. Кое-кто из людей, о которых я говорил, очень хорошо ориентируется в городе. А лучшие из них ничуть не уступают сыщикам Скотленд-Ярда. Просто я подумал, что они могут сэкономить вам — да и всем нам — немало времени.

— Но вы ведь помните, мистер Макдональд, я говорил, что решился приехать сюда только после того, как составил ясное представление о деле. Иными словами, мой приезд — отнюдь не отправная точка, а кульминация и завершение многолетнего труда.

— То есть,— внезапно вклинился Грейсон,— вы приехали к нам, чтобы раз и навсегда покончить с этим делом. Замечательно! Чудесная новость!

Макдональд метнул на сотрудника муниципального совета презрительный взгляд и продолжил, игнорируя его слова:

— У меня и в мыслях не было ставить под сомнение ваши способности, старина. Ваш послужной список говорит сам за себя. Но я хотел немного помочь с сотрудниками, которые, естественно, работали бы исключительно под вашим руководством. Я предложил это для того, чтобы ускорить дело. Как вновь прибывшему, вам, вероятно, не совсем ясно, насколько обострилась сейчас ситуация в регионе. Знаю, на первый взгляд может показаться, что жизнь здесь течет неторопливо. Но боюсь, времени у нас осталось не так уж много.

— Я вполне отдаю себе отчет в особенностях ситуации, мистер Макдональд. Но могу лишь повторить: у меня есть все основания полагать, что дело решится в относительно короткий срок. При условии, разумеется, что я смогу вести расследование без помех.

— Чудесная новость! — снова воскликнул Грейсон, схлопотав при этом еще один холодно-пренебрежительный взгляд Макдональда.

Чем дольше находился я в тот день в обществе чиновника британского консульства, тем больше меня раздражала его манера делать вид, будто он не более чем сотрудник незначительного отдела. И дело было не только в его неумеренном любопытстве по части моих планов и желании непременно навязать мне своих «помощников». Утонченно-лицемерное выражение его лица вкупе с изысканно-ленивыми манерами выдавало его принадлежность к высшим чинам разведки. Вот почему, устав, видимо, к тому моменту подыгрывать ему, следующую реплику я бросил так, будто правда была нам обоим давно известна:

— Поскольку речь зашла о помощи, мистер Макдональд, вы действительно могли бы оказать мне неоценимую услугу.

— С радостью, старина.

— Как я уже говорил, я особо интересуюсь делом, которое местная полиция называет «Преступлениями Желтого Змия».

— Вот как? — На лице Макдональда проступила настороженность.

Грейсон же, судя по всему, не знавший, о чем речь, лишь переводил взгляд с меня на Макдональда.

— В сущности,— продолжал я, пристально глядя на сотрудника консульства,— я принял окончательное решение приехать сюда только после того, как собрал достаточно улик по этим преступлениям.

— Понимаю. Значит, вас интересует дело Желтого Змия.— Макдональд небрежно окинул взглядом зал.— Гнусное это дельце. Но в более широком контексте, полагаю, не столь уж существенное.

— Ошибаетесь. Уверен, оно имеет самое непосредственное отношение к моему делу.

— Прошу прощения,— вклинился в разговор Грейсон,— но что такое «Преступления Желтого Змия»? Никогда о них не слышал.

— Так здесь называют акты возмездия коммунистов,— пояснил Макдональд.— Красные убивали родственников какого-нибудь из своих бывших единомышленников, который стал доносить на них.— И, снова обращаясь ко мне, добавил: — В здешних местах это время от времени случается. Красные в подобных ситуациях ведут себя как дикари. Но это внутрикитайские дела. Чан Кайши давит красных по всем, так сказать, фронтам и не собирается давать им спуску, независимо от действий японцев. Мы, знаете ли, стараемся не вмешиваться. Удивительно, что вас это интересует, старина.

— Но серия убийств,— ответил я,— связанная с Желтым Змием, еще не закончена. Такие убийства с разной степенью регулярности происходят на протяжении последних четырех лет. К настоящему времени жертвами стали уже тринадцать человек.

— Вам известно больше, чем мне, старина. Но, судя по тому, что я слышал, причина, по которой эти убийства до сих пор еще случаются, состоит в том, что красные точно не знают, кто предатель. Сначала они отправили к праотцам вовсе не тех. У этих ребят, знаете ли, весьма условные представления о справедливости. Каждый раз, когда у них появляется новый объект для подозрений, «новый Желтый Змий», они идут и уничтожают еще одну семью.

— Мне бы очень помогло, мистер Макдональд, если бы я смог поговорить с вашим информатором, с человеком, которого вы сами называете Желтым Змием.

Макдональд пожал плечами:

— Это внутреннее дело китайцев, старина. Никому из нас не известно, кто такой Желтый Змий. По мне, так китайское правительство сделало бы доброе дело, раскрыв его инкогнито, прежде чем пострадают другие ни в чем не повинные люди. Нет, честное слово, старина, это внутреннее дело китайцев. Лучше оставить все как есть.

— Мне очень важно встретиться с этим информатором.

— Ну что ж, если вам это так необходимо, я попробую кое с кем переговорить. Но не могу ничего обещать. Похоже, этот парень весьма полезен правительству. Люди Чана наверняка отлично научились его прикрывать.

К этому времени я заметил, что нас все плотнее окружают множество гостей, желающих не только увидеть меня, но и послушать наш разговор. В такой ситуации едва ли можно было ожидать откровенности со стороны Макдональда, и я решил временно оставить тему. Вообще-то меня переполняло желание встать и выйти немного подышать свежим воздухом, но, прежде чем я успел сделать хоть малейшее движение, Грейсон наклонился ко мне с лучезарной улыбкой и сказал:

— Мистер Бэнкс, понимаю, сейчас не самое подходящее время, но нам с вами необходимо кое-что обсудить. Видите ли, сэр, мне выпала счастливая обязанность быть организатором церемонии. Я имею в виду церемонию встречи.

— Мистер Грейсон, не хотел бы показаться неблагодарным, но, как только что заметил мистер Макдональд, времени у нас мало. К тому же меня уже встретили здесь с таким радушием...

— Нет-нет, сэр,— нервно рассмеялся Грейсон.— Я имел в виду церемонию встречи ваших родителей с вами после стольких лет разлуки.

Должен признаться, это застало меня врасплох, и несколько секунд я с недоумением смотрел на него. Он снова нервно хихикнул и сказал:

— Знаю, это может выглядеть несколько преждевременным. Сначала вы должны сделать свою работу. И, разумеется, я не хотел бы испытывать судьбу. Но все равно, понимаете, мы обязаны подготовиться. Как только вы объявите, что дело раскрыто, общественность потребует от нас, от муниципального совета, отметить это событие подобающим образом. Понадобится провести особую церемонию, причем незамедлительно. Однако, видите ли, сэр, организовать мероприятие такого масштаба — задача непростая. Вот почему я прошу разрешения задать вам кое-какие вопросы. Во-первых, сэр, как вы посмотрите на то, чтобы местом проведения церемонии избрать Джессфилд-парк? Потребуется, как вы догадываетесь, достаточно просторная площадка...

Пока Грейсон продолжал говорить, я постепенно стал все отчетливее улавливать некий звук — он доносился откуда-то из-за спин собравшихся и напоминал отдаленную оружейную пальбу. Внезапно речь Грѐйсона была прервана сотрясшим зал громким взрывом. Я вскинул голову, но увидел вокруг лишь улыбающихся, даже смеющихся людей, держащих в руках бокалы с коктейлями. Через несколько мгновений в толпе у окон началось какое-то брожение, словно возобновился крикетный матч. Я решил воспользоваться случаем и, поднявшись из-за стола, попробовал пробиться к окну. Передо мной оставалось еще слишком много народу, чтобы я мог увидеть хоть что-нибудь, и я изо всех сил старался протиснуться вперед. И тут до меня дошло, что ко мне обращается седовласая дама, оказавшаяся рядом.

— Мистер Бэнкс,— расслышал я,— отдаете ли вы себе отчет в том, какое облегчение все мы испытываем теперь, когда вы наконец с нами? Мы, разумеется, старались не подавать виду, но были чрезвычайно озабочены тем, что... Понимаете ли,— она махнула рукой в ту сторону, откуда доносилась пальба,— мой муж, например, утверждает, что японцы никогда не посмеют вторгнуться в наш «поселок». Но он повторяет это как заклинание раз по двадцать на дню, и его слова ничуть меня не успокаивают. Уверяю вас, мистер Бэнкс, когда весть о вашем прибытии дошла до нас, это стало первой хорошей новостью за последние месяцы. Мой муж даже перестал твердить мне о невозможности вторжения японцев, во всяком случае, несколько дней он это мне не повторял. Господи помилуй!

Еще один громоподобный взрыв сотряс зал, вызвав немало иронических восклицаний. В этот момент я заметил небольшой просвет впереди. Несколько проходов было открыто, и люди хлынули через них на балкон.

— Не беспокойтесь, мистер Бэнкс, — сказал какой-то молодой человек, хватая меня за руку. — О том, чтобы порядок в Шанхае был нарушен, не может быть и речи. Теперь, после Кровавого понедельника, обе стороны действуют чрезвычайно осторожно.

— Но где это все происходит? — спросил я.

— Это стреляет японский военный корабль, стоящий в порту. Снаряды перелетают через нас и разрываются вон в тех холмах. После наступления темноты зрелище бывает весьма впечатляющим. Это все равно что наблюдать за падающими звездами.

— А если снаряд упадет ближе?

Не только молодой человек, с которым я разговаривал в тот момент, но и несколько других гостей рассмеялись, услышав такое нелепое предположение, — рассмеялись, как мне показалось, нарочито громко. Потом кто-то сказал:

— Остается надеяться, что японцы стреляют метко. В конце концов, если они не будут аккуратны, под их огонь могут попасть и их собственные солдаты.

— Мистер Бэнкс, не желаете? — Мне протянули театральный бинокль.

Я взял его — и это словно послужило сигналом. Толпа расступилась, меня буквально вынесли к открытой балконной двери. Я вышел на маленький балкончик. Небо на западе было темно-красным, дул легкий ветерок. Взглянув вниз с высоты, я увидел за ближним рядом домов реку, а дальше теснились, наползая друг на друга, лачуги. Над домами поднимался в вечернее небо столб серого дыма.

Я приставил к глазам бинокль, но фокус был сбит, и поначалу все передо мной заволакивала сплошная пелена. Покрутив колесико, я увидел реку, по которой, к моему удивлению, прямо под канонадой продолжа-

ли сновать всевозможные суденышки. В глаза бросился кораблик — некое подобие маленькой баржи с оди-
ноким лодочником на борту,— до того набитый кор-
зинами и тюками, что казалось невероятным, чтобы
он прошел под низким мостом, находившимся прямо
подо мной. Однако суденышко быстро приближалось
к мосту, и я не сомневался, что сейчас стану свидетелем того, как по крайней мере несколько верхних тюков упадет в воду. Несколько секунд я неотрывно наблюдал за ним в бинокль, напрочь забыв о стрельбе.
Лодочник, так же как и я, был полностью озабочен
судьбой своего груза и не обращал никакого внимания
на снаряды, разрывавшиеся справа, всего в каких-нибудь шестидесяти ярдах от него. Потом суденышко скры-
лось под мостом, и я со вздохом облегчения опустил
бинокль: оно грациозно выплыло по другую сторону со
всеми своими тюками.

Пока я смотрел на воду, за спиной у меня собралась
внушительная толпа. Передав бинокль кому-то, стоявшему рядом, я сказал, не обращаясь ни к кому лично:

— Значит, это война. В высшей степени интересно. Как вы думаете, много ли будет жертв?

Поднялся гул голосов, из которого выделился один:

— Там, в Чапее, убита масса народу. Но еще немного — и япошки возьмут его, и все снова станет тихо.

— Не уверен,— возразил кто-то.— Гоминьдановцы
уже преподнесли немало сюрпризов. Уверен, они и
дальше будут нас удивлять. Готов поспорить, Чан Кайши продержится долго.

Все стали оживленно обсуждать высказанное предположение: несколько дней, несколько недель — какая
разница? Рано или поздно китайцам все равно придется
сдаться, так почему же не сделать это сразу? На что несколько гостей возражали в том духе, что, мол, исход

отнюдь не предрешен. Обстановка меняется каждый день, к тому же в игру вмешивается множество факторов.

— А кроме всего прочего,— кто-то громко возвысил голос,— разве мистер Бэнкс не с нами?

Этот вопрос, носивший, несомненно, риторический характер, странно завис в воздухе. Все притихли и устремили взгляды на меня. У меня было ощущение, что не только те, кто стоял в непосредственной близости к балкону, а и все присутствовавшие в зале в напряженной тишине ждали моего ответа. Мне пришло в голову, что это самый подходящий момент, чтобы сделать заявление — заявление, которого от меня ждали с той самой минуты, как я появился в зале. Откашлявшись, я громко сказал:

— Дамы и господа! Вижу, ситуация здесь сложилась весьма тяжелая. В такой момент мне не хотелось бы раздавать неоправданные обещания. Но позвольте заметить, что меня не было бы сейчас здесь, если бы я не верил в возможность довести все это дело до счастливого конца в весьма недалеком будущем. Я даже сказал бы, дамы и господа, что смотрю в это будущее более чем оптимистично. Прошу вас потерпеть еще неделю или около того. И тогда посмотрим, что удастся сделать.

После моих последних слов в зале неожиданно грянул джазовый оркестр. Понятия не имею, было ли это просто совпадение, но если так, то совпадение получилось весьма эффектное. Внимание ко мне стало ослабевать, люди потянулись в зал, и я тоже направился туда. Пытаясь найти свой столик — на какой-то миг я потерял ориентацию,— я заметил, что танцовщицы уже заняли центральную площадку.

Их было не меньше двадцати, преимущественно азиа-точки, в весьма условно прикрывающих наготу костю-мах, украшенных перьями. По мере того как танцов-щицы продолжали выступление, публика все больше утрачивала интерес к сражению, происходившему за окнами, хотя канонада все еще была отчетливо слыш-на, несмотря на бравурную музыку. Создавалось впе-чатление, будто для этих людей одно представление просто сменилось другим. Не в первый раз по приезде я почувствовал, как на меня накатывает волна отвраще-ния к здешнему высшему обществу. Дело было не толь-ко в том, что в течение многих лет они, увы, так и не сумели ответить на вызов и позволили событиям раз-виваться со всеми вытекающими чудовищными послед-ствиями. Больше всего с первой минуты по прибытии в Шанхай меня шокировало то, что никто здесь не при-знавал своей вины в происходящем.

За две недели, что я провел здесь, общаясь со мно-гими шанхайцами разного ранга, я ни разу не заметил ничего, хоть отдаленно напоминающего чувство стыда. Иными словами, здесь, в эпицентре тайфуна, грозив-шего поглотить весь цивилизованный мир, царил свое-образный заговор отрицания — отрицания ответствен-ности. Заговор, в котором участвовали все по принципу круговой поруки, неумело выставляя себя жертвами обстоятельств. И вот до чего дошла так называемая шанхайская элита: эти люди с презрением относились к страданиям своих китайских соседей, живущих ря-дом, на другом берегу реки.

Двигаясь вдоль плотного ряда зрителей, наблюдав-ших за выступлением танцовщиц, я старался сдержи-вать чувство отвращения и вдруг почувствовал, что кто-то потянул меня за руку. Обернувшись, я увидел Сару.

— Кристофер,— сказала она,— весь вечер стараюсь к вам пробиться. Неужели у вас нет минутки, чтобы поздороваться с дорогими соотечественниками? Смотрите, вон Сесил машет вам.

Я не сразу нашел взглядом сэра Сесила; он сидел один за столом в дальнем конце зала и действительно махал мне рукой. Я поднял руку в ответ и повернулся к Саре.

Это была наша первая встреча после моего приезда. В тот вечер мне бросилось в глаза, что она прекрасно выглядит; шанхайское солнце скрасило ее обычную бледность, и это было ей весьма к лицу. Более того, пока мы дружески болтали, я заметил, что держится она непринужденно и уверенно. И сейчас, после вчерашних событий, мысленно возвращаясь к той первой встрече, я не перестаю удивляться, что мог так обмануться. Вероятно, я сужу задним числом, но теперь мне кажется, будто в ее улыбке было нечто многозначительное, особенно когда речь заходила о сэре Сесиле. И хоть мы обменялись лишь обычными любезностями, я весь день возвращаюсь к одной произнесенной ею фразе, которая даже тогда меня немного озадачила.

Я поинтересовался, как им с сэром Сесилом жилось здесь целый год. Сара уверила меня, что, хотя сэр Сесил и не добился прорыва в политике, на который рассчитывал, он тем не менее заслужил благодарность местного общества. Тогда я спросил, ничего такого особенного не имея в виду:

— Значит, вы не планируете в ближайшее время покинуть Шанхай?

На что Сара, рассмеявшись и бросив взгляд в тот угол, где сидел сэр Сесил, ответила:

— Нет, мы здесь прижились. Это очень приятный город. Не думаю, что мы уедем отсюда куда бы то ни было в скором времени. Если только кто-нибудь не придет нам на помощь.

Все это она произнесла как шутку, и я, хоть не догадывался, что конкретно она имеет в виду, ответил таким же беззаботным смехом. Потом, насколько я помню, мы вспоминали наших общих друзей в Англии, пока подошедший мистер Грейсон решительно не прервал наш незамысловатый на первый взгляд разговор.

И только теперь, как уже было сказано, после событий вчерашнего вечера, когда я стал прокручивать в голове все мои встречи с Сарой за минувшие годы, именно эта реплика, мимоходом брошенная в шутку во время ни к чему не обязывающей беседы, вновь и вновь всплывает в памяти.

Глава 13

Вчера я почти весь день провел в темном скрипучем лодочном сарае, где были найдены три тела. В полиции с пониманием отнеслись к моей просьбе и предоставили мне возможность вести самостоятельное расследование. Я потерял всякое представление о времени и лишь в последний момент заметил, что солнце почти село.

Когда, пройдя по набережной, я вышел на Нанкинскую дорогу, уже ярко светили фонари и улицу начали заполнять прогуливающиеся пары. После гнетущего дня я чувствовал потребность немного развеяться и направился в небольшой клуб на углу Нанкинской и Цзянсийской дорог. В этом заведении нет ничего особенного: тихий полуподвал, где большую часть вечера француз-пианист наигрывает меланхоличные импровизации на темы Бизе и Гершвина. Но именно это мне и было нужно, так что я заглядывал туда не раз. Прошлым вечером я просидел там за столиком в углу не меньше часа, отдавая дань французской кухне и делая кое-какие заметки о том, что удалось обнаружить в лодочном сарае, пока профессиональные танцовщицы под музыку кружились по танцплощадке со своими клиентами.

Поднявшись по лестнице к выходу и собираясь вернуться в отель, я разговорился с русским швейцаром.

Когда-то он был графом и неплохо владел английским. Как он мне поведал, до революции его обучала гувернантка. У меня уже вошло в привычку задерживаться возле него на несколько минут всякий раз, когда я бывал в этом клубе, и вчерашний вечер не стал исключением. Не помню, о чем мы беседовали, но он вдруг сказал, что клуб за несколько минут до моего прихода покинули сэр Сесил и леди Медхэрст.

— Полагаю, — заметил он, — сегодня они намерены гулять всю ночь. — Потом подумал немного и добавил: — Кажется, направились отсюда в «Удачу». Да, уверен, что сэр Сесил упомянул это заведение, когда они проходили мимо.

Такого клуба я не знал, но граф, не дожидаясь моей просьбы, указал мне, как туда пройти, и, поскольку это оказалось неподалеку, туда я и направился.

Объяснил он все предельно ясно, но, неважно ориентируясь в улочках, петляющих вокруг Нанкинской дороги, я все же немного заплутал. Впрочем, я ничуть не беспокоился: обстановка в этой части города совершенно безопасна даже в сумерках, и, хотя сначала ко мне обратился какой-то странный нищий, а потом за мной увязался подвыпивший матрос, я шел в людской толчее без всякой тревоги. После удручающей работы для меня было облегчением оказаться среди пестрой толпы искателей развлечений всех цветов кожи и ощутить ароматы еды и благовоний, плывущие из ярко освещенных окон, мимо которых я проходил.

По привычке я вглядывался в лица прохожих в надежде встретить Акиру, потому что был уверен — после приезда, на второй или третий день, я видел его. Это случилось, когда мистер Кезвик из «Жарден Матисон» и несколько других известных горожан решили дать мне возможность «окунуться в ночную жизнь Шанхая». Тогда я пребывал еще в состоянии некоторой дезориентации, и поход по барам и клубам показался мне утомительным. Находясь на территории французской концессии — теперь я понимаю, что мои проводники немного забавлялись тем, что пытались шокировать меня посещением наиболее одиозных заведений,— я заметил в толпе его лицо.

Он шел в группе одетых в строгие официальные костюмы японских джентльменов, по всей видимости направлявшихся по делам. Поскольку встреча была мимолетной и из-за слепящего света фонарей у выхода из клуба мужчины показались мне лишь бесплотными силуэтами, я не могу с уверенностью сказать, что это действительно был Акира. Наверное, именно поэтому, а возможно, и по какой-то другой причине, я не сделал попытки привлечь внимание старого друга. Трудно объяснить, но так все и было. Вероятно, тогда я полагал, что нам с ним еще представится масса возможностей увидеться, а может, посчитал неуместным подходить к нему при случайной встрече, когда и он, и я были не одни. Так или иначе, я упустил момент и последовал за мистером Кезвиком и остальными спутниками к ждавшему нас отполированному лимузину.

Однако на протяжении следующих дней мне не раз пришлось пожалеть о своем тогдашнем бездействии, ибо, несмотря на то что я не переставал вглядываться в лица прохожих, как бы ни был занят и где бы ни находился: на улице, в вестибюле отеля, на светском приеме,— я больше не встретил Акиру. Конечно, можно было бы предпринять активные действия, чтобы разыскать его, но расследование оставалось пока для меня первоочередной задачей. К тому же Шанхай не такой уж большой город, мы наверняка рано или поздно должны были столкнуться.

Вернусь, однако, к событиям вчерашнего вечера. Следуя указаниям швейцара, я в конце концов добрался до маленькой площади, в которую вливалось несколько улочек. Толпа там была гуще, чем в других местах. Кто-то пытался что-то продать, другие попрошайничали, многие просто стояли, беседовали друг с другом и глазели по сторонам. Одинокий рикша, рискнувший вклиниться в толпу, застрял посредине и, когда я проходил мимо, яростно кричал на зевак. Я заметил вывеску «Удачи» на противоположном углу площади, и вскоре меня уже вели наверх по алой ковровой дорожке, устилавшей узкую лестницу.

Сначала я оказался в комнате размером не больше гостиничного номера, где около дюжины китайцев сгрудились вокруг игорного стола. Когда я поинтересовался, нет ли в доме сэра Сесила, два служащих быстро посовещались, и один из них подал мне знак следовать за ним.

Мы поднялись на еще один лестничный пролет, прошли по тускло освещенному коридору и оказались в прокуренной комнате, где несколько французов играли в карты. Я отрицательно покачал головой. Мой сопровождающий пожал плечами и снова повел меня за собой. Вскоре я уже знал, что здание представляет собой весьма внушительных размеров игорный дом, состоящий из множества маленьких комнат, и в каждой играли в разные игры. Мой спутник, стоило мне назвать имена сэра Сесила или Сары, понимающе кивал, но вел меня в очередную прокуренную комнату, где нас встречали усталые взгляды незнакомых людей. Я начал раздражаться. Трудно было представить, что сэр Сесил мог привести Сару в подобное заведение, и я уже был готов прекратить поиски, как вдруг, войдя в еще одну дверь, увидел за игорным столом сэра Сесила. Он следил за вращающимся колесом рулетки.

В комнате находилось человек двадцать, преимущественно мужчин. Здесь было не так накурено, как в других помещениях, но жарче. Сэр Сесил, всецело поглощенный игрой, рассеянно махнул мне и тут же снова уставился на рулетку.

У стен стояло несколько потертых кресел, обитых красной тканью. В одном из них самозабвенно храпел старый китаец, одетый в насквозь пропотевший европейский костюм. Остальные кресла были свободны, за исключением одного, тонувшего в тени дальнего от рулетки угла: в нем, опершись подбородком на запястья сложенных рук и полуприкрыв глаза, сидела Сара.

Когда я подошел, она вздрогнула.

— Кристофер! Что вы здесь делаете?

— Просто проходил мимо. Простите. Я не хотел вас напугать.

— Проходили мимо? Я вам не верю. Вы искали нас.

Мы говорили полушепотом, чтобы не мешать игрокам. Откуда-то из глубины здания доносились звуки трубы — похоже, кто-то учился играть.

— Ладно, признаюсь: я случайно услышал, что вы пошли сюда.

— Вам было одиноко?

— Едва ли. Просто у меня выдался безрадостный день, захотелось немного развеяться, вот и все. Хотя не скрою, знай я, что вы находитесь в подобном заведении, может, и не пришел бы сюда.

— Не будьте так жестоки. Мы с Сесилом любим спускаться на дно. Это забавно. Иначе трудно понять, что такое Шанхай. Ну ладно, расскажите мне о своем безрадостном дне. Вы выглядите подавленным. Догадываюсь, что прорыва в деле добиться не удалось.

— Прорыва действительно нет, но я отнюдь не подавлен. Картина начинает вырисовываться.

Когда я начал рассказывать Саре, как провел более двух часов, ползая на коленях по гнилой лодке, в которой были найдены три разлагающихся трупа, она скорчила гримасу и прервала меня:

— Какая мерзость! Кто-то рассказывал сегодня в теннисном клубе, что у трупов были отрезаны руки и ноги. Это правда?

— Увы, да.

Она поморщилась.

— Об этом невозможно думать, не то что говорить. Эти китайцы были рабочими с фабрики? Разумеется, такие люди не могут иметь ничего общего с... с вашими родителями.

— Напротив, полагаю, это преступление имеет отношение к делу моих родителей.

— Вот как? В теннисном клубе говорили, что эти убийства связаны с Желтой Крысой. Что убитые — родные и близкие Желтой Крысы.

— Желтого Змия.

— Простите?

— Желтый Змий — это тот, кого здесь считают предателем.

— Ах да. Какая разница, все это так жутко! О чем только думают китайцы в такой момент? Как вы считаете, красная оппозиция и правительство могли бы хоть ненадолго сплотиться перед лицом японской угрозы?

— Боюсь, ненависть между коммунистами и националистами зашла слишком далеко.

— Вот и Сесил так же считает. О, вы только посмотрите на него! Как он может так играть?

Я проследил за направлением ее взгляда и увидел, что сэр Сесил, сидевший к нам спиной, сполз на бок и почти всей своей тяжестью лежит на столе. Казалось, он вот-вот упадет со стула.

Сара взглянула на меня с явным смущением. Потом встала, подошла к мужу, положила руку ему на плечо и стала что-то тихо говорить ему на ухо. Сэр Сесил очнулся, посмотрел вокруг. Вероятно, в этот момент я на секунду отвлекся, так как не могу сказать точно, что произошло дальше. Когда я снова посмотрел в их сторону, Сара, покачиваясь, словно ее ударили, шла обратно. На какой-то миг мне показалось, что она сейчас потеряет равновесие, однако ей удалось устоять. Я взглянул на спину сэра Сесила, который опять сидел ровно, сосредоточившись на игре.

Сара увидела, что я смотрю на нее, улыбнулась и, подойдя, села рядом.

— Он устал,— сказала она.— У него еще столько энергии. Но в его возрасте следует больше отдыхать.

— Часто вы бываете в этом заведении?

Она кивнула.

— И в нескольких таких же. Сесил не любит шумных и ярко освещенных мест. Он считает, что в тех клубах невозможно выиграть.

— Вы всегда сопровождаете его?

— Должен же кто-то за ним присматривать! Он, знаете ли, немолод. О, для меня это ничуть не обременительно! Мне даже интересно. К тому же здесь открывается истинное лицо города.

Шумный вздох донесся от игорного стола, и все игроки заговорили одновременно. Я видел, как сэр Сесил попытался встать, и только тут понял, насколько он пьян. Он шмякнулся обратно на стул, но вторая попытка увенчалась успехом, и он, шатаясь, направился к нам. Я поднялся, приготовившись обменяться рукопожатием, однако он протянул мне руку — не в последнюю очередь, чтобы сохранить равновесие,— и воскликнул:

— Мой дорогой мальчик, дорогой мой мальчик! Я так рад вас видеть.

— Вам улыбнулась удача, сэр?

— Удача? Ах нет, нет. Паршивый вечер. Вся эта проклятая неделя была гнусной. Но ведь никогда не знаешь заранее, что будет. Я еще восстану из пепла.

Сара тоже вскочила, чтобы поддержать его, но он, не глядя, отмахнулся от нее и обратился ко мне:

— Послушайте, хотите коктейль? Внизу есть бар.

— Благодарю вас, сэр, но мне пора возвращаться в отель. Завтра предстоит трудный день.

— Приятно видеть, что вы усердно работаете. Я, конечно, и сам приехал в этот город с намерением кое-что тут наладить. Но видите ли,— он наклонился ко мне так, что его лицо оказалось всего в паре дюймов от моего,— это оказалось не просто.

— Сесил, дорогой, поедем домой.

— Домой? Эту крысиную нору в отеле ты называешь домом? У тебя, моя дорогая, передо мной преимущество — тебе все нипочем.

— Давай уедем, дорогой. Я устала.

— Ты устала. Бэнкс, вы на машине?

— К сожалению, нет. Но если хотите, я попробую найти такси.

— Такси? Вы полагаете, что здесь Пиккадилли? Думаете, здесь можно поймать такси? Скорее китайцы перережут вам горло.

— Сесил, милый, пожалуйста, посиди здесь, пока Кристофер найдет Бориса,— взмолилась Сара и, обернувшись ко мне, пояснила: — Наш шофер должен быть где-то неподалеку. Вас не затруднит найти его? Бедный Сесил устал сегодня больше, чем обычно.

Изо всех сил стараясь изобразить прекрасное настроение, я вышел из здания, запоминая дорогу, чтобы не заблудиться на обратном пути. Площадь была все еще забита людьми, но поодаль я увидел улочку, где в ожидании пассажиров выстроились рикши и автомобили. Я протолкался туда и, переходя от машины к машине, стал называть имя сэра Сесила шоферам разных национальностей, пока наконец не нашел того, кого искал.

Когда я вернулся к игорному дому, Сара и сэр Сесил уже ждали на пороге. Она обеими руками поддерживала мужа. Подходя, я услышал, как он говорил:

— Это тебя здесь не любят, моя дорогая. Когда я бывал здесь один, они относились ко мне, как к королевской особе. Да, к королевской. А таких женщин, как ты, они не любят. Женщина в их понимании должна быть либо леди, либо шлюхой. А ты — ни то ни другое. Вот почему они тебя ни в грош не ставят. Пока ты не настояла на том, чтобы таскаться сюда за мной, я забот не знал.

— Пойдем, дорогой. Вот Кристофер. Отлично, Кристофер. Посмотри, дорогой, он нашел Бориса.

До «Метрополя» было не так далеко, но машина еле ползла, пробиваясь сквозь толпы прохожих. На протяжении всего пути Сара поддерживала сэра Сесила за плечи, а он то и дело норовил сползти с сиденья. Стоило ему на секунду очнуться, как он стряхивал ее руку. Между тем Сара лишь посмеивалась и продолжала поддерживать супруга, чтобы он не свалился из-за тряски.

Когда настал момент проходить через вращающиеся двери «Метрополя» и подниматься в лифте, мне пришлось взять на себя заботу о нем. Сара же, делая вид, что все в порядке, бодро здоровалась со встречавшимися в вестибюле служащими отеля. Потом мы наконец оказались в их номере, и я водворил сэра Сесила в глубокое кресло.

Мне почудилось, что он задремал, но он вдруг встрепенулся и начал задавать мне вопросы, смысла которых я никак не мог понять. Когда Сара вышла из ванной комнаты с махровым полотенцем и стала протирать ему лоб, он сказал мне:

— Бэнкс, мальчик мой, вы можете говорить совершенно откровенно. Эта девица намного моложе меня. Как видите, она не юная козочка — ха-ха! — но все же ей существенно меньше лет, чем мне. Ответьте честно, мой мальчик, как вы думаете, если в таком месте, как то, где вы нас нашли, если в таком месте посторонний человек увидит нас вместе... Послушайте, давайте говорить начистоту! Что я хочу знать? Как вы полагаете, она смахивает на шлюху?

Насколько я мог видеть, ни один мускул не дрогнул на лице Сары, хотя движения ее стали чуть более настойчивыми, словно она надеялась, что, помогая мужу прийти в себя, сможет изменить и его настроение. Сэр Сесил раздраженно мотнул головой, будто хотел избавиться от мухи, и опять обратился ко мне:

— Ну же, мой мальчик! Говорите откровенно, не стесняйтесь.

— Дорогой,— тихо попыталась урезонить его Сара,— ты невежлив.

— Я открою вам секрет, мой мальчик. Да, открою секрет. Мне это нравится. Мне нравится, когда люди принимают мою жену за шлюху. Вот почему я обожаю ходить в такие места. Отстань от меня! Оставь меня в покое! — Он оттолкнул Сару и продолжил: — О второй причине, по которой я посещаю подобные места, вы, разумеется, догадались сами: мне нужны деньги. Чуть-чуть залез в долги, но я отыграюсь.

— Дорогой, Кристофер был очень любезен, но мы не должны злоупотреблять его временем.

— Что говорит моя шлюха? Вы только послушайте, что она говорит. А впрочем, не надо. Не слушайте ее. Не слушайте проституток, вот что я вам посоветую. Они собьют вас с пути. Особенно во время войны. Никогда не слушайте шлюх.

Он с трудом, но самостоятельно выбрался из кресла и с минуту, раскачиваясь, с расстегнутым и торчащим воротничком, стоял перед нами посреди комнаты. Потом проковылял в спальню и закрыл за собой дверь.

Улыбнувшись мне, Сара последовала за ним. Если бы не эта улыбка, я бы немедленно удалился. Но из-за ее улыбки остался стоять на месте, рассеянно разглядывая китайскую вазу на тумбе у входа. Время от времени я слышал, как сэр Сесил что-то бубнил, потом воцарилась тишина.

Сара появилась минут через пять и удивилась, увидев, что я еще не ушел.

— Ему лучше? — спросил я.

— Он спит. Все будет в порядке. Простите, что вам пришлось стать свидетелем неприятной сцены, Кристофер. Едва ли вы этого ожидали, когда разыскивали нас вечером. Ну, мы что-нибудь придумаем, чтобы загладить вину. Мы повезем вас куда-нибудь поужинать. В «Астор-Хаусе» все еще прилично кормят.

Она повела меня к выходу, но в дверях, обернувшись, я спросил:

— Такие сцены — они часто случаются?

Сара вздохнула:

— Часто. Но не думайте, что меня это расстраивает. Просто иногда я немного беспокоюсь. За его сердце, знаете ли. Вот почему я теперь всегда сопровождаю его.

— Вы прекрасно за ним ухаживаете.

— Не хочу, чтобы у вас создалось неверное впечатление. Сесил — чудесный человек. Мы повезем вас поужинать, когда вы будете не слишком заняты. Правда, боюсь, вы заняты всегда.

— И вот так сэр Сесил проводит вечера?

— Часть вечеров, а иногда и дней.

— Могу ли я чем-нибудь помочь?

— Чем-нибудь помочь? — Она усмехнулась.— Послушайте, Кристофер, у меня все в порядке. Нет, в самом деле, вы не должны думать о Сесиле плохо. Он замечательный. Я... я так его люблю.

— Позвольте откланяться.

Она подошла на шаг ближе и чуть приподняла руку. Я тут же схватил ее и, не совсем понимая, что делать дальше, поцеловал запястье. Затем вышел в коридор.

— Кристофер, не беспокойтесь обо мне,— прошептала мне вслед Сара.— У меня все замечательно.

Таковы были ее слова, сказанные мне вчера вечером. Но сегодня я припомнил другие ее слова, произнесенные три недели назад во время нашей встречи в бальном зале отеля «Палас»: «Не думаю, что мы уедем отсюда куда бы то ни было в скором времени. Если только кто-нибудь не придет на помощь». Что она имела в виду? Как я говорил, слова эти уже тогда меня озадачили, и, вероятно, я расспросил бы Сару поподробнее, если бы в тот момент из толпы не вынырнул искавший меня Грейсон.

Часть пятая

◼

Отель «Катай», Шанхай, 29 сентября 1937 года

Глава 14

Утреннюю встречу с Макдональдом в британском консульстве я провел из рук вон плохо и, вспоминая о ней теперь, испытываю сильное разочарование. Дело в том, что он хорошо подготовился к разговору, а я — нет. Я снова позволил ему обвести себя вокруг пальца и впустую спорил о тех вопросах, в которых он с самого начала решил мне уступить. Сказать по правде, четыре недели назад в отеле «Палас», когда я впервые обратился к нему с просьбой устроить мне встречу с Желтым Змием, мы были ближе к цели. Тогда мне удалось застать Макдональда врасплох и по крайней мере вынудить признать его истинную роль в Шанхае. Сегодня утром он не счел нужным отказываться от претензии на то, что является лишь сотрудником протокольного отдела.

Думаю, я недооценил его. Мне казалось, достаточно будет прийти и попенять ему за то, что он медлит с выполнением моей просьбы. Теперь вижу, как искусно он расставил ловушки, сообразив, что легко одержит верх, приведя меня в раздражение. С моей стороны было глупо так откровенно демонстрировать ему свое недовольство, но после многих дней напряженной работы я плохо владел собой. И потом, конечно, эта неожиданная встреча с Грейсоном по дороге в кабинет Макдональда. В сущности, именно она больше, чем что-либо другое, вывела меня из равновесия, и в результате в течение разговора с Макдональдом я не мог сосредоточиться.

Сначала меня попросили несколько минут подождать в маленькой комнате на втором этаже консульства. Потом наконец пришла секретарша и сообщила, что Макдональд готов принять меня. Я пересек мраморную лестничную площадку и уже подошел к лифту, когда меня окликнул быстро спускавшийся по лестнице Грейсон:

— Доброе утро, мистер Бэнкс! Прошу прощения, наверное, это не самый подходящий момент...

— Доброе утро, мистер Грейсон. Откровенно говоря, сейчас действительно не очень удачное время. Я направляюсь на встречу с мистером Макдональдом.

— Ах, тогда не буду вас задерживать! Просто я оказался тут и случайно услышал, что вы тоже здесь.— Его бодрый смех эхом отразился от стен.

— Очень рад видеть вас, мистер Грейсон, но именно сейчас...

— Я не задержу вас ни на секунду, сэр. Но если позволите заметить, вас было трудно поймать в последнее время.

— Ну что ж, мистер Грейсон, если это имеет отношение к делу... Только очень коротко, пожалуйста.

— О, разумеется, совсем коротко. Видите ли, сэр, понимаю, что это может показаться преждевременным, но в подобных случаях необходимо некоторые вещи планировать заранее. Если к столь важному событию не подготовиться загодя, пусть даже наши действия порой представляются недостаточно умелыми и профессиональными...

— Мистер Грейсон?..

— Простите, простите. Просто я хотел узнать ваше мнение по поводу некоторых деталей церемонии встречи. Итак, мы уже договорились, что местом праздника станет Джессфилд-парк. Там будет возведен шатер со сценой и микрофонами... Ох, простите, перехожу к делу. Мистер Бэнкс, на самом деле я хотел бы обсудить с вами вашу роль в церемонии. Нам кажется, она должна быть максимально простой. Думаю, вначале вам следовало бы сказать несколько слов о том, как удалось расследовать это дело, найти важнейшие нити, приведшие вас к родителям,— что-то в этом духе. Всего несколько слов. Публика будет в восторге. В конце вашей речи они, надеюсь, не откажутся выйти на сцену.

— Они, мистер Грейсон?

— Ну, ваши родители. Моя идея заключается в том, чтобы они поднялись на сцену, поблагодарили за встречу и удалились. Но разумеется, это всего лишь предложение. Не сомневаюсь, у вас есть другие, более интересные соображения...

— Нет-нет, мистер Грейсон.— Я вдруг почувствовал, как на меня наваливается страшная усталость.— Все, что вы говорите, замечательно! А теперь, если это все, я должен...

— Еще только один вопрос, сэр. Дело пустяковое, но может лишить церемонию весьма эффектного штриха. Моя идея заключается в том, чтобы в момент, когда ваши родители поднимутся на сцену, заиграл духовой оркестр. Кое-кому из моих коллег эта идея не кажется такой уж удачной, но я думаю...

— Мистер Грейсон, ваша идея превосходна. Более того, я чрезвычайно польщен вашей непоколебимой верой в мою способность раскрыть это дело. Однако сейчас прошу извинить меня — я заставляю мистера Макдональда ждать.

— Да-да, конечно. Сердечно благодарю вас за то, что уделили мне время.

Я нажал кнопку вызова лифта, но, пока кабина не пришла, Грейсон продолжал суетиться вокруг меня. И тут, стоя уже практически спиной к нему в ожидании, когда откроются двери, я услышал:

— Еще только одна деталь, о которой я хотел вас спросить, мистер Бэнкс. Думали ли вы о том, где будут находиться ваши родители в день церемонии? Видите ли, нам нужно организовать их сопровождение в парк и обратно так, чтобы толпа любопытных как можно меньше им досаждала.

Не помню, что я ему ответил. Вероятно, в тот момент пришел лифт и это спасло меня — я смог отделаться ничего не значащим замечанием. Но именно этот последний вопрос не давал мне покоя на протяжении встречи с Макдональдом и мешал мне ясно представлять, зачем я к нему пришел. И вот теперь, вечером, когда день уже завершен, тот же вопрос снова и снова приходит мне на ум, не дает покоя.

Не то чтобы я вовсе не думал о том, где в конце концов поселятся мои родители. Просто мне всегда казалось, что рано — и даже, из суеверных соображений, нежелательно — задумываться над этим, ведь сложные перипетии дела все еще не разгаданы. Единственный раз за минувшие недели я действительно всерьез задался этим вопросом в тот вечер, когда встретился со старым школьным приятелем Энтони Морганом.

Это случилось вскоре после моего приезда — на третий или четвертый день. Мне уже было известно, что Морган живет в Шанхае, но, поскольку в школе Святого

Дунстана мы с ним не были особенно близки, хотя и учились в одном классе, я не предпринимал попыток увидеться с ним. Но он позвонил сам. Морган был явно обижен на меня за то, что я не счел нужным разыскать его, и я согласился встретиться с ним в отеле на территории французской концессии.

Уже давно стемнело, когда я нашел его в тускло освещенном вестибюле отеля. Мы не виделись со школы, и меня поразило, каким он стал тучным и потрепанным. Но я постарался ничем не выдать своего удивления, мы тепло поздоровались.

— Забавно,— сказал он, похлопывая меня по спине.— Вроде бы прошло не так много времени, но в каком-то смысле кажется, что миновала целая эпоха.

— Это правда.

— Знаешь,— продолжал он,— я недавно получил письмо от Эмерика. Помнишь его? Я много лет ничего о нем не слышал! Кажется, сейчас он живет в Вене. Старина Эмерик. Неужели не помнишь?

— Помню, конечно,— ответил я. В голове моей всплыли неясные воспоминания об этом мальчике.— Добрый старый Эмерик.

В течение получаса Морган болтал без умолку: оказалось, что сразу после Оксфорда он отправился в Гонконг, затем, одиннадцать лет назад, получив место в «Жарден Матисон», переехал в Шанхай. Потом Морган прервал изложение своей биографии и заметил:

— Ты и представить не можешь, сколько у меня хлопот с шоферами с тех пор, как началась эта передряга. Один был убит в первый же день японских обстрелов. Я нашел другого — оказался бандитом. Все время исчезал по своим делам, и его днем с огнем нельзя было найти, когда требовалось куда-нибудь ехать. Однажды он приехал за мной в Американский клуб в рубашке, перепачканной кровью — не своей, как я догадался,— и при этом даже не извинился! Типичный китаец. Это было последней каплей, переполнившей мое терпение. Потом я нанимал еще двоих. Те, как выяснилось, совсем не умели водить машину. Один в конце концов врезался в рикшу и весьма серьезно покалечил беднягу. Тот, что служит у меня теперь, не намного лучше, поэтому давай скрестим пальцы и будем надеяться, что он довезет нас целыми и невредимыми.

Я не стал задумываться над последней фразой Моргана, потому что, насколько мне помнилось, мы не договаривались ехать в этот вечер куда-нибудь еще. К тому же он без всякой паузы перешел к рассказу о трудностях, которые переживал отель: холл, где мы сидели, по его утверждению, не всегда был так тускло освещен, просто с началом войны перестали поступать лампочки с фабрик; здесь еще ничего, а в других гостиницах постояльцы вообще вынуждены передвигаться в кромешной тьме. Кроме того, Морган обратил мое внимание, что по крайней мере трое музыкантов оркестра, расположившегося в дальнем конце гостиной, не умели играть на своих инструментах.

— Это потому, что на самом деле они носильщики. А настоящие музыканты либо сбежали из Шанхая, либо убиты. Тем не менее они честно стараются изображать музыкантов.

Теперь, когда Энтони указал на них, я увидел, что старались они из рук вон плохо. Один выглядел так, будто ему смертельно надоело держать смычок на струнах скрипки; другой стоял, совершенно забыв, что у него в руках кларнет, и, разинув рот, глазел на настоящих музыкантов. Только после того, как я выразил восхищение осведомленностью Моргана по части закулисной жизни отеля, он сообщил мне, что переехал сюда больше месяца назад, сочтя свою квартиру «расположенной слишком близко к линии фронта, чтобы оставаться комфортабельной». Когда же я пробормотал сочувствие по поводу того, что ему пришлось покинуть свой дом, настроение у него мгновенно переменилось, и я впервые заметил на его лице печаль, напомнившую о несчастном и одиноком мальчике, какого я знал в школе.

— В любом случае эта квартира мало напоминала настоящий дом,— признался он, уставившись в свой бокал.— Я и несколько слуг. В сущности, то была жалкая конура. В некотором роде война стала для меня подходящим предлогом, чтобы сбежать оттуда. Вся мебель дома была китайской — негде даже уютно расположиться. Как-то завел себе птичку, так она сдохла. Здесь мне лучше. И поилка всегда под рукой.— Опустошив стакан, Энтони взглянул на часы и добавил: — Что ж, не будем заставлять их ждать. Машина у входа.

В манерах Моргана была настойчивость, которой, казалось, невозможно противиться. А помимо того, я тогда еще не освоился в городе и привык, что новые друзья постоянно возили меня по самым разным местам. Итак, я последовал за Морганом на улицу и вскоре уже сидел рядом с ним на заднем сиденье автомобиля.

В первые же минуты нашего путешествия водитель едва не столкнулся со встречной машиной, и я ожидал, что Морган опять заведет свою песню о проблемах с шоферами. Но он был задумчив и молча смотрел на проплывавшие мимо неоновые вывески и китайские флаги. Лишь однажды, когда я, попытавшись выяснить, куда мы, собственно, едем, спросил: «Как ты думаешь, мы не опоздаем?» — он взглянул на часы и рассеянно ответил: «Они так долго ждали тебя, потерпят еще несколько минут. Тебе все это, должно быть, кажется странным».

После этого мы какое-то время почти не разговаривали. Машина свернула на боковую улицу, где в свете фонарей на тротуарах с обеих сторон виднелось множество странных фигур: кто-то сидел на стульях, кто-то — на корточках, некоторые спали, устроившись прямо на земле — поджав ноги и тесно прижавшись друг к другу. Людей было так много, что свободным для машин и пешеходов оставалось лишь узкое пространство посередине дороги. Люди были разного возраста — я видел даже грудных детей, спавших на руках у матерей,— и все их пожитки лежали тут же, рядом: рваные тюки, птичьи клетки, иногда — тележки на колесах, до отказа набитые всяким хламом. Теперь я начал привыкать к подобным картинам, но в тот вечер смотрел в окно и поражался. Лица были преимущественно китайскими, но потом я заметил группку европейских детей, скорее всего русских.

— Беженцы с северного берега,— безучастно пояснил Морган и отвернулся.

Несмотря на то что сам был в некотором роде беженцем, он, похоже, не испытывал особой жалости к товарищам по несчастью. Даже когда мы проехали прямо по какой-то спящей фигуре и я в ужасе оглянулся, мой спутник лишь пробормотал:

— Не волнуйся. Наверное, просто какой-нибудь мешок со старым тряпьем.

Несколько минут мы молчали, потом он напугал меня неожиданным смехом.

— Школьные деньки! — воскликнул он.— Наверное, они были не так уж плохи.

Взглянув на Моргана, я заметил в его глазах слезы.

— Знаешь, нам нужно было держаться вместе. Двум жалким одиночкам. Вот что надо было делать. Ты и я — мы должны были держаться вместе. Не знаю, почему мы этого не делали. Тогда ведь мы не чувствовали себя выброшенными из жизни.

Я повернулся к нему в изумлении, но его лицо, выхваченное из тьмы неверным светом проплывавшего мимо фонаря, подсказало мне: в мыслях он где-то далеко.

Я довольно хорошо помню, что Энтони Морган действительно был в школе одинок. Не то чтобы все на него нападали или дразнили как-то по-особому — скорее, Морган сам выступал в этой роли одиночки с самого начала. Он предпочитал ходить отдельно и всегда тащился на несколько ярдов позади всей компании; в солнечные летние дни отказывался играть вместе с остальными и сидел в комнате, чертя в блокноте какие-то каракули.

Все это я прекрасно помню и, увидев его в тот вечер в темном холле отеля, в первую очередь представил, как мы идем гурьбой, а он угрюмо и одиноко плетется сзади. Но его утверждение, будто я был таким же «одиночкой», показалось мне настолько ошеломляющим, что я даже не сразу сообразил: это было самообманом Моргана, сказкой, которую он придумал много лет назад, чтобы скрасить память о несчастном детстве. Повторяю, понял я это не сразу, и, скорее всего, мой ответ мог показаться ему бестактным, потому что произнес я нечто вроде:

— Ты, должно быть, с кем-то меня путаешь, приятель. Я всегда был очень компанейским парнем. Наверное, ты имел в виду Бигглсуорта. Тот и впрямь был немного нелюдим.

— Бигглсуорт? — Морган немного подумал и кивнул.— Я помню этого парня. Такой коренастый, с оттопыренными ушами? Старина Бигглсуорт. Да-да. Но нет, я имел в виду не его.

— Однако и не меня, старик.

— Именно тебя.— Он снова покачал головой и повернулся к окну.

Я промолчал и некоторое время смотрел на вечерние улицы. Мы проезжали по шумному району, и я стал вглядываться в лица в надежде увидеть Акиру. Потом мы очутились в жилом квартале, утопающем в зелени, и вскоре шофер остановил машину, въехав во двор большого дома.

Морган поспешно вышел из автомобиля. Я тоже — и последовал за ним по дорожке, огибавшей дом. Я ожидал, что здесь происходит большой прием, но теперь стало очевидно, что это не так: дом был почти полностью погружен в темноту, и кроме нашей возле него стояла еще одна машина.

Энтони, явно хорошо знавший дом, повел меня к боковому входу, обсаженному с обеих сторон высокими кустами, открыл дверь, мы вошли внутрь и очутились в просторном холле, освещенном свечами. В полумраке я различал какие-то свитки, казавшиеся заплесневевшими, огромные фарфоровые вазы, лакированные шкафы. Аромат благовоний, смешанный с запахом плесени, казался странно приятным.

Никто — ни слуга, ни хозяин — не вышел нам навстречу. Мой спутник стоял рядом, не произнося ни слова. Через несколько минут до меня дошло, что он ждет моих комментариев, поэтому я сказал:

— В китайском искусстве я профан, но даже мне ясно, что это весьма изысканные вещи.

Морган уставился на меня в изумлении, потом, пожав плечами, ответил:

— Наверное, ты прав. Ну что ж, пойдем.— И повел меня дальше, в глубь дома.

Несколько ступенек мы преодолели в полной темноте, затем я услышал голоса — разговаривали по-китайски, на самом распространенном наречии,— и увидел свет, пробивавшийся из дверного проема, завешенного занавеской из нанизанных на шнурки бусинок. Мы прошли сквозь нее, потом преодолели еще какие-то драпировки и оказались в большой комнате, освещенной свечами и фонариками.

Что еще припоминается мне теперь из того вечера? Он уже слегка померк в памяти, но я попробую сложить фрагменты воедино. Когда мы вошли в ту комнату, первой моей мыслью было, что мы нарушили какое-то семейное торжество. Я увидел большой накрытый стол, за которым сидели человек восемь или девять — все китайцы. Младшие — двое мужчин лет двадцати с небольшим — были одеты в европейские костюмы, остальные — в традиционные китайские наряды. Старой даме, сидевшей в конце стола, прислуживала горничная. На удивление высокий и крупный для азиата пожилой джентльмен, который, как я сразу догадался, был хозяином дома, поднялся при нашем появлении. Остальные мужчины последовали его примеру. Но поначалу впечатление обо всех этих людях оставалось у меня весьма неопределенное, потому что с первой же минуты моим вниманием полностью завладела обстановка комнаты.

Высокий сводчатый потолок. Позади стола — что-то вроде галереи для домашних представлений, с перил которой свешивалась гирлянда бумажных фонариков. Именно эта часть комнаты особо заинтересовала мня, и я вглядывался в нее поверх стола, едва прислушиваясь к приветствию хозяина. Дело в том, что мне начало казаться, будто та часть комнаты, в которой я находился,— не что иное, как холл нашего старого шанхайского дома.

Судя по всему, за последние годы он претерпел кое-какую реконструкцию. Например, я не мог сообразить, каким образом та часть помещения, через которую мы с Морганом вошли, соединялась с нашим старым холлом. Но галерея в глубине когда-то, несомненно, венчала нашу большую изогнутую лестницу.

Я сделал несколько неуверенных шагов вперед и, наверное, довольно долго стоял молча, то глядя вверх на галерею, то мысленно следуя взглядом за изгибами давно исчезнувшей лестницы. И память постепенно стала возвращаться, память о том периоде моего детства, когда я обожал вихрем слетать вниз по этой лестнице, а за две-три ступеньки до конца прыгнуть — обычно хлопая руками, словно крыльями,— и приземлиться на мягкую банкетку, стоявшую неподалеку. Отец, глядя на это, всегда смеялся, а мама и Мэй Ли сердились. Мама, так и не сумевшая мне объяснить, почему так делать не следует, грозилась убрать банкетку, если я не перестану прыгать на нее. И вот однажды, когда мне было уже лет восемь, после долгого перерыва предприняв очередную попытку повторить любимый трюк, я обнаружил, что банкетка больше не в состоянии выдерживать мой увеличившийся вес. Она развалилась, я рухнул на пол. Тут же вспомнив, что мама спускается по лестнице вслед за мной, я приготовился к суровой взбучке. Однако мама, склонившись надо мной, лишь рассмеялась.

— Видел бы ты свое лицо, Вьюрок! — воскликнула она.

Я вовсе не обиделся, но, поскольку мама продолжала смеяться — и, вероятно, потому, что все еще боялся получить нагоняй,— начал изображать страшную боль в лодыжке. Перестав смеяться, мама осторожно помогла мне встать. Помню, как она медленно, поддерживая за плечи, водила меня по холлу, приговаривая:

— Ну вот, теперь лучше, правда? Нужно перетерпеть боль. Вот так, ничего страшного.

Никакого нагоняя я так и не получил, а через несколько дней, войдя в холл, увидел, что банкетку починили. С тех пор, хоть и продолжал спрыгивать со второй или третьей ступеньки, я больше никогда не пытался приземлиться на нее.

Я сделал несколько шагов по комнате, стараясь определить, где именно когда-то стояла эта банкетка. У меня сохранилось весьма приблизительное представление о том, как она выглядела, зато я почти физически ощущал под пальцами ее обивку.

Потом я наконец вспомнил, что в комнате не один, и почувствовал обращенные на меня взгляды. Морган тихо переговаривался с пожилым китайцем. Увидев, что я обернулся, мой бывший одноклассник подошел, откашлялся и начал представлять мне присутствующих.

Судя по всему, он был другом дома и без малейших затруднений выпаливал китайские имена. Семейство носило фамилию Лин, имен я не припомню. Каждый, кого называл Морган, вежливо склонял голову и улыбался, сложив ладони и прижав их к груди. Когда церемония завершилась, бразды правления взял в свои руки сам мистер Лин, крупный пожилой джентльмен.

— Не сомневаюсь, добрый мой господин,— сказал он по-английски с едва уловимым акцентом,— что вы испытываете теплое чувство, снова вернувшись сюда.

— Да, вы правы,— ответил я с улыбкой.— Да. Теплое, но странное.

— Но это же так естественно! — подхватил мистер Лин.— Прошу вас, располагайтесь поудобнее. Мистер Морган сообщил мне, что вы уже поужинали. Но мы, как видите, тоже приготовили для вас еду. Мы не знали, как вы относитесь к китайской кухне, поэтому позаимствовали повара у наших соседей-англичан.

— Но возможно, мистер Бэнкс не голоден.— Это произнес один из молодых людей в европейском костюме и, повернувшись ко мне, добавил: — Мой дедушка весьма старомоден и страшно обижается, если гость в полной мере не отдает должное его гостеприимству.— Молодой человек широко улыбнулся старику.— Пожалуйста, не позволяйте ему командовать собой, мистер Бэнкс.

— Внук считает меня дремучим стариком,— сказал мистер Лин, подходя ко мне ближе и продолжая улыбаться,— но на самом деле я родился и вырос в Шанхае, в международном поселке. Моим родителям пришлось бежать от войск вдовствующей императрицы, и они нашли приют здесь, в городе иностранцев. Так что я вырос шанхайцем в полном смысле этого слова. Моему внуку невдомек, как в действительности живут люди в Китае. Он принимает меня за простого китайца! Не обращайте на него внимания, дорогой сэр. В этом доме не требуется соблюдать протокол. Если не хотите есть, ничего страшного. Разумеется, я ничего не стану вам навязывать.

— Вы все так добры ко мне,— произнес я, вероятно, немного рассеянно, потому что все еще пытался понять, как именно был перестроен дом.

Потом вдруг старая дама что-то сказала на распространенном в Китае диалекте, и молодой человек, обратившийся ко мне несколько минут назад, перевел:

— Моя бабушка говорит, она думала, что вы никогда не приедете. Это было такое долгое ожидание. Но теперь, увидев вас, она счастлива, что вы здесь.

Не дожидаясь, пока он закончит, старая дама заговорила снова. На сей раз, когда она замолчала, молодой человек был явно смущен и не спешил перевести ее слова. Он посмотрел на деда, словно спрашивая, что делать, потом все же решился.

— Вы должны простить мою бабушку,— сказал он.— Иногда она бывает немного эксцентрична.

Старая дама, явно понимавшая по-английски, нетерпеливым жестом велела переводить, и молодой человек, вздохнув, сказал:

— Бабушка говорит, что, пока вы не появились здесь сегодня вечером, она относилась к вам с неприязнью. Она сердилась на вас за то, что вы собираетесь отнять у нас наш дом.

Я взглянул на молодого человека, но старуха опять что-то забормотала.

— Она долгое время надеялась,— переводил молодой человек,— что вы не приедете. Она считала, теперь этот дом принадлежит нашей семье. Но, увидев вас, прочитав в ваших глазах, какие чувства вы испытываете, она все поняла. Теперь она искренне уверена, что договор справедлив.

— Договор? Но поверьте...— На этих словах я запнулся, потому что, как бы ни был озадачен, стал смутно припоминать какие-то разговоры насчет возвращения нам старого дома.

Воспоминания были весьма смутными, и я понял, что если вступлю в спор на эту тему, то поставлю себя в неловкое положение. Как раз в этот момент мистер Лин произнес:

— Боюсь, мы все ведем себя бестактно по отношению к мистеру Бэнксу. Задерживаем его разговорами, между тем как он наверняка мечтает осмотреть дом.— И, улыбнувшись мне, добавил: — Пойдемте со мной, мой добрый господин. У вас еще будет время побеседовать. Сюда, пожалуйста, я покажу вам дом.

Глава 15

Некоторое время я ходил по дому в сопровождении мистера Лина. Несмотря на преклонные годы, походка у него была уверенной. Он нес тяжесть своего коренастого тела легко, разве что медленно, и ни разу не остановился передохнуть. Я следовал за ним, за его темным халатом и шаркающими шлепанцами вверх и вниз по узким лестницам, вдоль коридоров, зачастую освещенных всего одним фонариком. Он провел меня через пустующие, оплетенные паутиной помещения, мимо многочисленных, аккуратно составленных деревянных ящиков с бутылками рисовой водки. Потом мы очутились в роскошно обставленной части дома — здесь были красивые ширмы, портьеры и множество фарфоровых безделушек, выставленных в нишах. Каждый раз, открывая дверь, хозяин дома отступал назад, давая мне пройти. Я побывал в самых разных местах, однако — до определенного момента — ничто не показалось мне знакомым.

Но вот наконец, войдя в очередную комнату, я ощутил, что она мне что-то напоминает. Потребовалось еще несколько секунд, чтобы я с волнением понял: это наша бывшая библиотека. Она сильно изменилась — потолок стал выше, одна стена была разобрана, а там, где когда-то находилась двойная дверь, соединявшая библиотеку со столовой, теперь был простенок с составленными в нем ящиками рисовой водки. Тем не менее это, несомненно, была та самая комната, в которой я ребенком сделал столько домашних заданий.

Я шагнул, озираясь по сторонам, но через пару минут, заметив, что мистер Лин наблюдает за мной, смущенно улыбнулся.

— Разумеется, мы многое здесь перестроили, — сказал он словно в ответ на мое смущение. — Прошу извинить нас. Но вы должны понять: мы ведь прожили здесь более восемнадцати лет, кое-какие перемены были необходимы для удобства моей семьи и моего дела. Думаю, те, кто занимал этот дом до нас, и те, кто занимал его до них, тоже значительно перестроили и переоборудовали его. Мне очень жаль, дорогой сэр, но, полагаю, мало кто мог поверить, что настанет день, когда вы и ваши родители...— Он замолчал, не закончив фразы. Быть может, ему показалось, что я не слушаю. А может быть, как большинство китайцев, он испытывал неловкость, принося извинения.

Я еще некоторое время молча оглядывал комнату, потом спросил:

— Значит, этот дом больше не принадлежит компании?

Мистер Лин не смог скрыть изумления, но тут же, рассмеявшись, ответил:

— Сэр, этот дом принадлежит мне.

Я понял, что невольно обидел его, и поспешил загладить вину:

— Да-да, разумеется. Простите меня, бога ради.

— Не волнуйтесь, мой добрый господин.— Сердечная улыбка тут же снова засияла на его лице.— Вопрос не лишен смысла. В конце концов, когда вы с вашими родителями здесь жили, ситуация была именно такой. Но все изменилось. Мой добрый господин, если бы вы знали, как изменился за эти годы Шанхай! Все переменилось, и не раз. Но эти изменения,— он со вздохом обвел рукой комнату,— ничто по сравнению с остальным. Есть районы, которые я в свое время знал как свои пять пальцев, по которым ходил каждый день, а теперь все для меня там чужое, и я могу в два счета заблудиться. Город меняется, меняется постоянно. А теперь вот японцы, они тоже наверняка пожелают все переделать по-своему. Самые ужасные перемены, быть может, еще впереди. Но нельзя впадать в отчаяние.

Некоторое время мы стояли молча, продолжая озираться по сторонам, затем мистер Лин тихо произнес:

— Моей семье, конечно, будет грустно покидать этот дом. Здесь умер мой отец. Здесь родились два моих внука. Но, как сказала моя жена, мистер Бэнкс,— она сказала это от лица нас обоих,— мы почтем за великую честь вернуть этот дом вам и вашим родителям. А теперь, если позволите, мой добрый господин, продолжим.

Кажется, вскоре после этого мы поднялись по застеленной ковровой дорожкой лестнице, которой явно не было во времена моего детства, и очутились в отремонтированной спальне. Стены были обтянуты великолепным шелком, красные фонарики излучали мягкий свет.

— Комната моей жены,— сообщил мистер Лин.

Я понял, что уютный будуар, где пожилая дама, скорее всего, проводила в уединении бо́льшую часть дня, для него — святилище. В теплом свете фонариков я различил ломберный столик, на котором был разложен пасьянс, письменный стол с маленькими ящичками, украшенными висячими золотыми ручками; широкую кровать с балдахином на четырех столбах. Всюду виднелись изысканные украшения и предметы, истинное назначение которых мне было неведомо.

— Должно быть, мадам очень любит свою комнату,— сказал я наконец.— Я вижу, здесь у нее — собственный мир.

— Да, тут она чувствует себя уютно. Но вы не должны огорчаться из-за этого, добрый господин. Мы оборудуем для нее в новом доме другую комнату, которую она полюбит не меньше этой.

Он старался подбодрить меня, но была в его голосе какая-то неуверенность. Пройдя в глубину комнаты, он приблизился к туалетному столику и, заметив на нем какой-то небольшой предмет — кажется, брошь,— уставился на него, словно забыв обо всем на свете. Через несколько секунд, очнувшись, он тихо произнес:

— В молодости она была красавицей, мой добрый господин. Прекрасным цветком. Вы даже представить не можете, как она была хороша. В глубине души я человек западной культуры. Мне никогда не требовались другие жены. Одной вполне достаточно. Разумеется, другие женщины были, я ведь все-таки китаец, хоть и прожил всю жизнь здесь, в городе иностранцев. Она единственная, кого я любил по-настоящему. Все остальные мои женщины умерли, она осталась. Я тоскую по другим, но рад, да, в глубине души я рад, что в старости мы остались вдвоем.

На некоторое время он опять, казалось, забыл о моем присутствии, потом повернулся ко мне и продолжил:

— Эта комната... Интересно, как вы ее думаете использовать? Простите меня, весьма невежливо спрашивать, но не собираетесь ли вы устроить здесь комнату для вашей доброй супруги? Я, конечно, знаю, что у большинства иностранцев, независимо от благосостояния, муж и жена имеют общую спальню. Может, эта комната станет спальней для вас и вашей уважаемой жены? Понимаю, насколько непростительно мое любопытство, но для меня эта комната особая. Надеюсь, и для вас она станет такой же.

— Да...— Я снова внимательно осмотрел комнату, затем сказал: — Возможно... Видите ли, честно говоря...— Неожиданно я понял, что, думая о жене, представляю Сару, и, чтобы скрыть смущение, быстро закончил: — Я хочу сказать, что пока не женат, сэр. У меня нет жены. Но думаю, эта комната подойдет для моей матери.

— Ну конечно! После стольких неудобств, которые ей пришлось претерпеть, эта комната идеально ей подойдет. А ваш отец? Он тоже будет спать здесь, как принято у европейцев? Ради бога, простите мою нескромность.

— Ну что вы, мистер Лин! Позволив мне войти в эту комнату, вы впустили меня в свой сокровенный мир и имеете полное право задавать подобные вопросы. Просто все это весьма неожиданно, и я не успел пока ничего обдумать...

Запнувшись, я некоторое время молчал, потом сказал:

— Мистер Лин, боюсь, это огорчит вас, но вы проявили щедрость, на которую я и рассчитывать не мог, поэтому я чувствую себя обязанным быть с вами абсолютно откровенным. Вы сами недавно сказали, что новые жильцы обязательно перестраивают дом. Понимаете, сэр, как бы ни были для вас дороги эти комнаты, боюсь, когда моя семья снова поселится здесь, мы многое переделаем. И эта комната тоже, вы уж извините, наверняка изменится.

Мистер Лин закрыл глаза, в комнате воцарилась тишина. Я опасался, что он рассердится, но, когда он снова открыл глаза, взгляд его был ласков.

— Разумеется,— кивнул он,— это вполне естественно. Вам захочется восстановить облик дома, увидеть его таким, каким он был в вашем детстве. Мой добрый господин, я прекрасно понимаю вас.

Немного поразмыслив над его словами, я ответил:

— Знаете, мистер Лин, возможно, мы не станем восстанавливать все как было. Во-первых, потому, что, насколько мне помнится, и тогда нас далеко не все устраивало. Например, у мамы никогда не было своей комнаты. При той активной деятельности, которую она вела, маленького бюро в уголке спальни было недостаточно. Отцу тоже всегда хотелось иметь небольшую мастерскую для плотницких работ. Словом, я хочу сказать, нет нужды переводить стрелки часов назад только ради того, чтобы воссоздать прошлое.

— Очень мудро, мистер Бэнкс. И хотя вы пока не женаты, вскоре может настать день, когда вам придется обустраивать помещения для жены и детей.

— Вероятно. К сожалению, в настоящий момент вопрос о жене, невзирая на западные традиции...— Я смутился и замолчал, но старик понимающе кивнул и подхватил:

— Разумеется, в сердечных делах никогда все просто не бывает.— И после недолгой паузы добавил: — Вы хотите иметь детей, мой добрый господин? Я имею в виду — сколько детей вам хотелось бы иметь?

— Дело в том, что у меня уже есть ребенок. Девочка. Хотя она мне и не родная. Она сирота, я взял ее под свою опеку, но считаю своей дочерью.

Я давно не вспоминал о Дженнифер и теперь, упомянув о ней, неожиданно ощутил бурный прилив чувств, представил себе ее дома, в школе... Захотелось узнать, как она, что делает?

Наверное, я отвернулся, чтобы скрыть волнение. Во всяком случае, когда я снова посмотрел на хозяина, он понимающе кивал.

— У нас, китайцев, это широко распространено,— сообщил он.— Кровь, конечно, важна, но не менее важен дом. У моего отца тоже была приемная девочка, она росла вместе с нами, как наша сестра. Я и считал ее сестрой, хотя всегда знал, что она нам не родная. Когда она умерла от холеры, я был еще совсем молодым человеком и горевал о ней так же, как об ушедших родных сестрах.

— Должен сказать, мистер Лин, что разговаривать с вами — огромное удовольствие. Редко встретишь человека, с которым можно так быстро найти общий язык.

Он кивнул.

— Когда живешь так долго, как я, приходится пройти через многие испытания. В конце концов начинаешь понимать истинную цену радостям и печалям. Надеюсь, вашей приемной дочери будет здесь хорошо. Интересно, какую комнату вы отведете ей? Впрочем, простите меня! Вы ведь уже сказали, что будете все здесь перестраивать.

— Думаю, одна из тех комнат, что мы с вами только что видели, идеально подойдет Дженнифер. Там есть маленькая деревянная полочка вдоль стены.

— Она любит такие полочки?

— Да. Она расставляет на них свои заветные вещицы. Есть еще один человек, которого я поселю в доме. Формально эта женщина что-то вроде прислуги, но в действительности у нас в доме она всегда значила гораздо больше. Ее зовут Мэй Ли.

— Это была ваша няня, мой добрый господин?

Я кивнул:

— Теперь она уже состарилась, и, уверен, ей пора отдохнуть от работы. Уход за детьми — тяжкий труд. Мне всегда хотелось, чтобы в преклонные годы она жила здесь, с нами.

— Очень великодушно с вашей стороны. Иностранцы выгоняют подобных людей на улицу, когда перестают нуждаться в их услугах. Эти женщины нередко кончают жизнь нищенками.

— Не могу представить, чтобы такое случилось с Мэй Ли. Сама мысль об этом кажется мне абсурдной. В любом случае, как я уже сказал, она будет жить с нами. Как только закончу дела, тут же начну искать ее.

— А скажите мне, мой добрый господин, вы отведете ей комнату в части дома, предназначенной для прислуги, или она будет жить вместе с вашей семьей?

— Разумеется, вместе с семьей. Возможно, у моих родителей на этот счет своя точка зрения, но теперь я в некотором роде глава семьи.

Мистер Лин улыбнулся:

— В соответствии с вашими традициями так и будет, конечно. Что касается китайцев, то, к моему удовольствию, за стариками сохраняется право возглавлять дом, даже когда они по старости выживают из ума.

Мистер Лин рассмеялся и направился к выходу. Я собирался последовать за ним, как вдруг — совершенно неожиданно и очень живо — в моей памяти всплыла еще одна картинка прошлого. С тех пор я все время думаю об этом и не могу взять в толк, почему мне припомнилось именно это, а не что-либо другое.

Воспоминание относилось к тому времени, когда мне было лет шесть или семь. Мы с мамой играли в пятнашки на лужайке. Не помню, где именно это было, скорее всего, в каком-то парке — возможно, в Джессфилд-парке, потому что неподалеку виднелась изгородь, увитая цветами и вьющимися растениями. День был теплый, но не солнечный. Я предложил маме добежать наперегонки до какой-то ближней отметки, чтобы продемонстрировать ей, как быстро я стал бегать. Я ни минуты не сомневался, что обгоню ее и что она в своей обычной манере станет выражать восхищенное удивление при виде моей возросшей удали. Но, к моему разочарованию, мама не отставала от меня ни на шаг и хохотала всю дорогу, хотя я выкладывался как мог. Забыл уже, кто из нас в конце концов победил, но до сих пор помню, как злился на нее и чувствовал, что по отношению ко мне свершилась чудовищная несправедливость. Именно этот эпизод пришел мне на память в тот вечер, когда я стоял в уютной спальне мадам Лин. Я бегу, изо всех сил преодолевая сопротивление ветра, рядом — смеющаяся мама, шелест ее развевающейся юбки и мое растущее разочарование.

— Сэр,— обратился я к хозяину дома,— можно мне вас кое о чем спросить? Вы сказали, что всю жизнь прожили здесь. Не встречались ли вы за эти годы с моей матерью?

— Не имел счастья познакомиться с ней лично,— ответил мистер Лин.— Но разумеется, слышал о ней. Я восхищался ею, как все добропорядочные люди. Считал ее замечательной женщиной. Говорили, что она была еще и очень красива.

— Наверное. Разве можно объективно оценить красоту собственной матери?

— О, я слышал, она была самой красивой англичанкой в Шанхае.

— Может быть. Но теперь она, конечно, весьма немолода.

— Есть красота неувядающая. Моя жена,— махнул он рукой в сторону спальни,— для меня и сейчас так же красива, как в тот день, когда я на ней женился.

Услышав это, я почувствовал себя так, словно подглядываю за чужой жизнью, и направился к выходу.

Больше я почти ничего не помню о том визите в наш бывший дом. Быть может, мы провели там еще час-другой, беседуя с собравшейся за столом семьей. Во всяком случае, распрощался я с Линами очень сердечно. Однако на обратном пути мы с Морганом немного повздорили.

Скорее всего, по моей вине. Я очень устал и был взвинчен. Некоторое время мы ехали по ночным улицам в полном молчании, и я постепенно переключил мысли на все еще остававшуюся несделанной работу. Помнится, я довольно неожиданно сказал Моргану:

— Послушай, ты уже много лет живешь здесь. Тебе никогда не доводилось встречаться с неким инспектором Куном?

— Инспектором Куном? Он что, полицейский?

— Когда я жил здесь в детстве, инспектор Кун был почти легендой. Дело в том, что он стал первым, кому поручили расследовать дело об исчезновении моих родителей.

К моему изумлению, Морган расхохотался, потом спросил:

— Кун? Старикан Кун? Да, вроде бы когда-то он был инспектором полиции. Если так, то ничего удивительного, что дело так и осталось нераскрытым.

Я был обескуражен его тоном и холодно заметил:

— В те времена инспектор Кун был самым уважаемым сыщиком в Шанхае, если не во всем Китае.

— Что ж, должен тебе сказать, что его имя известно и сейчас.

— Рад узнать по крайней мере, что он все еще здесь, в городе. Не подскажешь, где его найти?

— Нет ничего проще: побро́ди по французской части города поздно вечером, после наступления темноты. Непременно наткнешься на него рано или поздно. Чаще всего он валяется на тротуаре. Если его пустят в какой-нибудь затрапезный бар, храпит там в темном углу.

— Ты хочешь сказать, что инспектор Кун стал пьяницей?

— Пьяницей?! Опиум. Обычная для китайцев беда. Но он весьма колоритный персонаж! Рассказывает истории о днях своей юности, и люди подают ему.

— Думаю, ты говоришь о ком-то другом, приятель.

— Нет, старина. Это тот самый Кун. Значит, он действительно был полицейским? А я считал, что он все это придумал. Большинство его рассказов совершенно нелепы. А зачем он тебе?

— Беда в том, Морган, что ты все путаешь. Сначала спутал меня с Бигглсуортом, теперь инспектора Куна с каким-то оборванцем. Видно, ты так долго живешь здесь, что у тебя мозги размягчились, старина.

— Слушай, поостынь немного. То, что я тебе рассказал, ты можешь услышать от кого угодно — только спроси. А с мозгами у меня все в порядке.

К тому времени, когда он высадил меня перед входом в отель «Катай», мы более или менее восстановили нормальные отношения, но расстались все же весьма холодно, и я больше не видел Моргана. Что же касается Куна, то в тот самый вечер я принял решение безотлагательно найти его. Однако по какой-то причине — быть может, боялся, что Морган сказал правду,— я не включал поиски инспектора в список первоочередных дел, по крайней мере до вчерашнего дня, когда, роясь в полицейских архивах, снова наткнулся на его имя.

Сегодня утром, когда в разговоре с Макдональдом я случайно упомянул инспектора Куна, последовала реакция, весьма сходная с реакцией Моргана. Думаю, это послужило еще одной причиной, по которой наша встреча в его душном маленьком кабинете с окном, выходящим во двор консульства, вывела меня из равновесия. Но в любом случае, приложив немного усилий, я наверняка мог бы провести ее лучше. Главной моей ошибкой было то, что я дал выход эмоциям. Боюсь, был момент, когда я почти кричал на него.

— Мистер Макдональд, я простой смертный и могу чего-либо добиться только в том случае, если опираюсь на помощь, позволяющую мне делать свою работу. Я не требую от вас многого, сэр. Не требую вообще почти ничего! И я объяснил вам с предельной ясностью, что хочу поговорить с тем осведомителем. Всего лишь поговорить — мне достаточно краткой беседы. Я изложил вам свою просьбу четко и ясно и не могу понять, почему она до сих пор не выполнена. Почему, сэр? В чем дело? Что вам мешает?

— Но послушайте, старина, это дело едва ли в компетенции моего департамента. Если хотите, я устрою вам встречу с представителем полиции. Однако имейте в виду: даже это вряд ли принесет какую-либо пользу. Желтый Змий не в их власти...

— Я прекрасно понимаю, что Желтый Змий под защитой китайского правительства. Поэтому и пришел к вам, а не в полицию. Уверен, что в делах такого уровня полиция бессильна.

— Постараюсь сделать все, что смогу, приятель. Но вы должны понять: здесь не британская колония. Мы не можем приказывать китайскому правительству. Однако я поговорю кое с кем. Только не рассчитывайте на быстрый результат. У Чан Кайши и прежде были информаторы, но человека, настолько осведомленного о нелегальных связях красных, не было никогда. Чан скорее согласится проиграть японцам не одну битву, чем позволит, чтобы что-то случилось с этим Желтым Змием. Что касается Чана, то, видите ли, его враг не японцы, а красные.

Я вздохнул.

— Мистер Макдональд, мне нет дела до Чан Кайши! Мне нужно раскрыть преступление, и я просил бы вас сделать все возможное, чтобы устроить мне встречу с этим осведомителем. Я прошу об этом вас лично, и если все мои усилия пойдут прахом только из-за того, что не может быть выполнена такая простая просьба, я без колебаний доведу до всеобщего сведения, что просил вас лично...

— Да ладно, старина, будет вам! Незачем говорить в таком тоне! Абсолютно незачем! Мы все здесь ваши друзья и желаем вам успеха. Даю слово, так и есть. Я ведь сказал: я сделаю все, что в моих силах. Поговорю с людьми, которые имеют отношение к делу, скажу им, как это важно для вас. Но вы должны понять, что, когда речь идет о китайцах, мы можем не так много.— Тут он наклонился вперед и конфиденциально добавил: — Знаете, вам следовало бы обратиться к французам. У них с китайцами больше взаимопонимания, ну, такого, знаете, неформального. Ох уж эти французы!

Возможно, в предложении Макдональда что-то было. Вероятно, я и впрямь мог бы получить кое-какую помощь от французских властей. Но признаться, я пока не слишком задумывался над этой возможностью. Мне было совершенно ясно, что Макдональд, по причинам, пока остающимся для меня загадкой, увиливает от выполнения моей просьбы и, поняв, насколько она важна для меня, будет делать это и впредь. К сожалению, из-за того, что я провел сегодняшнюю встречу в высшей степени бестолково, мне, скорее всего, придется встретиться с ним еще не один раз. Такая перспектива меня отнюдь не радовала. Во всяком случае, в следующий раз я поведу себя по-другому, и ему будет не так легко отделаться от меня.

Часть шестая

■

Отель «Катай», Шанхай, 20 октября 1937 года

Глава 16

Я понимал, что мы находимся где-то на территории французской концессии, неподалеку от бухты, но точнее представить не мог. Водитель довольно долго вез нас по узким проулкам, совершенно непригодным для автомобильного движения, постоянно сигналил, чтобы заставить прохожих расступиться, и в какой-то момент я представил себя в роли человека, въехавшего в дом верхом на лошади. Но вот машина наконец остановилась, и водитель, открывая дверцу, указал на вход в гостиницу «Утренняя радость».

Внутрь меня провел тощий одноглазый китаец. Помню свое первое впечатление от помещения: низкие потолки, темное сырое дерево и привычный запах прачечной. Впрочем, заведение оказалось довольно чистым. По дороге нам пришлось обойти трех пожилых женщин, стоявших на коленях и усердно драивших деревянный пол. Пройдя в дом, мы оказались в коридоре с рядом дверей по обеим сторонам. Это напоминало конюшню или тюрьму, однако, как выяснилось, за дверьми находились каморки для постояльцев. Одноглазый постучал в одну из дверей и, не дожидаясь ответа, открыл ее.

Окна здесь не было, но перегородки не доходили до потолка — пространство вверху (около фута) перекрывала проволочная сетка. Воздух и свет проникали только оттуда, поэтому в каморке было душно и темно, и даже когда на улице, выйдя из-за облаков, засияло солнце, здесь мало что изменилось — на полу лишь отразился узор сетки. Человек, лежавший на кровати, похоже, спал, но когда я подошел и встал между стеной и кроватью, он зашевелил ногами. Одноглазый что-то пробормотал и исчез, закрыв за собой дверь.

Бывший инспектор Кун выглядел немногим лучше, чем мешок с костями. Кожа на лице и шее была морщинистой и пятнистой, рот безвольно открыт, голые, похожие на палки ноги выглядывали из-под грубого одеяла, однако нижняя рубашка на инспекторе была на удивление чистой. Поначалу он не сделал ни малейшей попытки сесть и, казалось, вообще едва ли заметил мое присутствие. После моих многочисленных попыток довести до его сознания, кто я и зачем пришел, он начал наконец проявлять признаки понимания и даже выказал определенную вежливость.

— Простите, сэр,— его английский был не так уж плох,— не могу угостить вас чаем.— Потом он стал мямлить что-то по-китайски, при этом из-под одеяла послышалось сипение — дышал он с трудом. Еще через несколько минут он словно бы снова очнулся и сказал: — Прошу вас простить меня. Я не совсем хорошо себя чувствую, но постараюсь прийти в себя.

— Искренне на это надеюсь,— ответил я.— Ведь в свое время вы славились как один из самых блестящих детективов шанхайской муниципальной полиции.

— Вы так думаете? Очень любезно с вашей стороны, сэр. Да, когда-то я, вероятно, действительно был неплохим полицейским.— Предприняв усилие, он поднялся и неловко спустил на пол босые ноги. Быть может, из скромности, а может, потому, что ему было холодно, он закутался в одеяло.— Но этот город рано или поздно доканывает всех,— продолжал Кун.— Здесь все предают друзей. Вы кому-то доверяете, а этот кто-то, оказывается, состоит на платной службе у бандитов. Правительство — те же бандиты. Как прикажете сыщику выполнять свой долг в подобном месте? Могу угостить вас сигаретой. Хотите?

— Нет, благодарю вас. Сэр, позвольте мне сказать вам: когда я был мальчиком, я с восхищением следил за вашими расследованиями.

— Когда вы были мальчиком?

— Да, сэр. Мы с моим другом,— тут я смущенно засмеялся,— бывало, играли, изображая вас. Вы были... вы были нашим кумиром.

— Неужели? — Старик затряс головой.— Неужели так было? Ну, тогда мне тем более жаль, что я не могу вам ничего предложить. Курить вы не курите, а чая у меня нет.

— Вообще-то, сэр, вы могли бы предложить мне нечто гораздо более существенное. Я пришел к вам потому, что уверен: вы можете дать мне очень важный совет. Весной девятьсот пятнадцатого года вы расследовали дело о нападении на ресторан «Ченлу», что на Фучжоуской дороге. Там погибло три человека и еще несколько были ранены. Вы арестовали двух налетчиков. Все материалы об этом преступлении подшиты в папку под названием «Дело о перестрелке в "Ченлу"». Я понимаю, прошло много лет, но, вероятно, вы помните еще это дело, инспектор?

В отдалении кто-то зашелся в кашле. Инспектор Кун задумался, потом сказал:

— Я очень хорошо помню это дело. Расследование принесло мне большое удовлетворение. Иногда я думаю о нем даже теперь, лежа в этой кровати.

— Тогда, возможно, вы помните, что допрашивали подозреваемого, который, как вы впоследствии выяснили, не имел отношения к нападению. Согласно протоколам, его звали Чан Вей. Вы-то допрашивали его в связи с нападением на «Ченлу», но в ходе допроса он сделал не имевшее отношения к этому делу, однако весьма важное признание.

Хотя сыщик по-прежнему напоминал всем своим видом обвисший мешок с костями, глаза его теперь были полны жизни.

— Это правда,— сказал Кун.— К нападению он не имел отношения, но испугался и потому начал говорить. Помню, он заявил, что несколькими годами раньше был членом банды, занимавшейся похищением людей.

— Отлично, сэр! Именно так записано в протоколах. А теперь, инспектор Кун, сосредоточьтесь, это очень важно. Тот человек сообщил вам несколько адресов, где банда держала своих заложников.

Бывший инспектор некоторое время сидел, уставившись на мух, облепивших проволочную сетку под потолком, потом медленно перевел взгляд на меня.

— Это действительно так,— тихо подтвердил он,— но мы тщательно проверили эти адреса. Со времени похищений, о которых он рассказывал, тогда уже прошло много месяцев. Мы не нашли там ничего подозрительного.

— Я знаю, инспектор Кун, что вы добросовестно исполнили свой долг. Но ведь расследовалось дело о нападении на ресторан. Вполне естественно, что вы не стали тратить слишком много сил на что-то другое. Я хочу сказать, если бы некие могущественные силы предприняли энергичные действия, чтобы помешать вам проверить один из тех домов, вы, вероятно, не стали бы упорствовать.

Старый сыщик снова глубоко задумался. Потом признался:

— Был там один дом... Теперь припоминаю. Обычно мои люди приносили мне доклады о проведенных обысках. Я получил такие доклады насчет всех остальных домов, их было семь, а вот о последнем донесения не было. Помню, меня это насторожило. Моим людям почему-то не дали обыскать этот дом. Повторяю, меня это насторожило. Нюх сыщика. Вы понимаете, конечно, что я имею в виду, сэр.

— Так что насчет того последнего дома? Вам все-таки не представили доклада о нем?

— Именно, сэр. Но вы правильно заметили: тогда это не было для меня существенным. Расследование убийств в «Ченлу» было куда важнее, вы ведь понимаете. Вокруг налета поднялся большой шум. За убийцами охотились несколько недель.

— И насколько мне известно, двоим из ваших старших коллег это дело стоило карьеры.

Инспектор Кун рассмеялся:

— Я же сказал, расследование принесло мне большое удовлетворение. Я принял это дело после того, как мои предшественники оказались бессильны раскрыть его. В городе только и разговоров было что об этой перестрелке. И через несколько дней я вычислил убийц.

— Я с восхищением читал отчет об этом.

Теперь старик смотрел на меня очень пристально и наконец медленно произнес:

— Тот дом... Дом, в который моим людям не дали войти. Тот дом... Вы хотите сказать, что...

— Да. Я почти уверен, что именно там держат моих родителей.

— Понимаю.— Он замолчал, переваривая мою догадку.

— О какой бы то ни было небрежности с вашей стороны не может быть и речи,— поспешил успокоить его я.— Позвольте еще раз заверить, что я читал ваш отчет с восхищением. Ваши люди не смогли обыскать тот дом, поскольку им помешали весьма влиятельные персоны из высших эшелонов полиции, которые, как теперь стало известно, получали деньги от преступных формирований.

Кашель по соседству возобновился. Инспектор Кун, немного помолчав, взглянул на меня:

— Вы пришли спросить меня... Спросить, не помогу ли я вам отыскать тот дом?

— К сожалению, архивы в чудовищном состоянии. Дела в этом городе вообще ведутся из рук вон плохо. Бумаги не подшиты, некоторые документы и вовсе утеряны. В конце концов я решил, что проще будет обратиться к вам и спросить, не помните ли вы, сколь бы невероятным это ни казалось, хоть что-нибудь о том доме.

— О доме... Дайте подумать.— Старик закрыл глаза, пытаясь сосредоточиться, но через несколько минут снова открыл их и покачал головой.— Перестрелка в «Ченлу». Прошло больше двадцати лет. Простите. Я ничего не помню о том доме.

— Прошу вас, сэр, постарайтесь вспомнить хоть что-нибудь. Ну хотя бы в каком районе он находился? Может, в международном поселке?

Он подумал еще немного и снова отрицательно покачал головой:

— Прошло много времени. Иногда я не помню даже о том, что было накануне. Но я постараюсь. Может, завтра, может, послезавтра проснусь и что-нибудь вспомню. Мне очень жаль, но сейчас... нет, сейчас я не помню ничего.

Когда я вернулся в международный поселок, уже наступил вечер. Я провел в номере около часа, снова и снова просматривая записи и стараясь развеять разочарование от встречи со старым инспектором. В девятом часу я спустился к ужину и уселся за свой любимый столик в углу. Особого аппетита у меня не было, и я хотел было даже отказаться от ужина, выпить кофе и вернуться к работе, когда официант принес мне записку от Сары.

Вот она передо мной. Несколько строк, поспешно нацарапанных на бумаге, верхний край оторван. Едва ли Сара долго думала над тем, что писала. В записке была просьба встретиться с ней немедленно здесь, в отеле, на площадке между третьим и четвертым этажами. Сейчас связь между этой запиской и тем незначительным инцидентом, который произошел в доме мистера Тони Кезвика неделей раньше, кажется мне очевидной. Вероятно, Сара вообще не написала бы записки, если бы не то, что произошло тогда между нами. Но когда официант вручил мне листок бумаги, это, как ни странно, не пришло мне в голову, и несколько минут я сидел, заинтригованный тем, почему Сара назначает мне свидание таким способом.

Надо сказать, что после вечера в «Удаче» мы встречались с ней дважды мимолетно, в присутствии посторонних, и во время этих встреч ничего особенного между нами не происходило. Третья встреча произошла за ужином у мистера Кезвика, президента компании «Жарден Матисон», и мы едва обменялись несколькими словами, однако с определенной точки зрения ту встречу можно рассматривать как поворотный пункт в наших отношениях. Я чуть опоздал, и к тому времени, когда появился в оранжерее мистера Кезвика, более шестидесяти его гостей уже расселись за столиками, расставленными среди деревьев в кадках. Я заметил Сару в дальнем конце помещения — сэра Сесила с ней не было,— но увидел, что она тоже ищет свое место, и не стал подходить.

В Шанхае на подобных мероприятиях принято, чтобы гости, когда подадут десерт, покидали свои места и свободно передвигались по залу. Я, разумеется, надеялся подойти к Саре и поболтать с ней. Однако, когда десерт наконец принесли, мне не удалось улизнуть от сидевшей рядом дамы, которая непременно хотела посвятить меня во все подробности политической ситуации в Индокитае. Когда же мне наконец посчастливилось отделаться от соседки, хозяин дома встал и объявил начало «выступлений». Он представил первую исполнительницу — стройную даму, и та, поднявшись из-за стола, вышла вперед и начала декламировать забавное стихотворение, должно быть, собственного сочинения.

За ней выступал мужчина, спевший без аккомпанемента несколько арий из комических опер Гилберта и Салливана, и я заподозрил, что большинство гостей собираются продемонстрировать свои таланты. Они и впрямь выходили один за другим, иногда пели дуэтом или даже составляли трио. Репертуар был самый разнообразный — от мадригалов до комических номеров. Атмосфера в зале накалялась.

Вперед пробрался краснолицый мужчина — как я потом узнал, директор Шанхайского банка,— в неком подобии армейского кителя поверх смокинга. Он развернул свиток и начал читать монолог-пародию на события шанхайской жизни. Намеки были мне абсолютно непонятны, но весь зал хохотал до упаду. Я оглянулся в поисках Сары и увидел ее в углу. Она сидела в окружении нескольких дам и смеялась так же самозабвенно, как они. Ее соседка, явно подвыпившая, хохотала почти развязно.

Выступление краснолицего продолжалось минут пять — причем оживление публики возрастало от шутки к шутке,— и наконец он продекламировал особенно эффектное четверостишие, после которого зал просто взревел. Именно в этот момент я снова посмотрел на Сару. На первый взгляд картина не изменилась: Сара все так же хохотала вместе со своими соседками. Единственной причиной, по которой я не сразу отвел от нее глаза, было удивление: неужели она, прожив в Шанхае меньше года, настолько хорошо знает здешние реалии, что даже завуалированные намеки способны довести ее до подобного состояния? Но, присмотревшись, я понял, что она вовсе не смеется, что слезы, которые она вытирает,— отнюдь не слезы смеха, она плакала. Я смотрел на Сару, не в силах поверить собственным глазам. Пока продолжалось бурное веселье, я тихо встал и начал протискиваться сквозь толпу. В результате сложных маневров мне удалось подойти к Саре. Теперь все сомнения отпали: она безудержно рыдала посреди всеобщего веселья.

Поскольку я подошел незаметно, она испуганно вздрогнула, увидев протянутый мной носовой платок. Потом подняла голову и секунд пять, не отводя глаз, смотрела на меня взглядом, в котором благодарность смешивалась с немым вопросом. Я наклонился, желая лучше понять, что именно выражает этот взгляд, но тут она взяла мой платок и снова повернулась к чтецу. Когда следующий взрыв хохота сотряс зал, Сара вместе со всеми вновь расхохоталась, прижимая, однако, к глазам мой носовой платок.

Понимая, что могу привлечь к ней нежелательное внимание, я вернулся на свое место и не подходил к ней до конца вечера. Мы лишь обменялись формальными приветствиями в холле, когда гости начали разъезжаться.

В течение нескольких дней я ожидал, что она захочет объяснить мне загадочное происшествие, однако — и это служит свидетельством того, насколько поглотило меня расследование, — к моменту, когда я получил записку от нее в ресторане отеля «Катай», мне не пришло в голову, что существует связь между этим посланием и той встречей. Я направился вверх по лестнице, недоумевая, зачем понадобился Саре.

То, что в записке было названо «площадкой между этажами», оказалось на деле весьма просторным холлом, уставленным креслами, столиками и пальмами в кадках. Можно было представить, что по утрам, когда окна здесь открыты и под потолком вращаются вентиляторы, уголок выглядел очень приятно. Постояльцы наверняка любили посидеть здесь с газетой, за чашечкой кофе. Но вечером это место производило впечатление заброшенности — быть может, из-за нынешних трудностей: свет проникал сюда с лестницы и через окна, выходившие на набережную. В тот вечер в холле не было никого, кроме Сары, чей силуэт вырисовывался на фоне огромного оконного стекла. Она стояла, вглядываясь в ночное небо. Направляясь к ней, я наткнулся на кресло, и она, услышав шум, обернулась.

— Я думала, что должна быть луна, — сказала Сара, — но ее нет. Сегодня даже отсветов пожаров не видно.

— Да. Уже несколько дней продолжается затишье.

— Сесил говорит, что солдаты с обеих сторон устали.

— Наверное, он прав.

— Кристофер, подойдите ближе. Не бойтесь, я ничего плохого вам не сделаю. Просто я хочу, чтобы нас никто не услышал.

Я подошел и встал рядом. Теперь мне была видна набережная внизу и линия фонарей.

— Я все устроила,— тихо сказала Сара.— Это было нелегко, но все готово.

— Что именно?

— Все. Место на корабле и все остальное. Не могу больше здесь оставаться. Я старалась изо всех сил, но дошла до предела. Я уезжаю.

— Понятно. А Сесил? Он в курсе ваших планов?

— Неожиданностью это для него не станет, но все равно он, наверное, будет потрясен. А вы, Кристофер?

— Нет. Чего-то в этом роде я ожидал. Но прежде чем предпринять этот шаг, можете ли вы сказать...

— О, я обдумала все. Другого выхода нет, даже если бы Сесил захотел завтра же вернуться в Англию. Но он потерял здесь столько денег, и к тому же он не собирается уезжать, пока все не отыграет.

— Судя по всему, поездка обманула ваши ожидания. Мне очень жаль.

— Дело не в поездке.— Сара горько усмехнулась и замолчала. Но после короткой паузы заговорила снова: — Я устала любить Сесила. Он неплохой человек. Возможно, наблюдая за нами, вы могли подумать иначе, но Сесил действительно не так уж плох, как... Кроме того, я отдаю себе отчет в том, что здесь есть и моя вина. Ему требовался покой, а тут появилась я, и он почувствовал, что должен... Это моя ошибка. Задача оказалась ему не по плечу, и в этом, полагаю, вся беда — это его сломило. Возможно, когда меня не будет рядом, он сумеет собраться с мыслями, взять себя в руки.

— Но куда же вы? В Англию?

— Поеду в Макао. А дальше — посмотрим. Всякое может случиться. Вот почему я и хотела поговорить с вами. Кристофер, должна признаться, мне довольно страшно. Я не хочу ехать одна. Хотите со мной?

— Вы имеете в виду — в Макао? Завтра?

— Да. Не поедете ли вы со мной в Макао? А куда двинуться потом, мы решили бы вместе. Если вы согласны, мы можем какое-то время провести на берегах Южно-Китайского моря или отправиться в Южную Америку — бежать, как воришки под покровом ночи. Разве это не весело?

Наверное, ее слова удивили меня, но более всего я был ошеломлен, как теперь припоминаю, почти физическим чувством облегчения, которое тогда испытал. На секунду-другую у меня даже закружилась голова, как у человека, который после долгого заточения в камере вышел на свет и глотнул свежего воздуха. Появилось ощущение, будто ее предложение, сделанное, насколько я мог судить, под влиянием настроения, было логично и несло в себе своего рода избавление, на которое я никогда и надеяться не смел.

Однако, возможно, Сара лишь испытывала меня. Поэтому, решившись наконец ответить, я услышал свой собственный голос как бы со стороны:

— Проблема состоит в том, что у меня здесь работа. Я должен сначала завершить ее. Мир находится на грани катастрофы. Что подумают обо мне люди, если я брошу их в такой ситуации? Что вы сами станете обо мне думать?

— О, Кристофер, пора перестать об этом думать. Иначе у нас ничего впереди не останется, лишь то, что уже было когда-то: одиночество, дни, полные угрызений совести. С этим пора кончать. Забудьте о своей работе, Кристофер! Вы и так потратили на нее бо́льшую часть жизни. Давайте завтра же уедем — не стоит терять ни дня. Уедем, пока не стало слишком поздно.

— Для чего поздно?

— Поздно — для... Ну, не знаю. Единственное, что я знаю, так это то, что растратила лучшие годы в поисках неизвестно чего. Теперь я хочу другого — теплоты и уединения, которыми смогу наслаждаться независимо от того, что сделала или кем стала. Чего-то неизменного, как ночное небо. Вот чего я теперь хочу. Думаю, и вам требуется то же. Но скоро станет слишком поздно. Мы начнем меняться, начнем стареть. Если упустим свой шанс теперь, другого может и не представиться. Кристофер, что вы делаете с этим бедным растением?

Только тут я заметил, что рассеянно ощипываю листья пальмы, возле которой мы стояли.

— Простите,— спохватился я,— это очень дурно с моей стороны.— Потом, подумав, сказал: — Даже если в ваших словах есть резон, и в этом случае для меня все не так просто. Потому что, видите ли, у меня есть Дженнифер.

Произнеся это, я живо представил свой последний разговор с девочкой в маленькой гостиной в глубине школьного здания, стены которой, обшитые дубовыми панелями, освещало полуденное весеннее солнце.

— Да, есть Дженнифер,— повторил я, чувствуя, что начинаю грезить наяву.— Даже теперь она все еще ждет меня.

— Но я подумала и об этом. Мы с ней станем друзьями, больше чем друзьями. Втроем мы могли бы составить, ну... маленькую семью, такую же, как другие. Да, я размышляла об этом, Кристофер, это могло бы быть прекрасно для всех нас. Мы послали бы за Дженнифер, как только определятся наши дальнейшие планы. Могли бы даже отправиться в Европу, скажем, в Италию, а девочка приехала бы к нам туда. Уверена, я могла бы стать ей матерью, Кристофер, поверьте, я сумею.

— Очень хорошо.

— Что вы хотите сказать этим «очень хорошо», Кристофер?

— Я хочу сказать — хорошо, я еду с вами. Сделаем так, как вы говорите. Да, наверное, вы правы. С Дженнифер, с нами — все может отлично сложиться.

Произнеся это, я почувствовал, как огромная тяжесть свалилась с моих плеч. Тем не менее у меня вырвался тяжкий вздох. Сара подошла ближе и с полминуты неотрывно смотрела мне в глаза. Мне даже показалось, что она вот-вот меня поцелует, но в последний миг она сдержалась и лишь сказала:

— Тогда слушайте. Слушайте внимательно. Все нужно сделать очень точно. Соберите только один чемодан и не отправляйте никакого багажа. В Макао нас ждут кое-какие деньги, так что купим там все, что нужно. Я пришлю за вами шофера завтра днем, в половине четвертого. Позабочусь о том, чтобы на этого человека можно было положиться, но все равно не говорите ему ничего лишнего. Он привезет вас туда, где я буду вас ждать. Вы ведь не обманете меня, правда?

— Нет-нет. Я буду готов. Завтра в половине четвертого. Не беспокойтесь, я... последую за вами куда угодно.

Возможно, это вырвалось у меня невольно; возможно, под влиянием воспоминаний о том вечере, когда мы привезли сэра Сесила из игорного дома, но, так или иначе, я вдруг потянулся к ней, обеими руками схватил ее ладонь и поцеловал. После чего, кажется, продолжая сжимать ее руку, нерешительно посмотрел ей в глаза, не зная, что делать дальше. В конце концов Сара осторожно высвободила руку и коснулась моей щеки.

— Спасибо, Кристофер,— прошептала она.— Благодарю вас, что вы согласились. Я вдруг почувствовала себя совсем по-другому. Но теперь вам лучше уйти, пока нас никто не заметил вместе. Ну, ступайте же!

Глава 17

В тот вечер, ложась спать, я пребывал в некотором смятении, но проснулся на следующее утро с ясным ощущением покоя, словно с моих плеч сняли тяжкий груз, и когда, одевшись, снова подумал о неожиданном повороте в своей судьбе, испытал заметное волнение.

Бо́льшую часть того утра припоминаю смутно. Помню лишь, что мною овладела мысль в оставшееся время сделать как можно больше из запланированного на следующие несколько дней. Поступить иначе я просто не мог и после завтрака с небывалым рвением взялся за работу: бегал вверх-вниз по лестницам, ездил куда-то по запруженным людьми улицам. И хоть сегодня это кажется бессмысленным, должен признать, что, садясь за обеденный стол вскоре после двух часов дня, я испытывал немалую гордость оттого, что в какой-то мере выполнил бо́льшую часть намеченного.

И в то же время, оглядываясь назад, я с изумлением понимаю, что оставался при этом на удивление отстраненным от всех этих дел. Пока я метался по международному поселку, беседуя со множеством наиболее известных горожан, я, не показывая виду, потешался над серьезностью, с какой они старались отвечать на мои вопросы. Потому что на самом деле, чем дольше я пребывал в Шанхае, тем больше презирал так называемых «столпов» местного общества. Почти каждый день мне открывались новые факты, свидетельствовавшие в лучшем случае об их нерадивости или коррумпированности. В то же время ни разу со времени приезда сюда я не встретился с выражением стыда, с признанием того, что, если бы не политическая близорукость, а зачастую и просто бессовестное поведение ответственных лиц, кризис никогда не смог бы достичь нынешнего уровня.

В какой-то момент я оказался в клубе «Шанхай» на встрече с тремя известными представителями местной элиты и, лишний раз убедившись в их пустом самомнении, в том, что они начисто отрицают свою вину в нынешнем заслуживающем сожаления развитии событий, испытал радостный подъем оттого, что мне больше никогда не придется общаться с этими людьми. В такие минуты мне казалось, что я принял верное решение, что убеждение, разделявшееся здесь, судя по всему, всеми,— будто я один несу всю полноту ответственности за разрешение этого кризиса,— преувеличено и совершенно необоснованно. Я воображал, какое изумление, а потом гнев и паника отразятся на лицах этих людей, когда они узнают о моем исчезновении. И надо признать, мысль об этом приносила мне удовлетворение.

Позднее, во время обеда, я поймал себя на том, что вспоминаю последнее свидание с Дженнифер в тот солнечный день в ее школе. Мы смущенно сидели в креслах в гостиной, солнце играло на дубовых панелях, и в окне за спиной Дженнифер я видел заросшую травой лужайку на берегу озера. Я уже говорил, что девочка молча слушала, когда я пытался объяснить ей необходимость своего отъезда и необыкновенную важность работы, предстоявшей мне в Шанхае. Время от времени я делал паузу, ожидая ее вопросов или, по крайней мере, каких-нибудь замечаний. Но всякий раз она лишь серьезно кивала и ждала продолжения. В конце концов, сообразив, что начинаю повторяться, я спросил:

— Ну, Дженни, что скажешь?

Не знаю, чего я ожидал, но, посмотрев на меня несколько секунд, она ответила:

— Дядюшка Кристофер, понимаю, от меня мало пользы, но это потому, что я еще мала. Как только стану старше, я буду помогать тебе. Я смогу тебе помочь, обещаю. А ты, пока будешь в отъезде, помни обо мне, пожалуйста. Помни, что я здесь, в Англии, и что я буду помогать тебе, когда ты вернешься.

Это было не совсем то, чего я ожидал, и, хотя после приезда в Шанхай нередко раздумывал над ее словами, я все еще не совсем понимаю, что она хотела сказать в тот день. Неужели она не верила в успех моей миссии? Неужели думала, что мне придется, вернувшись в Англию, еще много лет продолжать трудиться над ее выполнением? Впрочем, скорее всего, то были просто слова смущенного ребенка, изо всех сил старавшегося не выдать своего огорчения, и бессмысленно теперь подвергать их глубокому анализу. Однако, сидя в тот день за обедом в ресторане отеля, я снова поймал себя на том, что думаю о нашей последней встрече.

Когда я допивал кофе, подошел портье и сказал, что меня просят к телефону. Он проводил меня в будку, находившуюся на площадке при выходе из ресторана, и после недолгих пререканий с оператором я услышал голос, показавшийся мне смутно знакомым.

— Мистер Бэнкс? Мистер Бэнкс? Мистер Бэнкс, я наконец вспомнил.

Я молчал. Мне казалось, что, пророни я хоть слово, наш с Сарой план сорвется. Но тут человек произнес:

— Мистер Бэнкс? Вы меня слышите? Я вспомнил нечто важное. О доме, который нам не удалось в свое время обыскать.

И я понял, что это инспектор Кун. Его голос, хоть и хриплый, звучал на удивление молодо.

— Инспектор, простите меня. Вы застали меня врасплох. Говорите, что вы вспомнили?

— Мистер Бэнкс, порой, когда я позволяю себе выкурить трубочку, это освежает память. Многое из того, что было давно забыто, оживает перед глазами. Поэтому я решил еще один раз предаться греху и вспомнил, что сказал нам тогда подозреваемый. Дом, который мы не смогли обыскать, находился прямо напротив дома человека по имени Е Чень.

— Е Чень? Кто это?

— Понятия не имею. Большинство бедняков не знают названий улиц. Они называют адреса по именам жильцов. Дом, который нам не дали обыскать, находится напротив дома Е Ченя.

— Е Чень. Вы уверены, что это верное имя?

— Да, уверен. Я очень ясно видел прошлое.

— Это распространенное имя? Скольких людей в Шанхае могут так звать?

— К счастью, подозреваемый сообщил нам еще одну деталь. Этот Е Чень слепой. Дом, который вы ищете, находится напротив дома слепого Е Ченя. Конечно, тот человек мог переехать или умереть, но если вам удастся выяснить, где он жил в то время...

— Разумеется, инспектор. Это чрезвычайно важная информация.

— Я рад. Так и думал, что для вас это будет важно.

— Инспектор, не знаю, как вас благодарить.

Время поджимало, поэтому, положив трубку, я не стал возвращаться в ресторан, а сразу отправился к себе в номер собирать вещи.

Помню, размышляя над тем, что взять с собой, я испытывал странное чувство нереальности происходящего и в какой-то момент, усевшись на кровать, уставился на видневшееся в окне небо. Меня поразило то, что еще накануне эта информация стала бы основой чего-то чрезвычайно важного в моей жизни. Но вот я сижу, прокручивая ее в голове, и она уже кажется мне чем-то относящимся к прошлой эпохе.

Должно быть, у меня еще оставалось свободное время, потому что, когда ровно в половине четвертого раздался стук в дверь, я уже довольно долго праздно сидел в кресле. Открыв дверь, я увидел молодого китайца, от силы лет двадцати, одетого в халат и с шапкой в руке.

— Я ваш шофер, сэр,— вежливо представился он.— Если у вас чемодан, я его нести.

Сидя в машине, стремительно удалявшейся от отеля «Катай», и глядя на залитую послеполуденным солнцем и забитую людьми Нанкинскую дорогу, я испытывал странное чувство, будто смотрю на все это издалека. Потом, удобно устроившись на заднем сиденье, с удовольствием предоставил течение событий воле шофера, который, несмотря на молодость, казался достаточно опытным. Меня подмывало спросить, где его нашла Сара, но я вспомнил ее предупреждение не говорить ничего лишнего и промолчал, а вскоре мои мысли были уже далеко — я думал о Макао.

Однако минут через десять я неожиданно для себя перегнулся через спинку переднего сиденья и спросил у молодого человека:

— Э-э... простите, но не знаете ли вы, случайно, человека по имени Е Чень?

Шофер продолжал смотреть вперед, не отвлекаясь от дороги, и я уже готов был повторить вопрос, когда он ответил:

— Е Чень? Слепой актер?

— Да. Мне известно, что он слеп, но я не знал, что он актер.

— Он не знаменитый актер, Е Чень играть, когда я был мальчик.

— Вы хотите сказать, что... что знаете его?

— Нет, я его не знать, но знать, кто он. Вам нужен Е Чень, сэр?

— Нет-нет. Не он сам. Просто его имя случайно всплыло в разговоре. Вообще это не важно.

До конца поездки я больше не проронил ни слова. Мы петляли по совершенно неизвестным мне маленьким улочкам, и к тому времени, когда машина остановилась в каком-то тихом проулке, я полностью потерял представление о том, где нахожусь.

Молодой человек открыл дверцу и вручил мне мой чемодан.

— Вон тот магазин,— указал он.— Где фонограф.

На противоположной стороне улицы находился маленький магазинчик с унылой витриной, в которой действительно был выставлен фонограф. Вывеска на английском языке гласила: «Граммофонные записи. Валики для пианино. Партитуры». Окинув взглядом улицу, я увидел, что мы с молодым человеком на ней одни, если не считать двух рикш, стоявших возле своих повозок. Взяв чемодан, я собрался было перейти улицу, но вдруг что-то заставило меня спросить:

— Простите, вы не могли бы немного подождать?

Молодой человек удивился.

— Леди Медхэрст велеть привозить вас сюда.

— Да, конечно, но это моя личная просьба. Я попросил бы вас задержаться совсем ненадолго, на тот случай, если возникнет нужда в ваших дальнейших услугах. Разумеется, вы можете больше и не понадобиться, но — на всякий случай. Вот.— Я полез в карман и достал несколько банкнот.— Я оплачу потерянное вами время.

Лицо молодого человека вспыхнуло гневом, он отвернулся от денег так, словно я предложил ему что-то непристойное. С сердитым выражением лица усевшись за руль, он с шумом захлопнул дверцу.

Я понял, что допустил ошибку, но мне было не до церемоний. К тому же, несмотря на свой гнев, мотора шофер заводить не стал. Сунув деньги обратно в карман и подхватив чемодан, я поспешил на другую сторону улицы.

Магазинчик был крошечным и захламленным. Солнце лилось через стекло витрины, но странным образом освещало лишь несколько пыльных островков. У одной стены стояло пианино с пожелтевшими клавишами, на подставке для нот были выставлены граммофонные пластинки без конвертов. На пластинках виднелась не только пыль, но и паутина. Странные лоскуты толстого бархата — по виду они напоминали обрезки театрального занавеса — были развешаны на стенах вперемешку с фотографиями оперных певцов, балетных танцовщиков и танцовщиц. Я ожидал увидеть Сару, но единственным человеком в комнате оказался сидевший за прилавком тщедушный европеец с острой темной бородкой.

— Добрый день,— поприветствовал он меня с немецким акцентом, оторвавшись от лежавшей перед ним бухгалтерской книги. Потом, смерив меня взглядом с головы до ног, спросил: — Вы англичанин?

— Да. Добрый день.

— У нас есть несколько английских пластинок. Например, «Только ты» в исполнении Мими Джонсон. Не желаете?

Что-то в его интонации наводило на мысль: это первая часть условного кода. Но сколько ни шарил я в закоулках собственной памяти в поисках пароля или ключевой фразы, которую Сара могла мне сообщить, ничего подходящего там не находил. В конце концов я сказал:

— У меня здесь, в Шанхае, нет фонографа. Но я очень люблю Мими Джонсон. Однажды, несколько лет назад, я даже был на ее концерте в Лондоне.

— Неужели?

У меня складывалось отчетливое ощущение, что мой ответ его озадачил, поэтому я добавил:

— Послушайте, моя фамилия Бэнкс. Кристофер Бэнкс.

— Бэнкс. Мистер Бэнкс.— Мужчина повторил мое имя без всякого выражения.— Если вы любите Мими Джонсон, я могу поставить для вас эту пластинку. Пожалуйста.

Он стал копаться под прилавком, а я, воспользовавшись случаем, оглянулся и сквозь витринное стекло увидел, что двое рикш продолжали болтать и смеяться, а молодой человек все еще сидел в машине. Это меня обрадовало, потому что я уже начал сомневаться, не произошло ли какой-нибудь нелепой ошибки. В этот момент помещение заполнили мелодичные томные звуки джазового оркестра. Запела Мими Джонсон, и я вспомнил, каким бешеным успехом пользовалась эта песенка несколько лет назад в лондонских клубах.

Через несколько минут до меня дошло, что тщедушный мужчина указывает куда-то в глубину помещения, где висела тяжелая темная портьера. Только теперь я заметил, что за ней скрывался дверной проем. Отодвинув портьеру, я очутился во внутренней комнате.

Сара в легком пальто и шляпе сидела на деревянном сундуке. В ее мундштуке дымилась сигарета, и комната размером с платяной шкаф уже плавала в дыму. Повсюду лежали стопки граммофонных пластинок и непереплетенных нот, сложенных в разнокалиберные ящики и коробки из-под чая. Окна в комнате не было, но я заметил заднюю дверь, ведущую на улицу. Дверь была немного приоткрыта.

— Ну, вот и я. У меня с собой всего один чемодан, как вы велели. Зато у вас, как вижу, целых три.

— В одном у меня только Этельберт — мой плюшевый мишка. Он всегда путешествует со мной. Глупо, правда?

— Глупо? Вовсе нет.

— Когда мы с Сесилом отправлялись сюда, я упаковала Этельберта вместе с кучей других вещей. Открыв чемодан, увидела, что у него отвалилась лапа. Поэтому на сей раз, пожертвовав несколькими тряпками: одной больше, одной меньше, какая разница,— положила его отдельно. Это и впрямь глупо.

— Нет-нет. Я прекрасно вас понимаю. Это же Этельберт.

Сара встала. Мы поцеловались — полагаю, весьма картинно, как в кино. Произошло это именно так, как я всегда представлял, если не считать получившегося на удивление неловким объятия. Моя правая нога упиралась в тяжелый ящик, и я не мог повернуться, не рискуя упасть. Потом Сара отступила на шаг, не отводя взгляда от моего лица.

— Все готово? — спросил я.

Она ответила не сразу, и я подумал, что она хочет еще раз поцеловать меня, но в конце концов она кивнула:

— Все. Только нужно подождать еще несколько минут, а потом мы выйдем через эту дверь,— она махнула рукой в сторону задней двери,— дойдем до пристани, лодка доставит нас на пароход, стоящий в двух милях вниз по реке. А там... нас ждет Макао.

— А Сесил о чем-нибудь догадывается?

— Я весь день его не видела. Сразу после завтрака он отправился в одно из своих любимых заведений. Думаю, он все еще там.

— Вы должны были его подготовить.

— Теперь это не наше дело.

— Наверное, вы правы.— У меня вырвался неожиданный смешок.— Видимо, наше дело теперь — поступать так, как мы решили.

— Кристофер, что-то не так?

— Нет-нет. Просто я пытаюсь... Мне только хотелось...

Я протянул руку с намерением снова притянуть ее к себе, но она сделала предупреждающий жест и сказала:

— Кристофер, думаю, вам лучше сесть. Не волнуйтесь, потом у нас будет уйма времени и для этого тоже.

— Да, конечно. Простите.

— Когда мы окажемся в Макао, нужно будет тщательно подумать о будущем, подумать о том, где нам будет хорошо. И где будет хорошо для Дженнифер. Мы разложим на кровати карты, будем смотреть из окна на море и строить планы. Не сомневаюсь, что мы будем спорить. Я с нетерпением жду этих споров. Да сядете вы, наконец? Садитесь вот сюда.

— Я хотел сказать... Послушайте, если все равно приходится ждать, я выйду ненадолго, мне нужно кое-что сделать.

— Кое-что? Что именно?

— Ну... ну, кое-что. Не волнуйтесь, я совсем ненадолго, всего на несколько минут. Видите ли, мне нужно кое-кого кое о чем спросить.

— Кого? Кристофер, не думаю, что в данный момент нам следует с кем бы то ни было разговаривать.

— Я прекрасно понимаю, что следует соблюдать осторожность и все такое. Нет-нет, не беспокойтесь. Это лишь тот молодой человек, которого вы за мной прислали, ну тот, который привез меня сюда. Мне просто нужно задать ему один вопрос.

— Да он наверняка уже уехал.

— Нет, не уехал. Он все еще там, на улице. Послушайте, я мигом.

Откинув штору, я поспешно вышел обратно в помещение магазинчика. Тщедушный мужчина с бородкой удивленно посмотрел на меня.

— Вам понравилась Мими Джонсон? — спросил он.

— Да. Прекрасно. Мне просто нужно выскочить на секунду.

— Позвольте прояснить ситуацию, сэр. Я швейцарец. Между нашими странами нет никакой враждебности.

— Разумеется. Это замечательно. Я вернусь через минуту.

Перебежав улицу, я подскочил к машине. Заметив меня, молодой человек опустил стекло и вежливо улыбнулся. От его недавнего гнева, судя по всему, не осталось и следа. Склонившись к окошку, я спросил:

— Послушайте, этот Е Чень... Вы не знаете, где можно его найти?

— Е Чень? Он жить здесь, неподалеку.

— Е Чень? Я имею в виду слепого Е Ченя.

— Ну да. Он жить вон там.

— Его дом находится поблизости?

— Да, сэр.

— Послушайте, вы, кажется, не совсем понимаете. Вы хотите сказать, что дом Е Ченя, слепого Е Ченя, совсем близко отсюда?

— Да, сэр. Пешком можно дойти, но, если хотите, я довезти вас.

— Слушайте меня. Это очень важно. Знаете ли вы, как давно Е Чень живет в этом доме?

Молодой человек подумал и ответил:

— Он всегда в нем жить, сэр. Когда я маленький, он уже жить там.

— Вы уверены? Это чрезвычайно важно. Вы уверены, что этот Е Чень слепой и что он давно живет в этом доме?

— Я же говорить вам, сэр. Он жить там, когда я быть мальчишка. Думаю, он жить там очень, очень давно.

Выпрямившись, я глубоко вздохнул. Потом снова склонился к окошку и сказал:

— Вы должны меня туда отвезти. Я имею в виду — на машине. Но только все нужно сделать осторожно. Я хочу, чтобы вы меня туда довезли, но остановились, не доезжая до дома. Где-нибудь, откуда мы сможем хорошо видеть дом, стоящий напротив дома Е Ченя. Понимаете?

Я сел в машину, молодой человек завел мотор, развернул машину и въехал в узкий соседний переулок. В голове моей теснилось множество мыслей. Должен ли я сообщить ему цель нашей поездки? Я даже хотел поинтересоваться, есть ли у парня в машине оружие, но решил, что подобный вопрос может его напугать.

Мы вновь свернули за угол и очутились на еще более узкой улочке. Потом опять сделали поворот, и машина остановилась. Я подумал, что мы уже приехали, но вскоре понял, почему мы встали: прямо перед нами толпа мальчишек пыталась увести с улицы, видимо, заблудившегося буйвола. Мальчишки никак не могли решить, как им действовать, и один из них наконец стукнул буйвола палкой по носу. Я испугался, вспомнив, как в детстве мама предупреждала меня, что эти животные опасны, если их разозлить. Однако буйвол никак не прореагировал, и мальчишки продолжили спор. Шофер несколько раз посигналил, но никто не обратил на это никакого внимания, и в конце концов он с тяжелым вздохом стал разворачивать машину.

Мы поехали по параллельному переулку. Водитель, судя по всему, почувствовал себя здесь неуверенно, потому что, сделав еще несколько поворотов, остановился и, развернувшись, поехал обратно. На сей раз никаких препятствий мы не встретили и в какой-то момент выехали на грунтовую дорогу пошире, посреди которой тянулась глубокая колея, а вдоль тротуара стояли ветхие деревянные лачуги.

— Поскорее, пожалуйста,— поторопил я шофера.— У меня очень мало времени.

Как раз в этот момент землю сотряс оглушительный взрыв. Молодой китаец продолжал вести машину ровно, но в его взгляде появилась тревога.

— Обстрел,— произнес он.— Снова начинаться обстрел.

— И похоже, очень близко,— добавил я.

В течение нескольких следующих минут мы сделали немало новых поворотов и миновали множество маленьких деревянных домишек. Чтобы распугать детей и собак, водитель непрерывно сигналил. Потом машина снова остановилась, и он раздраженно хмыкнул. Посмотрев вперед, я увидел, что улица перегорожена баррикадой из мешков с песком и колючей проволоки.

— Приходится объезжать,— сказал молодой шофер.— Иначе никак.

— Но мы ведь должны быть где-то очень близко от дома.

— Да, очень близко. Но дорога перекрыть, поэтому снова объезжать. Потерпите, сэр. Скоро быть на месте.

Тем не менее в поведении китайца была заметна перемена. Прежняя уверенность исчезла, и теперь я с удивлением увидел в нем совсем юного человека — наверное, всего-то лет пятнадцати, от силы шестнадцати. Какое-то время мы двигались по грязным вонючим задворкам, где легко могли в любой момент увязнуть в сточной канаве, но непостижимым образом водителю удавалось каждый раз удержать колеса на самом краю. Мы постоянно слышали в отдалении звуки стрельбы и видели людей, спешивших укрыться в домах или каких-нибудь убежищах. Но дети и собаки продолжали бегать прямо по дороге, не чувствуя опасности. Когда мы тряслись по ухабам, проезжая двор какой-то маленькой фабрики, я спросил:

— Послушайте, почему бы вам не остановиться и не спросить у кого-нибудь дорогу?

— Потерпите, сэр.

— Потерпеть? Но ведь мы заблудились.

— Скоро приехать, сэр.

— Бред! Почему вы так упорствуете? Это вообще типично для китайцев. Вы заблудились, но не хотите в этом признаться. Мы катаемся уже... кажется, целую вечность.

Он ничего не ответил и выехал на очередную разбитую дорогу, круто поднимавшуюся вверх меж высившихся с обеих сторон гор мусора. В этот момент где-то уже совсем близко раздался новый оглушительный взрыв, и молодой человек нажал на тормоз.

— Сэр, думаю, нужно возвращаться.

— Возвращаться? Куда возвращаться?

— Стрелять совсем близко. Здесь опасно.

— Что значит — близко? — И тут меня осенило: — Мы что, недалеко от Чапея?

— Сэр, мы в Чапей. Мы уже давно в Чапей.

— Что?! Вы хотите сказать, мы выехали за пределы поселка?

— Сейчас мы в Чапей.

— Но... Боже милостивый! В Чапее? Слушайте, вы глупец, вам это известно? Вы сказали мне, что этот дом находится рядом. А теперь мы заблудились. И возможно, оказались в опасной близости от линии фронта. И выехали за пределы международного поселка! Вы настоящий дурак. Знаете почему? Нет? Так я вам скажу. Вы притворяетесь, будто знаете гораздо больше, чем на самом деле. Вот что я называю глупостью. Вы настоящий идиот! Слышите? Полный идиот!

Он остановил машину, открыл дверцу, выбрался и, не оборачиваясь, пошел прочь.

Мне понадобилось несколько секунд, чтобы успокоиться и оценить ситуацию. Мы преодолели бóльшую часть подъема, машина стояла на грязной дороге, окруженная горами битого кирпича, скрученной проволоки и чего-то напоминающего искореженные останки старых велосипедных колес. Молодой человек удалялся по тропинке и был почти на вершине холма.

Выскочив из машины, я кинулся за ним. Он наверняка слышал, что я приближаюсь, но не оглянулся и не ускорил шаг. Догнав шофера, я схватил его за плечо.

— Послушайте, ну извините,— сказал я, запыхавшись.— Я приношу вам свои извинения. Мне не следовало так горячиться. Я сожалею, искренне сожалею. Но вы ведь и понятия не имеете, как много все это для меня значит. А теперь, пожалуйста,— я махнул рукой в сторону машины,— поедем дальше.

Молодой человек не смотрел на меня.

— Больше никакой езды,— сказал он.

— Послушайте, я же извинился. Ну, прошу вас, будьте благоразумны!

— Больше никакой езды. Здесь слишком опасно. Стрелять очень близко.

— Да поймите же, мне очень важно найти этот дом. Действительно очень важно. Пожалуйста, скажите честно, вы заблудились или все-таки знаете, где находится этот дом?

— Я знать дом. Но теперь слишком опасно. Стрелять очень близко.

Словно в подтверждение его слов вдруг застрекотали пулеметы. Судя по всему, находились они довольно далеко, но невозможно было определить, в какой стороне. Мы стали озираться вокруг и вдруг почувствовали себя совершенно незащищенными здесь, у вершины холма.

— Тогда вот что,— сказал я, доставая из кармана блокнот и карандаш.— Вижу, вы больше не хотите участвовать во всем этом, и могу вас понять. Еще раз приношу извинения за то, что был с вами груб. Но прошу вас сделать для меня еще кое-что, прежде чем вы уйдете. Напишите здесь адрес Е Ченя.

— Нет адрес.

— Хорошо, тогда нарисуйте карту. Обозначьте направление. Ну хоть что-нибудь. Пожалуйста, сделайте это для меня! Или подвезите меня к ближайшему полицейскому участку. Конечно, с этого и следовало начинать. Мне нужны хорошо обученные вооруженные люди. Прошу вас.— Я протянул ему блокнот и карандаш.

Несколько страничек в блокноте были исписаны заметками, сделанными мной утром. Китаец листал их, пока не нашел чистую страничку, и сказал:

— Нет английский. Не уметь писать английский, сэр.

— Тогда напишите, как умеете. Начертите карту. Что угодно. И побыстрее, пожалуйста.

Кажется, он понял важность того, о чем я его просил. Несколько секунд шофер сосредоточенно размышлял, потом начал быстро писать. Заполнил одну страничку, другую. После четвертой или пятой воткнул карандаш обратно в спираль, скреплявшую листки, и вернул мне блокнот. Я просмотрел то, что он написал, но, разумеется, ничего не понял в китайских иероглифах. Тем не менее я кивнул:

— Благодарю. Огромное вам спасибо. А теперь, пожалуйста, довезите меня до полицейского участка. Потом можете отправляться домой.

— Полицейский участок там, сэр.— Он сделал еще несколько шагов в прежнем направлении и указал вниз, туда, где у подножия холма, ярдах в двухстах, виднелись серые строения.

— Полицейский участок там, сэр,— повторил он.

— Там? Но в каком доме?

— Там. С флагом.

— Да, вижу. Вы уверены, что это полицейский участок?

— Уверен, сэр. Полицейский участок.

Оттуда, где мы стояли, дом действительно был похож на полицейский участок. Более того, теперь мне было видно, что пытаться подъехать туда бессмысленно: тропинка была слишком узкой для машины, а начни мы искать объездные пути, могли бы снова заблудиться. Я положил блокнот в карман и подумал, не наградить ли мне юного шофера несколькими банкнотами, но вспомнил, как он обиделся в прошлый раз, и сказал:

— Вы мне очень помогли. Отсюда я дойду сам.

Молодой человек пожал плечами — кажется, он так и не смог простить меня — и, развернувшись, пошел обратно к машине.

Глава 18

Полицейский участок выглядел покинутым. Спускаясь с холма, я увидел выбитые окна и сорванную с петель дверь. Но, войдя по осколкам стекол в приемную, я столкнулся с тремя китайцами. Двое наставили на меня винтовки, третий угрожающе взмахнул лопатой. Один, в форме китайской армии, на ломаном английском спросил, что мне нужно. Когда мне удалось втолковать им, кто я, и объяснить, что хочу поговорить с любым ответственным лицом, мужчины заспорили. Наконец тот, кто был с лопатой, исчез в задней комнате, оставшиеся же двое держали меня под прицелом все время, пока он отсутствовал. Между тем, осмотревшись, я пришел к выводу, что едва ли в участке остался хоть один полицейский. На стенах, правда, еще висело несколько плакатов и памяток, но помещение явно уже давно пустовало. Никому не нужные телеграфные ленты свисали с аппарата, и задняя стена приемной была разворочена снарядом.

Прошло, наверное, минут пять, прежде чем вернулся мужчина с лопатой. Они снова поговорили на своем языке, который, скорее всего, являлся шанхайским диалектом, и только после этого один из солдат жестом указал мне следовать за тем, что был с лопатой.

Тот провел меня в заднюю комнату, которую, как оказалось, тоже охраняли вооруженные люди. Они расступились, и вскоре я уже спускался вслед за своим сопровождающим по расшатанной лестнице в подвал, где находились камеры.

Не очень хорошо помню теперь, как оказался в подземном убежище. Вероятно, мы проходили еще через какие-то комнаты; помню, как мы шли вдоль некоего подобия туннеля, наклоняя головы, чтобы не стукнуться о низкие потолочные балки. Там тоже были часовые, и, когда навстречу попадалась неясная черная фигура, мне приходилось вжиматься в стену, чтобы не столкнуться с ней.

Наконец меня ввели в комнату без окон, где было устроено что-то вроде временного военного штаба. Она освещалась двумя лампочками, свисавшими с потолка по обе стороны центральной балки. Штукатурка обвалилась, обнажив кирпичную кладку, и в стене справа от меня зияла такая большая дыра, что через нее свободно мог пролезть взрослый мужчина. В противоположном углу стояла видавшая виды полевая радиостанция, а в центре комнаты — большой письменный стол, который, как я успел заметить, был перепилен пополам, снова сложен на скорую руку и скреплен веревками и гвоздями. Перевернутые деревянные ящики служили табуретами; единственный настоящий стул занимал привязанный к нему мужчина — он был без сознания. На мужчине была японская морская форма; половина лица представляла собой одну сплошную рану.

Кроме него в комнате находились два офицера китайской армии, оба стояли, склонившись над расстеленной на столе картой. При моем появлении они подняли головы, затем один из них подошел и протянул мне руку.

— Я лейтенант Чоу. Это — капитан Ма. Ваш визит — большая честь для нас, мистер Бэнкс. Вы прибыли оказать нам моральную поддержку?

— Видите ли, лейтенант, по правде говоря, у меня к вам особая просьба. Думаю, по окончании моей миссии боевой дух действительно невероятно поднимется. И у вас, и у всех остальных. Но мне требуется небольшая помощь, вот почему я к вам пришел.

Лейтенант что-то сказал капитану, который, судя по всему, не понимал по-английски, и они оба опять посмотрели на меня. Несчастного японца вдруг вырвало прямо на китель. Мы все обернулись к нему, но лейтенант тут же переключил внимание на меня.

— Вы сказали, вам нужна помощь, мистер Бэнкс?

— Вот здесь у меня нарисован план — план подхода к одному дому. Мне совершенно необходимо попасть туда немедленно. Описание дороги сделано по-китайски, поэтому я не могу сам прочесть его, но, даже если бы и мог, мне понадобился бы провожатый — человек, хорошо знающий местность.

— Вы хотите получить провожатого?

— Не только, лейтенант. Мне понадобится человек пять крепких мужчин, а если можно, то и больше. Они должны быть хорошо обучены и опытны, поскольку задача у них будет непростая.

Лейтенант усмехнулся, потом, снова став серьезным, ответил:

— Сэр, в настоящий момент нам самим не хватает людей. Эта база — последний оплот нашей обороны, однако вы сами видели, как слабо она охраняется. В сущности, те люди, которых вы встретили по дороге сюда, ранены, больны или же это неопытные добровольцы. Всех, кто способен сражаться, мы отправили на передовую.

— Я понимаю, лейтенант, что вы в тяжелой ситуации, но поймите, речь ведь идет не о заурядном расследовании, за которое мне захотелось взяться. Когда я говорю, что мне совершенно необходимо добраться до этого дома... Впрочем, лейтенант, я вам все расскажу, нет никакой необходимости хранить тайну. Вы и капитан Ма будете первыми, кто об этом узнает. Дом, который я ищу и который, по моим сведениям, находится где-то рядом, это тот самый дом, в котором держат моих родителей. Именно так, лейтенант! И речь идет о том, чтобы после стольких лет завершить наконец это дело. Теперь видите, почему я считаю свою просьбу, даже в такой трудный для вас момент, вполне уместной?

Лейтенант неотрывно смотрел мне в лицо. Капитан что-то спросил у него по-китайски, но он не ответил, а сказал, обращаясь ко мне:

— Скоро с задания должны вернуться несколько наших людей. Ушли семеро. Сколько вернется — неизвестно. Я намеревался сразу отправить их в другое место. Но теперь... По такому случаю возьму на себя ответственность. Эти люди, сколько бы их ни оказалось, будут в вашем распоряжении.

— Благодарю вас, лейтенант. Но как долго придется ждать этих людей? Нельзя ли мне взять несколько человек из тех, что дежурят наверху, буквально на несколько минут? Ведь дом расположен совсем рядом. Дело, видите ли, в том, что меня ждут...— Я вдруг вспомнил о Саре, и меня охватила паника. Я сделал шаг вперед и добавил: — Лейтенант, не могу ли я воспользоваться вашим телефоном? Мне очень нужно позвонить.

— К сожалению, здесь нет телефона, мистер Бэнкс. А эта радиостанция имеет связь только с нашим штабом и другими опорными пунктами.

— Ну, тогда я тем более должен покончить с этим делом безотлагательно! Видите ли, сэр, меня ждет дама! Может быть, я возьму с собой трех-четырех человек из здешней охраны?

— Мистер Бэнкс, пожалуйста, успокойтесь. Мы сделаем все, чтобы помочь вам. Но, как я уже сказал, эти люди не подходят для выполнения вашей миссии. Они только все испортят. Понимаю, вы много лет ждали, когда представится возможность раскрыть это дело. Но я очень советую вам в настоящий момент не действовать поспешно.

В словах лейтенанта был резон. Вздохнув, я сел на перевернутый ящик из-под чая.

— Мои люди скоро должны подойти,— продолжал лейтенант.— Мистер Бэнкс, позвольте мне взглянуть на ваш план.

Мне не хотелось отдавать блокнот в чужие руки даже на несколько секунд, но делать было нечего, и я вручил его офицеру, предварительно открыв на нужной странице. Он изучил нарисованную шофером карту и вернул мне блокнот.

— Мистер Бэнкс, вынужден вам заметить, что этот дом... До него будет не так просто добраться.

— Но мне известно, сэр, что он близко отсюда.

— Правда, близко. И все же подойти к нему будет трудно. Он может даже оказаться в тылу у японцев.

— В тылу у японцев? Ну что ж, думаю, я всегда смогу договориться с японцами. Лично мне с ними делить нечего.

— Сэр, если соблаговолите пройти со мной, пока мы ждем возвращения моих людей, я покажу вам, где именно мы находимся.

Обернувшись к капитану, лейтенант быстро о чем-то переговорил с ним, потом прошел к двери, похожей на дверь в кладовую, находившуюся в углу, распахнул ее и ступил внутрь. Я не сразу сообразил, что он ждет, чтобы я последовал за ним, но когда все же вошел в кладовку, то налетел на каблуки лейтенантских ботинок, оказавшиеся точно на уровне моего лица, и услышал голос, доносившийся откуда-то сверху, из темноты:

— Мистер Бэнкс, пожалуйста, следуйте за мной. Здесь сорок восемь ступенек. Вам лучше держаться по крайней мере на пять ступенек ниже меня.

Его подметки исчезли. Сделав еще шаг вперед, я вытянул руки и нащупал на кирпичной стене металлические перекладины. Высоко вверху синел маленький клочок неба. Я понял, что мы у основания полицейской наблюдательной вышки.

Несколько первых ступенек я преодолел крайне неловко, не только потому, что боялся в темноте оступиться, но и потому, что опасался, как бы лейтенант не сорвался и не упал на меня. Однако клочок неба становился все шире, и наконец я увидел, что лейтенант выбирается наружу. Мне понадобилось еще около минуты, чтобы присоединиться к нему.

Теперь мы стояли на высокой плоской крыше. На несколько миль вокруг простирались плотно прилегающие друг к другу точно такие же крыши. Вдалеке, вероятно в полумиле к востоку, виднелся столб черного дыма, поднимавшегося в послеполуденное небо.

— Странно,— сказал я, озираясь по сторонам,— как же там люди передвигаются? Такое впечатление, что там нет улиц.

— Это отсюда так кажется, но...

Он протянул мне бинокль. Я приставил к глазам окуляры, отрегулировал резкость и увидел лишь множество дымоходов. Однако в конце концов мне удалось сосредоточить взгляд на отдаленном столбе дыма. За спиной я услышал голос лейтенанта:

— Вы видите перед собой муравейник, мистер Бэнкс. Там живут рабочие. Уверен, за все то время, что вы провели здесь в детстве, вам ни разу не довелось побывать в муравейнике.

— В муравейнике? Нет, не довелось.

— Ну конечно нет. Иностранцы редко посещают подобные места, если они не миссионеры. Или не коммунисты. Я китаец, но даже мне не дозволялось и близко подходить к таким местам. До тридцать второго года, когда мы первый раз воевали с японцами, я даже не знал об их существовании. Вы не поверите, что люди могут жить в таких условиях. Это действительно напоминает муравейник. Все эти лачуги предназначались для самой захудалой бедноты. Они построены впритык одна к другой, ряд за рядом, а комнаты — крохотные клетушки. Одно слово — муравейник. Если присмотритесь повнимательнее, заметите тонкие линии. Это узкие проходы, существующие исключительно для того, чтобы люди могли попасть в дома. В задней части строений окон нет вообще. Простите, вы скоро поймете, зачем я вам все это рассказываю. Комнаты там маленькие, потому что предназначены для бедноты. Бывало, в одной такой каморке теснилось семь-восемь человек. Но со временем пришлось ставить перегородки даже в этих крохотных помещениях, чтобы пустить туда еще одну семью и разделить с ней арендную плату. А если денег на оплату жилья все равно не хватало, помещение опять делили. Помню, я как-то видел крохотную темную комнатенку, поделенную на четыре части, и в каждой ютилась семья. Мистер Бэнкс, вы можете поверить, что люди в состоянии так жить?

— Это кажется неправдоподобным, но, если вы сами видели, лейтенант...

— Когда война с японцами закончится, мистер Бэнкс, я подумаю, не перейти ли мне на сторону коммунистов. Вы полагаете, так говорить опасно? Но среди офицеров немало таких, которые предпочли бы сражаться под руководством коммунистов, а не Чана.

Я направил бинокль на плотную массу обшарпанных крыш. Теперь мне было видно, что многие из них проломлены. Более того, я различил улочки, о которых говорил лейтенант,— узкие проходы, ниточками тянущиеся к домам.

— Перегородки, возведенные жильцами, конечно, хилые, но здания сами по себе кирпичные,— продолжал лейтенант.— Это сослужило хорошую службу при нападении японцев в тридцать втором, помогает нам и теперь.

— Понимаю,— отозвался я.— Прочные постройки, защищаемые солдатами. Нелегкая перспектива для японцев, даже с их современным вооружением.

— Совершенно верно. Там, в муравейнике, японское оружие и даже их отличная выучка ни к чему. Воевать придется только с помощью штыков и ножей. На прошлой неделе японцев отбросили назад. Видите дым, мистер Бэнкс? Этот пункт удерживался неприятелем еще на прошлой неделе. Но теперь мы заставили его отступить.

— А мирные жители продолжают оставаться в своих домах?

— Конечно. Вы не поверите, но даже дома, находящиеся в непосредственной близости от передовой, по-прежнему заселены. Это создает дополнительные трудности для японцев. Они же не могут стрелять выборочно. Западные страны наблюдают за их действиями, и японцы боятся, что за жестокость придется дорого заплатить.

— Как долго ваши части смогут удерживать позиции?

— Кто знает? Вероятно, Чан Кайши пришлет нам подкрепление или японцы сдадутся и произведут перегруппировку войск, сосредоточившись на Нанкине или Чунцине. В любом случае это еще не будет нашей победой. А война уже стоила нам больших потерь. Если вы переведете бинокль влево, мистер Бэнкс, то заметите дорогу. Видите ее? Ее здесь называют Свинячьей улицей. Ничего особенного, но сейчас эта дорога приобрела особое значение. Как вы можете видеть, она идет по краю муравейника. В настоящий момент наши войска контролируют ее и не дают японцам по ней пройти. Но если им все же это удастся, весь район станет доступен для них с этой стороны. Тогда потеряет всякий смысл держать оборону. Мы будем отброшены. Вот вы просите людей, которые могли бы проводить вас к дому, где держат ваших родителей. Если бы не это, их послали бы защищать баррикаду в конце Свинячьей улицы. Несколько последних дней там идут ожесточенные бои. А между тем мы ведь должны еще, разумеется, оборонять и сам муравейник.

— Глядя отсюда, сверху, трудно представить, что там происходят такие события.

— Конечно. Но могу вас заверить, внутри муравейника дела обстоят весьма серьезно. Говорю вам это, мистер Бэнкс, поскольку вы намерены туда отправиться.

Несколько секунд я молча смотрел в бинокль, потом сказал:

— Лейтенант, тот дом, в котором держат моих родителей... Его можно увидеть отсюда?

Он легко коснулся моего плеча. Я не отрывал бинокля от глаз.

— Мистер Бэнкс, видите развалины башни вон там, слева? Они напоминают очертаниями идола с острова Пасхи. Да-да, эти самые. Если провести линию оттуда к развалинам большого черного здания, бывшего текстильного склада, получится граница, до которой наши солдаты отбросили японцев сегодня утром. Дом, где держат ваших родителей, находится приблизительно на одной линии с той высокой дымоходной трубой, что от вас слева. Теперь проведите на том же уровне черту через муравейник к точке, находящейся чуть-чуть левее того места, где мы сейчас стоим.

— Вон к той крыше с козырьком?

— Да-да, именно. Разумеется, я не могу сказать совершенно точно, но, если верить плану, который вы мне показали, это может быть тот самый дом.

Я смотрел в бинокль на крышу и не мог оторваться, хотя понимал, что задерживаю лейтенанта. Наконец он сказал:

— Наверное, странно чувствуешь себя, глядя на дом, в котором, быть может, находятся твои родители.

— Да. Ощущение странное.

— Конечно, это может оказаться и не тот дом. Но все равно нужный дом должен находиться где-то совсем рядом. Высокую трубу, которую я вам показал, мистер Бэнкс, местные называют Восточной печью. Труба, которую вы видите гораздо ближе к нам, почти на одной линии с первой, это Западная печь. До войны здешние жители имели обыкновение сжигать в одной из них мусор. Советую вам, сэр, использовать эти трубы в качестве ориентиров. Внимательно посмотрите еще раз на дальнюю трубу, сэр. Помните: дом, который вы ищете, находится чуть поодаль от нее, прямо на юг.

Я наконец опустил бинокль.

— Лейтенант, вы очень любезны. Не могу выразить, как я вам благодарен. Если это не будет чревато для вас никакими осложнениями, может, позволите упомянуть ваше имя во время церемонии, которая состоится в Джессфилд-парке в честь освобождения моих родителей?

— Моя помощь не так уж существенна. А кроме того, мистер Бэнкс, не думайте, что ваша миссия завершена. Когда стоишь здесь, наверху, кажется, что дом близко. Но там, в муравейнике, идет война. И хоть вы не солдат, передвигаться от дома к дому вам будет очень трудно. Помимо этих двух печей, в районе осталось очень мало зданий, что могли бы служить ориентирами. И потом, вам же придется еще вывести оттуда своих родителей целыми и невредимыми. Иными словами, вам предстоит нелегкая работа. Но теперь, мистер Бэнкс, нам нужно возвращаться. Думаю, мои люди уже вернулись и ждут распоряжений. Что же касается вас, мистер Бэнкс, то вы должны постараться вернуться до наступления темноты. Ходить по муравейнику и днем сущий ад, а ночью это вообще покажется вам кошмарным сном. Если темнота застигнет вас там, советую найти безопасное убежище и переждать до утра. Только вчера двое моих людей погибли, поскольку не смогли сориентироваться.

— Я запомню все, что вы мне сказали, лейтенант. Ну что ж, давайте спускаться.

———————

Внизу капитан Ма разговаривал с солдатом в совершенно изодранной форме. Солдат, судя по всему, не был ранен, но явно пребывал в состоянии нервного потрясения. Японец, привязанный к стулу, теперь храпел так, словно наслаждался мирным сном, хотя я заметил, что после нашего ухода. его вырвало снова.

Лейтенант быстро переговорил с капитаном, расспросил о чем-то солдата, потом обратился ко мне:

— Плохие новости. Остальные не вернулись. Двое, несомненно, убиты. Оставшиеся в живых попали в ловушку, хотя есть еще шанс, что им удастся вырваться. Враг, пусть временно, продвинулся вперед, и вполне вероятно, что дом, где находятся ваши родители, теперь у них в тылу.

— Независимо от этого, лейтенант, я должен идти, и немедленно. Послушайте, если люди, которых вы мне обещали, не вернулись, может быть — хотя я понимаю, что прошу слишком многого,— может быть, вы сами окажете мне любезность сопроводить меня? Честно говоря, сэр, я не могу и мечтать о более подходящем помощнике в данной ситуации.

Лейтенант с мрачным выражением лица обдумал мое предложение и наконец ответил:

— Хорошо, мистер Бэнкс. Я выполню вашу просьбу. Но нам надо торопиться. Мне вообще-то не следовало бы оставлять свой пост — если я буду отсутствовать долго, последствия могут оказаться непредсказуемыми.

Он что-то сказал капитану, потом открыл ящик стола и начал перекладывать в карманы и засовывать за пояс множество каких-то предметов.

— Вам лучше не иметь при себе оружия, мистер Бэнкс. Но у вас, наверное, есть пистолет? Нет? Тогда все же возьмите это. Очень надежная немецкая вещица. Спрячьте ее. Если мы встретимся с неприятелем, вы должны немедленно, четко и безоговорочно заявить о своем нейтралитете. А теперь следуйте, пожалуйста, за мной.

Подхватив винтовку, прислоненную к столу, он зашагал к бреши в противоположной стене и проворно юркнул в нее. Я засунул пистолет за пояс так, чтобы его закрывал пиджак, и поспешил за ним.

Глава 19

Только спустя какое-то время могло показаться, что первую часть пути мы преодолели относительно легко. А тогда, когда я плелся за размеренно шагающим лейтенантом, мне, разумеется, так не казалось. В ногах очень скоро возникла жгучая боль от острых камней, которыми была усеяна дорога, и мне не хватало ловкости, чтобы, скрючившись, легко пролезать в стенные проломы.

Этих проломов здесь оказалось множество, все они напоминали ту брешь, что зияла в стене временного штаба. Одни были узкими, другие — достаточно широкими, чтобы в них одновременно могли протиснуться два человека. Вскоре я уже чувствовал себя совершенно выдохшимся. Но, выбравшись из очередной дыры, я неизменно видел далеко перед собой лейтенанта, бодро преодолевавшего следующее препятствие.

Не все стены сохранились; порой мы были вынуждены прокладывать путь через завалы — обломки трех или четырех рядом стоявших домов. Почти все крыши были разворочены или снесены, так что в дневном свете недостатка не ощущалось, хотя иногда мы оказывались в темноте и рисковали оступиться. Не раз, пока я не привык к обстановке, моя нога соскальзывала и оказывалась зажатой в остром разломе каменной плиты или по щиколотку увязала в бетонном крошеве.

В такой ситуации немудрено было забыть, что мы идем по тому, что еще несколько недель назад служило жильем сотен людей. Порой мне казалось, что мы пробираемся не по району трущоб, а по одному огромному разрушенному перенаселенному зданию с бесконечным количеством комнат. Но даже при этом время от времени меня обжигала мысль, что под обломками, по которым мы ступаем, лежат дорогие для кого-то семейные реликвии, детские игрушки, незамысловатые предметы домашнего обихода, и меня с новой силой охватывал гнев на тех, кто допустил, чтобы столь печальная судьба постигла тысячи невинных людей. Я вспоминал напыщенных господ из международного поселка, изощренные уловки, к которым они столько лет прибегали, чтобы снять с себя ответственность, и в эти моменты во мне закипала такая ярость, что я был готов остановить лейтенанта, дабы излить ее наружу.

Впрочем, лейтенант остановился по собственному почину и, когда я догнал его, сказал:

— Мистер Бэнкс, пожалуйста, внимательно посмотрите на это.— Он показывал влево, на большое сооружение, напоминавшее бойлер. Засыпанное кирпичной крошкой, оно все же оставалось целым.— Это Западная печь. Если вы поднимете голову, то увидите ближнюю из двух труб, которые я вам показывал с крыши. Восточная выглядит точно так же, и она послужит нам следующим ориентиром. Если доберемся до нее, это будет означать, что мы находимся почти рядом с нужным домом.

Я внимательно осмотрел печь. Из нее словно вырастала широкая труба. Подойдя ближе и подняв голову, я увидел, что труба уходит далеко в небо. Я все еще пялился на эту трубу, когда услышал голос своего спутника:

— Прошу вас, мистер Бэнкс. Нужно идти. Нам очень важно успеть до захода солнца.

Через несколько минут после того, как мы миновали Западную печь, поведение лейтенанта изменилось: он стал двигаться намного осторожнее. Каждый его шаг стал обдуманным — прежде чем пролезть в очередную дыру, он просовывал голову и внимательно оглядывался, держа винтовку наперевес. Я тоже стал замечать на расстоянии вытянутой руки от проломов все больше мешков с песком и спиралей из колючей проволоки. Услышав первую пулеметную очередь, я замер от неожиданности, испугавшись, что стреляют в нас, но потом увидел, что лейтенант продолжает невозмутимо шагать впереди, и, с облегчением вздохнув, поспешил за ним.

Наконец, протиснувшись через очередную брешь, мы очутились на довольно просторной площадке. Я был совершенно измучен и поначалу даже подумал, что это руины зала вроде того, где мне приходилось бывать, и только потом понял, что мы стоим там, где еще недавно находилось несколько комнат. Перегородки почти полностью исчезли, поэтому дальняя стена оказалась на расстоянии не менее двадцати пяти ярдов. Возле нее я увидел шеренгу из семи или восьми солдат, лицами уткнувшихся в стену, и поначалу принял их за пленных, но тут же заметил, что каждый стоит перед небольшим отверстием, просунув в него дуло винтовки. Лейтенант уже пересек усыпанную битым кирпичом площадку и разговаривал с человеком, склонившимся к пулемету, укрепленному на треноге. Это сооружение располагалось напротив самого большого отверстия — нам предстояло в него пролезть, чтобы идти дальше. Подойдя, я заметил, что отверстие по всему периметру оплетено колючей проволокой, но в середине оставался просвет, в который можно было просунуть пулемет.

Сначала я подумал, что лейтенант просит солдата убрать это препятствие на нашем пути, но потом обратил внимание на то, как напряжены у всех лица. Пулеметчик, с которым разговаривал лейтенант, ни разу не отвел взгляда от амбразуры. Остальные солдаты тоже оставались неподвижны и сосредоточенны, все их внимание было занято тем, что происходило по ту сторону стены.

Их тревога тут же передалась мне, и захотелось немедленно ретироваться через дыру в задней стене. Но когда лейтенант повернулся, я мигом вспомнил, зачем нахожусь здесь.

— Возникли осложнения,— сообщил он.— Несколько часов назад японцы немного продвинулись вперед. Мы сейчас оттесняем их, чтобы восстановить линию передовой там, где она была утром. Однако, судя по всему, несколько японских солдат не отступили вместе со всеми и оказались в окружении. Они полностью отрезаны от своих и очень опасны. Эти люди считают, что сейчас японцы находятся за той стеной.

— Лейтенант, вы ведь не хотите сказать, что нам придется ждать, пока ситуация разрешится, правда?

— Боюсь, все-таки придется.

— И как долго?

— Трудно сказать. Японцы попали в западню и в конце концов будут либо взяты в плен, либо убиты. Но пока...

— Вы хотите сказать, что мы можем прождать несколько часов? Или даже дней?

— Все возможно. Следовать дальше без охраны было бы чрезвычайно опасно.

— Лейтенант, вы меня удивляете! Мне казалось, что вы полностью отдаете себе отчет в безотлагательности нашего предприятия. Несомненно, существует какой-нибудь другой путь, чтобы обойти этих попавших в окружение японцев.

— Другие пути, конечно, есть. Но какой бы мы ни выбрали, остается вероятность, что мы все равно окажемся в серьезной опасности. К сожалению, сэр, я не вижу иного выхода — только ждать. Может статься, что ситуация разрешится скоро. Прошу прощения.

Между тем один из солдат уже давно нетерпеливо махал рукой, и лейтенант направился к нему по осколкам кирпича. В этот самый момент раздалась оглушительная пулеметная очередь, а когда пулемет смолк, продолжением ее стал протяжный крик, доносившийся из-за стены. Вначале это был громкий вопль, потом он стал стихать и превратился в странное завывание. Звук был таким жутким, что я, ошеломленный, прирос к месту, и только когда лейтенант, ринувшись назад, сгреб и повалил меня за полуразрушенную кирпичную кладку, я заметил, что пули попадают в стену позади нас. Это, видимо, стреляли солдаты, занимавшие позицию напротив, у следующей стены, затем снова застрочил наш пулемет. Авторитетность этого орудия была такова, что винтовки смолкли. Когда же оборвалась и пулеметная очередь, остался слышен из-за стены казавшийся нескончаемым вой. Он сменился криком — человек повторял что-то снова и снова по-японски, потом голос сорвался на безумный визг и, наконец, замирая, превратился в протяжное поскуливание. Оно неясным эхом отражалось в развалинах, но китайские солдаты у амбразур оставались невозмутимы, их решимость ничуть не поколебало то, что они видели по другую сторону стены.

Пулеметчик внезапно обернулся, его вырвало, но он тут же снова уткнулся лицом в оплетенный колючей проволокой дзот. По тому, как он все это проделал, было совершенно невозможно сказать, была ли его тошнота вызвана общим нервозным состоянием, предсмертными криками раненого или просто несварением желудка.

Наконец по каким-то неуловимым признакам — позы солдат не изменились — стало ясно, что все немного расслабились. Я услышал позади голос лейтенанта:

— Теперь вы понимаете, мистер Бэнкс, что пройти куда бы то ни было сейчас нелегко.

Мы стояли на коленях, скорчившись за руинами кирпичной кладки, и я заметил, что мой легкий костюм весь покрылся пылью и гарью. Прежде чем заговорить, я постарался собраться с мыслями.

— Я полностью отдаю себе отчет в рискованности дальнейшего пути, но медлить нельзя. Теперь, когда вокруг стреляют, недопустимо оставлять моих родителей в том доме даже на минуту дольше. Может, нам взять с собой этих людей? Тогда в случае нападения горстки японцев у нас будет защита.

— Как старший по званию, я никак не могу одобрить подобный шаг, мистер Бэнкс. Если эти люди покинут позиции, штаб останется неприкрытым. Кроме того, я подвергну жизнь этих людей неоправданному риску.

Я раздраженно передернул плечами.

— Должен заметить, лейтенант, что ваши люди допустили оплошность, позволив этим японцам оказаться у них в тылу. Если бы все ваши подчиненные должным образом исполняли свои обязанности, уверен, такого бы не произошло.

— Мои люди сражались с отменной храбростью, мистер Бэнкс. Едва ли они виноваты, что выполнение вашей миссии затруднено.

— Что вы хотите этим сказать, лейтенант? Что вы имеете в виду?

— Пожалуйста, успокойтесь, мистер Бэнкс. Я только обращаю ваше внимание на то, что мои люди не виноваты...

— Тогда кто же виноват, сэр? О, я понимаю, что у вас на уме! Да! Я знаю, вы давно об этом думаете, и я только ждал, когда вы произнесете это вслух.

— Сэр, я понятия не имею...

— Я прекрасно знаю, что за мысль бродит у вас в голове все это время, лейтенант! Я прочел это по вашему взгляду. Вы считаете, будто это я во всем виноват — во всех этих ужасных страданиях, разрушениях... Но все дело в том, что вы ничего не знаете, не знаете практически ничего об этом деле. Вы, конечно, компетентны в ведении боевых действий, но позвольте вам заметить, что расследовать запутанное преступление, подобное этому, не так просто. Вы и понятия не имеете, какие люди в нем замешаны. Подобные дела быстро не раскрываются, сэр! Вы, наверное, думаете, что достаточно ворваться в дом с ружьями и штыками — и дело в шляпе? Да, признаю, мне понадобилось немало времени, но это вполне естественно. Не знаю, зачем говорю все это вам. Что вы, простой солдат, можете в этом понимать?

— Мистер Бэнкс, нам незачем ссориться. Я от души желаю успеха вашей миссии. Просто я хочу, чтобы вы поняли, что может случиться...

— Меня не интересуют ваши соображения на этот счет, лейтенант. Правильно ли я понимаю, что вы берете назад свое слово? Что не желаете сопровождать меня дальше? Думаю, так и есть. Вы предоставляете мне самому выполнить эту трудную задачу. Очень хорошо, так я и сделаю! Нападу на этот дом в одиночку!

— Думаю, сэр, вам следует успокоиться, пока вы не наговорили чего-нибудь еще...

— Еще? Можете быть уверены, что я не стану упоминать вашего имени на церемонии в Джессфилд-парке!

— Мистер Бэнкс, пожалуйста, выслушайте меня! Если вы намерены двигаться дальше, несмотря на опасность, воспрепятствовать вам я не могу. Со мной вы гораздо больше рискуете попасть под пулю. Вы — европеец в гражданской одежде. Если будете соблюдать крайнюю осторожность и четко называть имя каждому встречному, вполне вероятно, останетесь невредимы. Разумеется, я бы посоветовал вам подождать, пока не изменится ситуация. Но, как человек, тоже имеющий престарелых родителей, я могу понять ваше нетерпение.

Я встал, отряхнул костюм и холодно сказал:

— Ну что ж, тогда я ухожу.

— В таком случае, мистер Бэнкс, возьмите это.— Он протянул мне маленький фонарик.— Еще раз советую остановиться и переждать, если вы не доберетесь до места засветло, но по вашему настроению вижу, что ждать вы не собираетесь, и в этом случае вам, конечно, понадобится фонарь. Батарейки старые, так что пользуйтесь им только в случае крайней необходимости.

Сунув фонарь в карман, я ворчливо поблагодарил его, уже сожалея о том, что сорвался. Умирающий по ту сторону стены перестал выкрикивать отдельные слова и только выл. Я пошел было на звук, но лейтенант остановил меня:

— Туда нельзя, мистер Бэнкс. Вам придется пройти немного на север, а потом постараться двигаться в прежнем направлении. Сюда, сэр.

Несколько минут он вел меня по тропинке, перпендикулярной той, по которой мы шли прежде. Наконец мы приблизились к еще одной стене, в которой зияла брешь.

— Пройдите по этой дороге не менее полумили, потом снова сверните на восток. Вам могут встретиться солдаты как с той, так и с другой стороны. Помните, что я вам говорил: спрячьте револьвер и сразу заявляйте о своем нейтралитете. Если увидите местных жителей, просите их указать вам путь к Восточной печи. Желаю удачи, сэр. Мне жаль, что я не могу вам больше ничем помочь.

Прошагав несколько минут в северном направлении, я стал замечать, что дома здесь разрушены меньше. Это, впрочем, не сделало мой путь более легким; поскольку крыши тут остались в основном целыми, приходилось двигаться в сумеречном свете — фонарь я берег до темноты — и нередко пробираться на ощупь до следующей пробоины. Почему-то теперь попадалось больше битого стекла и канав с застоявшейся, тухлой водой. Часто я слышал торопливый шорох пробегавших мимо крысиных стай, а однажды наткнулся на дохлую собаку, но стрельбы здесь слышно не было.

Именно на этом этапе путешествия я поймал себя на том, что снова вспоминаю, как мы прощались с Дженнифер в тот солнечный день в маленькой гостиной,— особенно ее лицо, когда она совершенно серьезно клялась, что станет «помогать» мне, став старше. Один раз, пробираясь на ощупь вдоль стены, я представил нелепую картинку: бедная девочка ковыляет за мной по этим катакомбам, полная решимости выполнить свое обещание, и я вдруг так разволновался, что едва не заплакал.

Потом я набрел на дыру в стене; впереди ничего не было видно и жутко несло испражнениями. Я понимал: чтобы не сбиться с пути, необходимо пролезть в следующую комнату, но не мог заставить себя сделать это и прошел мимо. Брезгливость дорого обошлась мне, потому что потом я долго не мог найти другой дыры, и у меня возникло подозрение, будто я все дальше отклоняюсь от цели маршрута.

Когда окончательно стемнело и пришлось включить фонарь, я стал все чаще спотыкаться: то о ножку почти целого комода, то о кровать, когда оказывался в почти нетронутой комнате, где мебель была лишь слегка сдвинута с мест, словно люди только что вышли по делам.

Попадалось все больше тощих бродячих собак; я боялся, что они начнут нападать на меня, но они неизменно поджимали хвосты и шмыгали в темноту, рыча, если я направлял на них луч фонарика. Мне повстречались три собаки, свирепо что-то рвавшие на части, я даже выхватил пистолет, поскольку не сомневался, что они на меня набросятся, но и эти псы лишь проводили меня взглядами, словно признавая превосходство человека над ними.

Словом, я был уже в какой-то мере подготовлен и не слишком удивился, когда повстречал первую семью. Я высветил людей, прячущихся в темном углу, своим фонариком: несколько детишек, три женщины и пожилой мужчина. Они сидели в окружении тюков с нехитрым скарбом и в ужасе смотрели на меня, ощетинившись подручным «оружием», которое опустили, лишь услышав мою мирную речь. Я пытался выяснить, далеко ли находится Восточная печь, но они только непонимающе смотрели на меня. В соседних домах, куда все чаще можно было войти уже сквозь дверные прое-мы, а не пробоины в стенах, я видел еще три или четы-ре такие семьи, но и от них узнал не больше.

Потом я вышел на довольно просторную площадку, дальний конец которой был тускло освещен краснова-тым светом фонаря. В тени, окружавшей относитель-но светлый островок, столпилось много народу — тоже преимущественно женщины, дети и лишь несколько престарелых мужчин. Я, как обычно, спокойно обра-тился к ним, но, сразу ощутив в атмосфере нечто стран-ное, замолчал и достал пистолет.

В мерцании красноватого света все лица поверну-лись ко мне, но тут же взгляды собравшихся обратились в дальний угол, где дюжина ребятишек, собравшихся в кружок, склонились над чем-то, лежавшим на зем-ле. Кое-кто тыкал палками в то, что там находилось, и тут я заметил, что многие взрослые держали заост-ренные лопаты, кухонные ножи и прочие самодельные орудия. У меня появилось ощущение, будто я помешал некоему мрачному ритуалу, и первым побуждением было ретироваться. Но быть может, потому, что услышал не-ясный звук, а может, побуждаемый шестым чувством, я вместо этого, держа наготове пистолет, невольно дви-нулся к детям. Судя по всему, им не хотелось показы-вать мне свою добычу, но постепенно они расступи-лись, и я увидел в тусклом красноватом мерцании японского солдата, неподвижно лежавшего на боку. Руки у него были связаны за спиной, ноги тоже свя-заны, глаза закрыты. Я увидел, что из раны под мыш-кой сочится кровь, уже пропитавшая китель. Лицо и волосы солдата были покрыты пылью и коркой спек-шейся крови. Несмотря на все это, я без труда узнал Акиру.

———

Дети снова сомкнули круг, и один мальчишка ткнул в Акиру палкой. Я велел им отойти назад, махнув револьвером, и они немного отступили, однако продолжали внимательно наблюдать.

Пока я осматривал Акиру, глаза его оставались закрытыми. Китель на спине был изодран в клочья, из чего можно было заключить, что его волокли по земле. Рана под мышкой, скорее всего, была от шрапнели. На затылке виднелись шишка и рассеченная кожа. Но Акира был так измазан сажей, а свет был таким слабым, что я затруднялся определить, насколько серьезны его раны. Я направил на моего друга луч фонарика, и при этом тень вокруг так сгустилась, что мне стало еще труднее что-либо рассмотреть.

В течение нескольких минут я все же обследовал раны. Наконец он открыл глаза.

— Акира! — сказал я, приблизив к нему лицо. — Это я, Кристофер!

Тут мне пришло в голову, что, освещенный сзади, я представляюсь ему лишь неким устрашающим силуэтом, поэтому снова позвал его по имени и посветил фонариком себе в лицо. Вероятно, я показался Акире чудовищным призраком, ибо на его лице появилась гримаса отвращения и он с презрением плюнул в меня. Но сил у него почти не осталось, и слюна повисла на его же щеке.

— Акира! Это я! Как хорошо, что я нашел тебя! Я смогу тебе помочь.

Взглянув на меня, он прошептал:

— Дай мне умереть.

— Ты не умрешь, старик. Ты потерял немного крови, и тебе пришлось нелегко, но мы доставим тебя туда, где тебе окажут помощь, и ты поправишься, вот увидишь.

— Свинья. Свинья.

— Свинья?

— Ты. Свинья.— Он снова плюнул в меня, и снова слюна бессильно повисла у него на подбородке.

— Акира, ты просто все еще не понял, кто я.

— Дай мне умереть. Умереть как солдат.

— Акира, это я, Кристофер.

— Не знать. Ты свинья.

— Слушай, дай я сниму с тебя веревки. Тебе сразу станет легче, и ты придешь в себя.

Я оглянулся, собираясь попросить что-нибудь, чтобы разрезать веревки, но увидел, что теперь все — многие с острыми предметами в руках — сгрудились у меня за спиной, словно на какой-то зловещей групповой фотографии. Я отпрянул — ведь на какое-то время я почти забыл об их присутствии — и нащупал пистолет. Именно в этот момент Акира с неожиданной четкостью произнес:

— Если ты разрезать шпагат, я убить тебя. Я предупредил. Понял, англичанин?

— Что ты несешь? Слушай, ты просто не в себе, это же я, твой друг. Я хочу тебе помочь.

— Ты свинья. Разрезать шпагат — я убить тебя.

— Слушай, эти люди вот-вот убьют тебя. Твои раны скоро загноятся. У тебя нет выхода — придется принять мою помощь.

Две китаянки вдруг начали кричать. Одна, как можно было понять, обращалась ко мне, другая — к толпе. Несколько секунд царила полная неразбериха, затем вперед выдвинулся мальчик лет десяти с серпом в руке. Когда он оказался в полосе света, я заметил нечто мохнатое — возможно, трупик грызуна,— свисавшее с лезвия. Я подумал, мальчик так осторожно держит серп, чтобы не дать упасть тому, что на нем висело, но женщина, кричавшая на меня, выхватила у него серп, и это что-то шмякнулось на землю.

— А теперь слушайте меня! — крикнул я, вставая.— Вы совершаете ошибку. Это хороший человек. Мой друг. Друг.

Женщина закричала снова, судя по всему, требуя, чтобы я отошел в сторону.

— Он не враг,— продолжал увещевать я.— Он друг. Он собирается мне помочь закончить расследование.

Я вскинул пистолет — женщина попятилась. Между тем все остальные говорили одновременно, заплакал ребенок. Потом вперед вытолкнули старика, его поддерживала под руку девочка.

— Я говорить по-английски,— заявил старик.

— Слава богу! — воскликнул я.— Прошу вас, скажите им, что этот человек — мой друг. Он будет мне помогать.

— Она. Японская солдат. Она убить тетя Юнь.

— Уверен, что он ее не убивал. Не он лично.

— Она убивать и красть.

— Это же Акира! Кто-нибудь видел, как именно этот человек убивал или грабил? Ну давайте же, спросите их.

Весьма неохотно старик повернулся и что-то пробормотал. Снова завязался спор, из рук в руки стали передавать заостренную лопату, пока она не оказалась в руках у женщины, стоявшей в первом ряду.

— Ну? — спросил я у старика.— Разве я не прав? Никто ведь не видел, чтобы Акира сделал что-то плохое.

Старик покачал головой, вероятно, не соглашаясь со мной, а может, он просто не понял вопроса. Услышав, что Акира зашевелился у меня за спиной, я оглянулся.

— Видишь, что происходит? Хорошо, что я оказался рядом. Они перепутали тебя с кем-то другим и хотят убить. Ради бога, ты все еще не понял, кто я? Акира! Это я, Кристофер!

Повернувшись спиной к толпе, я снова посветил фонариком себе в лицо, а когда выключил его, впервые заметил проблеск узнавания в глазах Акиры.

— Кристофер,— повторил он, словно пробуя слово на вкус.— Кристофер.

— Да, это я. Долго же ты соображал!

— Кристофер. Друг.

Поднявшись, я окинул взглядом толпу и сделал знак подойти мальчику с кухонным ножом. Когда я взял у него нож, женщина с лопатой угрожающе двинулась на меня, но я вскинул револьвер и крикнул, чтобы она держалась подальше. Потом опустился на колени рядом с Акирой и стал разрезать веревки. Когда Акира сказал «шпагат», я подумал, что он просто ошибся, поскольку плохо говорил по-английски, но теперь увидел, что он и впрямь был связан старым шпагатом, который мгновенно лопнул под ножом.

— Скажите им,— обратился я к старику, когда руки Акиры оказались развязаны,— скажите им, что это мой друг. И что мы вместе собираемся закончить одно дело. Скажите им, что они совершили большую ошибку. Ну же, давайте скажите им!

Принявшись развязывать Акире ноги, я услышал, как старик что-то говорит своим соплеменникам. В толпе снова заспорили. Акира медленно сел и посмотрел на меня.

— Мой друг Кристофер,— сказал он.— Да, мы друзья.

Спиной я ощутил, что толпа снова надвигается, вскочил и, вероятно, из страха за друга закричал излишне резко:

— Ни шагу больше! Буду стрелять, я не шучу! — Потом, обратившись к старику, добавил: — Скажите, чтобы они отошли! Пусть отойдут, если им дорога жизнь!

Не знаю, что перевел им старик, но толпа, воинственность которой, как теперь понимаю, я явно переоценил, пришла в замешательство. Половина людей решили, что я велел им отойти к левой стене, другая — что я приказал сесть на землю. Но все они были чрезвычайно напуганы моим властным тоном и, спеша выполнить мои распоряжения, в панике натыкались друг на друга и громко кричали.

Акира, понимая, что нужно воспользоваться моментом, попробовал встать. Я поддержал его, и в течение нескольких секунд мы стояли, неуверенно раскачиваясь. Мне пришлось заткнуть пистолет за пояс, чтобы освободить руку, и мы попытались сделать несколько шагов вместе. Гнилостный запах шел из его раны, но, стараясь не думать об этом, я крикнул, обернувшись, не заботясь больше о том, сколько человек меня поймет:

— Вы скоро увидите, какую совершили ошибку!

— Кристофер,— бормотал мне в ухо Акира.— Мой друг. Кристофер.

— Слушай,— тихо сказал я ему,— нам нужно поскорее убраться отсюда. Видишь тот дверной проем в углу? Сможешь в него пройти?

Акира, тяжело налегая на мое плечо, посмотрел туда, куда я показывал.

— Хорошо. Мы пройти.

Ноги, судя по всему, у него не были ранены, он ступал довольно уверенно, насколько это было возможно в его состоянии, но шагов через шесть-семь они стали заплетаться. Мы изо всех сил старались не упасть, и, глядя на нас, видимо, можно было подумать, будто мы в шутку боремся. Однако мне удалось найти способ надежнее обхватить его, и мы снова двинулись к цели. Какой-то мальчишка выбежал вперед, чтобы швырнуть в нас ком грязи, но на него тут же зашикали. Мы с Акирой приблизились наконец к дверному проему — двери не было — и проковыляли в следующий дом.

Глава 20

Когда мы прошли через несколько проломов и поняли, что никто за нами не гонится, я впервые дал волю радости от встречи со старым другом. Несколько раз, пока мы ковыляли в обнимку, я даже засмеялся, потом засмеялся и Акира — казалось, разделявшие нас годы отступили.

— Сколько же мы не виделись, Акира? Как давно это было!

Он шел, морщась от боли, но нашел силы ответить:
— Давно, да.

— Знаешь, а я ведь вернулся в старый дом. Твой тоже все еще по соседству?

— Да. Рядом.

— Значит, и ты вернулся? Впрочем, что это я, ты же никуда не уезжал. Так что для тебя это в порядке вещей.

— Да,— с трудом подтвердил он.— Давно. Рядом.

Я остановился и усадил Акиру на обломок разрушенной стены. Потом осторожно стянул с него изодранный китель и снова осмотрел раны, включив фонарик. Мне по-прежнему не было ясно, насколько они серьезны. Я опасался, что рана под мышкой начала гноиться, но потом мне пришло в голову, что гнилостный запах мог идти от одежды Акиры. С другой стороны, я с тревогой отметил, что мой друг насквозь пропотел.

Сняв пиджак, я оторвал от подкладки несколько длинных лоскутов, чтобы использовать их как бинт, потом очистил рану с помощью носового платка. Хоть я и старался протирать ее со всей осторожностью, по тому, как судорожно Акира глотал воздух, можно было догадаться, что ему очень больно.

— Прости, Акира. Я постараюсь поаккуратнее.

— Аккуратно,— повторил он, словно вспоминая это слово. Потом вдруг рассмеялся и добавил: — Ты помогать мне. Спасибо.

— Ну конечно, я тебе помогаю. И очень скоро мы доберемся туда, где тебе окажут настоящую медицинскую помощь. А там оглянуться не успеешь, как будешь здоров. Но прежде чем мы туда дойдем, ты должен помочь мне. Сначала нам нужно сделать одно неотложное дело, тебе как никому другому будет понятно, почему оно срочное. Видишь ли, Акира, я наконец нашел место, где держат моих родителей. Мы сейчас совсем близко. Знаешь, старина, я ведь думал, что мне придется идти туда одному. Я бы, конечно, пошел, но, признаться, это было бы рискованно. Черт его знает, сколько похитителей там может оказаться. Вначале я считал, что смогу воспользоваться помощью нескольких китайских солдат, но это оказалось невозможным. Я даже подумывал, не попросить ли подмоги у японцев, но теперь, когда нас двое, мы наверняка справимся сами.

Все это я рассказывал ему, пока пытался перевязать его грудь, чтобы по возможности закрыть раны и остановить кровотечение. Акира внимательно наблюдал за мной и, когда я замолчал, сказал с улыбкой:

— Да. Я помогать тебе. Ты помогать мне. Хорошо.

— Но должен тебе признаться, Акира, я немного заплутал. Незадолго до того, как я на тебя набрел, все было в порядке, а сейчас я не представляю, куда идти.

Нам нужно найти то, что здесь называют Восточной печью. Это такая большая штуковина с трубой. Интересно, приятель, ты не знаешь, где искать эту печь?

Грудь у Акиры тяжело вздымалась, он неотрывно смотрел на меня. Я вдруг вспомнил те времена, когда мы усаживались вместе на вершине холма в нашем саду, чтобы отдышаться, и хотел было напомнить ему об этом, но он вдруг сказал:

— Я знать это место.

— Ты знаешь, как добраться до Восточной печи? Отсюда?

Он кивнул.

— Я сражаться там много недель. Я знать место,— он вдруг ухмыльнулся,— как моя родная деревня.

Я тоже улыбнулся, но его замечание озадачило меня.

— Какая это «твоя деревня»? — спросил я.

— Родная. Где я родиться.

— Ты имеешь в виду международный поселок?

Помолчав, Акира ответил:

— Моя родная деревня.

— Да,— подхватил я,— я тоже считаю его своей родной деревней.

Мы залились смехом и несколько минут не могли остановиться. Вероятно, это напоминало истерику. Когда же мы немного успокоились, я заговорил снова:

— Я кое-что скажу тебе, Акира. Тебе я могу это открыть. За все годы, что прожил в Англии, я ни разу не чувствовал там себя дома. Международный поселок всегда будет моим домом.

— Но он не вечно...— Акира тряхнул головой.— Очень непрочно. Завтра, послезавтра...— Он неопределенно махнул рукой.

— Я знаю, что ты имеешь в виду,— ответил я.— А когда мы были детьми, он казался нам таким надежным! Но, как ты сказал, он все равно останется для нас родиной. Единственной, какая у нас есть.

Я начал снова натягивать на него китель, стараясь не причинить лишней боли.

— Так лучше? Прости, что не могу сейчас сделать больше. Скоро тебя будут лечить как положено, а пока нам нужно завершить важную работу. Ну, говори, куда идти?

Продвигались мы медленно. Мне было трудно, поддерживая Акиру, направлять луч фонарика под ноги, и мы часто спотыкались в темноте, что причиняло моему другу ужасные страдания. Несколько раз в такие моменты он чуть не потерял сознание. Я тоже не избежал ран; неприятнее всего было то, что подошва на правом ботинке лопнула и каждый шаг теперь отдавался пронизывающей болью в ступне. Иногда мы чувствовали себя настолько измученными, что не могли без остановки сделать и дюжины шагов, но решили ни в коем случае не садиться. Стояли в обнимку, раскачиваясь, ловя ртом воздух, и старались поддерживать друг друга, чтобы облегчить свою боль. Гнилостный запах становился все ощутимее. Нервировало постоянное шуршание крыс поблизости. Но стрельбы мы не слышали.

По правде говоря, чувства, которые я испытывал в связи с нашим воссоединением, были довольно сложными. Безусловно, я был бесконечно благодарен судьбе за то, что она снова свела нас в решающий момент. Но в то же время я грустил оттого, что встреча, о которой я так долго мечтал, произошла при столь мрачных обстоятельствах. Это, разумеется, было совсем не то, что я представлял,— как мы вдвоем час за часом сидим в уютной гостиной какого-нибудь отеля или, быть может, на веранде дома Акиры, глядя на тихий сад, беседуя, вспоминая...

Между тем Акира, невзирая на тяжелое состояние, четко придерживался заданного направления. Часто он вел меня по дороге, которая, как я опасался, должна была закончиться тупиком, но в конце обязательно оказывался либо дверной проем, либо пролом в стене. Время от времени мы наталкивались на мирных жителей, иногда не видя их, а лишь ощущая чье-то присутствие в темноте. Люди, собравшиеся вокруг костра, смотрели на Акиру с такой враждебностью, что я опасался снова подвергнуться нападению. Но в итоге нам позволяли пройти, а один раз нам даже удалось уговорить старуху напоить нас водой в обмен на последнюю банкноту, завалявшуюся у меня в кармане.

Затем обстановка существенно изменилась. Нам больше не попадалось обитаемых островков с семьями, мы теперь встречали только одиночек с озлобленными лицами, бормочущих что-то или тихо плачущих. Не было больше и сохранившихся дверных проемов — только зияющие проломы в стенах. Они походили на те, через которые мы с лейтенантом пробирались в начале пути. Каждый такой пролом становился для Акиры тяжким испытанием, даже с моей помощью он не мог пролезть через них, не причинив себе боли.

Мы давно перестали разговаривать, только крякали и стонали в такт шагам, когда Акира вдруг остановился и поднял голову. Вслед за ним и я услышал голос — кто-то отдавал приказы. Трудно было сказать, насколько близко был этот человек,— вероятно, дома через два-три.

— Японцы? — шепотом спросил я.

Акира прислушался, потом покачал головой:

— Гоминьдановцы. Кристофер, мы сейчас очень близко от... от...

— Передовой?

— Да, передовой. Мы очень близко от передовой. Кристофер, это очень опасно.

— Чтобы попасть в дом, обязательно проходить это место?

— Обязательно.

Внезапно послышалась оружейная пальба, затем где-то дальше — ответная очередь пулемета. На мгновение мы инстинктивно прижались друг к другу, но Акира тут же отстранился и сел.

— Кристофер,— тихо сказал он,— теперь мы отдыхать.

— Но нам нужно добраться до дома.

— Теперь отдыхать. Слишком опасно идти через передовую в темноте. Нас убить. Нужно ждать утро.

Я не мог не признать его правоты, тем более что мы оба были слишком измучены, чтобы двигаться дальше. Я тоже сел и выключил фонарик.

Так мы и сидели в кромешной тьме, тишину нарушало лишь наше прерывистое дыхание. Потом вдруг возобновилась ожесточенная стрельба, которая продолжалась минуты две и так же внезапно смолкла. Через несколько секунд в развалинах стал нарастать странный шум. Сначала это был протяжный тонкий звук, напоминавший вой дикого зверя, но постепенно он перерос в громкий крик. Потом послышались визги и всхлипывания, а затем раненый стал выкрикивать целые фразы. Это было очень похоже на то, что я слышал раньше. У меня в голове все смешалось, и я даже подумал, будто кричит тот же самый японский солдат, и уже хотел было сказать Акире, что этому человеку слишком долго приходится испытывать невыносимые страдания, но тут понял, что человек кричит по-китайски. От сознания того, что это два разных человека, у меня мороз пробежал по коже. Каким же похожим был их предсмертный вой, как одинаково они твердили свои отчаянные мольбы! Мне пришло в голову, что всем нам предстоит пройти через это на пути к гибели,— предсмертные душераздирающие вопли напоминают плач новорожденных.

Вскоре я осознал, что мы сидим на сравнительно открытом месте и, если сюда начнут залетать пули, нам негде будет спрятаться. Я хотел предложить Акире перейти в более укромный угол, но заметил, что он спит. Включив фонарик, я стал осторожно осматриваться.

Даже по сравнению с тем, что я видел недавно, здесь разрушения были еще более сокрушительными. Виднелись воронки от разорвавшихся гранат, пулевые отверстия, раскрошенные кирпичи, расколотые деревянные балки. Посредине комнаты, не далее чем в семи-восьми ярдах от нас, лежал на боку убитый буйвол, засыпанный пылью и обломками, из-под которых торчал рог. Я продолжал водить лучом, пока не осмотрел все проломы, через которые враги могли проникнуть в наше убежище. В дальнем конце, за буйволом, я увидел маленькую кирпичную нишу, которая, вероятно, когда-то служила печью или очагом. Мне показалось, это самое безопасное место для того, чтобы скоротать ночь. Я разбудил Акиру, закинул его руку себе на шею, и мы, стеная от боли, поднялись.

Дотащив друга до ниши, я раскидал ногой камни, очистив пространство деревянного пола. Потом, подстелив пиджак, осторожно уложил Акиру на здоровый бок, сам пристроился рядом и стал ждать, когда придет сон.

Но крайняя усталость, непрекращающиеся крики умирающего, страх оказаться под обстрелом и мысли об испытании, которое мне предстоит, не давали заснуть. Акира тоже не спал, и, услышав, что он пытается сесть, я спросил:

— Как твоя рана?

— Моя рана. Не беспокоить, не беспокоить.

— Дай посмотрю.

— Нет-нет. Не беспокоить. Но спасибо тебе. Ты — хороший друг.

Нас разделяло всего несколько дюймов, однако мы не могли видеть друг друга. После долгого молчания я услышал его голос:

— Кристофер. Ты должен учиться говорить по-японски.

— Да, должен.

— Нет, я иметь в виду — сейчас. Ты учиться японский сейчас.

— Честно признаться, старина, это едва ли подходящее время.

— Нет. Ты должен учиться. Если японские солдаты приходить, когда я спать, ты должен сказать им. Сказать им — мы друзья. Ты должен сказать, или они стрелять в темноте.

— Да, понимаю.

— Поэтому ты учиться. Если я спать. Или я мертвый.

— Эй, не желаю слышать этой чепухи. Ты очухаешься.

Снова воцарилось молчание, я вспомнил, как в детстве Акира часто не понимал меня, если я употреблял фразеологические обороты, и медленно повторил:

— Ты будешь совершенно здоров. Понимаешь, Акира? Я об этом позабочусь. Ты выздоровеешь.

— Ты очень добрый,— ответил он.— Но осторожность не помешать. Ты должен учиться сказать. По-японски. Если японские солдаты приходить. Я учить тебя. Ты запоминать.

Он стал говорить что-то на своем языке, но фраза была слишком длинной, и я остановил его.

— Нет-нет. Этого я никогда не выучу. Что-нибудь покороче. Только чтобы дать им понять, что мы — не враги.

Он подумал минутку и произнес фразу ненамного короче предыдущей. Я попробовал повторить ее, но он почти сразу перебил меня:

— Нет, Кристофер. Ошибка.

Предприняв еще несколько попыток, я сказал:

— Слушай, так ничего не получится. Скажи мне всего одно слово. Слово «друг». Большего я не осилю.

— Томодати,— произнес он.— Скажи: то-мо-да-ти.

Я повторил слово несколько раз, как мне казалось, очень точно, но услышал, что Акира смеется в темноте, и засмеялся вместе с ним, а вскоре мы уже истерически хохотали так же, как незадолго до того. Мы хохотали, наверное, не меньше минуты, после чего я, судя по всему, мгновенно уснул.

Когда я проснулся, в развороченную комнату заглядывал первый рассветный луч. Свет был бледный, голубоватый — словно упал лишь один, самый верхний из покровов темноты. Откуда-то издалека доносилась птичья трель. Оказалось, что крыша у нас над головой почти полностью отсутствовала, и оттуда, где я лежал, больно упираясь плечом в кирпичную стену, были видны звезды на предрассветном небе.

Мое внимание привлекло какое-то движение, я сел, увидел трех или четырех крыс, суетившихся вокруг мертвого буйвола, и несколько секунд сидел неподвижно, уставившись на них. И только после этого повернулся, чтобы посмотреть на Акиру. Он лежал рядом со мной, не шевелясь, очень бледный, но я с облегчением заметил, что он дышит ровно. Нащупав лупу, я принялся снова внимательно изучать его раны, но добился лишь того, что разбудил его.

— Не бойся,— прошептал я, когда он сел и стал озираться по сторонам.

Он выглядел испуганным и растерянным, но постепенно, судя по всему, вспомнил, что было накануне, и в его оцепеневшем взгляде проступила осмысленность.

— Тебе что-то снилось? — спросил я.

Он кивнул:

— Да. Снилось.

— Надеюсь, какое-нибудь местечко получше этого? — рассмеялся я.

— Да.— Акира глубоко вздохнул и добавил: — Мне снилось, что я маленький мальчик.

Мы помолчали, потом я сказал:

— Должно быть, это настоящее потрясение — из мира, который тебе снился, попасть в этот.

Мой друг уставился на голову буйвола, торчавшую из-под обломков.

— Да,— произнес он наконец.— Мне снилось, когда я был маленький мальчик. Моя мама, мой отец. Маленький мальчик.

— А помнишь, Акира, игры, в которые мы играли? На холме в нашем саду. Помнишь?

— Да. Помню.

— Это добрые воспоминания.

— Да. Очень добрые.

— Хорошие были деньки. Тогда мы, конечно, не понимали, насколько они замечательные. Дети этого, наверное, вообще не осознают.

— У меня есть ребенок,— вдруг сказал Акира.— Мальчик. Пять лет.

— В самом деле? Хотелось бы мне его увидеть.

— Я терять фотография. Вчера. Позавчера. Когда меня ранить. Я терять фотография. Сына.

— Ну, старина, не грусти. Скоро снова увидишь его.

Акира продолжал смотреть на буйвола. Одна крыса дернулась, и стая мух взлетела с туши животного, потом уселась на нее снова.

— Мой сын. Он — Япония.

— Ты отправил его в Японию?

— Мой сын. Япония. Если я умереть, ты сказать ему, пожалуйста.

— Сказать ему, что ты умер? Прости, но я не могу этого сделать. Потому что ты не умрешь. Во всяком случае, еще не скоро.

— Ты сказать ему. Я умереть за родину. Сказать, чтобы он слушаться мать. Защищать. И строить добрый мир.— Он едва ли не шептал теперь, тщательно подбирая английские слова и стараясь не заплакать.— Строить добрый мир,— повторил он, водя рукой в воздухе.— Да. Строить добрый мир.

— Когда мы были мальчишками,— сказал я,— мы жили в добром мире. А эти дети, которых мы недавно видели... Как ужасно, что им так рано довелось узнать, насколько гнусной бывает жизнь.

— Мой сын,— продолжал Акира,— Япония. Пять лет. Он ничего еще не знать, ничего. Он думать, мир — хорошее место. Люди добрые. Его игрушки. Его мама, отец.

— Наверное, и мы были такими же. Но, полагаю, все не так плохо.— Я отчаянно старался вывести друга из опасного состояния депрессии.— В конце концов, когда мы были детьми и что-то шло не так, мы не многое могли сделать, чтобы исправить положение. Но теперь мы взрослые и кое-что должны сделать. После стольких лет мы можем наконец хоть отчасти восстановить справедливость. Вспомни, старина, как мы играли. Много раз. Как воображали себя сыщиками, которые разыскивают моего отца. А теперь мы взрослые и можем наконец все уладить.

Акира долго молчал, потом сказал:

— Когда мой мальчик понимать, что мир нехороший... Я хотеть...— Он замолчал — то ли от боли, то ли потому, что не мог найти английского слова,— потом произнес что-то по-японски и добавил по-английски: — Я хотеть быть с ним. Помогать ему. Когда он понимать.

— Слушай, мартышка ты старая,— шутливо заметил я,— все не так мрачно. Скоро ты снова увидишь сына, уж я об этом позабочусь. А насчет того, что в годы нашего детства мир якобы был лучше, это все чушь. Просто тогда взрослые защищали нас. Не стоит вспоминать о детстве с такой ностальгией.

— Но-сталь-ги-я,— по слогам повторил Акира, словно это и было слово, которое он тщетно искал. Потом сказал что-то по-японски, вероятно то же самое слово, и снова перешел на английский: — Но-сталь-ги-я. Нужно испытывать но-сталь-ги-ю. Это очень важно.

— Ты так думаешь, старина?

— Важно. Очень важно. Ностальгия. Если мы испытывать ностальгия, значит, мы помнить. Мир, лучший, чем этот, мы открывать, когда расти. Мы помнить и желать добрый мир снова возвращаться. Поэтому очень важно. Только что я видеть во сне. Я — мальчик. Мама, отец, рядом со мной. В нашем доме.— Он смолк, продолжая неотрывно смотреть на обломки.

— Акира! — воскликнул я, чувствуя, что чем дольше продолжается этот разговор, тем серьезнее становится опасность, о которой я боялся даже думать.— Нам нужно идти. У нас много дел.

Словно в ответ, раздалась пулеметная очередь. Звук был более отдаленным, чем накануне, но мы насторожились.

— Акира,— сказал я,— отсюда далеко до того дома? Нам нужно добраться до него раньше, чем разразится настоящий бой. Сколько еще идти?

— Недалеко. Но мы идти осторожно. Китайские солдаты очень близко.

После сна, ничуть не освежившего нас, мы чувствовали себя так же скверно. Когда мы встали и Акира навалился на меня всей своей тяжестью, я не удержался и застонал от боли, пронзившей шею и плечи. Первые несколько минут, пока мы снова не приноровились друг к другу, ходьба была для нас адской мукой.

Местность, по которой мы шли теперь, выглядела еще более удручающей. Разрушения оказались такими опустошительными, что нам зачастую приходилось останавливаться, чтобы найти хоть какой-нибудь проход через сплошные завалы. И хотя при свете продвигаться было легче, открывшаяся взгляду разруха, которую накануне скрывала темнота, смертельно угнетала дух. Среди руин повсюду: на земле, на стенах, на разломанной мебели — видна была кровь, иногда свежая, иногда пролившаяся, судя по всему, несколько недель назад. Хуже того — обоняние предупреждало об этом гораздо раньше, чем обнаруживал взгляд,— мы стали с регулярностью натыкаться на мертвецов в разных стадиях разложения, с вывороченными внутренностями. Однажды, когда мы остановились передохнуть, я заговорил об этом с Акирой, но он ответил просто:

— Штык. Солдаты всегда втыкать штык в живот. Если втыкать сюда,— он ткнул себя под ребра,— штык не вытащить. Солдаты знать. Всегда живот.

Время от времени мы по-прежнему слышали стрельбу, и каждый раз у меня возникало отчетливое ощущение, что она становится все ближе и ближе. Это тревожило меня, но теперь Акира шел увереннее, чем прежде, и, если я спрашивал, правильно ли мы идем, только нетерпеливо отмахивался.

К тому времени, когда мы набрели на тела двух китайских солдат, сквозь пробитые крыши уже сильно припекало солнце. Мы прошли довольно далеко от них и не смогли толком рассмотреть, но мне показалось, что убиты они были всего за несколько часов до нашего появления. Один лежал, уткнувшись лицом в битый камень, другой умер, стоя на коленях, и теперь упирался лбом в кирпичную стену, словно человек, погруженный в глубокую печаль.

В какой-то момент меня охватила уверенность, что мы вот-вот попадем под перекрестный огонь, и я остановил Акиру, сказав:

— Слушай, в какую игру ты играешь? Куда меня ведешь?

Он не ответил, лишь стоял, навалившись на мое плечо, опустив голову и пытаясь успокоить дыхание.

— Ты в самом деле знаешь, куда идти? Акира, отвечай! Ты знаешь, куда мы идем?

Он устало поднял голову и указал куда-то поверх моего плеча.

Я оглянулся — очень медленно, поскольку он продолжал тяжело висеть на мне,— и через пролом в стене не более чем в дюжине шагов от себя увидел то, что, несомненно, было Восточной печью.

Мы молча двинулись туда. Восточная печь была покрыта пылью, но, похоже, оставалась вполне пригодной для использования. Отстранив Акиру — при этом он тут же опустился на гору битых кирпичей,— я подошел вплотную к печи и задрал голову: передо мной была уходившая в облака труба. Потом я вернулся к Акире и тихо тронул его за плечо.

— Акира, прости, что говорил с тобой в таком тоне. Хочу, чтобы ты знал: я очень тебе благодарен. Сам бы я никогда не нашел этого места. Нет, правда, Акира, я так тебе благодарен!

— Ладно.— Теперь он дышал немного спокойнее.— Ты помогать мне. Я помогать тебе. Все в порядке.

— Но, Акира, теперь мы должны быть где-то совсем рядом с домом. Дай-ка оглядеться. Вон та улица,— указал я,— ведет в нужном направлении. Нам необходимо идти по ней.

Было видно, что Акире очень не хотелось вставать, но я поднял его, и мы снова отправились в путь по узкой улочке — той самой, которую лейтенант показывал мне с крыши, однако она оказалась полностью завалена обломками домов. Через отверстие в стене мы пробрались в соседний закуток и стали продвигаться через завалы вперед, по направлению, которое представлялось мне параллельным нужной улице.

Дома, сквозь которые мы теперь шли, оказались меньше повреждены и, несомненно, когда-то были не такими убогими, как те, что мы проходили раньше. Здесь были стулья, письменные столы, посреди обломков попадались даже нетронутые зеркала и вазы. Мне хотелось идти как можно быстрее, но Акира стал безвольно оседать, и нам снова пришлось остановиться.

Пока мы сидели на рухнувшей балке, стараясь отдышаться, я заметил расписанную вручную табличку с именем, валявшуюся среди мусора.

Деревянная дощечка была расколота пополам, но половинки лежали рядом, и можно было видеть металлические крючки, при помощи которых дощечка крепилась к входной двери. Безусловно, нам не впервые попадалась такая табличка, но мое внимание привлекла именно эта. Я подошел, вытащил обе половинки деревяшки из кучи кирпичного крошева и принес их Акире.

— Акира, ты можешь это прочесть? — спросил я, складывая половинки вместе и протягивая ему.

Он несколько секунд смотрел на надпись, потом сказал:

— Мой китайский не хороший. Имя. Чье-то имя.

— Акира, слушай внимательно. Посмотри на эти иероглифы. Ты должен знать хотя бы некоторые. Пожалуйста, постарайся прочесть. Это очень важно.

Он снова посмотрел на табличку, потом покачал головой.

— Акира, прошу тебя, подумай,— взмолился я.— Это может быть Е Чень? Не это имя здесь написано?

— Е Чень...— Акира задумался.— Е Чень. Да, возможно. Вот этот иероглиф... Да, возможно. Кажется, здесь написано Е Чень.

— Действительно? Ты уверен?

— Не совсем. Но... вероятно. Очень вероятно. Да.— Он решительно кивнул.— Е Чень. Я думать так.

Отложив расколотую табличку, я осторожно прошел по битому кирпичу в переднюю часть дома. На месте двери теперь зиял широкий пролом, выглянув через который я увидел узкую улочку. Напротив стоял дом. Фасады прилегавших к нему строений были сильно разрушены, дом же, на который я теперь смотрел, уцелел. На нем не было заметно никаких существенных повреждений: сохранились ставни на окнах, раздвижная деревянная дверь с сеткой и даже талисман, висевший над ней. После того, через что нам пришлось пройти, дом казался видением из иного, довоенного мира. Несколько минут я не мог отвести взгляда от этого зрелища. Потом жестом подозвал Акиру и прошептал:

— Эй, иди сюда! Должно быть, это тот самый дом. Ну да, какой же еще?

Не пошевелившись, Акира глубоко вздохнул:

— Кристофер. Ты — друг. Я очень любить тебя.

— Тише! Акира, мы пришли. Это тот самый дом. Я это кожей чувствую.

— Кристофер...— Он с усилием встал и медленно побрел ко мне.

Когда он остановился рядом, я указал на дом. Утреннее солнце исполосовало его фасад яркими лучами.

— Да, Акира. Это он.

Опустившись на землю у моих ног, мой друг снова тяжело вздохнул:

— Кристофер. Мой друг. Ты должен очень подумать. Проходить много лет. Много, много лет...

— Не странно ли,— заметил я,— что война обошла этот дом стороной? Дом, в котором находятся мои родители.— Едва закончив фразу, я вдруг почувствовал тревогу, но взял себя в руки и добавил: — Итак, Акира, теперь мы должны туда войти. Пойдем вместе, держась за руки. Как тогда, когда пробирались в комнату Лин Тиеня. Помнишь?

— Кристофер. Мой дорогой друг. Ты должен хорошо подумать. Много, много лет проходить. Друг, пожалуйста, послушать. Может быть, мама и отец... Столько лет проходить...

— Мы пойдем туда вместе. А как только мы это сделаем, обещаю, я доставлю тебя туда, где тебе окажут самую лучшую медицинскую помощь. Вполне вероятно, для начала мы сможем что-нибудь найти уже там, в доме,— по крайней мере чистую воду и бинты. Моя мать осмотрит твои раны, сменит повязки. Не волнуйся, скоро ты будешь в полном порядке.

— Кристофер. Подумать хорошенько. Столько лет проходить...

В этот момент дверь напротив со скрипом раздвинулась, Акира замолчал. Я потянулся было за револьвером, но из дома вышла маленькая девочка-китаянка.

Ей было лет шесть. Довольно милое личико ничего не выражало. Волосы были аккуратно связаны в два маленьких хвостика. Простая рубашка и широкие брюки казались великоватыми для девочки.

Моргая от яркого света, она осмотрелась, потом устремила взгляд в нашу сторону. Мы стояли, не шелохнувшись. Заметив нас, девочка с поразительным бесстрашием пошла прямо к нам, остановилась в нескольких ярдах и начала говорить что-то по-китайски, показывая рукой назад, на дом.

— Акира, что она говорит?

— Не понимать. Наверное, она приглашать нас в дом.

— Но какое она может иметь ко всему этому отношение? Ты считаешь, она как-то связана с похитителями? Что она говорит?

— Думать, она просить помогать.

— Нужно сказать ей, чтобы она держалась подальше,— сказал я, доставая револьвер.— Они могут оказать сопротивление.

— Да, она просить помогать. Говорить: собака ранена. Да, кажется, она сказать: «Собака».

Пока мы наблюдали за девочкой, откуда-то из-под кромки ее аккуратно завязанных в хвостики волос начала сочиться тоненькая струйка крови. Сбежав по лбу, она перетекла на щеку. Девочка, казалось, ничего не заметила и снова заговорила, показывая на дом у себя за спиной.

— Да,— подтвердил Акира.— Она говорит: собака. Собака ранена.

— Собака? Это она ранена. И, судя по всему, серьезно.

Я сделал шаг навстречу девочке, намереваясь осмотреть рану. Но она истолковала мое движение как угрозу и, повернувшись, отпрыгнула назад, к двери. Потом снова раздвинула ее, испуганно оглянулась и исчезла в доме.

Постояв в нерешительности, я протянул руку другу.

— Акира,— повторил я.— Мы должны войти. Пошли вместе.

Глава 21

Пока мы переходили улицу, я старался держать дверь под прицелом. Но Акира обнимал меня рукой за шею и почти висел на мне, поэтому мы шагали, пошатываясь. Представив, как мы выглядим со стороны, я подумал, что вид у нас отнюдь не устрашающий. Боковым зрением я мельком приметил декоративную вазу, стоявшую при входе, а колокольчик, висевший над дверью, как мне показалось, мелодично звякнул, когда мы проходили под ним. Потом я услышал голос девочки.

Хотя фасад дома отлично сохранился, комната, в которой мы очутились, была в руинах. Вспоминая об этом сейчас, я полагаю, что снаряд пробил крышу, обрушил верхний этаж и разворотил дом изнутри. Но тогда я едва ли думал об этом — для меня важнее всего было найти родителей. Первой смутной мыслью было, что похитители сбежали. Потом, заметив тела, я страшно испугался, что это тела моего отца и матери — похитители могли убить их при нашем приближении. Поняв, что три трупа, лежащие в комнате, принадлежат китайцам, должен признаться к своему стыду, я испытал облегчение.

В глубине помещения лежал труп женщины, вероятно матери девочки. Взрывная волна отбросила ее туда, и она осталась там, где упала. На ее лице застыл ужас. Одна рука была оторвана по плечо, и культя торчала вверх, словно указывая, откуда прилетел снаряд. Чуть поодаль, заваленная обломками, лежала старуха, тоже с ужасом смотревшая в небо. Половина ее лица обуглилась, но ни крови, ни заметных увечий видно не было. Ближе всего к тому месту, где мы остановились, под обрушившейся балкой, лежал мальчик чуть старше девочки, вслед за которой мы сюда пришли. У него была оторвана нога. Из бедра на циновку свешивались жилы.

— Собака,— произнес Акира у меня за спиной.

Я проследил за его взглядом. В центре, посреди завала, неподалеку от мальчика, на боку лежала собака. Опустившись на колени перед раненым животным, девочка нежно гладила его. В ответ собака слабо виляла хвостом. Девочка подняла голову и снова что-то сказала, как и прежде, ровным и твердым голосом.

— Что она говорит, Акира?

— Я думать, она просить мы помогать собаке,— ответил он и, прислушавшись, добавил: — Да, она говорить: мы помогать собаке.— Потом он вдруг стал безудержно хохотать.

Девочка снова заговорила, на сей раз обращаясь исключительно ко мне,— видимо, решила, что Акира сумасшедший. Потом, прижавшись к собаке щекой, опять стала нежно гладить ее.

С трудом оторвав от себя Акиру, я сделал шаг по направлению к девочке, но в этот момент Акира тяжело рухнул на обломки мебели. Я в испуге оглянулся, но он продолжал смеяться, а девочка — без остановки о чем-то просить. Положив револьвер, я подошел к ней и тронул за плечо.

— Послушай... Все это,— я обвел рукой кровавую сцену, на которую она, похоже, не обращала никакого внимания,— ужасно. Но ты выжила и вот увидишь, все у тебя будет хорошо, если только... если только сумесшь сохранить мужество...— Раздраженно повернувшись к Акире, я закричал: — Акира! Прекрати! Ради всего святого, здесь не над чем смеяться! Эта бедная девочка...

Но маленькая китаянка, схватив меня за рукав, заговорила снова — медленно и четко, глядя мне прямо в глаза.

— Слушай, ты действительно очень храбрая девочка,— сказал я, шаря по карманам.— Клянусь, те, кто виноват в этом, не избегнут кары. Ты, конечно, не знаешь, кто я, но так уж случилось, что я именно тот, кто тебе нужен. Я позабочусь о том, чтобы они не ушли от ответа. Не волнуйся, я... я...— Найдя наконец свою лупу, я показал ее девочке.— Вот, смотри.

Откинув ногой валявшуюся на дороге птичью клетку, я направился к погибшей матери девочки и, скорее по привычке, чем по необходимости, склонившись, стал осматривать ее через лупу. Ее культя выглядела на удивление чистой; кость, торчавшая из тела, сверкала белизной, словно кто-то отполировал ее.

Теперь все стало уже забываться, но, кажется, именно глядя на культю женщины сквозь увеличительное стекло, я вспомнил о своих родителях. Чтобы отчасти объяснить то, что произошло, могу лишь сказать: Акира продолжал истерично хохотать, лежа там, где рухнул, а девочка тем же монотонно-настойчивым голосом — повторять свою просьбу. Иными словами, атмосфера становилась слишком нервной, и, вероятно, в значительной степени поэтому я стал переворачивать вверх дном то немногое, что осталось от дома.

В глубине находилась крохотная комнатка, полностью разрушенная снарядом. Оттуда я и начал поиски, отдирая от пола сохранившиеся доски и взламывая дверцы перевернутого шкафа оторванной от стола ножкой. Вернувшись в переднюю комнату, я стал раскидывать ногами обломки, вдребезги разнося той же ножкой от стола все, что не смог сокрушить ногами и руками. Наконец я понял, что Акира, перестав хохотать, ходит за мной, толкает в плечо и что-то говорит мне на ухо. Не обращая на него никакого внимания, я продолжал поиски, не остановившись, даже когда, войдя в раж, случайно перевернул один из трупов. Акира не переставал толкать меня в плечо, и в конце концов, не в силах понять, почему человек, который должен был бы помогать мне, вместо этого мешает, я повернулся к нему и закричал что-то вроде:

— Отстань от меня! Отстань! Если не хочешь помочь, убирайся! Катись в свой угол и продолжай хохотать!

— Солдаты! — прошипел он мне в ухо.— Солдаты приближаться!

— Отвяжись! Мой отец, моя мать! Где они? Их здесь нет! Где они? Где они?

— Солдаты! Кристофер, молчать! Ты — молчать, а то нас убить!

Приблизив свое лицо к моему, он встряхнул меня за плечи. И тут я действительно совсем рядом услышал голоса.

Не сопротивляясь, я позволил Акире затолкать меня в глубину комнаты. Девочка, как я успел отметить, теперь молча гладила голову собаки. Животное все еще пыталось время от времени слабо вилять хвостом.

— Кристофер,— тревожно зашептал Акира,— если солдаты китайские, я — прятаться. Китайские солдаты не должны меня находить. Но — японские, ты — сказать слово я тебя учить.

— Я ничего не могу сказать. Послушай, старик, если ты не хочешь мне помочь...

— Кристофер! Солдаты приходить!

Просеменив через комнату, он исчез в шкафу, который стоял в углу. Дверца была полуоторвана, так что голень ноги Акиры вместе с ботинком оказалась видна. Его попытка спрятаться таким образом была просто жалкой, я засмеялся и чуть не сказал, что вижу его, когда в дверном проеме появились солдаты.

Первый из вошедших сразу же выстрелил из винтовки, но пуля угодила в стену у меня за спиной. Потом солдат заметил мои поднятые руки и то, что я — иностранец в гражданской одежде, и крикнул что-то своим товарищам, столпившимся позади него. Трое или четверо начали спорить, судя по всему, обо мне, держа меня под прицелом. Вошли еще несколько солдат и стали обыскивать помещение. Когда Акира что-то закричал по-японски из своего укрытия, они столпились вокруг шкафа, и Акира выбрался наружу. Я заметил, что ни он, ни солдаты не были особенно рады видеть друг друга. Остальные солдаты окружили девочку, продолжая спорить о том, что делать,— теперь уже с ней. Потом появился офицер, солдаты вытянулись по стойке «смирно», и в комнате воцарилась тишина.

Офицер — молодой капитан — обвел глазами комнату, его взгляд сначала остановился на ребенке, потом на мне, затем на Акире, которого поддерживали два солдата. Разговор проходил по-японски, но сам Акира в нем участия не принимал. В его глазах застыло покорное выражение. Один раз он попытался что-то сказать капитану, но тот оборвал его, еще о чем-то коротко переговорил с солдатами, и те повели Акиру к выходу. Теперь было совершенно очевидно, что его обуял страх, но он не сопротивлялся.

— Акира! — закричал я ему вслед.— Акира, куда они тебя ведут? Что случилось?

Он обернулся и взглянул на меня с нежностью. Потом его вывели на улицу, где толпилось много других солдат.

Молодой капитан еще некоторое время смотрел на ребенка, затем повернулся ко мне и спросил:

— Вы англичанин?

— Да.

— Простите, сэр, но что вы здесь делаете?

— Я искал своих родителей. Моя фамилия Бэнкс, Кристофер Бэнкс. Я известный детектив. Возможно, вы...

Капитан еще раз окинул взглядом развалины, трупы, маленькую девочку и умирающую собаку, потом сказал что-то стоявшему рядом солдату, не отводя глаз от меня, и наконец произнес:

— Прошу вас, сэр, пройти со мной.

Он вежливо, но твердо показал жестом, чтобы я следовал на улицу впереди него. Пистолет он не спрятал.

— Эта девочка,— спросил я,— вы отведете ее в какое-нибудь безопасное место?

Он снова взглянул на меня и после недолгой паузы сказал:

— Прошу вас, сэр, выходите.

В целом японцы обходились со мной прилично. Они держали меня в своем штабе — бывшем пожарном депо, в маленькой задней комнатке, кормили и поили.

Доктор лечил раны, которые я получил, не помню даже когда и как. На ногу мне наложили повязку и снабдили большим ботинком, который можно было надевать поверх бинтов. Охранявшие меня солдаты не говорили по-английски и, похоже, не знали, пленник я или гость, но я был слишком измотан, чтобы обращать внимание на что бы то ни было: просто лежал на походной кровати, которую для меня принесли. Я не был заперт; более того, дверь в смежную комнату даже плотно не прикрывали, так что, выныривая из дремы, я мог слышать голоса — японцы спорили или кричали что-то по телефону,— можно было догадаться, речь шла обо мне. Как теперь понимаю, большую часть проведенного там времени у меня был жар. Тем не менее независимо от того, спал я или бодрствовал, события не только последних часов, но и всех последних недель постоянно бередили мою память. Потом паутина, окутывавшая мозг, прорвалась, сознание начало проясняться, и к тому времени, когда на исходе дня я проснулся окончательно и приехал полковник Хасэгава, у меня сложился совершенно определенный взгляд на недавние события.

Полковник Хасэгава — щеголь лет сорока с небольшим — галантно представился, добавив:

— Очень рад видеть, что вы чувствуете себя намного лучше, мистер Бэнкс. Похоже, здесь за вами хорошо ухаживали. Мне приятно сообщить, что я имею поручение сопроводить вас в британское консульство. Можем ли мы отправиться туда немедленно?

— Видите ли, полковник,— ответил я, с трудом поднимаясь на ноги,— я бы предпочел, чтобы вы отвезли меня в другое место. Это очень срочно. Адрес я представляю весьма приблизительно, но это где-то неподалеку от Нанкинской дороги. Возможно, вы знаете. Там продают граммофонные пластинки.

— Вам так срочно понадобились граммофонные пластинки?

Я не стал объяснять ему всего, просто ответил:

— Мне очень важно попасть туда как можно скорее.

— К сожалению, сэр, у меня приказ доставить вас в британское консульство. Боюсь, если поступлю иначе, могут возникнуть большие трудности.

Я тяжело вздохнул.

— Наверное, вы правы, полковник. В любом случае, думаю, теперь уже все равно поздно.

Полковник взглянул на часы.

— Да, боюсь, действительно поздно. Но позвольте высказать предположение: если мы выедем прямо сейчас, у вас останется время, чтобы чуть позже насладиться музыкальными записями.

Мы ехали в открытой военной машине, которую вел ординарец полковника. День выдался прекрасный, солнце пронизывало своими лучами городские развалины. Двигались мы медленно, дорога, хоть и была более или менее расчищена — груды кирпичей громоздились по обочинам,— оказалась вся изрыта воронками. Иногда мы проезжали по улице, на которой совсем не было следов разрушения, но за ближайшим же углом взору открылись дома, представлявшие собой не что иное, как кучи обломков, и отдельные уцелевшие телеграфные столбы с провисшими проводами причудливо клонились под разными углами. Я заметил вдали трубы тех самых двух печей.

— Англия — чудесная страна,— говорил между тем полковник Хасэгава,— спокойная. Прекрасные зеленые поля, Они до сих пор стоят у меня перед глазами. А ваша литература! Диккенс, Теккерей, «Грозовой перевал»... Особенно я люблю вашего Диккенса.

— Полковник, простите, что затрагиваю эту тему, но, когда ваши люди вчера нашли меня, я был не один. Со мной был японский солдат. Не знаете ли, что с ним?

— Ах, тот солдат! Точно не знаю.

— Я хотел бы знать, где его можно найти.

— Вы хотите снова встретиться с ним? — Полковник стал серьезным.— Мистер Бэнкс, советую вам больше не думать о судьбе этого солдата.

— Полковник, с вашей точки зрения, он совершил какой-то проступок?

— Проступок? — Полковник с легкой усмешкой смотрел на проплывавшие мимо руины.— Этот солдат наверняка выдал врагу секретную информацию. Видимо, именно поэтому его и отпустили. Если не ошибаюсь, вы сами заявили, что нашли его неподалеку от линии обороны гоминьдановцев. Тут попахивает предательством.

Я хотел было возразить, но понял, что спорить с полковником — не в интересах Акиры, да и не в моих собственных. Помолчав немного, он сказал:

— Не следует быть слишком сентиментальным.

Произношение, бывшее до тех пор почти безупречным, на последнем слове подвело его, и он произнес «сен-чи-мен-толным». Это резануло мне слух, и я молча отвернулся. Но через несколько секунд полковник сочувственно спросил:

— Тот солдат... Вы с ним встречались раньше?

— Мне так казалось. Я думал, он — друг моего детства. Но теперь я в этом не уверен. Вообще начинаю понимать, что многое здесь не так, как я предполагал.

Полковник кивнул.

— Детство кажется теперь таким далеким. Все это...— Он махнул выставленной из окна рукой.— Столько страданий! Одна наша поэтесса, бывшая много лет назад придворной дамой, написала о том, как это печально. По ее словам, детство с годами начинает напоминать чужую страну, в которой мы когда-то выросли.

— Видите ли, полковник, для меня эта страна едва ли стала чужой. В определенном смысле я всегда жил именно здесь. И только теперь уезжаю.

Миновав японский контрольный пункт, мы въехали в северный район поселка. В этой части города тоже были заметны следы разрушений, а также усиленных военных приготовлений. Повсюду виднелись штабеля мешков с песком и грузовики, набитые солдатами. При приближении к реке полковник сказал:

— Я, как и вы, мистер Бэнкс, очень люблю музыку. Особенно Бетховена, Мендельсона, Брамса. И еще Шопена. Третья соната восхитительна.

— Такого культурного человека, как вы, полковник, все это,— я показал за окно,— должно очень печалить — я имею в виду разорение, ставшее следствием вторжения вашей страны в Китай.

Я боялся, что Хасэгава рассердится, но он лишь спокойно улыбнулся:

— Согласен, это достойно сожаления. Но если Япония хочет стать великой нацией, такой как ваша, мистер Бэнкс, это неизбежно. Так же, как это было когда-то неизбежно для Англии.

Несколько минут прошло в молчании, потом он спросил:

— Наверное, вчера вы видели отвратительные вещи?

— Да, конечно, видел.

Полковник издал странный смешок, заставивший меня насторожиться.

— Мистер Бэнкс,— вдруг сказал он,— а вы отдаете себе отчет... Вы можете представить грядущие ужасы?

— Если вы продолжите вторжение в Китай, не сомневаюсь...

— Простите меня, сэр, я говорю не только о Китае. Весь мир, мистер Бэнкс, весь мир скоро будет вовлечен в войну! То, что вы видели,— только начало.— Он произнес это победным тоном, но тут же грустно покачал головой и тихо добавил: — Это будет ужасно. Ужасно. Вы даже представить себе не можете, сэр.

Смутно помню первые часы после своего возвращения. Но полагаю, мое появление на территории британского консульства в виде, приличествующем разве что бродяге, и к тому же в японской военной машине, не слишком оскорбило моральные устои. Помню, какие-то официальные лица выбежали нам навстречу, потом меня провели в здание, помню лицо генерального консула, спешившего ко мне вниз по лестнице. Я, вероятно, даже толком не поздоровавшись, выпалил:

— Мистер Джордж, прошу вас немедленно устроить мне встречу с вашим сотрудником мистером Макдональдом.

— С Макдональдом? Джоном Макдональдом? Но почему вам понадобилось встречаться именно с ним, старина? Послушайте, что вам действительно нужно, так это отдых. Мы приведем доктора и...

— Догадываюсь, что из-за усталости выгляжу не лучшим образом, однако не волнуйтесь, сейчас я пойду немного приведу себя в порядок. Но прошу вас, чтобы Макдональд был здесь, когда я вернусь. Это чрезвычайно важно.

Меня препроводили в комнату для гостей, где мне удалось побриться и принять горячую ванну, несмотря на то что в дверь постоянно стучали. Одним из посетителей был угрюмый хирург-шотландец, который осматривал меня добрых полчаса, уверенный в том, что я скрываю от него серьезное ранение. Другие приходили справиться о моем самочувствии и предлагали разные услуги, минимум троих людей я нетерпеливо посылал узнать, не прибыл ли Макдональд. Мне уклончиво отвечали, что его пока не нашли; а потом, когда наступил вечер, я провалился в глубокий сон, сморенный не то усталостью, не то каким-то порошком, который дал хирург.

Проснулся я лишь поздним утром следующего дня. Съел завтрак, который принесли в комнату, переоделся в чистую одежду. Почувствовав себя намного лучше, я решил немедленно отправиться на поиски Макдональда.

Мне казалось, я помнил, как пройти к его кабинету, по предыдущему визиту, но простота расположения комнат в здании консульства оказалась весьма обманчивой, и мне пришлось спрашивать дорогу у нескольких сотрудников. Я все еще не очень понимал, где нахожусь, спускаясь по очередной лестнице, когда вдруг заметил сэра Сесила Медхэрста на площадке внизу.

Утреннее солнце лилось сквозь высокие окна лестничного пролета, освещая серый каменный пол. Больше на площадке никого не было. Сэр Сесил стоял, немного наклонившись вперед, заложив руки за спину, и смотрел вниз, на лужайку перед консульством. Я испытал искушение ретироваться вверх по лестнице, но в этой части здания было безлюдно, и я рисковал выдать себя звуком шагов, поэтому все же спустился на нижнюю площадку. Когда я подошел к сэру Сесилу, он обернулся так, словно давно знал, что я здесь.

— Привет, старина,— сказал он.— Наслышан о вашем возвращении. Должен сказать, здесь поднялась небольшая паника, когда вы исчезли. Ну как, уже лучше себя чувствуете?

— Да, прекрасно, благодарю вас.

Солнце, бившее Медхэрсту в лицо, делало его старым и усталым. Он отвернулся и стал снова смотреть в окно. Там, внизу, три полицейских-сикха сновали по лужайке, складывая в штабеля мешки с песком.

— Вы уже слышали, что она сбежала? — спросил сэр Сесил.

— Да.

— Поскольку вы исчезли одновременно, у меня, естественно, зародились подозрения. Думаю, не только у меня. Вот почему я пришел сюда сегодня: чтобы извиниться перед вами. Но мне сказали, что вы еще спите. Вот я и... ошиваюсь здесь.

— Вам нет нужды извиняться передо мной, сэр Сесил.

— Нет-нет, есть. Вполне вероятно, вчера вечером я тут наболтал лишнего. Ну, вы понимаете, о своих подозрениях. Теперь всем понятно, что я свалял дурака. Но все равно я счел необходимым прийти и объясниться.

Внизу на лужайке появился китаец-кули с тележкой, груженной новыми мешками с песком. Полицейские-сикхи начали разгружать ее.

— Она оставила письмо? — спросил я, стараясь придать голосу беспечность.

— Нет. Но сегодня утром я получил телеграмму. Она, знаете ли, в Макао. Сообщает, что в безопасности и все у нее в порядке, что она там одна и что скоро снова напишет.— Он повернулся ко мне и схватил за локоть.— Бэнкс, я знаю, вы тоже будете по ней скучать. В определенном смысле я бы предпочел, чтобы она сбежала с вами. Она... она очень хорошо о вас думала.

— Для вас это, наверное, оказалось сильным потрясением,— заметил я, просто чтобы что-нибудь сказать.

Сэр Сесил опять отвернулся и довольно долго наблюдал за полицейскими, продолжавшими сновать по лужайке, потом признался:

— Сказать по правде, нет. Это не было для меня потрясением. Я давно говорил Саре, что она должна уйти и отыскать свою любовь. Истинную любовь. Ведь она ее заслуживает, как вы думаете? Именно за этим она теперь и отправилась. Искать настоящую любовь. Может, и найдет. Где-нибудь там, на просторах Южно-Китайского моря, кто знает? Повстречается, например, с каким-нибудь путешественником — в порту, в отеле... Она, должен вам сказать, сделалась весьма романтичной. Мне следовало давно отпустить ее.— В его запавших глазах стояли слезы.

— Что вы теперь будете делать, сэр? — мягко спросил я.

— Что буду делать? Бог его знает. По-хорошему нужно было бы вернуться домой. Наверное, так я и поступлю. Поеду домой. Как только отдам здесь кое-какие долги.

Сзади, на лестнице, послышались шаги — кто-то спускался вниз, но, заметив нас, задержался. Мы оба обернулись. Увидев Грейсона, чиновника из муниципального совета, я испытал раздражение.

— Доброе утро, мистер Бэнкс. Доброе утро, сэр Сесил. Мистер Бэнкс, мы все так рады снова видеть вас живым и невредимым!

— Благодарю вас, мистер Грейсон,— ответил я, но, поскольку он продолжал, глупо улыбаясь, стоять на нижней ступеньке, добавил: — Не сомневаюсь, что приготовления к церемонии в Джессфилд-парке идут полным ходом, к вашему удовлетворению.

— Ах да, да! — воскликнул он.— Но в настоящий момент, мистер Бэнкс, я искал вас потому, что слышал, будто вы хотите побеседовать с мистером Макдональдом.

— Да. Я как раз направлялся к нему.

— Ну, конечно. Только он не в своем обычном кабинете. Если соизволите последовать за мной, сэр, я провожу вас к нему прямо сейчас.

Я сочувственно сжал плечо сэра Сесила — при этом он отвернулся к окну, чтобы скрыть слезы,— и нетерпеливо последовал за Грейсоном.

Он повел меня через пустынную часть здания в коридор, мимо множества дверей. Я слышал, как кто-то разговаривал по телефону. Человек, вышедший из одного кабинета, кивнул Грейсону. Грейсон открыл другую дверь и жестом пригласил меня войти.

Я очутился в небольшой, но хорошо оборудованной комнате, бо́льшую часть которой занимал огромный письменный стол. Но в комнате никого не было, и я остановился на пороге. Однако Грейсон подтолкнул меня вперед и закрыл дверь. Обойдя вокруг стола, он сел за него и указал мне на свободный стул.

— Мистер Грейсон,— сказал я,— у меня нет времени на подобные розыгрыши.

— Простите,— поспешил успокоить меня Грейсон,— я знаю, что вы хотели видеть мистера Макдональда. Но, понимаете ли, обязанности мистера Макдональда ограничиваются протоколом. Он выполняет их прекрасно, однако за их пределы не выходит.

Я нетерпеливо вздохнул и хотел было возразить, но Грейсон не дал мне сказать ни слова.

— Видите ли, старина, когда вы заявили, что хотите говорить с Макдональдом, стало ясно, что на самом деле вам нужен я. Я именно тот, с кем вам следует побеседовать.

Тут я заметил, что в облике Грейсона произошла резкая перемена. Лучезарная улыбка исчезла, он серьезно и пристально смотрел на меня. Заметив проблеск понимания в моем взгляде, он снова жестом предложил мне сесть.

— Пожалуйста, устраивайтесь поудобнее. И простите меня за то, что дурачил вас с самого вашего приезда. Но, видите ли, мне нужно было убедиться, что вы не собираетесь сделать ничего, способного повредить нам в отношениях с местными властями. Если я правильно понимаю, вы хотели встретиться с Желтым Змием.

— Да, мистер Грейсон.

— Пока вы отсутствовали, мы тут кое с кем переговорили, и теперь, похоже, все стороны готовы удовлетворить вашу просьбу.— Перегнувшись через стол, он добавил: — Ну что, мистер Бэнкс, дело движется к концу?

— Да, мистер Грейсон. Думаю, теперь я действительно близок к цели.

Итак, вечером, вскоре после одиннадцати, я уже ехал в машине через жилой район французской концессии в сопровождении двух офицеров китайской тайной полиции. Мы проезжали по улицам, обсаженным деревьями, мимо больших домов. Некоторые были полностью скрыты за высокими каменными заборами и оградами. Потом въехали в ворота и остановились во дворе с гравиевым покрытием. Перед нами высился темный четырех- или пятиэтажный дом.

Внутри свет был приглушен, и повсюду в тени виднелись охранники. Пока я следовал за своими сопровождающими по парадной лестнице, у меня создалось впечатление, что еще недавно дом принадлежал богатому европейцу, но потом по какой-то причине перешел во владение китайских властей. На стенах повсюду были приколоты наскоро нацарапанные записки, соседствовавшие с изысканными картинами западных и китайских мастеров.

Судя по убранству комнаты на втором этаже, куда меня ввели, здесь недавно стоял бильярдный стол. Но теперь в центре помещения было пусто, и я расхаживал в ожидании. Минут через двадцать я услышал, как к дому подъехало еще несколько машин, но, выглянув из окна, сразу понял: отсюда нельзя увидеть то, что происходило перед парадным входом.

Примерно через полчаса за мной пришли и повели еще выше, на третий этаж, по коридору, где тоже стояли охранники. Потом мои сопровождающие остановились, и один из них указал на дверь, находившуюся в нескольких ярдах впереди. Последний отрезок пути я проделал один и вошел в просторную комнату, видимо, чей-то кабинет. На полу лежал толстый ковер, а по стенам возвышались книжные стеллажи. В нише эркера, перед окнами, задернутыми тяжелыми шторами, стоял письменный стол с двумя стульями по краям. От настольной лампы разливалось теплое озерцо света, в углах комнаты царил полумрак. Пока я озирался по сторонам, из-за стола встал человек и, осторожно обойдя вокруг него, указал мне на кресло, в котором только что сидел сам.

— Почему бы тебе не сесть, Вьюрок? — прозвучал голос дяди Филиппа.— Помнится, ты всегда любил сидеть в моем кресле за столом.

Глава 22

Если бы я не ожидал его увидеть, то, вполне вероятно, я бы не узнал дядю Филиппа. За минувшие годы он прибавил в весе, шея его сделалась толще, а щеки обвисли. Волосы поредели и поседели, но взгляд все еще был спокойным и насмешливым, почти таким же, как прежде.

Я подошел, но не стал садиться в кресло, которое он для меня освободил.

— Сяду здесь,— сказал я, остановившись возле стула перед столом.

Дядя Филипп пожал плечами:

— Ну что ж, все равно это не мой стол. По правде говоря, я никогда прежде и не бывал в этом доме. А ты?

— Тоже. Может, сядем?

Усевшись, мы получили возможность как следует рассмотреть друг друга в свете настольной лампы.

— А знаешь, ты не очень-то изменился, Вьюрок,— сказал он через минуту.— В тебе даже сейчас нетрудно увидеть того мальчика.

— Был бы признателен, если бы вы не называли меня этим именем.

— Прости. Признаю, это немного фамильярно. Итак, ты сумел меня вычислить. До сих пор я отказывался встретиться с тобой. Но в конце концов, думаю, мне просто захотелось снова тебя увидеть. Наверное, я должен кое-что тебе объяснить. Однако я не знал, как ты ко мне отнесешься: как к другу или как к врагу,— вот в чем дело. Впрочем, в последнее время я почти ни в ком не уверен. Знаешь, мне велели на всякий случай держать при себе вот это.— Он протянул к свету маленький серебристый пистолет.— Они полагали, что ты способен на меня напасть.

— Однако пистолет, как вижу, вы все-таки с собой прихватили.

— А-а, да я таскаю его с собой повсюду. Так много людей хотят причинить мне зло! То, что оружие при мне, не имеет к тебе никакого отношения. Вон там, за дверью, стоит их человек. Вероятно, его подкупили, чтобы он ворвался сюда и вонзил в меня нож. Кто знает? Боюсь, такая угроза всегда висела надо мной. С тех самых пор, как началась охота на Желтого Змия.

— На предателя.

— Грубовато, если ты имеешь в виду то, что я думаю. Что касается коммунистов, то да, для них я стал предателем. Люди Чана схватили меня в один злосчастный день и пригрозили пытками. Признаю, мне это не очень понравилось, вернее, совсем не понравилось. Но в конце концов они поступили гораздо умнее. Они обманом заставили меня предать одного из своих. А потом, ты же понимаешь, деваться было некуда. Потому что, как тебе известно, нет никого страшнее бывших соратников. Другого способа выжить у меня не было. Пришлось положиться на правительство.

— Проведенное мной расследование показывает, что многие люди из-за вас поплатились жизнью,— заметил я.— Причем не только те, кого вы предали. Год назад был период, когда вы навели коммунистов на мысль, будто Желтый Змий — совсем другой человек. И многие члены семьи того несчастного, в том числе трое детей, были убиты.

— Я и не хочу представить себя ангелом. Я труслив и всегда знал за собой этот грех. Однако едва ли меня следует винить в зверствах красных. Они ничуть не менее жестоки, чем Чан Кайши, и у меня не осталось к ним ни малейшего уважения. Но послушай, ты ведь пришел сюда поговорить не об этом.

— Нет, не об этом.

— Итак, Вьюрок... Прости, Кристофер. Итак, что мне тебе рассказать? С чего начнем?

— С моих родителей. Где они?

— К сожалению, твой отец мертв. И уже давно. Мне очень жаль.

Я молчал. Я ждал. И он вынужден был заговорить снова:

— Как ты думаешь, Кристофер, что произошло с твоим отцом?

— Какое вам дело до того, что я думаю? Я пришел сюда, чтобы услышать это от вас.

— Ладно. Мне просто было интересно узнать, что ты сам разведал. Ты ведь приобрел громкое имя своими расследованиями.

Меня страшно раздражал его тон, но я понимал, что, скорее всего, он будет говорить, только если я соглашусь на его условия, поэтому ответил:

— Полагаю, мой отец выступил против своих хозяев в вопросе о доходах от торговли опиумом. Поступив подобным образом, он наверняка задел их финансовые интересы и был выброшен.

Дядя Филипп кивнул:

— Я так и предполагал, что ты представляешь себе нечто в этом роде. Мы с твоей матерью сами придумали историю, которую ты только что изложил. Значит, мы преуспели. Но правда, Вьюрок, была куда прозаичнее. Твой отец в один прекрасный день сбежал с любовницей. Он жил с ней в Гонконге примерно год. Ее звали Элизабет Корнуолл. Но в Гонконге, как тебе известно, людей, как в бочке сельдей, и там слишком много англичан. Разразился скандал, и твоему отцу пришлось бежать с ней, кажется, в Малайзию или куда-то еще. А потом он подцепил тиф и умер в Сингапуре. Это случилось через два года после того, как он бросил тебя. Прости, старина, я знаю, что тебе тяжело это слышать. Но мужайся — мне предстоит сегодня рассказать тебе еще очень многое.

— Вы говорите, моя мать все знала? Уже тогда?

— Она узнала все приблизительно за месяц. Твой отец ловко заметал следы, и твоей матери это стало известно только потому, что он ей сам написал. Никто, кроме нас с ней, не знал правды.

— Но как же сыщики? Неужели они не раскрыли обмана?

— Сыщики? — Дядя Филипп рассмеялся.— Эти по уши заваленные работой простаки? Да они бы и потерявшегося на Нанкинской дороге слона не нашли! — Он сделал паузу, но, не дождавшись ответной реакции, продолжил: — Она бы в конце концов рассказала тебе. Но тогда мы хотели тебя оберечь, потому и придумали всю эту легенду.

Я почувствовал себя неуютно в свете настольной лампы, но стул с прямой спинкой не позволял откинуться назад. Поскольку я упорно молчал, дядя Филипп продолжил рассказ:

— Я не хотел бы проявлять несправедливость к твоему отцу. Ему было очень трудно. Он всегда любил твою мать, горячо любил. Ничуть не сомневаюсь, он продолжал любить ее до самой смерти. В некотором роде, Вьюрок, в этом-то и была беда. Он любил ее слишком сильно, а потому идеализировал. И ему оказалось не по силам постоянно тянуться к той планке, которую, как он полагал, она ему устанавливала. Он старался. О да, он старался изо всех сил, и это чуть не сломило его. Он даже мог сказать: «Смотри, это все, на что я способен, я такой, какой есть,— не лучше и не хуже». Но он боготворил ее. Отчаянно хотел сделаться достойным, а когда понял, что этого ему не дано, ушел к той, которой он и так был мил. Думаю, твой отец просто хотел отдохнуть. Столько лет он из кожи вон лез, и в конце концов ему понадобился отдых. Не думай о нем слишком плохо, Вьюрок. Уверен, он никогда не переставал любить тебя и твою мать.

— А мама? Что сталось с ней?

Дядя Филипп подался вперед, уперся в стол локтями и чуть склонил голову набок.

— Что тебе известно о ней? — ответил он вопросом на вопрос.

Легкость, которую он пытался придать своим интонациям, вмиг испарилась. Несмотря на легкий наклон головы, он смотрел на меня очень проницательно, в желтом свете настольной лампы стали заметны седые волоски, торчавшие из ноздрей. Где-то внизу заиграла пластинка — китайский военный марш.

— Не думай, я отнюдь не пытаюсь изматывать тебя неизвестностью,— сказал он, поскольку я продолжал молчать.— Просто мне не хочется говорить об этом больше, чем необходимо. Ну же, давай ответь, что тебе удалось разузнать?

— До недавнего времени у меня было впечатление, что моих родителей держат в доме где-то в городе. Так что, как видите, я оказался не так уж умен.

Замолчав, я ждал продолжения. Посидев еще немного в своей странной позе, дядя Филипп выпрямился и сказал:

— Ты этого не помнишь. Но вскоре после того, как пропал твой отец, я приехал к вам навестить твою мать. В тот же день в ваш дом приехал еще один человек. Китаец.

— Вы имеете в виду военачальника Ван Гуна?

— Ого! А ты не так уж глуп.

— Мне удалось выяснить его имя, но потом я, похоже, взял ложный след и увлекся.

Он вздохнул и прислушался.

— Слышишь? Гоминьдановский гимн. Его играют, чтобы подразнить меня. И так бывает всегда, куда бы меня ни привезли,— слишком часто для простого совпадения.

Я промолчал, тогда он встал и заковылял к окну, занавешенному плотной шторой.

— Твоя мать,— начал он наконец,— была искренне предана нашей борьбе за прекращение торговли опиумом в Китае. Многие европейские компании, в том числе и та, где работал твой отец, получали баснословные прибыли, ввозя в Китай индийский опиум и превращая миллионы китайцев в безвольных наркоманов. В те дни я был одним из лидеров движения. В течение долгого времени наша стратегия была крайне наивной. Мы считали, что можем убедить эти компании отказаться от опиумных доходов. Мы писали письма, прилагали к ним свидетельства того, какой урон наносят наркотики китайскому народу. Да, можешь смеяться, мы были очень наивны, однако возлагали надежду на то, что имеем дело с христианами, но в конце концов поняли, что это ни к чему не приведет. Нам стало ясно: эти люди не просто жаждали богатства, они хотели, чтобы

китайцы пребывали в нищете, были одурманены нарко-
тиками и не способны управлять собственной страной.
В таких условиях ее легко можно было превратить в
псевдоколонию и при этом не брать на себя никаких
обязательств. Словом, мы сменили тактику, стали действовать хитрее.

В те дни, так же как и сейчас, перевозка опиума осу-
ществлялась на судах по Янцзы. Кораблям приходилось
проплывать через территории, на которых действовали
бандиты, и без защиты им не удалось бы, миновав усть-
тье, далеко продвинуться вверх по течению. Поэтому
компании «Баттерфилд и Суайр», «Жарден Матисон» и
многие другие заключали соглашения с военачальниками тех провинций, через которые им предстояло следовать. На самом деле эти военачальники были тоже
бандитами, только признанными властями. Они распо-
ряжались военизированными отрядами и имели возможность беспрепятственно проводить по реке корабли.
На них-то мы и сделали ставку. Мы больше не рассчи-
тывали на изменение политики торговых компаний, а
договаривались с военачальниками, взывая к их нацио-
нальной гордости. Мы разъясняли им, что в их власти
ограничить доходы торговых компаний, постараться, чтобы китайский народ стал хозяином собственной судьбы.

Конечно, многие из них были слишком жадны до
денег, которые мы им платили. Но были среди них и
истинно обращенные. Ван Гун в те времена считался
одним из самых влиятельных бандитов. Контролиро-
вавшаяся им территория простиралась на несколько сот
квадратных миль к северу от Хунани. Он был жесток,
его боялись, и он сочувствовал нашему делу. Часто
приезжал в Шанхай, любил светскую жизнь, и мы сумели привлечь его на свою сторону. Вьюрок, тебе плохо?

— Нет, все в порядке. Я слушаю.

— Может, тебе лучше уйти? Ты не обязан слушать то, что я собираюсь рассказывать дальше.

— Рассказывайте. Я слушаю.

— Ну, ладно. Я тоже думаю, что тебе следует это знать, если, конечно, ты будешь в состоянии это вынести. Потому что... потому что ты должен найти ее. Все еще существует шанс, что ты сможешь ее отыскать.

— Значит, моя мать жива?

— У меня нет оснований думать иначе.

— Тогда продолжайте.

Дядя Филипп вернулся к столу и снова сел напротив меня.

— В тот день Ван Гун приехал в ваш дом. Ты должен помнить тот день. Ты был совершенно прав, заподозрив, что он был очень важным человеком. Именно в тот день твоя мать поняла, что намерения Ван Гуна нечисты. Проще говоря, он сам собирался захватить контроль над перевозками опиума. Разумеется, он организовал все очень хитроумно, через третьи или четвертые руки — типично по-китайски, но по сути дела стремился он именно к этому. Большинству из нас это уже было известно, но от нее мы держали это в тайне, что, вероятно, было глупо. Нас тоже, конечно, от всего этого воротило, но мы тем не менее решили работать с Ван Гуном. Да, он продавал бы опиум тем же людям, что и торговые компании. Но важно было прекратить импорт, важно было сделать торговлю неприбыльной.

К сожалению, в тот день, прибыв в ваш дом, Ван Гун сказал нечто, открывшее твоей матери глаза на подлинный характер наших взаимоотношений. Думаю, она почувствовала себя одураченной. Возможно, она что-то и подозревала, но не желала смотреть правде в глаза и потому сердилась на себя и на меня не меньше, чем на Вана. Так или иначе, она потеряла контроль над собой и ударила его. Легко, как ты понимаешь, но ее рука коснулась его щеки. И безусловно, она бросила ему в лицо все, что думала. Я сразу понял: за это придется заплатить страшную цену. Попытался было уладить все: объяснял ему, что твой отец только что исчез, что твоя мать не в себе,— словом, старался смягчить его, пока он шел к выходу. А он улыбнулся и сказал, чтобы я не беспокоился. Но я беспокоился, о да, я жутко беспокоился, потому что понимал: то, что сделала твоя мать, будет нелегко исправить. Для меня было бы большим облегчением, если бы Ван Гун всего-навсего разорвал все отношения с нами. Но ему был нужен опиум, и он уже предпринял немало усилий, чтобы организовать перевозку наркотиков. Кроме того, ему было нанесено оскорбление белой женщиной, и он жаждал мести.

Я сидел, наклонившись к дяде Филиппу в свете настольной лампы, и меня одолевало странное ощущение, будто тьма за моей спиной разрастается все больше и больше, превращаясь в огромную черную дыру. Он сделал паузу, чтобы тыльной стороной запястья вытереть пот со лба, потом снова вперил в меня взгляд и продолжил:

— В тот же день, позже, я поехал к Ван Гуну в «Метрополь». Я делал все от меня зависящее, чтобы предотвратить катастрофу, которую предчувствовал. Но все оказалось бесполезно. Во время той встречи он сказал мне, что не сердится на твою мать, напротив, находит ее дух — именно так он выразился, «ее дух» — в высшей степени привлекательным. И именно поэтому желает увезти ее с собой в Хунань в качестве наложницы. Этот негодяй рассчитывал «приручить» твою мать. Теперь-то ты знаешь, Вьюрок, какой была тогда ситуация в

Шанхае, в Китае вообще, и понимаешь: если такой человек, как Ван Гун, решал что-то сделать, мало что могло его остановить. Ты должен отдавать себе в этом отчет. Не имело смысла обращаться в полицию или куда бы то ни было еще с просьбой защитить твою мать. Это могло лишь отсрочить развязку, и только. Никто не мог спасти ее от такого человека. Однако, понимаешь, Вьюрок, больше всего меня страшила твоя судьба. Я не знал, что он собирается сделать с тобой. В конце концов мы пришли к соглашению: я устрою так, чтобы твоя мать осталась в доме одна, без охраны, но за это мне позволят вывести тебя из игры. Это все, чего я хотел. Мне было важно, чтобы китаец не забрал тебя. Уберечь твою мать было невозможно, за тебя я мог поторговаться. И я это сделал.

Повисла долгая пауза. Потом я спросил:

— Нужно ли понимать, что по достижении такого соглашения Ван Гун продолжил сотрудничество с вами?

— Не будь циничным, Вьюрок.

— Но он продолжил?

— Да, не могу отрицать. Он довольствовался тем, что увез твою мать, и сделал то, чего мы от него хотели. И рискну заметить, его участие в деле стало весьма существенным фактором, повлиявшим на то, что компании в конце концов приняли решение прекратить торговлю.

— Значит, моей матерью пожертвовали во имя более высокой цели?

— Послушай, Вьюрок, у нас не было выбора. Ты должен это понять.

— Вы когда-нибудь виделись с моей матерью? После того, как ее увез этот человек?

Он поколебался, но все же ответил:

— Да. Признаюсь, видел. Семь лет спустя. Я проезжал через Хунань, и Ван Гун пригласил меня к себе.

Там, в его крепости... я видел твою мать один-единственный раз.

Теперь он почти шептал. Фонограф внизу смолк, и в комнате на миг воцарилась тишина.

— И... и что с ней стало?

— Она пребывала в добром здравии. Была, разумеется, одной из наложниц. Учитывая все обстоятельства, должен сказать, твоя мать неплохо приспособилась к новой жизни.

— Как с ней обращались?

Дядя Филипп отвел глаза.

— Когда мы виделись с ней, она спрашивала о тебе. Я рассказал все, что знал. Она осталась довольна. Видишь ли, до той нашей встречи она была полностью отрезана от внешнего мира и в течение семи лет слышала лишь то, что Ван считал нужным довести до ее сведения. После семи лет мучительных сомнений твоя мать наконец обрела душевный покой. Ты не можешь себе представить, какое она испытала облегчение, узнав, что Ван выполняет соглашение. «Это все, что я хотела узнать,— повторяла она.— Это все, что мне было нужно».

Он пристально посмотрел на меня, и я задал ему вопрос, которого он ждал:

— Дядя Филипп, о какой договоренности идет речь?

Уставившись на свои руки и помолчав немного, он ответил:

— Если бы не ты, если бы не ее любовь к тебе, Вьюрок, уверен, твоя мать, не колеблясь ни минуты, наложила бы на себя руки, прежде чем позволила бы этому негодяю хоть пальцем прикоснуться к себе. Она бы нашла способ сделать это. Но нужно было думать о тебе. Поэтому в конце концов, оценив ситуацию, она тоже выставила условие: твое финансовое обеспечение в обмен на... на ее благосклонность. Все было устроено через посредника от компании, я проследил за этим. У Суайра был человек, который ни о чем не догадывался. Этот простофиля думал, что организует безопасный провоз опиума. Ха-ха! Ну и дурак он был! — Дядя Филипп рассмеялся и затряс головой, потом снова помрачнел, возвращаясь к печальной теме.

— Мое обеспечение...— тихо повторил я.— Но мое наследство...

— Ах да, твоя английская тетушка! Она никогда не была богата. Твоим истинным благодетелем все эти годы оставался Ван Гун.

— Значит, все это время я жил на... я жил на...— У меня не хватило духу закончить фразу.

Дядя Филипп кивнул:

— Твое образование, твое место в лондонском обществе, то, что ты сумел стать тем, кем стал,— всем этим ты обязан Ван Гуну. Вернее, добровольной жертве твоей матери.

Он снова замолчал, а когда опять поднял голову, я увидел в его лице почти ненависть. Однако он поспешно отвернулся и отодвинулся в тень.

— Когда я в последний раз видел твою мать, там, в крепости,— сказал он,— она утратила всякий интерес к антиопиумной кампании. Она жила только ради тебя и тревожилась только за тебя. К тому времени торговлю опиумом объявили вне закона, но даже эта новость была ей безразлична. Я, конечно, огорчился, так же как и все остальные, кто отдал борьбе с этим злом многие годы жизни. Мы считали, что достигли наконец своей цели — опиумную торговлю запретили. Потребовался еще год или два, чтобы понять, что на самом деле значил этот запрет. Торговля просто перешла в другие руки — вот и все. Теперь ее контролировало правительство Чана. Наркоманов стало еще больше, но теперь их деньги шли на поддержание армии Чан Кайши и его власти. Вот тогда я и принял сторону красных, Вьюрок. Думаю, твоя мать пришла бы в отчаяние, узнай она, чем закончилась наша кампания, но ее это больше не интересовало. Единственное, чего она хотела,— это чтобы позаботились о тебе. Только о тебе желала она говорить. Знаешь, Вьюрок,— его голос вдруг зазвенел, угрожая сорваться,— во время нашей встречи мне показалось, что она в полном порядке. Но я расспросил о ней у домашних слуг, мне хотелось узнать правду о том, как с ней обходятся на самом деле, потому что... потому что я понимал: настанет день, когда наша встреча с тобой состоится. И я узнал. О да, я узнал все.

— Вы нарочно мучаете меня?

— Дело было не только... не только в том, что ей пришлось уступить ему. Он бил ее кнутом в присутствии гостей и называл это «укрощением белой женщины». Но и это еще не все. Ты знаешь?..

Я заткнул уши и закричал:

— Хватит! Почему вы меня терзаете?

— Почему? — гневно воскликнул он.— Почему?! Да потому что хочу, чтобы ты знал правду! Все эти годы ты презирал меня. Возможно, я это и заслужил, но таков уж этот мир. Я старался привнести в него добро. Я не хотел стать тем, кем стал. Однажды я принял по-своему смелое решение — и вот к чему это привело. Ты меня презираешь. Все эти годы, Вьюрок, ты, человек, который был мне близок почти как сын, презирал меня и продолжаешь презирать. Но теперь-то ты видишь, каков он, этот мир, на самом деле? Ты понимаешь, благодаря чему мог благополучно жить в Англии? Стать знаменитым сыщиком? Сыщик! Кому это нужно? Украденные драгоценности, аристократы, убитые из-за наследства. Думаешь, за это стоит бороться?

Твоя мать хотела, чтобы ты жил в своем зачарованном мире. Но это невозможно. В конце концов он неизбежно должен был рухнуть. Чудо уже и то, что ты просуществовал в нем так долго. Ну что ж, Вьюрок, я дам тебе шанс. Вот.

Он снова достал пистолет, вышел из тени и, когда я поднял голову, склонился надо мной, как когда-то в детстве. Откинув лацкан пиджака, дядя Филипп приставил пистолет к груди у сердца.

— Вот.— Наклонившись еще ниже, он зашептал мне на ухо, я ощутил его несвежее дыхание: — Вот, мальчик. Ты можешь меня убить, как давно мечтал. Только ради этого я еще и живу. Эта привилегия принадлежит одному тебе. Я берег себя для тебя. Нажми на курок. Вот он, смотри. Мы сделаем вид, что я напал на тебя. Я буду держать рукоятку пистолета. Когда охранники ворвутся сюда, они увидят мой труп, но все будет выглядеть как самооборона. Ну же, смотри, я держу его! Тебе осталось лишь спустить курок.

Его жилет почти касался моего лица, грудь вздымалась. Я испытал внезапное отвращение и попытался отодвинуться, но свободной рукой дядя Филипп держал меня за плечо, с силой притягивая к себе. Мне пришло в голову, что он сам нажмет на курок, стоит мне прикоснуться к пистолету. Я резко отшатнулся и опрокинул стул.

Несколько мгновений мы оба виновато косились на дверь, опасаясь, что шум привлек внимание охраны. Но никто не вошел, и дядя Филипп, наконец рассмеявшись, поднял стул и аккуратно приставил к столу, потом сел на него, положил пистолет на стол и попытался отдышаться. Я отошел еще на несколько шагов, но в комнате больше не на что было сесть. Я просто стоял спиной к нему, когда через некоторое время услышал его голос:

— Ладно. Очень хорошо.— Он еще несколько раз судорожно втянул ртом воздух.— Тогда я скажу тебе еще кое-что. Сделаю самое ужасное признание.

Однако примерно минуту я снова слышал за спиной его тяжелое, прерывистое дыхание. Потом голос зазвучал снова:

— Хорошо. Я признаюсь тебе, почему позволил Ван Гуну похитить твою мать. То, что я говорил раньше, правда. Я должен был спасти тебя. Да-да, все, что я рассказал, более или менее соответствует действительности. Но если бы я действительно хотел спасти твою мать, то нашел бы способ это сделать. Сейчас я кое-что скажу тебе, Вьюрок. То, в чем я даже самому себе много лет боялся признаться. Я помог Вану украсть твою мать, потому что в глубине души желал, чтобы она стала его рабыней. Чтобы ею беспардонно пользовались ночь за ночью. Ибо, видишь ли, я всегда любил ее. О да, я страстно желал ее и, когда твой отец исчез, поверил, будто мне представился шанс, но... твоя мать... она никогда не воспринимала меня как мужчину, я окончательно уверился в этом, когда не стало твоего отца. Нет-нет, это было невозможно! Даже через тысячу лет я все равно не посмел бы к ней приблизиться. И я взбесился. О, как я был зол! Вот почему, когда все это случилось с Ван Гуном, я пришел в возбуждение. Ты слышишь, Вьюрок? Меня это возбудило! После того как он увез ее, в самые глухие часы ночи я испытывал невероятное возбуждение. Все эти годы я жил жизнью Вана. Мне казалось, будто это я овладеваю твоей матерью. Много, много раз я испытывал наслаждение, представляя, что с ней происходит. Ну, теперь убей меня! Ты ведь все слышал! Вот пистолет, на, убей меня, как крысу!

В тишине я долго стоял спиной к дяде Филиппу в затененной части комнаты и прислушивался к его дыханию. Потом повернулся и совершенно спокойно произнес:

— Вы сказали, что верите, будто моя мать жива. Она все еще у Ван Гуна?

— Ван умер четыре года назад. А его армия была разгромлена Чаном. Я не знаю, где твоя мать теперь, Вьюрок. Честное слово, не знаю.

— Ну что ж, я найду ее. Я не сдамся.

— Это будет непросто, мой мальчик. Война катится по стране. Скоро весь Китай будет вовлечен в нее.

— Да,— сказал я.— Рискну предположить, что скоро она охватит весь мир, но в том не моя вина. Более того, это уже и не моя забота. Я намерен начать все сначала и на этот раз найти ее. Вы можете сказать мне еще что-нибудь, что могло бы помочь в моих поисках?

— Боюсь, нет, Вьюрок. Я сообщил тебе все.

— Тогда прощайте, дядя Филипп. Простите, что не смог оказать вам услугу.

— Не волнуйся. В людях, жаждущих оказать Желтому Змию эту услугу, недостатка не будет.— Он вздохнул и добавил устало: — Прощай, Вьюрок. Надеюсь, ты сумеешь найти ее.

Часть седьмая

Лондон,
14 ноября 1958 года

Глава 23

Это было мое первое дальнее путешествие после многолетнего перерыва, и в течение двух дней по прибытии в Гонконг я чувствовал себя усталым. Перелет по воздуху хорош тем, что краток, но в самолете тесно и всегда ощущаешь какую-то временную дезориентацию. Боль в ноге тревожила меня, словно неотвратимое возмездие, и голова трещала, что, без сомнения, наложило отпечаток на мои впечатления. Знаю людей, которые возвращались отсюда, исполненные восторга. «Исключительно многообещающая страна,— говорили они.— И такая красивая!» Однако бо́льшую часть недели, что провел там я, небо было затянуто тучами, а улицы переполнены людьми. Кое-что, правда, вызывало приятные воспоминания: вывески на китайском языке, вид китайцев, спешащих по своим делам,— смутные отголоски Шанхая. Но все равно это создавало скорее дискомфорт. Словно на каком-нибудь унылом званом ужине в Кенсингтоне или Бейсуотере встретил дальнюю родственницу женщины, которую некогда любил; ее манеры, выражение лица будоражат память, но в целом она остается для тебя гротескной пародией на дорогой образ.

Я был рад, что рядом оказалась Дженнифер. Когда она впервые намекнула, что хотела бы поехать со мной, я сознательно оставил ее намек без внимания. Потому что даже в то время — а это было всего пять лет назад — она все еще обращалась со мной как с инвалидом, особенно если в мою жизнь так или иначе вторгались воспоминания о Востоке. Наверное, в глубине души я долго противился ее чрезмерной заботливости, и только когда понял, что она тоже хочет немного развеяться, что ее одолевают собственные тревоги и что такое путешествие может пойти ей на пользу, согласился.

Именно Дженнифер предложила отправиться в Шанхай. Думаю, это можно было осуществить. Мои старые знакомые, все еще пользовавшиеся влиянием в министерстве иностранных дел, без особого труда помогли бы нам добиться разрешения на въезд в Китай. Знаю людей, которым это удалось. Надо сказать, сегодняшний Шанхай во многом напоминает город, каким он был когда-то. Коммунисты удержались и не разрушили его, бо́льшая часть зданий международного поселка осталась нетронутой. Улицы, хоть и переименованные, вполне узнаваемы; говорят, любой, кто знал старый Шанхай, легко ориентируется в новом. Но всех иностранцев, разумеется, изгнали, а там, где располагались шикарные отели и ночные клубы, теперь находятся бюрократические учреждения правительства председателя Мао. Иными словами, нынешний Шанхай мог произвести на меня не менее тяжкое впечатление, чем Гонконг.

Я слышал, коммунистам почти удалось справиться с бедностью и наркоманией, против которой с таким энтузиазмом боролась моя мать. Следы глубокого проникновения этих пороков в общество все еще заметны, однако коммунисты, похоже, сумели за несколько лет добиться того, чего десятилетиями не могли сделать филантропия и бурные протесты европейцев. Помню, в первую ночь, проведенную в гонконгском отеле «Эксельсиор», меряя шагами комнату и пытаясь восстановить душевное равновесие, я задавался вопросом: как бы отнеслась к подобным переменам моя мать?

В «Роуздейл-Мэнор» я отважился направиться только на третий день. Задолго до того было решено, что я поеду туда один, и Дженнифер, хотя и не спускала с меня глаз все утро, после завтрака проводила меня до машины без лишней суеты.

В тот день наконец пробилось солнце, и из окна ползущего вверх по склону холма такси я видел по обе стороны ухоженные лужайки, которые поливали и подстригали садовники в жилетках. Дорога выровнялась, и машина остановилась перед большим белым домом в британском колониальном стиле — с длинными рядами окон со ставнями и пристроенным сбоку флигелем. Когда-то он наверняка был чьей-то роскошной резиденцией с прекрасным видом на море. Я постоял на ветерке, посмотрел на бухту и вагонетку канатной дороги, которая ползла вверх над дальним холмом. Потом повернулся к дому и заметил, что содержали его неважно: вид у здания был весьма обшарпанный, краска на оконных рамах и особенно на дверных косяках потрескалась и облупилась.

Внутри, в холле, чувствовался запах вареной рыбы, но царила безупречная чистота. Медсестра-китаянка провела меня по коридору, в котором шаги отдавались гулким эхом, в кабинет сестры Белинды Хини, женщины лет сорока пяти с серьезным, суровым выражением лица. И там, в ее тесном кабинете, я узнал, что женщина, которую они знали под именем Дианы Робертс, попала к ним по линии международной организации, занимавшейся иностранцами, волею судеб оставшимися в коммунистическом Китае. Единственное, что знали о ней китайские власти,— это что с конца войны она жила в Чунцине, в заведении для душевнобольных.

— Вполне вероятно, она провела там много лет,— сказала сестра Белинда.— Страшно подумать, мистер Бэнкс, что это была за лечебница. О человеке, имевшем несчастье попасть туда, как правило, больше не слышали. Ее же вытащили оттуда только потому, что она из Европы. Китайцы не знали, что с ней делать, и хотели вышвырнуть из страны всех иностранцев. Поэтому в конце концов ее перевели сюда, и вот уже больше двух лет она с нами. Сначала Диана пребывала в возбужденном состоянии. Но через несколько месяцев условия содержания в «Роуздейл-Мэнор» — покой, порядок, молитвы — благотворно повлияли на нее. Теперь в ней не узнать то несчастное существо, каким ее сюда привезли. Она стала спокойнее. Так вы ее родственник?

— Да, вполне вероятно,— ответил я.— Оказавшись в Гонконге, я счел своим долгом навестить ее. Это самое малое, что я могу для нее сделать.

— Что ж, мы рады, когда объявляются родственники, близкие друзья, восстанавливаются связи. И мы всегда приветствуем посетителей.

— А они у нее часто бывают?

— Ее навещают регулярно. Мы составили график посещений студентами колледжа Святого Иосифа.

— Понимаю. А как она уживается с другими постояльцами?

— Прекрасно. И нам не доставляет никаких хлопот. Ах, если бы все были такими, как она!

Сестра Белинда проводила меня по коридору в просторную солнечную комнату — когда-то здесь наверняка была столовая,— по ней, шаркая, бродили женщины в одинаковых бежевых халатах. Их было не больше двадцати. Окно было отворено, паркетный пол сиял от льющегося с улицы света. Если бы не огромное количество ваз с цветами, можно было принять помещение за детскую комнату: яркие акварели на стенах, маленькие столики с разбросанными на них рисунками, бумагой и цветными мелками. Сестра Белинда оставила меня у входа и подошла к другой сестре, сидевшей за пианино. Несколько женщин отвлеклись от своих занятий и уставились на меня. Другие, словно застеснявшись, попытались спрятаться. Почти все они были европейками, хотя я заметил и двух азиаток. Потом в глубине здания за моей спиной кто-то начал громко завывать, и это произвело на присутствующих неожиданный эффект — они расслабились. Одна дама с волнистыми волосами, стоявшая неподалеку, улыбнулась мне и сказала:

— Не бойся, милый, это Марта. Она снова дала себе волю!

Я уловил в ее речи йоркширский акцент и подумал: интересно, какие превратности судьбы занесли ее в подобное место? В этот момент вернулась сестра Белинда.

— Диана, должно быть, в саду, — сказала она. — Идите за мной, мистер Бэнкс.

Мы вышли в ухоженный парк, который с одной стороны поднимался вверх, с другой — спускался под уклон, ведь мы находились недалеко от вершины горы. Следуя за сестрой Белиндой мимо клумб с цветущими геранями и тюльпанами, я время от времени бросал взгляд поверх аккуратно подстриженных кустарников и любовался чудесной панорамой, открывавшейся вдали. Тут и там на солнышке сидели пожилые дамы в бежевых халатах; одни вязали, другие мирно беседовали, третьи тихо разговаривали сами с собой. Остановившись, сестра Белинда огляделась и повела меня по лужайке, сбегавшей под уклон, к белым воротам, за которыми виднелся небольшой, окруженный каменной стеной садик.

Здесь находилась только одна пожилая дама, она сидела на солнце в дальнем конце зеленой лужайки за узорным кованым столиком и раскладывала пасьянс. Поглощенная своим занятием, она не заметила нашего приближения. Сестра Белинда тронула ее за плечо и ласково сказала:

— Диана, этот джентльмен пришел к вам. Он из Англии.

Моя мать подняла голову, улыбнулась нам и вернулась к картам.

— Диана не всегда сразу воспринимает то, что ей говорят,— пояснила сестра Белинда.— Если вы хотите заставить ее что-нибудь сделать, нужно повторить просьбу несколько раз.

— Простите, не мог бы я поговорить с ней наедине?

Сестре Белинде идея не очень понравилась, и несколько секунд она, казалось, пыталась придумать предлог, чтобы отказать мне. Но в конце концов уступила:

— Если вы так хотите, мистер Бэнкс, полагаю, вреда не будет. Я подожду в комнате отдыха.

Как только сестра Белинда ушла, я стал пристально наблюдать за мамой, продолжавшей раскладывать пасьянс. Она оказалась гораздо ниже, чем я ожидал, и очень сутулая. Серебристые седые волосы были собраны на затылке в тугой пучок. В какой-то момент она подняла голову, посмотрела на меня и улыбнулась, но в ее взгляде я заметил затаенный страх — он появился после ухода сестры Белинды. Лицо у матери было не слишком морщинистое, но под глазами залегли две глубокие складки, напоминавшие следы порезов. То ли в результате травмы, то ли из-за болезни ее шея глубоко ушла в плечи, и, чтобы смотреть в сторону, ей приходилось поворачиваться всем корпусом. С кончика носа свисала капля, я достал носовой платок и хотел было стереть ее, но вовремя сообразил, что это может напугать маму. После долгого молчания я сказал:

— Прости, что не смог предупредить о своем приезде. Понимаю, это может стать для тебя потрясением...— Я замолчал, увидев, что она меня не слушает, потом просто добавил: — Мама, это я, Кристофер.

Она взглянула на меня, улыбнулась почти так же, как прежде, и снова занялась картами. Я догадался, что она раскладывает «солитер», однако следует каким-то своим, особым правилам. Ветерок сдул со стола несколько карт на траву, но она не обратила на это никакого внимания. Я собрал упавшие карты и протянул ей, она с улыбкой поблагодарила:

— Большое спасибо, но в этом не было необходимости. Я всегда жду, когда на траве соберется много карт, а потом поднимаю их разом. Ведь они не могут сразу все улететь, правда?

Я несколько минут молча наблюдал за ней. Потом мама запела. Она тихонько мурлыкала что-то, продолжая собирать и раскладывать карты. Голос у нее был слабым — я не мог разобрать, что она пела, но напев был легким и мелодичным. Пока я смотрел на нее и слушал, в памяти всплыла картинка: ветреный солнечный день в нашем саду, мама на качелях, она смеется и поет высоким голосом, а я подпрыгиваю перед ней и кричу, чтобы она перестала.

Я нежно коснулся ее ладони. Она моментально отдернула руку, гневно посмотрела на меня и возмущенно прошептала:

— Не смейте распускать руки!

— Прости.— Я отступил назад, чтобы упокоить ее.

Она снова занялась картами и, когда в следующий раз подняла голову, улыбнулась так, будто ничего не произошло.

— Мама,— медленно произнес я.— Это я, Кристофер. Я приехал из Англии. Мне искренне жаль, что удалось сделать это только сейчас. Понимаю, я очень подвел тебя. Очень. Я делал все, что мог, но у меня ничего не вышло. Понимаю, что теперь уже слишком поздно.

Должно быть, я заплакал, потому что мама подняла голову и долго смотрела на меня, потом спросила:

— У вас болят зубы, добрый человек? Если так, вам следует обратиться к сестре Агнес.

— Нет, у меня все в порядке. Ты не поняла, что я сказал? Это я, Кристофер.

Она кивнула:

— Сестра Агнес откроет вам карточку.

И тут меня осенило.

— Мама,— сказал я,— я Вьюрок. Вьюрок.

— Вьюрок.— Она вдруг застыла в неподвижности.— Вьюрок.

Очень долго она не произносила ни слова, но выражение лица у нее изменилось. Подняв голову, она смотрела куда-то поверх моего плеча, на ее лице играла улыбка нежности.

— Вьюрок,— тихо повторила она и на миг показалась мне совершенно счастливой. Потом тряхнула головой и сказала: — Ах, этот мальчик. Я так тревожусь о нем!

— Прости,— тихо повторил я.— Прости меня. Представь, что этот твой мальчик, этот Вьюрок, представь себе, что он старался изо всех сил, делал все возможное, чтобы найти тебя, но ему это не удалось. Если бы ты это знала, как ты думаешь... как думаешь, ты смогла бы его простить?

Мама продолжала смотреть куда-то мне за спину, но теперь ее взгляд стал озадаченным.

— Простить Вьюрка? Вы сказали — простить Вьюрка? — Она просияла.— Мой мальчик. Говорят, у него все хорошо. Но с ним никогда ни в чем нельзя быть уверенной. О, я так за него тревожусь, вы даже представить себе не можете!

— Тебе это может показаться глупым,— сказал я Дженнифер, когда месяц назад мы снова вспоминали то путешествие,— но когда она это произнесла, тогда я понял. Она никогда не переставала любить меня, несмотря ни на что. Единственное, чего она всегда хотела, это чтобы у меня хорошо сложилась жизнь. А все остальное, все мои попытки найти ее, спасти мир от гибели — все это было ей глубоко безразлично. Ее любовь ко мне оставалась с ней всегда и ни от чего не зависела. Понимаю, это не кажется чем-то удивительным. Но чтобы понять это, мне понадобилась вся моя жизнь.

— Ты действительно думаешь, что у нее в сознании даже не забрезжила мысль о том, кто ты? — спросила Дженнифер.

— Я в этом уверен. Но она сказала то, что думала. Мама сказала, ей нечего прощать мне, и была искренне озадачена предположением, будто я перед ней виноват. Если бы ты видела ее лицо в тот момент, когда я первый раз произнес свое детское прозвище, ты бы тоже не сомневалась. Она никогда не переставала любить меня, ни на миг.

— Дядя Кристофер, но почему ты так и не сказал сестрам, кто ты на самом деле?

— Не знаю. Это может показаться странным, но я решил ничего никому не говорить. Кроме того, я не видел смысла в том, чтобы увозить ее оттуда. Судя по всему, ей там было хорошо. Не то чтобы она была счастлива, но она напоминала человека, которого наконец отпустила боль. Дома, в Англии, ей не стало бы лучше. Это все равно что спросить у человека, где ему лучше было бы покоиться. Когда она умерла, я подумывал о том, чтобы перезахоронить ее прах здесь. Но опять же, по здравом размышлении, отказался от этой мысли. Всю свою жизнь мама провела на Востоке. Думаю, она сама предпочла бы остаться там.

Стояло морозное октябрьское утро, мы с Дженнифер шли по продуваемой ветром аллее в Глостере. Я провел предыдущую ночь в гостинице неподалеку от пансиона, где она сейчас жила, и зашел за ней вскоре после завтрака. Вероятно, мне не удалось скрыть грусти, когда я увидел, насколько убого ее нынешнее жилище, потому что, несмотря на холод, она сразу предложила показать мне вид на долину, открывающийся с церковного двора. Я заметил впереди ворота фермы, но, прежде чем мы с ними поравнялись, Дженнифер заставила меня сойти с дорожки и провела через проход в изгороди.

— Дядя Кристофер, иди сюда, посмотри.

К перильцам над обрывом нам пришлось пробираться через заросли крапивы. На склоне, спускавшемся к долине, я увидел поля.

— Чудесный вид,— сказал я.

— С церковного двора видно еще дальше. Ты никогда не думал о том, чтобы тоже перебраться сюда? Лондон стал слишком перенаселенным.

— Да, он теперь не такой, каким был, это правда.

Мы постояли немного, наслаждаясь прекрасным видом.

— Прости,— сказал я,— давно не приезжал. Наверное, уже несколько месяцев.

— Ах, да не стоит тебе так обо мне беспокоиться!

— А я беспокоюсь. Конечно же, беспокоюсь.

— Все уже позади,— сказала Дженнифер,— весь этот страшный год. Я больше никогда не сделаю такой глупости. Я ведь тебе уже обещала. Просто у меня выдался очень плохой период, вот и все. А кроме того, по-настоящему я никогда и не собиралась этого делать и позаботилась о том, чтобы оставить себе лазейку.

— Ты же еще молодая женщина, Дженни. У тебя впереди вся жизнь. Сама мысль о том, что тебе это могло прийти в голову, угнетает меня.

— Молодая женщина? Тридцать один год, ни детей, ни мужа. Какое-то время, конечно, у меня еще есть в запасе, но, знаешь ли, мне придется собрать всю свою волю, чтобы снова пройти через это. Я так устала, иногда мне кажется, что лучше всего было бы жить тихо и одиноко. Работать в каком-нибудь магазине, ходить в кино раз в неделю и никому не доставлять неприятностей. Что плохого в такой жизни?

— Но это тебе не подходит. Это будет совсем не та Дженнифер, какую я знаю.

Она усмехнулась:

— Однако ты ведь не знаешь, каково это — женщине моего возраста пытаться найти любовь. Хозяйка и постояльцы начинают шептаться у меня за спиной каждый раз, когда я выхожу из своей комнаты. Что прикажешь делать? Дать объявление? Не то чтобы их перешептывания меня задевали...

— Но ты очень привлекательная женщина, Дженни. Я хочу сказать, что, глядя на тебя, видишь твою душу, твою доброту, твою кротость. Уверен, ты еще найдешь свое счастье.

— Ты думаешь, люди замечают мою душу? Дядя Кристофер, ты так говоришь потому, что сам, глядя на меня, видишь ту маленькую девочку, какую знал когда-то.

Я повернулся к ней и внимательно посмотрел в глаза:

— Но эта девочка никуда не делась. Я действительно вижу ее. Она по-прежнему здесь, она ждет. Жизнь изменила тебя вовсе не так сильно, как ты думаешь, дорогая моя. Она нанесла тебе удар, вот и все. И кстати, в этом мире есть еще несколько порядочных джентльменов, я тебя с ними познакомлю. Просто тебе нужно перестать избегать мужчин.

— Хорошо, дядя Кристофер. Постараюсь, чтобы в следующий раз получилось лучше. Если будет этот следующий раз.

Мы молча постояли еще, глядя на открывающуюся панораму, подставив лица легкому ветерку. Наконец я сказал:

— Я обязан был сделать для тебя больше, Дженни. Прости меня.

— Но что ты мог сделать, если я вбила в свою глупую голову, что...

— Нет, я имею в виду... раньше. Когда ты росла. Мне следовало проводить с тобой больше времени. Но я всегда был занят решением мировых проблем. Я должен был делать для тебя гораздо больше, чем делал. Мне очень жаль. Вот. Давно хотел тебе это сказать.

— Как ты можешь извиняться, дядя Кристофер? Если бы не ты, где бы я сейчас была? Я сирота, у меня никого нет. Не извиняйся. Я обязана тебе всем.

Я протянул руку к влажной паутине, висевшей на изгороди. Она оборвалась и повисла у меня на пальцах.

— Ой, ненавижу это ощущение! — воскликнула Дженнифер.— Терпеть его не могу!

— А мне оно всегда нравилось. Когда был мальчишкой, я, бывало, специально снимал перчатки, чтобы почувствовать на пальцах паутину.

— Ну как ты мог! — Она громко засмеялась, и я на миг увидел былую Дженнифер.— А как насчет тебя, дядя Кристофер? Как насчет того, чтобы тебе самому жениться? Ты никогда об этом не думал?

— Ну, мне уж определенно поздно.

— Не знаю, не знаю. Ты, конечно, прекрасно научился обходиться без кого бы то ни было, но тебе надо что-то менять в своей жизни. Ты становишься угрюмым. Подумай об этом. Ты постоянно упоминаешь своих приятельниц. Неужели ни одна из них не может поймать тебя?

— Они могут поймать меня лишь на пару часов, когда пригласят на обед. Но боюсь, не более того,— отшутился я и, помолчав, добавил: — Была одна, давным-давно, но случилось то же, что всегда.— Я засмеялся.— Вмешалось мое призвание.

Должно быть, в этот момент я отвернулся от Дженнифер, потому что через какое-то время почувствовал, как она нежно тронула меня за плечо и, когда я повернулся к ней снова, ласково посмотрела мне в глаза.

— Тебе не следует говорить о своей карьере с такой горечью, дядя Кристофер. Я всегда восхищалась тем, что ты пытался сделать.

— Пытался, вот именно. Только из этого мало что вышло. Так или иначе, это все, что у меня осталось. А сейчас главное мое желание в жизни — держать в узде проклятый ревматизм.

Неожиданно Дженнифер улыбнулась и просунула руку мне под локоть.

— Я знаю, что мы сделаем,— сказала она.— У меня есть план. Я все решила. Найду доброго, порядочного человека, выйду за него замуж, рожу троих, нет, четверых детей. И мы будем жить где-нибудь здесь, поблизости, чтобы всегда можно было приходить сюда и смотреть на долину. А ты оставишь свою тесную маленькую квартирку в Лондоне и переберешься к нам. Раз твои приятельницы не хотят ловить тебя, можешь занять должность дядюшки при моих будущих детях.

Я улыбнулся в ответ:

— Прекрасный план. Хотя не уверен, что твоему будущему мужу понравится мое постоянное присутствие в доме.

— Ой, ну тогда мы быстренько оборудуем для тебя старый сарай или что-нибудь в этом роде.

— Весьма заманчиво. Если ты не откажешься от своих слов, я подумаю.

— Будем считать это обещанием, только сам не передумай. Я со своей стороны сделаю все, чтобы это сбылось. И тогда тебе придется приехать и поселиться в своем сарае.

В течение последнего месяца, бродя серыми лондонскими днями по Кенсингтонскому саду в толпе туристов и служащих, спешащих на обед, встречая время от времени старого знакомого и порой заходя вместе с ним выпить чашку чаю, я частенько мысленно возвращался к тому разговору с Дженнифер. Не буду отрицать, он взбодрил меня. Есть все основания верить, что она благополучно миновала темный период своей жизни и вышла из него на свет. Что ждет ее там, будет видно, но она не из тех, кто легко признает поражение. И более чем вероятно, что Дженнифер осуществит план, который нарисовала мне — пусть полушутливо — в то утро, когда мы с ней любовались долиной. А если через несколько лет все пойдет именно так, как она предсказала, не исключено, что я приму ее предложение и перееду жить в Глостер. Разумеется, меня не очень привлекает сарай, но я всегда смогу снять коттедж неподалеку. Я благодарен Дженнифер. Мы интуитивно понимаем печали друг друга, и именно такие беседы, как та, что состоялась месяц назад в морозное утро, уже много лет служат мне источником утешения.

Но с другой стороны, жизнь вдали от Лондона может мне наскучить, я очень привязался в последнее время к этому городу. Кроме того, ко мне еще обращаются люди, которые помнят меня с довоенных времен и нуждаются в моих профессиональных советах. А на прошлой неделе, когда я ужинал у Осборнов, меня представили даме, которая тут же схватила меня за руку и воскликнула:

— Вы хотите сказать, что вы тот самый Кристофер Бэнкс? Сыщик?

Оказалось, что бóльшую часть жизни она провела в Сингапуре и была «ближайшей подругой» Сары.

— Она постоянно вас вспоминала,— сообщила дама,— мне даже кажется, я сама давно с вами знакома.

Гостей у Осборнов было много, но за столом я оказался рядом с этой дамой, и разговор опять вернулся к Саре.

— Вы ведь действительно были ее другом? — спросила она.— Сара всегда говорила о вас с обожанием.

— Конечно, мы были добрыми друзьями. Правда, когда она уехала на Восток, мы потеряли друг друга из виду.

— Но у нее было столько рассказов о знаменитом детективе, и она всегда развлекала нас ими, когда мы уставали от бриджа! Она очень высоко вас ценила.

— Я тронут тем, что она меня помнила. Как я уже сказал, мы потеряли друг друга из виду, хотя однажды я получил от нее письмо, года через два после войны. До тех пор я не знал, как она пережила войну. О лагере для интернированных она писала походя, но я уверен, там ей пришлось нелегко.

— О, не сомневаюсь в этом! Мы с мужем могли попасть туда же, но мы успели вовремя уехать в Австралию. А вот Сара и месье де Вильфор... они всегда слишком полагались на судьбу. Они напоминали пару, которая вышла вечером из дома и радостно ожидает, кого им бог пошлет навстречу. Прелестное отношение к жизни, но только не тогда, когда у тебя на пороге японцы. С ним вы тоже были знакомы?

— Нет, я не имел удовольствия встречаться с графом. Насколько мне известно, после смерти Сары он вернулся в Европу, но наши пути никогда не пересекались.

— Вот как? А я по рассказам Сары поняла, что вы были их общим другом.

— Нет. Видите ли, я и Сару знал только в годы ее молодости. Простите, но как вам кажется: они производили впечатление счастливой пары — Сара и этот француз?

— Счастливой пары? — Моя собеседница задумалась.— Разумеется, этого никогда нельзя знать наверняка, но, если честно, трудно было думать иначе. Денег у них было немного, поэтому они не могли позволить себе жить на широкую ногу, но граф всегда казался таким... романтичным. Вы будете смеяться, мистер Бэнкс, но это именно то слово. Ее смерть сломила его. Вы знаете, это все из-за лагеря для интернированных. Сара так и не смогла восстановить здоровье... Я скучаю по ней! Она была такой интересной собеседницей.

После этой встречи, произошедшей на прошлой неделе, я несколько раз доставал и перечитывал письмо Сары — единственное, которое я получил от нее после нашего расставания в Шанхае много лет назад. Оно датировано 18 мая 1947 года и прислано из какого-то горного местечка в Малайзии. Наверное, я надеялся, что после разговора с ее приятельницей открою в этих весьма сдержанных, почти сухих строках ранее скрытый для меня подтекст. Но в письме по-прежнему не было ничего, кроме сухих фактов ее жизни после отъезда из Шанхая. Она рассказывала о Макао, Гонконге, Сингапуре как о «восхитительных», «живописных», «очаровательных» местах. Ее французский спутник упоминался несколько раз, но всегда мимоходом, словно мне и без того было известно все, что о нем следует знать. О японском лагере для интернированных она говорила вскользь, а о проблемах со здоровьем написала лишь, что «они немного досаждают» ей. Вежливо поинтересовалась, как я, и назвала свою жизнь в освобожденном Сингапуре «вполне приличным существованием, с которым можно мириться». Такие письма пишут иногда, под настроение, находясь за границей, далекому и полузабытому приятелю. Только однажды, ближе к концу, вдруг прорвалась интонация, предполагавшая близость, которая существовала между нами когда-то.

«Не скажу, дорогой мой Кристофер,— писала Сара,— что меня не разочаровало, мягко выражаясь, то, что произошло между нами. Но не волнуйтесь, я давно на вас не сержусь. Как я могу сердиться, если судьба в конце концов так ласково мне улыбнулась? А кроме того, теперь я думаю, что с вашей стороны это было правильное решение — не ехать со мной. Вы всегда знали, что у вас есть миссия, и, смею заметить, не были способны отдать свое сердце кому бы то ни было, пока не исполните ее. Искренне надеюсь, что теперь все ваши задачи решены и вы обрели счастье со спутницей жизни. Я только в последние годы научилась воспринимать счастье как нечто само собой разумеющееся».

В этом последнем абзаце мне всегда чудилось нечто искусственное. Какой-то смутный мотив, пронизывающий все письмо,— а в сущности, и сам факт его написания в тот момент — диссонирует с рассказом о днях, исполненных «счастья со спутником жизни». Стала ли для нее жизнь с французским графом именно тем, на поиски чего она устремилась, ступив в одиночестве на шанхайскую пристань? Почему-то я сомневаюсь в этом. Мне кажется, что, упомянув о моей миссии, Сара не меньше, чем меня, имела в виду себя и тщетность попыток уклониться от собственной судьбы. Быть может, есть люди, способные пройти по жизни, не думая о своем высоком предназначении. Но судьба таких, как мы,— быть сиротами в этом мире и долгие годы гнаться за исчезающими тенями родителей. С этим ничего не поделаешь, остается лишь стараться исполнить свой долг до конца, и как можно лучше, потому что, пока мы этого не сделаем, не будет нам покоя.

Не хотел бы показаться самодовольным, но признаюсь, что, живя в Лондоне, испытываю определенное удовлетворение. Я наслаждаюсь прогулками по паркам, посещаю галереи и в последнее время, работая в читальном зале Британского музея, все чаще чувствую глупую гордость, просматривая в старых газетах статьи, посвященные моим расследованиям. Иными словами, этот город стал моим домом, и я ничего не имею против того, чтобы прожить здесь остаток дней. Но тем не менее выпадают часы, когда на меня накатывает ощущение щемящей грусти, и тогда я начинаю серьезно подумывать о предложении моей подопечной.

Содержание

Литературно-художественное издание

Кадзуо Исигуро
КОГДА МЫ БЫЛИ СИРОТАМИ

Ответственный редактор *А. Гузман*
Редактор *В. Гретов*
Художественный редактор *Н. Никонова*
Технический редактор *О. Шубик*
Корректоры *М. Ахметова, Н. Тюрина*

Оригинал-макет подготовлен ООО «Издательский дом «Домино».
191028, Санкт-Петербург, ул. Моховая, д. 32.
Тел./факс (812) 329-55-33.
E-mail: dominospb@hotbox.ru

ООО «Издательство «Эксмо»
127299, Москва, ул. Клары Цеткин, д. 18/5. Тел. 411-68-86, 956-39-21.
Home page: **www.eksmo.ru** E-mail: **info@eksmo.ru**

Подписано в печать с готовых монтажей 07.03.2007.
Формат 84x108 ^{1}/32. Печать офсетная.
Бумага тип. Усл. печ. л. 21,0.
Доп. тираж 3 000 экз. Зак. № 4554.

Отпечатано с предоставленных диапозитивов
в ОАО "Тульская типография". 300600, г. Тула, пр. Ленина, 109 .

Оптовая торговля книгами «Эксмо»:
ООО «ТД «Оксмо». 142700, Московская обл., Ленинский р-н, г. Видное,
Белокаменное ш., д. 1, многоканальный тел. 411-50-74.
E-mail: reception@eksmo-sale.ru

*По вопросам приобретения книг «Эксмо» зарубежными оптовыми
покупателями обращаться в отдел зарубежных продаж ООО «ТД «Эксмо»*
E-mail: foreignseller@eksmo-sale.ru

International Sales:
For Foreign wholesale orders, please contact International Sales Department at
foreignseller@eksmo-sale.ru

*По вопросам заказа книг «Эксмо» в специальном оформлении
обращаться в отдел корпоративных продаж ООО «ТД «Эксмо»*
E-mail: project@eksmo-sale.ru

*Оптовая торговля бумажно-беловыми
и канцелярскими товарами для школы и офиса «Канц-Эксмо»:*
Компания «Канц-Эксмо»: 142702, Московская обл., Ленинский р-н, г. Видное-2,
Белокаменное ш., д. 1, а/я 5. Тел./факс +7 (495) 745-28-87 (многоканальный).
e-mail: kanc@eksmo-sale.ru, сайт: www.kanc-eksmo.ru

Полный ассортимент книг издательства «Эксмо» для оптовых покупателей:
В Санкт-Петербурге: ООО СЗКО, пр-т Обуховской Обороны, д. 84Е.
Тел. (812) 365-46-03/04.
В Нижнем Новгороде: ООО ТД «Эксмо НН», ул. Маршала Воронова, д. 3.
Тел. (8312) 72-36-70.
В Казани: ООО «НКП Казань», ул. Фрезерная, д. 5. Тел. (843) 570-40-45/46.
В Ростове-на-Дону: ООО «РДЦ-Ростов», пр. Стачки, 243А.
Тел. (863) 268-83-59/60.
В Самаре: ООО «РДЦ-Самара», пр-т Кирова, д. 75/1, литера «Е».
Тел. (846) 269-66-70.
В Екатеринбурге: ООО «РДЦ-Екатеринбург», ул. Прибалтийская, д. 24а.
Тел. (343) 378-49-45.
В Киеве: ООО ДЦ «Эксмо-Украина», ул. Луговая, д. 9.
Тел./факс: (044) 537-35-52.
Во Львове: ТП ООО ДЦ «Эксмо-Украина», ул. Бузкова, д. 2.
Тел./факс (032) 245-00-19.
В Симферополе: ООО «Эксмо-Крым» ул. Киевская, д. 153.
Тел./факс (0652) 22-90-03, 54-32-99.

Мелкооптовая торговля книгами «Эксмо» и канцтоварами «Канц-Эксмо»:
117192, Москва, Мичуринский пр-т, д. 12/1. Тел./факс: (495) 411-50-76.
127254, Москва, ул. Добролюбова, д. 2. Тел.: (495) 745-89-15, 780-58-34.

Полный ассортимент продукции издательства «Эксмо»:
В Москве в сети магазинов «Новый книжный»:
Центральный магазин — Москва, Сухаревская пл., 12. Тел. 937-85-81.
Волгоградский пр-т, д. 78, тел. 177-22-11; ул. Братиславская, д. 12, тел. 346-99-95.
Информация о магазинах «Новый книжный» по тел. 780-58-81.
В Санкт-Петербурге в сети магазинов «Буквоед»:
«Магазин на Невском», д. 13. Тел. (812) 310-22-44.

*По вопросам размещения рекламы в книгах издательства «Эксмо»
обращаться в рекламный отдел. Тел. 411-68-74.*

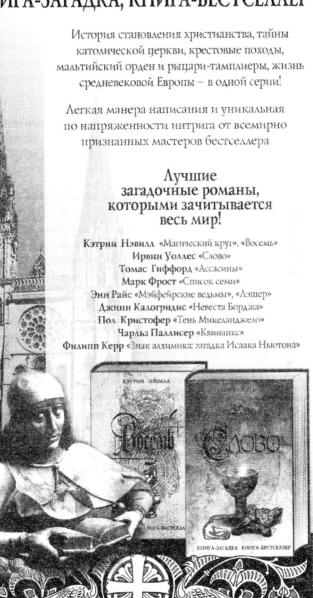